五大贼王 3

净火修炼

图书在版编目（CIP）数据

五大贼王 . 3，净火修炼 / 张海帆 著 . —北京：东方出版社，2019.8
ISBN 978-7-5207-0966-8

Ⅰ. ①五… Ⅱ. ①张… Ⅲ. ①长篇小说—中国—当代 Ⅳ. ① I247.5

中国版本图书馆 CIP 数据核字（2019）第 068067 号

五大贼王：3 净火修炼
（WUDA ZEIWANG: 3 JINGHUO XIULIAN）

作　　者：张海帆
责任编辑：朱　然
出　　版：东方出版社
发　　行：人民东方出版传媒有限公司
地　　址：北京市东城区朝阳门内大街 166 号
邮　　编：100010
印　　刷：北京明恒达印务有限公司
版　　次：2019 年 8 月第 1 版
印　　次：2023 年 3 月第 2 次印刷
开　　本：710 毫米 ×960 毫米　1/16
印　　张：20
字　　数：320 千字
书　　号：ISBN 978-7-5207-0966-8
定　　价：39.80 元
发行电话：（010）85924663　85924644　85924641

净火修炼

目录

一、义结金兰

离王家堡一百里外的太谷县城，乃是山西境内银庄云集之地。二十世纪二十年代，晋商可谓富甲天下，五湖四海都有晋商的生意。晋商之盛，直到抗日战争时期才逐渐没落。

太谷作为晋商票号银庄云集之地，繁华程度自然可想而知。太谷县城的主干道上，车水马龙，彩旗招展，衣着华丽的富态之人举目皆是。

这般银钱流通之处，来往客商众多，街头随便走过的一个人就钱袋鼓鼓，当然要有贼人出没。只不过衙门里供养着上百号抓贼的公差捕头，各大商家还聘请着武功高强、擅长防盗抓贼的镖师，防盗之严格，抓贼之犀利，惩处之残酷，让太谷最多只有四处流窜的贼人，根本没有奉天城那样能够成气候、有规模的荣行帮会。

黄昏时分，天气凉爽，乃是一天中最热闹的时候，各大酒楼都灯红酒绿，宾客盈门。富贵人家的小姐少爷，也都选在这个时候外出活动筋骨。

太谷并不是没有穷人，越是热闹的时候，越有些乞丐跪在街头，磕头如捣蒜，求过路的行人施舍几个小钱。

在一个街角，前方街面上有两个乞丐正在哭爹喊娘地讨钱，他们后面的石阶上还坐着一人，正埋头飞快地啃食一个烧饼，显然是饿狠了。这人的衣着尽管不像乞丐那样破烂，但也是满身尘土泥垢，狼狈不堪。

前面的一个乞丐回头望了望，绕到这人的身边，一巴掌打在这人的后脑勺上，气哼哼地骂道："你到别处吃去！搅了你乞丐爷爷要饭，打断你的腿。"

这人的烧饼被打掉在地，他也顾不上疼痛，赶忙捡起来，咬在嘴上，支支吾吾地说了声"对不住"，赶忙往巷子里退去。

乞丐指着这人骂道："滚，滚远一点，要饭的不要饭，还装什么人五人六的！滚，别让丐爷我看到你！打不死你这个小狗日的。"

这人走了十多步，直到离街面远了，才找了个角落坐下来，目光呆滞，毫无神采，失魂落魄一般，继续啃着手中的烧饼。

他就是火小邪，离开纳火寺已经有半个月的光景了。

自从离开了纳火寺，火小邪就一直茫然不知所措地沿路游荡。这次打击令火小邪万念俱灰，无论怎么样自责、发泄都缓不过劲儿来。

火小邪最难受的倒不是没成为火家弟子，而是觉得因此对不住太多的人。其一是烟虫李彦卓。毕竟烟虫将自己师父的临终托付寄望于火小邪，又从张四爷手中救出了他，点拨他破解秋日虫鸣术的法门，要不是烟虫提前离开，火小邪可能就不会如此冲动地站出来质疑郑则道杀了人。其二是对不住水王流川。水王流川赠给火小邪黑石火令，唯一的乞求就是火小邪能够成为火家弟子，学成水火交融之术，救水妖儿一命。其三，对不住水妖儿。尽管不是水妖儿自己来青云客栈的，但事关水妖儿性命，一想到恐怕再也帮不上水妖儿，火小邪心中总是有几分歉意。其四，对不住郑则道。郑则道就算有千般万般的不好，但怀疑郑则道杀人，甚至要用磕头赔罪来作赌注，怎么都说不过去。其五对不住林婉，要不是林婉给火小邪治腿伤，火小邪也没有机会进入纳盗之关。

翻来覆去地思量，火小邪愈发觉得自己辜负了太多太多的人，甚至包括已经死去的奉天城浪得奔、老关枪、瘪猴三兄弟。

火小邪悔啊！悔得无以复加，寝食难安，胸口好似堵着一团破棉絮，每一口呼吸都艰难至极。

更糟糕的是，他已经身无分文，从纳火寺出来的时候，火小邪哪有心思为自己要一点钱傍身？若火小邪开口要钱，以火家的富厚，几百个大洋不是问题。

火小邪更没有心思去偷窃，每每动了偷窃之心，都会难受得心如刀绞。

火小邪甚至怀疑，自己是否有资格做一个贼。

火小邪一路上真的如同乞丐一般，捡一些残羹冷饭来吃，饿得慌了，也会找乡民村妇讨个冷馍硬饼充饥，总算是不至于饿死。火小邪不知道该去哪里，茫然无措，只是沿着大路行走，走到哪里便算哪里，花了不少日子，来到了太谷，今天已是在太谷的第三日了。

太谷没有荣行，但有丐帮，一众乞丐见了火小邪落魄的样子，本有拉他进丐帮的，但火小邪总是摇头拒绝，惹得这些乞丐见了火小邪气不打一处来，又嫌火小邪碍事，连打带骂，赶着火小邪离开。

火小邪既不还嘴，也不还手。他自幼孤苦，又受此挫折，意气不再，甘愿挨打受骂，权当自己活该。

火小邪正坐在角落中，低头猛啃手中的硬饼，却听到巷子一头有人大叫：“抓贼啊！抓贼啊！”

火小邪抬头一看，只见一个精瘦的少年从街面狂奔进了巷子，边跑还边龇牙咧嘴地乱骂，他的身后“抓贼”声此起彼伏，似有七八个人追他。

这少年逃进巷子，一抬头就看到火小邪缩在前面不远处，眼睛一转，向着火小邪跑过来，将一个钱袋丢在火小邪怀中，低喝了一声“藏着”，狂奔向前，一搭手登上一段矮墙，身手倒是挺敏捷。那少年侧头向火小邪扮了个鬼脸，跳下墙头就不见了。

火小邪微微一愣，手一翻，就把钱袋塞进怀中。

巷子里眨眼追上来七八个警察，跑过火小邪身边，却不见了刚才那个少年。

有两个警察转回来，拿警棍一捅火小邪，骂道：“你，看到刚才跑过的小贼了吗？”

火小邪啃着饼，木讷地说道：“看到了。”

警察骂道：“去哪里了？”

火小邪指了指前面一个地沟：“钻沟里了。”

警察一看，那地沟早已废弃，干涩得很，并无稀泥、水垢，入口处的确可以勉强钻入一个不胖的人。警察哼道：“小子，你可不要瞎说。”说着转身招呼其他人：“钻地沟里了！妈的！追！”

警察们齐声答应，沿着地沟向前追去，眨眼跑远了。

火小邪撇了撇嘴，把饼放入口袋，慢慢站起来，沿着与警察追贼相反的方向走去。

火小邪走了两条巷子，忽听前方岔路口有人叫他：“喂，兄弟！这里这里！”

火小邪抬头一看，正是把钱袋丢给自己的小贼。这小贼戴着一顶鸭舌帽，脸干瘦干瘦的，但精神得很，一双不大的眼睛滴溜溜乱转，显得十分警惕，但举手投足之间，不停挤眉弄眼，活脱脱像只刚变成人形的猴精，看上去十分可笑。

这小贼飞快地看了几眼火小邪身后，伸出手招呼火小邪：“来这里，来！”

火小邪也没有拒绝，跟着小贼进了小巷。小贼在前面一路带领，转到一处屋角，把火小邪拉了进去，两人蹲了下来。

这小贼嘻嘻哈哈地说道：“喂，兄弟，谢谢你了啊。我的钱呢？还我吧。”

火小邪好像没听见，看着上方出神。

这小贼有点着急：“喂，黑吃黑啊？你还我，我分你一半的钱，行了吧？我说话算数。”

火小邪还是不理不睬。

这小贼上下打量了一下火小邪，口气转硬，说道：“喂，兄弟，你要不还我，别怪我动粗。告诉你，别看老子瘦，一身都是腱子肉！从小就练铁布衫的，你要是把老子惹毛了，发作起来，一指头就能戳你一个血窟窿，你信不信？

老子最后警告你一次，还给我！不然老子就打人了！”

火小邪淡淡说道：“那你试试。”

这个猴精的小贼瞪了一眼火小邪，正要发作，突然又露出一副央求的神色，挤到火小邪身边，伸手摸着火小邪的胳膊，嬉皮笑脸地说道：“大哥大哥，刚才我说着玩的，你别当真。大哥缺钱，我就都送你了。大哥心情好，人品好，一看长相就知道是个大气的人。要不，您给我留一两个子儿，赏我吃顿饭吧，行不行？呵呵，大哥，累了吧，我给您捶捶肩膀。要不您躺着，我给您按摩按摩。我按摩的手法可是师出名门，保证让您身轻体健……”

“还你。”火小邪将钱袋从怀里拿出来，丢给这小贼。

这小贼倒是愣了，接过钱袋，眉开眼笑地正要说话，火小邪却已经站起身来，就要离开。

这小贼见火小邪要走，努着嘴狠狠眨巴眨巴眼睛，跳起身追了上去，凑到火小邪身边，笑哈哈地说道：“大哥大哥，别走啊，我还没分你钱呢，我说话一言九鼎，分你一半分你一半。”

火小邪默默地快步行走，也不看他，过了一会儿才说道：“不用了，你留着吧，我不需要。”

这小贼更不乐意了，叽叽咕咕嘴上不停，好像个废话连篇的话痨。他追在火小邪身侧，不住说道：“大哥，你怎么称呼啊？是不是刚来太谷啊？我叫张潘，江湖人称八脚张，嘿嘿，玩笑玩笑，这是我自封的，认识我的人都叫我潘子，我也是刚来太谷没几天，我是山东人，水泊梁山那地方的，我祖上可都是梁山好汉的啊！大哥，听你的口音，你好像是东北的啊，东北人可是山东人半个老乡，都是闯关东过去的，老乡见老乡，两眼泪汪汪，咱们要不然认识一下，交个朋友。大哥，你有义气，是不是也是一个人啊？我虽然是个独行大盗，向来一个人千里独行，神出鬼没，也是可以结交朋友的。喂，大哥，慢点走，你听我说……”

火小邪站住了——这个叫潘子的小子倒把他弄得哭笑不得，只好说道：“我怎么没见过哪个山东人像你这么啰唆的！”

潘子见火小邪总算说了话，喜不自胜，叫道："总有特例的吧，别看我话多，我说话可中听得很啊，天文地理，人文百态，无所不知，无所不晓。我要是个说书的，没准能红透半边天，我要是个唱戏的，那怎么都是个名角。你可别不信，我是说真的哪。我可是有本事的人，咱们认识一下，我可以照应着你啊，有我吃的，就有你吃的，天塌地陷，咱们可以一起顶着。还有……"

火小邪听得耳朵嗡嗡直响，双手一举，说道："别说了！我服了你了行不行？我不想说话，你别逗我说话。"

潘子叫道："我没逗你说话，我这是自我介绍，自我介绍你懂吧，越有诚意越好。诚意你知道吧，话少了还能叫诚意吗？我说的有一句废话没有，没有啊。大哥，你怎么称呼？"潘子说了半天，也就"大哥你怎么称呼"这句不是废话。

火小邪长长叹了口气，说道："我叫火小邪。"

这个潘子脸上没肉，全是脸皮，厚比城墙，见火小邪终于缓了口气，更是嘴上悬河，口沫横飞地拽住火小邪说个没完。

潘子非要拉着火小邪，请火小邪吃好的，火小邪对潘子这种牛皮糖一样纠缠的人根本无计可施，只好答应下来。

潘子领着火小邪穿街走巷，拣着偏僻之处，走了大半天，总算是到了一家破烂不堪的小饭店，这饭店里也不见个人。

潘子大摇大摆地走进去，大喝道："老板！八脚张爷爷来了！快出来伺候着！"

一个中年男人从旁边跑出来，见了潘子，怒气上脸，骂道："瘪孙，你还敢来？昨天欠我的饭钱还没给呢！老子正想抓到你暴打一顿，你来得正好！"

潘子指着中年男人骂道："放你的屁！你张爷爷今天来，昨天的钱付你双倍。狗东西，狗眼看人低的玩意儿，没看到今天我请了贵客来给你这个烂鸡毛的饭店捧场吗？"

中年男人拿着擀面杖骂道："孙子，你还以为你骗得了我？老子这就把你舌头割掉，把你的贱骨头打折喽！”

潘子呸了一声，嗖的一下从手中弹出一个大洋，正落在中年男人的怀中。

中年男人眼睛一亮，赶忙拿起来，定眼一看，吹了一吹，果然是真的。中年男人收了怒气，摆出一副笑脸，说道：“哟，你发了？偷的吧？”

潘子骂道：“滚一边去，少废话！好酒好菜都给老子端上来，动作慢了，别怪老子不给你赏钱！快去快去，你们这些开黑店的奸商，无罪也该杀！”

中年男人拿了大洋在手，如见爹娘，哪里还生气，赶忙答应着，退回厨房，给潘子准备饭菜去了。

潘子得意扬扬地哼了哼，带着火小邪坐到店内一角桌边，笑道：“火大哥，这些人，都是给脸不要脸，全都是见钱眼开，见了钱什么都能忘了。哈哈……”

等饭菜端上来，潘子大吃大嚼，也把自己的身世对火小邪讲了个清楚。

火小邪听着潘子讲着，倒有点惭愧起来。

潘子从小也是无父无母，从记事开始，就是一个人四处流浪。民国初年，天下乱成一团，各地战乱不止，民不聊生，所以到处都能看到潘子这种父母双亡的孤儿。潘子曾经也被丐帮、荣行收了去，可潘子生性好动，不服管束，每次都逃了出来，于是天南海北地流浪，走到哪里，便在哪里混几日，偷偷摸摸。尽管惊险不断，屡次被人抓住，差点打死，但都活了下来。潘子在外面浪迹，到今年已经快十个年头了。

潘子前三日才到太谷，算得上与火小邪同日到达，前两天已经注意到火小邪。潘子见火小邪神态不振，既不像乞丐也不像小偷，一个人独来独往，尽管对火小邪很感兴趣，但出于警惕之心，一直没有上前来结识，没想到火小邪竟在关键时刻帮了他一次。

潘子性格外向，按理说结交个年龄相仿的朋友应该不难，可是至今也还是一个人独行，其一是因为潘子一般不在一地久留，多则十日，少则一两日，全看此地是否便于自己偷窃，当地的流浪儿要么是拉帮结伙，要么是被人利用，潘子一般不愿去招惹他们；其二因为潘子在三年前有一个小兄弟同行，在他们途经湖北的时候，碰上了瘟疫，那小兄弟不幸染上疾病，他们又无钱治，潘子眼睁睁看着这位小兄弟死在自己面前，自此更是不愿与他人结伴。

火小邪问："那你为何要拉着我呢？"潘子一边嚼肉，一边嘟嘟囔囔地说道："第一嘛，你帮了我。第二嘛，我看你年纪比我大。第三嘛，你看着比较顺眼。"

火小邪和潘子在自己到底多大年纪这个问题上，都是搞不清楚，他们谁也不知道自己的生辰八字，互相一问，反正不是十六就是十七，于是潘子提议就互相直呼其名，不用呼哥喊弟的，来得轻松。

不过潘子说完，嘿嘿一笑，突然小声说道："火小邪，你长毛了没？"

火小邪一愣，问道："什么长毛了没？"

潘子坏笑："裤裆里长毛没有啊，你说是哪里？你要是没长，肯定就比我年纪小。你知道吗，成年的男人都要长毛的，没长的就是小孩子啦！"

火小邪哭笑不得，这个潘子还真是天马行空地乱说话，于是虎着脸说道："长了啊，多得很。"

潘子又挤眉弄眼地问："火小邪，你和女人睡过觉没有？"

火小邪还真是没有，只能说道："这个，还真没有……我就在窑子里偷看过……"

潘子一拍胸脯，气势顿起："我 ×，那你跟着我混吧，我睡过的女人，不计其数啊。哇哈哈，跟你说啊，和女人睡觉，是天底下最过瘾的事情，对了，和你说你也不明白，你还是个处。不过呢，你想不想听听？"

火小邪看了一眼潘子，哼了声："就你？我不信。你最多能去窑子逛逛，可你这个样子的，没哪个窑子能让你进去。"

潘子眼睛一转，有点难堪地说道："谁、谁、谁去逛窑子啊，我是有相好的女人，我行走天下，处处留情。跟你说老实话，我之所以不能在一个地方久留，是因为凡是和我相好的女人都逼着我娶她，哎呀追我追得那个紧，哭天喊地的。我不堪其扰，只好拔腿走人。哈哈。"

火小邪实在忍不住，哈的一下笑出声来："我不信我不信，你骗不了我。"

火小邪哈的一笑之后，猛然一愣：自己怎么会笑了？难道这个潘子不断说话，胡扯八道影响了自己？还是潘子的乐观开朗，对自己起了潜移默化的作用？

火小邪这一笑，倒一下子让胸口的郁闷之气顺了很多。

火小邪把头一低，止住笑容，狠狠抿了抿嘴，再不说话。

潘子见火小邪突然变得沉默，不禁问道：“火小邪，你到底有什么心事，显得这么心事重重的？你肯定有什么想不通的事情，要不然说出来听听吧，憋在心里干什么。我保证，你说出来我不笑话你。哎呀，我们这些人吧，运气好一点，能活五六十年，大约二万天，过一天就少一天，何必自寻烦恼嘛！”

火小邪沉声道：“潘子，有些事我不能说。我只能告诉你，我前段时间，的确是干了一件蠢事，辜负了无数人的期望，也对不起很多人，所以一想起来就觉得难受得很。”

潘子正撕扯着一个猪脚，听到火小邪这么说，顿时大叫道：“我 × 他奶奶的，你操这个心干吗，不是自己给自己添堵吗？”

火小邪看着潘子，沉默不语。

潘子丢下猪脚，摆出一副严肃的表情，骂道：“人这辈子，除了爹娘真心对你，不求回报，其他人都是互相利用，你偷我的，我偷你的，各有所图，说得难听一点，都他 × 的是虚的。我尽管没活多少年，但也知道天下万物，天偷地，地偷天，人偷物，物偷人，谁欠谁的，谁说得清楚？你要是觉得你欠了别人的，那才俗气了咧！火小邪，你快别这么想了，没准所有人还都欠着你呢！欠大发了！一辈子都还不过来呢！”

火小邪轻轻说道：“可是……”

潘子说道：“可是什么啊，你是不是觉得我请你吃饭，你就欠了我的，你帮我支开警察，我就欠了你的？大错特错，我们谁都不欠谁的。”

火小邪听潘子说的这些话，尽管有些牵强，粗糙得很，但也不是没有一点道理。火小邪在脑海里转了转自己经历的所有事情，猛然在心中狂呼：“我凭什么就是个无父无母的孤儿？我凭什么要被黑三鞭利用去偷女身玉？我凭什么被严景天他们绑走，差点被他们切开肚子？我那几个小兄弟又凭什么无缘无故地死了？我欠着谁的了？郑则道本来就可能杀了人，我不过如实说了，我欠着谁的了？烟虫师傅让他重回火家，他不愿意，我不能进火家，我欠谁的了？火家又怎么了？火家不让我当弟子，不当就不当，我欠火家的了？火家不让我当弟子，我自然救不了水妖儿——水王流川都救不了水妖儿，我就一定能救？我欠水家的了？”

火小邪啪地猛拍了一下桌子，心中一股子烈火腾起，顿时把一直堵在胸中的郁闷之气烧了个干净。

潘子吓得一抖，以为自己说话把火小邪惹生气了，忙堆出一副笑容，说道：“火小邪，别生气啊，我没别的意思，其实我，我欠你欠得多了啊，你……”

火小邪大叫一声，打断了潘子的话：“老板！拿酒来！”

火小邪和潘子都不胜酒力，走出这家小饭店的时候，天早就黑得厉害了。

两人东倒西歪，彼此搀扶着走路。潘子的脸越喝越白，但醉得厉害，若不是火小邪搀扶着，早就瘫倒在地。火小邪还稍微强点，勉强能够站直身子，但已是满脸通红，不住呵呵傻笑。

火小邪哪里知道潘子住在什么地方，潘子满口醉话，更是指不清楚路，这两人嘻嘻哈哈，最后走进一条死胡同，再也不愿意走了，一松劲，两个人都坐了下来。

潘子醉醺醺地哼道：“× 的，这点酒不算什么……老子是山东好汉，三碗不过冈，老子都能喝三十碗，这几碗酒算个屁啊！老虎呢？老子要打老虎！老虎在哪里？”

火小邪一拍潘子的肩膀，咽了咽口水，笑骂道：“就你这个㞞样，还打老虎呢，老虎一个屁都能震死你。”

潘子嘀咕道：“火小邪，你知道我最想当谁，水浒一百零八好汉里面？”

火小邪问道：“谁？”

潘子说道：“鼓上蚤时迁啊，大盗，劫富济贫。× 的，哪个家伙欺负穷人，老子就偷他个倾家荡产，只给他留条女人的裹脚布，供他上吊。哈哈，过瘾啊！”

火小邪把潘子的脸拨过来，用手在他鼻子下面划了两下，哈哈笑道：“潘子，你这么一说，你还真有点像时迁啊，都是尖嘴猴腮的。”

潘子醉哄哄地哼了声，说道："别闹别闹，喂，火小邪，你，你最想当谁啊？"

一瞬间，各式人物从火小邪的脑海中闪过：小到奉天的三指刘、黑三鞭，落马客栈的郑大川、潜地龙，中到青云客栈十八贼、甲丁乙、烟虫，大到水王流川、火王严烈、火家九堂一法，这些人形象各异，都默默地看着火小邪。

火小邪向上翻着眼睛，长长地连喘几口气，说道："我，我谁都不想当，我只想当我自己。"

潘子哦了一声，突然又来了劲头，一下翻身而起，晃晃悠悠地站着，指着火小邪说道："我知道了，我知道了，你你你，你想当玉皇大帝，如来佛祖。我同意，我同意，好主意好主意，要么咱们两个开宗立派，成立个什么什么，火邪潘子帮，怎么样？咱们也收百八十万个徒弟……"

火小邪把潘子一拉，将他拽倒在自己身边，骂道："你 × 的祖宗的，百八十万个徒弟怎么够，咱们收七八……七八千万的徒弟！"

潘子狠狠点头："行！行！加加加……加上徒子徒孙，咱们凑他个九千九百九十九万人。"

火小邪和潘子这两个穷苦落魄的小子，哈哈大笑，酒后的这一通胡说，尽管狂妄，说起来却也痛快得很。

这两人正在嬉笑，忽听街头有无数人的喊叫声传来："在这里！在这里！围住他！"

火小邪一听，激灵灵一个哆嗦，连忙把潘子一拉，叫道："抓你的人来了，我们快跑！"

潘子一听，大叫："我 × ！我才不跑，来……"

火小邪哪管这么多，拽着潘子就要向胡同中钻去。

潘子还在骂："抓你爷爷我！抓，抓……"

两人没走两步，就觉得身后一个人奔来，将他们两个狠狠一推，从他们头上跳过。

火小邪和潘子扑通倒地，火小邪顺势一滚，抬头一看，只见把他们推倒的人背影有些熟悉。

这人扭头恶狠狠地一瞪火小邪，和火小邪照了个正脸，顿时也愣了愣。

原来这人正是张四爷！

张四爷见是火小邪，身子略略一顿，口里一句话没喊出来，外面的无数呼喊之声已经传来。张四爷狠狠哼了一声，向前跑去，见是一个死胡同，也不避让，加速跑去，腾地跳起，伸出手在墙上一抓，咔的一声，似乎五指一齐插入墙中，顺势一带，另一只手在墙头一撑，整个人就已经翻身而过。

火小邪心惊不已：怎么风水轮流转，张四爷变成贼，让人追杀了？

火小邪来不及细想，赶忙把潘子拽到一边，一大群人已经高举火把，冲进胡同里面。

来人都是警察和军人，还有数个便衣，都是荷枪实弹，万分紧张。他们追进胡同，见前面是一个死胡同，有个当官的军官顿时大喊："张四跳过墙了，绕过去追！王二，你们翻墙继续追！"

哗啦啦，这些人分成两组，一组人呼喊着绕开追去，其他人则上前翻墙。他们自然没有张四爷的身手，搭着人梯而上。

喊话的人见火小邪和潘子缩在一边，上前骂道："你们两个，刚才是不是看到有人翻墙过去了？"

火小邪酒已经醒了大半，狠狠点头。潘子也略微清醒了一点，只是跟着火小邪胡乱点头。

军官骂道："你们快离开这里！乱枪无眼，小心丢了性命！"

"啪啪啪！"连续的枪声响起，划破天际。

军官望了一眼枪声传来的地方，顾不上火小邪他们，跟着士兵也翻过墙头，一群人很快走了个干净。

火小邪见人都走了，赶忙拼命把潘子扛起来，急急说道："潘子！清醒点！咱们快走！"

潘子呼呼着："怎么了这是？不是抓我啊？"

火小邪骂道："你还用这么多人抓吗？他们抓的是御风神捕张四爷！"火小邪头昏脑涨，话已出口，后悔都晚了，只求潘子没听清楚。

潘子别看喝多了，耳朵还是尖得很，抬头看着火小邪，惊慌道："火小邪，你说什么，神捕？张什么？这是我本家啊。这世道，这世道出什么问题了？”

火小邪骂道：“别问了！快走吧！”

火小邪死命拖着潘子，奔出胡同，沿着大街向黑暗中跑去。

大街上不是平常夜深人静的样子，早已乱成一团。街上不仅有高举火把的骑兵队相继跑过，还有不少警察挨家挨户吆喝着：“紧闭门窗！不要出来！慎防生人！”

看样子，整个太谷城都已经被惊动，严阵以待，誓要把张四爷抓到。

火小邪边跑边想：“这个张四，怎么跑到太谷来了？他得罪了什么人，全城戒严来抓他？这是个什么事啊！张四是御风神捕，抓贼的人，只有他抓人，怎么变成让人像抓老鼠一样到处追？”

火小邪还不知道，张四爷带着钩子兵，在王家坳杀了数百名王贵的晋军士兵，早就被全山西悬赏通缉。张四爷、周先生的通缉令，这两天一直贴在太谷城各闹市路口，只不过火小邪进了太谷之后，没有心思凑热闹看布告，又尽量躲着人多的地方，所以一直没有看到罢了。

潘子受了这一番的惊吓，连跑边哇哇猛吐了几口，加上贼性不失，再醉得厉害也醒了五成。两人一路躲着警察、士兵跌跌撞撞地急奔，总算跑到一处僻静的角落，蹲了下来。

潘子擦了擦嘴，连连喘气，说道：“心肝肺都要跑出来了！这下好，今天的东西算白吃了，几口给吐了不少，可惜了可惜了。”

火小邪骂道：“你还想着舔回来是不是？潘子，你到底住在哪里？我们赶快走。”

潘子抓了抓头，嘀咕道：“我没地方住，刚来太谷也就两三天，一直随便找个地方睡觉。今天才偷到了钱，可以去找个客栈住住。”潘子转了转眼珠，问道：“火小邪，怎么你认识他？”

火小邪哼道：“他是谁？”

潘子说道：“还能是谁，那帮警察、士兵要抓的贼啊。你好像说叫什么张四爷？御什么神捕？”

火小邪眉头一皱，心想这个潘子还真是记性好，自己随口一说，潘子醉得走路都走不直，却能记得清楚。

火小邪只好说道："认识，这个张四爷是东北奉天过来的，以前见过。我也不知道他犯了什么事，被人抓捕。"

潘子瞪大了眼睛，抓着火小邪的衣袖，说道："火小邪，我一见你就知道你不简单，你果然不简单啊！"

火小邪不想与潘子多说，看了看外面的光景，说道："现在不说这个了。潘子，我不能再待在太谷了，我要走了，你自己多多保重吧。"

潘子紧紧拽着火小邪，惊道："火小邪，你要去哪里？"

火小邪叹了口气，说道："我不知道去哪里，反正不能待在太谷。潘子，认识你真的很高兴，我想明白了好多事情，谢谢你！咱们以后有缘再见吧！"

潘子大叫："不行不行，我和你一起走。咱们要开宗立派，收千万个徒弟的，你走了怎么行？我跟着你！"

火小邪无可奈何地说道："潘子，酒话你还当个真？潘子，我有很多对头，刚才逃走的张四爷发现我了，他一定会来抓我，我一旦被他抓住，可就惨了！你不能和我一起走，太危险了！"

潘子一下子脸涨得通红，一把抓住火小邪的前胸，骂道："火小邪，我不嫌弃你，你还嫌弃我了？我走南闯北这么多年，大风大浪见得多了！只有我甩了人，没有别人甩了我的！废话少说，有福同享，有难同当。这个时候让你自己走，我岂不是不仗义，贪生怕死？你别想让我以后抬不起头！"

火小邪心中感动，这个潘子看着一副油嘴滑舌的样子，关键时候还真算得上一条好汉！

火小邪看了潘子几眼，点了点头，狠狠拍了拍潘子的肩头，说道："好吧！潘子，咱们一起走！"

潘子乐道："火小邪，咱们两人，一起去干一番大事业！"

火小邪重重点头，紧紧握住了潘子的手。

二、邪火之身

这两个小贼当即商量，打算连夜混出城去，可是眼下全城戒严，从城门出去恐怕已经不行，但等到天亮再走，又怕夜长梦多。

潘子琢磨了一番，想起城南偏僻处有一段残墙，年久失修，不见有什么警卫，应该能翻出城去。

两人商量定了，便由潘子带路，摸着黑去了城南，很快便找到残墙的位置，四周一片漆黑，的确见不到人。

火小邪暗叫："出城的好地方！"两人没有多想，略一示意，都向上爬去。

当时已是民国初年，刀剑等冷兵器早已不是行军打仗的主角，都是钢炮步枪，炸药厉害，所以旧时的城墙已经多多少少像个摆设，不少城镇的老旧城墙无人料理，渐渐荒废。山西太谷这种战事不扰的市镇，更是如此。

火小邪爬墙的本事，在奉天都是有名有号的，也不需故意卖弄，而是习惯使然，一下子显出身手，在城墙上如同壁虎一样，哧溜溜爬得飞快，身子毫无停滞，把潘子甩在身后。

潘子见火小邪爬墙如此迅速，比自己快了一倍，眼睛都瞪圆了，不敢怠慢，加劲儿跟着火小邪攀爬。

火小邪爬上墙头，四下打量了一下，不见人迹，回来拉了潘子一把，将潘子拉上来。

潘子一上来就低声道："火小邪，你就是不简单，我觉得没看错。你爬墙真是厉害，我还是第一次见到像你爬得这么快的，和走路差不多啊！火小邪，你不会是高人不露相吧？"

火小邪轻笑了一下，说道："潘子，你是没有做贼的师父教你，爬墙可是做贼的基本功之一。"

潘子说道："火小邪，你真的和我是同行啊？你也是贼啊？"

火小邪自嘲地笑了一声，点了点头，不再多说，带着潘子来到墙头另一边，寻了一处方便爬下去的地方，略略指点几个踩踏之处，让潘子先下，自己断后。

潘子已经认定火小邪本事比自己高，便先行爬下，火小邪则蹲在墙头，看着潘子慢慢爬下去。

潘子爬下几步，就向上看一眼火小邪，生怕火小邪跑了。火小邪不住地向潘子示意，让他放心。

下到中腰，潘子又抬头看火小邪，可突然之间，潘子整个人都惊呆了，张着嘴要叫，却叫不出来。

火小邪觉得潘子神色奇怪，好像正看着自己的身后。

火小邪一个激灵，头皮猛地一麻，余光扫过去，的确看到一个人无声无息地站在自己的身后！

潘子叫出了声："有人！"

火小邪猛地转头，就想避开，他心中惊恐万分，想着自己一路留神，身后到底什么时候多出了一个人来，竟然毫无察觉！

火小邪就地一滚，可还没滚出去，脖梗子已经被一双戴着手套的手一把捏住，快如闪电。手套冰冷刺骨，一捏上火小邪的脖子，火小邪全身暴起密密的一层鸡皮疙瘩。

火小邪挣扎着想看到底是什么人对自己出手，可脑袋还没转过来，那人已经一把将火小邪按倒在地，另一只手拿住了火小邪的胳膊，用力一拧，关节疼得钻心，根本无法反抗。

火小邪怒哼了一声，嘴巴顶在地上不住吃土，极力骂道："×你祖宗的！"

潘子见火小邪被按住，拼了命向上爬，但不敢大喊大叫，只沉声喝道："龟儿子，放开我兄弟！老子是八脚张，放开他，不然我要你的命！"

火小邪努力侧头，想看到底是什么人抓住了他，可目光所至，只能看到此人穿着普通的麻布长袍，却怎么都不能见到头脸。看来此人已经巧妙地避开了火小邪的视线，绝对不让火小邪看到自己的长相。

此人见潘子向上爬，哼了一声，突然手指一弹，一枚石子飞射而出，正中潘子的鼻头。

这一下打得潘子又酸又疼，顿时连眼睛都睁不开，手脚一软，蹬不住墙面，哗啦就掉了下去。好在下面是软泥草丛，只摔得全身疼痛，并无大碍，可潘子鼻子疼得酸水直流，一落地便捂着脸满地打滚，嗷嗷闷哼。

抓住火小邪的人见打发掉了潘子，拎着火小邪的脖子，将火小邪悬空提了起来，背对着他。火小邪几欲窒息，双手紧紧抠住那只大力的手，只求活命。

此人把火小邪单手提起，另一只手把火小邪后背的衣服拽开，伸手探入后背，不断沿着火小邪的脊柱两侧穴道按压，用力极大，每按一下，火小邪都会全身触电一般抖动不止。

此人按了片刻，冷冷说道："好！"随即一把将火小邪丢下。

火小邪差点丢了性命，狠劲儿犹存，一落地就闷吼一声，抓起一块碎砖反手猛击，可打了个空。火小邪用力太猛，胳膊带着自己又滚倒在地。

四周空空如也，哪里还有人在。

抓住火小邪的人，不知何时已无声无息地消失了，如同鬼魅一般。

火小邪浑身发颤，又气又惧，坐在地上足足喘了十来口才缓过劲儿来，这才觉得背上各处穴道又胀又疼又酸，全身经脉都受了影响，突突抽动不止。

火小邪惊魂未定，加之身上难受，瘫坐在地上一动不动。

城墙下面传来喊叫声："火小邪！火小邪！"

火小邪探头一看，只见潘子捂着鼻子，焦急万分地正向上张望。

火小邪说不出话，无力地向下摆了摆手，示意自己没事。

火小邪又歇了片刻，才算能够活动，不敢再耽搁，缓缓爬下了城墙。

潘子赶忙迎上来，接住火小邪。他鼻头通红，肿得老高，满脸都是鼻血。

潘子见火小邪全身瘫软，面色惨白，急忙问道：“火小邪，你怎么了？吓死我了！刚才你身后那人是谁？ × 的乌龟王八蛋孙子畜生养的贱货玩意儿！再让老子碰到，一拳头将他鼻子打烂掉。× 的，让他打老子的鼻子！”

火小邪摆了摆手，难受地说道：“快走吧，快！”

潘子架着火小邪就走，远处有电筒的光照来，伴着人的叫声：“谁在那里！站住！”已是有巡城的警察发现这里有动静，正急急忙忙地赶来。

潘子低声骂：“× × 的玩意儿，刚才你怎么不来！”

两人顾不上这么多，慌不择路地向一侧林子里钻了过去。

火小邪、潘子两人钻进林子，都不认识路，一通乱跑，越钻越深。身后巡城的警察势单力薄，也不敢追进来，远远吆喝了几句，就此作罢。

火小邪、潘子不敢停留，互相搀扶着，走走停停。火小邪身子一直发麻，背上也火辣辣地胀痛，好在尚能行走，全凭一口气支撑着，咬紧牙关奋力前行。一直到天边泛白，两人见已经走到了无人迹的深山低谷之中，四周静寂无声，这才松了口气，寻了个乱石遮蔽的石梁停下休息。

火小邪一坐下，更觉得周身难受不已，哎呀几声，紧紧抱住双臂，在地上蜷成一团，不住颤抖。

潘子抓耳挠腮，不知所措，抓着火小邪的肩膀，急切地问道：“火小邪，你到底怎么了？你是中毒了，还是受伤了？你说话啊，吓死我了，你可不能死啊！”潘子想起以前的兄弟死在自己面前的情形，眼看好似光景重现，不禁声音发颤，几乎要哭出声来。

火小邪紧闭双眼，乱哼道：“背，我的背上……”

潘子听了火小邪这番话，赶忙把火小邪后背上的衣服撩起，定睛一看，吓得倒吸了一口凉气。

只见火小邪背上通红一片，皮肤下的血管都暴了出来，清晰可见，沿着火小邪的脊柱两侧，分布着十多个已经暗紫发青的印记，似乎是被重物击打所致。

潘子大叫：“是城墙上那个人干的吗？”

火小邪微微点头，说不出话。

潘子伸手轻轻一按，并没有用什么力气，火小邪就疼得闷哼，潘子低声怒骂道："好狠啊！背上的瘀青，都是穴道的位置。火小邪，你到底是谁啊，到底得罪了谁啊，这么折腾你？"

火小邪无力地说道："我……我不知道。水，潘子，水……"

潘子擦了一把眼泪，连声应了，说了声："火小邪，你等我，我马上给你找水来。"

火小邪受了这种怪招，尽管难受，神志却清醒得很，耳聪目明，并无一点迷糊，听潘子这么说，默默点头。

潘子从石梁下钻出，向着低洼处摸去。好在天遂人愿，潘子没走多远，便见到一条小溪，潘子大喜过望，从一直斜挎着的布袋中取出水囊，满满地灌了，又怕不够，便把上衣也脱了，在水中浸透，忙不迭地跑了回去。

潘子钻回石梁，正要呼喊"水来了"，却张口结舌，水囊啪的一下掉在地上。

火小邪竟不见了。

潘子百思不得其解：自己去了这么一会儿的工夫，火小邪就飞了不成？要么是火小邪自己走了，要么是被人掳走，甚至可能是这片野山里的豺狼成群结伙地把火小邪叼走了……潘子越想越焦躁，钻出来四处唤了一遍火小邪的名字，却听不见火小邪回应。

潘子极力让自己冷静下来，回到石梁下再细细察看，很快便发现还有第三个人的足迹，看来的确在自己离开火小邪去找水的工夫，有人来把火小邪抓走了。

潘子心中发毛：这种荒郊野地，他们两个刚来才没有多久，怎么就让人发现，还专门针对火小邪？

潘子连连挠头，又惧又怕，但一想起火小邪背上的惨状，义气上涌，定了定神，看清了地上足迹的行走方向，沿路寻了下去。

火小邪睁开眼睛，脑后胀痛。刚才他紧闭双眼躺在石梁下，听见有人进来，本以为是潘子回来了，还没等睁开眼睛，就觉得进来的那人已经走到自己的身后，看了自己的后背，这人猛然倒吸了一口凉气，随即后脑受了一记硬物的重击，顿时昏了过去。

火小邪晃了晃脑袋，清醒过来，发现自己正趴在一个破庙一角的杂草中。

火小邪立即翻身而起，四下张望。这破庙空无一人，蛛网密布，不知道废弃了多久。

火小邪身子一动，突然觉得自己全身经脉已经通畅了很多，再不像以前那样痛苦难忍了。火小邪疑心大起，不敢想象自己昏迷的时候发生了什么事情，于是低声叫道："潘子！潘子！"

无人应答。

火小邪站起身来，小心翼翼走了两步，正要继续呼唤，只听一个黑暗的角落里传出阴森森的人声："你还是躺下吧，还不到你乱动的时候。"

火小邪大惊，猛然跳开几步，大喝道："谁？出来！不要装神弄鬼的！"

"火小邪，你认识我，嘿嘿。"黑暗中的人又说道。

火小邪听到此人嘿嘿两声冷笑，觉得非常熟悉，一时不敢确认，稳住身子，向黑暗中看去。

黑暗中有一人缓缓抬起头来，将蒙住头脸的黑纱摘下，露出面孔。

"甲丁乙！怎么是你？"火小邪失声惊叫道。

"嘿嘿，怎么就不能是我？小子，你运气不错。"甲丁乙动也不动，只是冷冷地看着火小邪。

火小邪见甲丁乙面无表情，眼神中还有一种隐隐的失落之意，心中缓了一缓，小心地问道："甲丁乙，你救了我？"

甲丁乙嘿嘿冷笑两声，说道："我可没这个本事救你，是你自己救了自己。"

火小邪惊道："这，这是什么意思？"

甲丁乙哼道："坐下吧，火小邪，我能够在此处碰到你，算我们有缘。冥冥之中，自有天意。"

火小邪犹豫不决，还是走近了两步，坐在甲丁乙身旁不远处。

"我那个朋友呢？潘子呢？"火小邪问道。

"那个瘦子？嘿嘿，他要是有本事的话，必能找过来。我哪知道他是什么人，是正是邪，会不会对我们不利，能带你走就不错了。”甲丁乙说道。

火小邪满肚子疑问，便拣了一个自己最想知道的先问道：“我……我到底怎么了？我被你带来这里之前，全身经脉难受得简直要爆炸了，怎么现在没什么事情了？”

“嘿嘿，火小邪，纳盗之关的时候，你是不是不怕虫鸣？”甲丁乙避而不答。

“这个……不是不怕，就是后来觉得虫鸣没那么难受了。”

“那就是了。嘿嘿。”

火小邪听得一头雾水，这个甲丁乙好像知道什么，但就是不肯说。

火小邪知道以甲丁乙的性子，追问他也是没有结果，于是轻叹一口气，问道：“甲丁乙，你怎么了？你怎么在这里？”

“嘿嘿，火小邪，那你怎么在这里？你是不是没有成为火家的弟子？”

火小邪咂了咂嘴，略显沮丧地说道：“我被火家逐出来了。没有人愿意收我为徒。”

“嘿嘿，怎么弄的？”

火小邪不想隐瞒，便把自己指责郑则道是杀人凶手的事情如实说了。

“哈哈哈！”甲丁乙脑袋向后一靠，笑了起来，显得十分痛快。

“有什么好笑的吗？”火小邪不悦道。

“火小邪啊火小邪，那个郑则道替火家出头，将我打败，成为火王严烈这厮的亲传弟子，已是火家的大红人，你还敢站出来说他的不是？而且你并无十足的证据，苦灯和尚又站出来自认！谁还敢收你为徒？现在的火家，都是些奴才走狗，貌合神离，不入火家也罢！嘿嘿，不过，你这样做，我倒很喜欢。嘿嘿嘿嘿……”

火小邪看着甲丁乙不断发笑，渐渐也觉得自己被火家逐出的事情可笑得很，跟着甲丁乙呵呵傻笑起来。

甲丁乙收住笑声，突然说道：“火小邪，你是不是想知道我怎么在这里？”

火小邪点了点头，说道：“的确很想知道。你不是被火家人抓走了吗？”

甲丁乙冷笑道：“火小邪，人世间最狠毒的手段，并不是一刀杀了你，而是夺走你拥有的一切，却还让你苟延残喘地活着。我身中三枚火曜针，一身本事尽数被封，除了还能使点蛮力以外，很多常人能做到的事情，我都已经无法做到，这比杀了我更让我痛苦。我被火家人丢在荒野之中自生自灭，本想一死了之，在这个破庙中枯坐了三日，只求化解一些抑郁之气，不要死得怨气冲天，化成厉鬼作孽，可今天早晨从山上看到你被人连拖带拽地带来，鬼使神差，我竟去找了你。嘿嘿，火小邪，实话告诉你，我见你以后，我突然不想死了！嘿嘿嘿嘿……”

火小邪惊讶道：“甲丁乙，是我能帮到你什么吗？”

甲丁乙扭头看着火小邪，脸上的伤疤愈发让火小邪触目惊心。

甲丁乙极有深意地看着火小邪，慢慢说道：“火小邪，老天爷让我在此处碰见你，并亲眼看到你自行化解了火家的扰筋乱脉术，必有深意。”

火小邪一愣，喃喃道：“扰筋乱脉术……我……我自行化解了？”

甲丁乙眼中发亮，沉声道：“正是！”

火小邪正想再问，耳边却听到一阵细微的声响，余光一扫，只见一团巨大的黑乎乎的东西从破庙的断墙处跃了进来。

火小邪面色一滞，惊哼了一声，甲丁乙才扭头顺着火小邪的目光看去，看来甲丁乙的五感敏锐程度，的确已是不如火小邪。

那团黑乎乎的巨物跳了跳，身形如电，没等火小邪站起身，就已经蹿到甲丁乙和火小邪面前。

火小邪瞪大了眼睛：这不就是张四爷的豹子犬吗？而且应该是个头最大的一只，唤作三嚼子。

三嚼子这只恶兽站好了身子，恶狠狠地盯着甲丁乙和火小邪，低吼不断，但并不扑上，似乎对甲丁乙和火小邪都有所忌惮。

三嚼子曾被火小邪一脚踢中裆部，受伤不轻，也曾在围捕甲丁乙的时候，见过甲丁乙鞭杀大嚼子的手段。这种恶兽聪明得很，知道自己贸然上前，对方二人对付它一个，又都是厉害的角色，定讨不到什么好处。

这二人一犬顿时僵持在破庙中，谁也不敢妄动。

火小邪心中骂道："真是见了鬼哦！不是冤家不碰头，怎么这个恶狗也来了？奶奶的，张四爷被人当贼抓，落魄得很，我和甲丁乙也都是半死不活的，难道越是倒霉的人，就越要碰头吗？"

三嚼子低吼了一阵，见火小邪和甲丁乙不上前攻击，也觉得奇怪，大脑袋左右看了看，向前迈上了一步。火小邪领教过豹子犬的厉害，额头上冷汗直冒。他心里清楚得很，三嚼子如果识破了他们两人没有还手能力，扑上来，他和甲丁乙难有活命的机会。

火小邪微微侧头看了一眼甲丁乙，甲丁乙凝神注视着三嚼子，尽管面无惊慌之色，额头上也是挂满了细汗。

三嚼子呜呜两声，再向前迈进一步，说时迟那时快，甲丁乙肩膀一耸，一根黑芒便从衣下扫出，直奔三嚼子的脖子而来。

火小邪看得清楚，这次黑芒扫出，直来直去，只凭劲力，已没有以前甲丁乙挥舞黑芒时的那份灵动诡异。

三嚼子嗷的一声吼，大脑袋一偏，身子一跳，竟躲过了这一招。甲丁乙厉哼一声，手上一翻，带动黑芒又要去卷三嚼子，可这根黑芒长鞭在空中顿了一顿，攻势已减，就连火小邪都有信心躲过。

三嚼子一纵身，用大脑袋一撞，就将黑芒撞开，一时间黑芒再无攻击的可能。

三嚼子躲过甲丁乙的两记攻击，已经明白这个甲丁乙不是以前那般厉害，眼中凶光大盛，恶吼如雷，巨大的身子一纵，张开大嘴，就向甲丁乙扑上来，那势头，仿佛定要一口咬掉甲丁乙的脑袋。

甲丁乙没有了功力，但头脑还是如常，就地一滚，避开了三嚼子的这一次猛攻，口中厉声叫道："火小邪，你快跑！"

火小邪哪里肯跑，手中早就摸到一截破庙屋顶掉下来的断木，腾地跳起来，趁三嚼子背对着自己，使足了力量，一棒猛击在三嚼子的脑袋上。

"啪"的一声，那截木头应声而断，竟是朽烂了，根本吃不住力量。

火小邪心中一惊，暗叫糟糕，赶忙要往后退。

三嚼子根本不觉痛，被火小邪这一偷袭，反而激起了狂性，大脑袋一扭，箭一般地向火小邪扑来。

火小邪慌忙躲避，可身体尚未恢复，还是躲不及，三嚼子的腥风大口咬至，喀地一合，尖牙贴着火小邪皮肉而过，把衣服撕下一大片来。

三嚼子一咬不得，哪里肯放，怒吼着站起半个身子，两只巴掌大小的爪子向火小邪肩头扫来。火小邪就算能避开三嚼子的大嘴，也避不开爪子，被抓中肩头。三嚼子力气极大，这一爪下去，如同大棒猛击，顿时把火小邪打翻在地。

三嚼子见火小邪已经失去防御之势，血盆大口一张，打定主意要一口咬断火小邪的咽喉。

火小邪心中惨呼：“这次死翘翘了！”

三、南方净火

三嚼子正要扑上，忽然听到有尖锐的哨音响起，三嚼子身子一顿，极不甘心地低吼了两声，腾腾腾连退了几步，保持伺机而动的姿态。

火小邪从狗嘴中捡回一条性命，正觉得奇怪，只听破庙墙外有人喊道："三嚼子！待着别动！"

火小邪和甲丁乙一齐向破墙处看去，只见两个人身手敏捷地翻了进来，快步跑到三嚼子身旁，神态古怪地看着甲丁乙和火小邪。

这两人火小邪都认得，一个是御风神捕的周先生，一个是在王家大院放狗来咬他的钩子兵钩渐。

好在来的是周先生，他比张四爷要沉稳得多，也能讲点道理。

破庙中的四人一片沉默，甲丁乙和火小邪也不敢贸然离开。

周先生看着甲丁乙手中握着的黑鞭，身上的黑纱，又打量了一下甲丁乙的容貌，谨慎地问道："你可是甲丁乙？"

甲丁乙冷笑道："行不更名，坐不改姓，我就是甲丁乙。"

周先生转头看了看火小邪，哼道："火小邪？"

火小邪喘着粗气，点了点头。

周先生突然嘴巴一咧，笑出声来："哦？巧了巧了，不是冤家不聚头。

我真是奇怪了，你们两个怎么跑到这个荒郊野地躲着了？”

甲丁乙嘿嘿冷笑不止。

周先生看着甲丁乙说道：“甲丁乙，你是不是受了什么内伤啊？你挥鞭的动作，还不及一个普通的武师。”

甲丁乙哼了一声，并不答话。

周先生说道：“不说话也不要紧，可惜你这般厉害的大盗，也有虎落平阳的时候。”

甲丁乙冷言道：“御风神捕，既然我落在你们手上，我无话可说，要杀要剐给个痛快话。”

周先生踱了两步，摸了摸下巴上的胡须，说道：“甲丁乙，你不要把御风神捕想得这么小气。就算你伤了我们一只豹子犬，夺了张四爷的铁虎爪，但你赢得正大光明，我们又与你并无怨仇，你受了内伤，施展不得，我们何必要为难你？甲丁乙，你在广东道上一直与贼作对，只偷赃物，名声颇大，其实对我们来说，倒可以交个朋友。”

甲丁乙哼道：“说话何必兜这么大的圈子！你不就是想问我到底怎么受的伤吗？”

周先生呵呵一笑，说道：“甲丁乙，那我就直说了。像你这般的高手，怎么会受了这么重的伤，功力全失呢？莫非你得罪了什么贼王？比如火行贼王？”

甲丁乙冷笑道：“嘿嘿嘿嘿……不妨告诉你，我并没有受内伤，只是被火王严烈这小人打入脊柱里三枚火曜针，封住了我的经脉，所以我才施展不得。待我把火曜针取出来，身手和往常无异。”

周先生略为一惊，说道：“火王严烈这小人？火曜针？我明白了。甲丁乙，你与火王严烈有仇？”

甲丁乙哼道：“血海深仇。”

周先生叹了一声，说道：“甲丁乙，看来我们同病相怜啊！既然你坦诚相告，我也不妨告诉你，我们为何也流落到此处。来来来，要不我们坐下，吃点东西，慢慢道来？”

甲丁乙说道："不必客气，你爱说就说，我对你们的事情并不关心。"

周先生轻声一笑，并不答话，而是转头对火小邪说道："火小邪，你与我们真是有缘啊！更没想到，你连甲丁乙都认识。你不用担心，我们不再为难你，玲珑镜的下落我们已经知道。坐吧。都是天涯沦落人，一笑泯恩仇。你是不是很想喝水？"

火小邪狂奔一晚，刚才又是一番打斗，一直滴水未进，当真是渴得喉咙冒烟，听周先生这么一说，不自觉地干咽了几口。周先生是个明眼人，当即对钩渐说道："钩渐，拿水囊来。"

钩渐赶忙奉上，周先生接过，丢在火小邪面前。

火小邪看了一眼甲丁乙，甲丁乙面无表情，慢慢坐了下来，和周先生他们相对。

火小邪见甲丁乙坐下，犹豫了一番，还是把水囊捡起，拔开塞子猛喝了几大口，这才觉得身上轻松了许多。

周先生、钩渐、火小邪、甲丁乙都坐了下来，豹子犬三嚼子见主子和自己刚才攻击的对象已经和好，也不敢再对火小邪和甲丁乙怒目相向，趴在一边，老老实实地大嚼着钩渐给它的肉干。

周先生取出干粮、清水，请甲丁乙、火小邪共食，甲丁乙也不客气，拿起干粮就大吃大嚼，看上去也是饿久了。

周先生神色黯然，默默把他们所经历的事情讲给甲丁乙和火小邪听，言语中无限酸楚、愤恨。

原来张四爷、周先生他们摸进天坑，败给火王严烈之后，钩子兵死的死，伤的伤，逃出天坑休整了一日，再上大路，发现他们早就被列为通缉对象，山西各地都在抓捕他们，料是在王家坳杀了晋军所致。张四爷、周先生不愿再正面冲突，躲躲藏藏地来太谷一带寻找豹子犬，好不容易找到，仍被晋军发现行踪，在太谷一带被合围。张四爷和周先生一商量，便把钩子兵分散开来，由周先生、钩渐带着三嚼子，其他人带着二嚼子，速速逃出山西避祸，张四爷则大闹太谷，设法引开晋军，再来与周先生相会。这个时候，应该是张四爷要寻过来了。

周先生大骂火王严烈不义，御风神捕所受灾祸均是火王严烈所为，不仅偷了张四爷的玲珑镜不还，还极尽羞辱，简直是无法无天，狂妄至极，御风神捕今生今世，势要与火王严烈不死不休地缠斗下去，以报此血海深仇。

周先生咒骂火王严烈，甲丁乙听得受用，周先生说到激烈处，甲丁乙也嘲讽火王严烈不止。

火小邪由于发过重誓，绝口不提火家招弟子的事情。但甲丁乙无所顾忌，嘲讽之余，也把火家在王家大院招弟子的事情顺口说了出来，周先生这才恍然大悟，认定御风神捕一直被火王严烈当猴子戏耍。

火小邪见甲丁乙说出火家招弟子的事，轻叹了两声，说了自己怀疑郑则道杀了人，结果被火家逐出的情况。但自己在太谷城头被人用扰筋乱脉术所伤，认识了一个叫潘子的小贼，就隐去不说了。

其实火小邪心中还有一个结，就是玲珑镜。火小邪知道玲珑镜是水家的水妖儿所偷，和火家并无关系，但周先生说火王严烈认了，就是火家偷了玲珑镜，自己也不敢再多说什么，毕竟自己对以后的事情一概不知，也许水妖儿把玲珑镜送给了火家也不一定。

火小邪吃过质疑郑则道的亏，已经明白在自己没有把握的时候，一旦火小邪说出水妖儿偷了玲珑镜，只怕张四爷又要对自己穷追猛打，恐怕反而坏事。于是便把玲珑镜的去向忍住不说，打算先烂在心里。

火小邪本来想问周先生，到底这个玲珑镜有什么古怪之处，值得他们如此拼命，又觉得不问似乎更好。正犹豫间，甲丁乙却已经问道："周先生，这个玲珑镜是个多大的宝物？值得你们舍家弃业，以命相争？"

周先生犹豫了片刻，找个事由让钩渐先出去，这才慢慢讲出了玲珑镜中的秘密。

原来周先生膝下有一独女，名叫周娇，生得国色天香，倾国倾城，但在待嫁之年，认识了一个神秘人，与这个神秘人有了一段孽缘，瞒着周先生生下了一对双胞胎。

生了孩子后，周娇似乎对神秘人恩断情绝，独自带着这两个孩子生活。

半年以后，这对双胞胎却突然失踪了。

周娇痛哭数日，几乎命绝，好在当时周先生的徒弟——就是张四爷——对周娇爱慕得死心塌地，无以复加，定要娶周娇为妻。软磨硬泡了三四个年头，周娇觉得张四爷确实可以托付终身，这才答应。

张四爷和周娇成亲之后，两人相敬如宾，本来无话，但是有一日，张四爷发现周娇又与一个神秘人来往，逼问之下，周娇才说出这个神秘人乃是自己遗失了的双胞胎的亲生父亲。

张四爷并不在意周娇的往事，只是追问周娇那个神秘人是谁，周娇无论如何不肯告诉张四爷。张四盛怒之下放出狠话，要么说出实情，要么干脆自行了断。周娇羞愤难当，当晚便悬梁自尽。

张四爷后悔不已，抱着周娇的尸体号啕大哭了足足十余天，落下一个失心疯的毛病。

周先生本和张四爷断绝了关系，可张四爷以死相逼，周先生才答应下来，但从此与张四爷以主仆相称。

这个玲珑镜，本是周娇的一面普通的铜镜，不知为何，周娇死后，在天时地利人和的情况下，玲珑镜中能够现出周娇的音容笑貌，甜美亲切，笑颜如花，如同周娇本人重生在镜中一般。张四爷见了，认定周娇的魂魄附在这面玲珑镜里，于是把玲珑镜当成自己性命一般呵护，玲珑镜丢了，就如同夺走了性命一般。

张四爷舍命寻找玲珑镜，便是这个原因。

周先生说着说着，老泪纵横，呜咽不止。周先生是何等英雄人物，一生经历无数大风大浪，都是处乱不惊，应对有度，可碰上这种儿女情长的事情，还是无法释怀，如同心中的一道永远无法愈合的伤疤。

这番出来，受此磨难仍要不回玲珑镜，加上这个秘密在心里憋得久了，从来未曾对人说起过，这次见到甲丁乙、火小邪，因缘际会之下说了出来，本想着一带而过，可话一说出口就止不住，结果到最后，悲痛难忍，几乎要昏倒在地。

听了周先生所讲的故事，甲丁乙、火小邪都不禁默默感伤：原来这玲珑镜只是张四爷思念周娇的精神寄托之物，并不是什么惊天动地的宝贝。

火小邪这时候也想明白了一件事情：所谓天下至尊至奇的宝贝，可能只是某些人心中的一片思绪，一段回忆，一纸书信，一个铜镜罢了。若没有人心所向，天下之大，哪有什么宝贝之说？否则，以五大贼王之能，天下还有什么东西偷不到，还有什么东西怕人偷走？

历朝历代，无数真命天子，坐拥天下，雄兵百万，应有尽有，他们仍要五大贼王相助，他们又是怕什么被人偷走呢？这些个问题，火小邪仍想不明白。

周先生说完之后，低头垂泪，全身止不住地悲戚抽动，以往的英雄气魄荡然无存，只是一个年过半百、瘦小单薄的老者罢了。三嚼子通人性，见自己的主人如此难过，悄悄爬过来，靠在周先生身边，不住用大舌头轻舔周先生的手掌。

火小邪、甲丁乙默不作声，也不好上前相劝。没想到从不愿居于人下、心高气傲的张四爷、周先生，他们的人生竟如此凄苦。

火小邪鼻头发酸，眼睛也要红了，心中一股子气息翻腾不止。他本是恨极了张四爷抓住自己的几个小兄弟，让小兄弟死在那个混蛋郑副官手中，可是听完周先生的故事，才觉得报应不爽，害人不浅，多少是自作自受。要怪的人除了黑三鞭，还有谁？火小邪心中疼痛：这一切不都是水妖儿造成的吗？若不是水妖儿要偷玲珑镜，若不是水妖儿指使黑三鞭，若不是水妖儿把自己打昏被张四爷抓住，若不是水妖儿带着玲珑镜来了山西——若不是她，自己可能还是一个普普通通的小贼啊！水妖儿啊水妖儿，我火小邪到底该如何对你啊？

火小邪已有打算，哪怕会祸从口出，也要把玲珑镜可能还在水妖儿手中的事情，告诉周先生。

周先生坐了好一会儿，才平静下来，长长地叹了一口气，双手抚脸抹掉眼泪，又接连长叹几声，才恢复了常态。

周先生低声说道：“甲丁乙，火小邪，让你们两位见笑了，这个秘密在我心中憋得实在太久，十多年来第一次对外人说起，实在是情难自抑。恳请两位万万替我保密，拜托了。”

甲丁乙沉声说道：“周先生请放心，甲丁乙以性命作保，绝不透露半字。”

火小邪也说道：“周先生，我对不住你们。是我帮黑三鞭偷你们的女身玉，才让人有了可乘之机，盗走了玲珑镜。周先生放心，我火小邪发誓，今生今世绝不再讲此事的一字半句，否则天打五雷劈，不得好死。”

周先生说道：“那好，谢谢两位了！”

火小邪看着周先生，鼓起勇气，打算把水妖儿的事情告诉他，话已经到嗓子眼了，只见三嚼子唰的一下子站起身来，昂起大脑袋看着门外。

周先生、甲丁乙赶忙向庙门外看去，火小邪一句话没说出口，心中一惊，心想：怎么有人来了？

脚步声传来，三个人快步走进破庙。

进入破庙的乃是张四爷、钩子兵钩渐和潘子。

潘子让钩渐揪着后脖子衣领，嘴上不干不净地骂着，但不敢挣脱，随着张四爷、钩渐走进破庙。

三嚼子见是张四爷来了，乐得撒欢，几个跳跃便迎上了张四爷。

三嚼子跳上几步，见张四爷身后还跟着潘子，顿时冲潘子低吼了几声，甚是凶狠。

潘子见这么大一个怪兽跳到自己面前，对自己作势欲扑，吓得大叫：“我的娘啊，好大的豹子！”边叫喊着边极力要跑。钩渐紧抓潘子的衣领，潘子原地跑了几步，根本跑不动，只好大叫：“两位大爷，求你们饶了我吧。”

张四爷走过去，按住三嚼子的大脑袋，沉声道：“不用叫了。”

三嚼子狠狠瞪了潘子几眼，退到一边。潘子这才松了一口气，不住低叫：“哎呀我的娘，我的小心肝都差点蹦出来了。”

火小邪见是潘子来了，喜不自胜，大叫一声：“潘子！”

潘子扭头一看，见是火小邪从破庙一侧跑出来，也顾不上三嚼子还在一旁，呼喊道：“火小邪！老天保佑，你没事吧？我找你找得好苦！”

原来潘子不见了火小邪，一路沿着足迹寻来，他毕竟不擅长追踪，寻了一会儿便迷失了方向，只好一路呼喊着向山头乱钻。张四爷正好来此地与周先生会合，听到潘子叫喊，便追上潘子，一把将潘子擒住。潘子当然不是张四爷的对手，也不记得见过张四爷，一通胡说八道，以为能骗过张四爷。

张四爷见潘子形迹可疑，满嘴跑火车，依稀记得这小子和火小邪是一路的。张四爷不敢放潘子走，以免走漏了风声，便把潘子押着，一路沿着周先生所做的记号，寻到破庙附近。钩渐在破庙外巡视，见张四爷来了，赶忙跑出来相认，见张四爷押着潘子，低声对张四爷讲了破庙中偶遇甲丁乙、火小邪的事情，潘子自然没有听见他们在说什么。张四爷更是惊讶，三人匆匆进庙。

张四爷进了破庙，果然看到甲丁乙和火小邪坐在一侧。不管钩渐说得是否属实，张四爷见了甲丁乙，仍然不敢大意，一直盯着甲丁乙不放，生怕甲丁乙上前发难。

周先生快步迎上张四爷，把张四爷拉到一边，约略讲了来龙去脉，张四爷才算安心下来。

火小邪嚷道："张四爷、周先生，这个潘子是我的朋友，他是来找我的，请你们放了他！他绝对不会对你们不利的。"

张四爷手一挥，对钩渐说道："放了他。"

潘子欢天喜地，跑过来与火小邪相会，两人不胜感慨，更觉得彼此亲近了许多。

潘子看了破庙中的张四爷、周先生、钩渐、甲丁乙一圈，咂嘴叹道："火小邪，你认识这么多人啊！乖乖，这些人看着都是些狠角色，不是平常人啊，跟着你我算是开眼了。火小邪，你没事了？你背上的伤好了？怎么回事啊？这都是谁啊？"

火小邪点了点头，说道："潘子，我没事了。你现在不要多说话，以后我慢慢和你说怎么回事。"

周先生与张四爷说完，张四爷扫视了众人一眼，面色严肃地抱了抱拳："甲丁乙、火小邪，那位小兄弟，既然大家都是为火王严烈所辱，落魄至此，咱们以前的恩怨统统一笔勾销，不要再提！甲丁乙，我敬你本事高强，如果你不嫌弃，我们可以交个朋友，你跟我们一同上路，算是互相有个照应。等我们一同离开山西，也可以共同想办法化解你所中的火曜针，恢复你的功力，共同对付火王严烈。”

甲丁乙嘿嘿笑了两声，并不答话。

张四爷又向火小邪说道：“火小邪，你尽管曾经协助黑三鞭，偷了我的东西，我知道你也是受他胁迫，怪不得你。如果你愿意的话，我收你和你旁边的小兄弟成为御风神捕，你看如何？”

火小邪紧锁眉头：张四爷愿意把自己收为御风神捕，这到底是好事还是坏事？

潘子按捺不住，在火小邪耳边说道：“御风神捕？好威风的名字，是可以谁都不怕吗？有钱有势？”

火小邪低声道：“差不多。”

潘子眼睛一下子瞪得溜圆：“我×啊，发了发了！这下子可发了！火小邪，你答应吗？我听你的，你答应我就答应，你不答应，我也不答应。”

甲丁乙嘿嘿笑道：“嘿嘿，谢谢张四爷的美意，如果火曜针这么容易取出，严烈老儿就不至于如此嚣张了。张四爷，朋友我们可以交，但和你一起走，就免了，我还有其他事情要办。以后若能相见，联手对付严烈不是什么问题。”

张四爷说道：“也好。我们毕竟在山西被通缉，甲丁乙兄弟跟着我们，反而不妥。”张四爷转头对火小邪说道：“火小邪，你有什么打算？御风神捕很多人幼年时都做过贼，识得贼性，这样才能抓贼，你不用担心你的身份有什么不妥。”

火小邪还没有说话，潘子就兴高采烈地喊道：“张四爷，张四爷，我也姓张，张潘，人们都叫我潘子，我自封绰号八脚张。张四爷，当御风神捕，有薪水的吗？”

张四爷哈哈大笑：“薪水？没有。”

潘子顿时一脸失望：“没有薪水啊？那这个……我想想……”

张四爷说道：“只要你能花得出去，金山银山随便你花。御风神捕拥有的钱财，你三生三世都花不尽！”

潘子一下把脸都憋红了，如同猴子屁股一般："真的啊？我的娘啊，我祖上一定积了德了，祖坟上落了凤凰了。不是不是，张四爷，我不是喜欢钱，我是一见到你就觉得，哇！威风凛凛、气度不凡的大人物啊！跟着你混肯定没错的，你还能亏待了下面的人吗？哎呀，我不是拍你马屁，不是啰唆，我是说……嗯，那个那个，火小邪不答应的话，我也……不答应。"

潘子捅了捅火小邪，急道："火小邪，你觉得呢？你是答应还是不答应啊？"

火小邪深深吸了一口气，看了眼甲丁乙，甲丁乙并不看他。

火小邪慢慢说道："张四爷，我以前对不住你，更是没脸成为御风神捕。张四爷，你的美意我心领了，我想……我想跟着甲丁乙走。甲丁乙大哥救了我，我至少帮他寻到一个可以落脚的地方，再做其他打算。"

潘子差点下巴就掉了下来，万分不解地看着火小邪。

张四爷微微一愣，看向甲丁乙。

甲丁乙哈哈大笑："好！好！嘿嘿，嘿嘿嘿嘿……"

潘子嘟嘟囔囔地嚷道："我……我我我我我……我跟着火小邪。"

张四爷脸上一冷，轻哼了一声，说道："也好也好，也罢也罢！我张四不是喜欢强人所难的人，既然各位已经决定了，那就如此吧。日后各位要是有其他的需要，我张四一概鼎力相助。"

张四爷转头道："周先生，此地不宜久留，我们这就走吧。"

周先生说道："还是甩不掉那些晋军？"

张四爷环视一圈，说道："甲丁乙、火小邪、潘子，你们最好也早点离开此地。我们被全省通缉，本以为可以轻松地离开山西，可似乎有高人指点晋军抓捕我们，让我们难以喘息。这些高人绝对不简单，只怕是火王严烈出面协助。我料定晋军不久就会找到此处，事不宜迟，大家各自保重吧。后会有期！"

张四爷手一挥，周先生向甲丁乙、火小邪深深看了几眼，他们三人一犬便向破庙外走去。

火小邪想起来自己还有水妖儿偷了玲珑镜的事情没有说，正想追上去告诉张四爷，却听到有叫喊声远远传来："张四，姓周的，我们知道你们躲在这片山头，你们已经被包围了。现在出来投降，我们饶你们不死！你们是绝对逃不掉的！”

这喊叫声从远远的山头传来，并不是对着火小邪他们所在的破庙，好像是在发出警告，要让张四爷他们知道。喊叫声一直不停，在这种空山野谷之中，能够十分清楚地传出颇远。

所有人都愣住了。火小邪暗叹道：“怎么这么快晋军就追来了？他们追捕的本事，难道比张四爷还厉害？糟糕糟糕，看来张四爷说得没错，晋军中一定有高人指点。”

张四爷、周先生他们赶忙退回破庙中，张四爷对甲丁乙、火小邪等人低喝道：“晋军来得太快了！不知道用的什么手段！你们快走，免得受了我们牵连！我会帮你们把人引开。”

周先生说道：“张四爷，我们这些天被晋军追得狼狈不堪，好像我们所有的想法都被晋军猜破了一样。有时候晋军只把我们逼走，并没有穷追不舍，弄得我们一直在太谷、王家堡一带打转，有点捉弄我们的劲头。我们再避开他们，可能不是办法了。”

张四爷说道：“周先生，我们现在力量单薄，硬打硬冲合适吗？”

周先生紧紧皱眉，向甲丁乙问道：“甲丁乙兄弟，你对火王严烈颇有了解，这种围捕的方法，是火家所为吗？”

甲丁乙沉声道：“我尽管与火王严烈有深仇大恨，并不会为他说话，但火家的性子都是直来直去，要抓你们早就动手抓了，不会玩这些杂耍一样的把戏。只怕帮晋军的高人不是火家的。”

张四爷惊道：“甲丁乙兄弟，这种围捕方式，连我们这些御风神捕都摸不清楚怎么回事，天下之大，还有如此精于追捕之道的人吗？”

甲丁乙嘿嘿笑道：“五行之中，最善于收集处理情报，眼线遍布天下，精于谋略布局的，只有水家了。恐怕是水家的人在帮着晋军抓捕你们。嘿嘿，如果是水家，你们想跑出山西，可就难了。”

周先生赶忙问道：“甲丁乙兄弟，敢问一句，你有破解之法吗？”

甲丁乙说道：“若是水家帮助晋军，你们只有硬闯出去，中途再不要停歇，见阵破阵，人挡杀人，佛挡杀佛，一路直直急奔，不问不顾，如同烈火灼水，火旺水消，才有离开山西的可能。”

张四爷、周先生对视一眼，一齐默默点头。

周先生说道：“甲丁乙兄弟，谢谢了！多亏有你的点拨，要不我们可真的难办了。”

甲丁乙冷冷道：“不必谢我，你们快走吧，晋军围得紧了，人多目标大，会更加麻烦。”

张四爷喝道：“再会了！走！直直杀出山西去！”

张四爷、周先生、钩渐、三嚼子奔出破庙，一路杀将过去。

甲丁乙向火小邪、潘子看过来，冷冷道：“我们不宜久留。跟我来，晋军不是针对我们的，我们只用暂避锋芒即可。”

火小邪、潘子连忙点头。甲丁乙在前引路，三人绕到破庙后院，拣着陡峭的山路，向山下密林中行去。

他们三人刚走了没有多远，就听身后枪声大作，三嚼子惊天动地地狂吼，看来张四爷、周先生他们听从了甲丁乙的建议，已经开始硬闯晋军的包围。甲丁乙、火小邪、潘子三人藏身在一个石洞中，一直听到枪声远远地去了，再无声息之后，才松了口气。

火小邪向潘子介绍了一下甲丁乙。甲丁乙不苟言笑，脸上又有两道伤疤，看上去凶恶得很，潘子不敢贫嘴，战战兢兢地问了声好，就不再多说。

火小邪问道：“甲丁乙大哥，你要去哪里？”

甲丁乙说道：“火小邪，你跟着我走，潘子不行。”

火小邪大惊：“为什么？”

甲丁乙说道：“潘子嘴尖舌滑，藏不住秘密，信不过，不能带着他走。”

潘子的赖子劲头一下子被甲丁乙激起，怒道：“你这个人真是不讲道理！我喜欢说话，是我要讨生活，说相声的比我更能说。能说怎么了？得罪你了？我怎么就藏不住秘密，信不过了？我喜欢的人，我才多说话呢。你这个凶巴巴，只会冷笑，晚上走在路上，大板牙一龇，再挂上几根菜丝，活像个鬼，谁敢和你说话？小爷我七八岁就在江湖上闯荡，见过的不一定比你少，你不让我跟着，我还高兴得很呢！谁想跟着你了？大言不惭，装什么装嘛！藏不住秘密？什么秘密老子藏不住，你当你的秘密老子喜欢听啊？”

甲丁乙听得脸上红一阵白一阵，好容易潘子骂完了，甲丁乙一掌举起来，冷冷骂道：“小王八羔子，看我揪掉你的舌头！”

潘子如同耗子一般钻开，仍然指着甲丁乙骂道：“你这么大一个人了，还欺负小孩，你真好意思啊，我瞧不起你！你来啊，我舌头伸着让你揪，吧啦吧啦吧啦……没辙了吧？我知道你没有功夫了，你就是一个傻大个，呸呸呸，装妖怪的傻大个。来啊，你揪我舌头，吧啦吧啦吧啦……碰我一下，咒你娶不上老婆，吧啦吧啦吧啦……”

甲丁乙气得两道伤疤通红，就要追出去抓住潘子。

火小邪奋力拉住，央求道：“甲丁乙大哥，潘子只是贫嘴，他绝对不是那种信不过的人！我在太谷受了伤以后，要不是他拼命扶着我，我根本见不到你。你带我离开的时候，也是潘子去给我找水喝。甲丁乙大哥，你就让潘子跟着我们一起走吧，他从小也是无父无母，四处漂泊的。”

潘子叫道：“火小邪，别求他！他有什么了不起的？我就是瞧不起他，鄙视他，他得意什么啊！甲丁乙，你这个狂妄自大的家伙，说了你还别不信，就你这样，活该被人废了武功。”潘子学着甲丁乙的口气：“喔——他嘴尖舌滑，藏不住秘密，信不过，不能带着他走——喔——我是甲丁乙，我好厉害哦，我要揪掉你的舌头，喔喔——。”

甲丁乙气过了头，竟忍不住哈哈哈地笑了起来。

“潘子，骂得好，骂得好！这么多年来，还没有人这么痛快地骂过我，好得很！好得很啊！你刚才一骂，我倒清醒了许多，我的确太狂妄了，嘿嘿，嘿嘿嘿嘿……活该如此！”笑声止歇之后，甲丁乙哼道。

潘子说道：“知道了吧，哼！”

火小邪说道：“甲丁乙大哥，你就让潘子跟着我们吧。”

潘子嚷道：“火小邪，你别说了。我一个人独来独往惯了，我这就走，我才不愿意和这个妖怪一路呢。火小邪，你也别跟着他走了，和他待时间长了，肯定要变成他那副怪样子，咱们两个还是去开宗立派吧。”

火小邪听潘子这么一说，看了一眼甲丁乙，真的露出了一丝犹豫之色。火小邪其实也不明白：他跟着甲丁乙干什么呢？就是因为甲丁乙知道他背上的伤是扰筋乱脉术？就是因为甲丁乙以前是火家弟子？难道是自己对火家还留有余念，心中不甘？

甲丁乙看到火小邪面露难色，并不解释，而是从怀中摸出一片金叶子，一把丢在潘子脚边。

潘子顿时眼睛亮了，脑袋跟着金叶子在空中画了一道弧线，金叶子在石头上跳动，潘子的脑袋也随着上下颤悠不止，舌头恨不得伸出嘴边半尺长。但潘子并没有立即捡起，而是刺溜一下把舌头收回嘴里，狠狠咽了一口口水，说道："干吗，贿赂我？你当老子贪财吗？我视钱财如粪土……"

甲丁乙说道："潘子，路途迢迢，我这里有不少金子，不必担心一路花费。我面露凶相，不宜出面，你比较精细，就管账吧，这金叶子你先拿着。"

潘子看着地上的金叶子，霎时态度来了个一百八十度大转弯，一步跳上去把金叶子捡起来，揣在怀中，笑道："甲丁乙大哥，甲丁乙大爷，你早说嘛！你们放心，有我在，保证大家吃得好、睡得好。我管钱最有一套了，七七四十九，五八四十，三六十八……我 × 的咧，甲丁乙大哥真是慧眼识珠，算数、记账、采买物品、讨价还价都是我的拿手好戏啊。甲丁乙大哥，刚才我骂你的，你就当我放了臭屁，咻的一下，已经被风吹跑了，您千万别往心里去。哟！甲丁乙大哥怎么可能会往心里去？您吩咐着，咱们什么时候动身？"

潘子觍着脸就凑了过来，变化之快，火小邪也哭笑不得。

甲丁乙对潘子也没有了脾气，说道："现在就走。"

三人略微观望了片刻，便都出了石洞，拣着低洼之处向前行去。

潘子跑在最前面，打探道路，火小邪和甲丁乙反而落在后面。火小邪原本比潘子身手好，但背上的伤尽管无碍了，动作太快还是会筋骨酸麻，所以走得不快。甲丁乙要是不被钉入火曜针，哪会落在后面？甲丁乙颇为无奈，如实对火小邪说了火曜针为何让他功力全失。

原来这火曜针乃是一种极长的细针，一端带钩，但用力一捋，便能捋直。火曜针直的时候，和普通银针无异，可以用火家手法打入脊柱缝隙，一进入体内，温度一变，被捋直的钩子就立即复原，钩住脊髓。按现代的说法，火曜针乃是一种记忆金属，能够自动恢复原样。

火曜针打入体内，没入皮肤之下，只有一个黑点，很难发现。并且由于一端钩住了脊髓，贸然取出，必死无疑。火曜针打在脊柱不同位置上，后果也不尽相同。比如黑三鞭中的火曜针，并不影响他的行动，只是每月发作一次，发作时痛苦无比，是一种酷刑。甲丁乙身中三根火曜针，尽管平时无痛无痒，可一旦使劲，就好像神经反应被堵塞一般，力量无法连续，无法保持，无法爆发，一身功力自然就无法发挥出来，真正是心有余而力不足，只能做一些寻常的事情。甲丁乙说自己还不及一个常人，就是因为这个原因。

火曜针还有一击毙命、延迟毙命等等数种杀人方式，全凭打入火曜针时的劲头和位置。一击毙命倒也罢了，延迟毙命则有延迟多少时日的讲究，手段高强的火家高手，数枚火曜针下去，就能够做到想让你三更死就绝不会拖到五更，端的是厉害之极。

火小邪问甲丁乙，火曜针可有破解之法，甲丁乙说只有火王能解，历代火王登基之后，才会知道化解火曜针的法子，其他火家人，只会施针，不会化针。所以炎火堂的人被逐出火家以后，毫无反击之力，火王严烈要是不给他们化针，他们就只能一辈子如此。

火小邪听得心惊：这火王的尊位果然有厉害的手段维护，不仅仅是靠世袭传承火家规矩的。

火小邪不由得问道："我中的不会是火曜针吧？扰筋乱脉术和火曜针有关吗？"

甲丁乙解释道："我在你昏睡之时已经检查过，你中的不是火曜针，而是扰筋乱脉术，两者差别颇大。扰筋乱脉术是火家根据人体筋脉走向，在体外以点或线状施力，能够让人动作失常的功夫。比如你明明要给人一巴掌，结果这一巴掌却抽在了自己脸上。除了施之于人，扰筋乱脉术同样可以用在机械器具之上，只要判定机械各处施力受力的联系，可一击即破。五行之中火克金，扰筋乱脉术便是火家人一项必须掌握的本事。而我所说的仍然只是皮毛，扰筋乱脉术所有用法，只有火家九堂一法级别的人物才能知道。火小邪，你背上的印记虽说确实是扰筋乱脉术造成，但有什么效果，你为何能够自行化解，我也难以猜出原委。此事异常古怪，我只有把你带到我生长之地，请其他人来判断才行。”

火小邪惊道：“你生长之地？”

甲丁乙沉沉说道：“也是炎火堂还活着的人苟延残喘的地方，叫作净火谷，我们此行，就是要去此地。”

火小邪喃喃说道：“净火谷……”

四、丹霞净火

火小邪正在猜想净火谷是个什么样的所在，走在前面的潘子突然大叫起来："妈妈啊，吓死老子了！死人了啊！"

火小邪回过神来，赶忙和甲丁乙走上前去，果然，血腥味扑鼻而来。转过一堆大石，就看到四五个士兵血淋淋地死在乱石中。再一看死状，身子变形厉害，几乎跌成了一团肉饼，显然是从高空坠落摔死的。

火小邪仰头望去，头顶是百尺高崖，看来这些士兵就是从上面掉下来的。

潘子惊魂不定地说道："妈妈的哦，还是第一次见到跳崖摔死的，太恶心了！这帮人想不开啊，当自己是神仙，能腾云驾雾啊？晦气！晦气！"

火小邪四下一看，还有两只大狗摔死在石坑中，张着大嘴，摔得稀烂，只是嘴上还挂着不少动物的黑毛。

甲丁乙翻了翻地上的尸体，哼道："这是晋军，看来和张四他们有关。此地不宜久留，晋军应该会派人下来收尸。快走吧！"

火小邪、潘子都连连点头，三人匆匆走过这片血腥的修罗地狱，速速离开。

好不容易走远了，尚未见到有什么不对的地方，山野寂静，不像有人会来的样子。

潘子以为没事了，正想说话，旁边密林突然传出窸窸窣窣的声响。

潘子本以为是什么野兔、貂子之类的东西，谁知放眼看去，一大片乱草已经分开，一条牛犊大小的黑色巨犬从草丛中跳了出来，向着潘子张开血盆大口，就要咬上去。

潘子哇的一声惊叫，就势来个懒驴十八滚，避开了这巨兽的扑击，定睛一看，大叫道："豹子！豹子！又是那只豹子！"

火小邪、甲丁乙赶过来，护住潘子，向前一看，那从林中扑出的巨兽，不就是张四爷的豹子犬三嚼子吗？

三嚼子一咬没咬住潘子，落在地上，却有些站立不稳，扑通一下滚倒在地，勉勉强强站起来，一只前脚却高高地悬着，碰不得地面。火小邪仔细一看，原来它右前腿变形得厉害，显然已经骨折了。

尽管浑身是血，三嚼子凶性依然不减，喉咙里低吼着，身子不住晃动，以求保持平衡。它的目光仍然是紧紧盯着火小邪三人，丝毫不放。这三嚼子彪悍至此，真让人又敬又怕。

火小邪冒险喊道："三嚼子，别动！你不记得我们了？我们是张四爷的朋友！"

三嚼子耳朵抖了抖，鼻子抽了一抽，闻了闻，认出了火小邪、甲丁乙，凶态顿收，低吼了一声，身子一转，不再与火小邪他们对峙，而是一颤一颤地艰难向前走去。

甲丁乙低声道："看来刚才摔死的晋军，就是被它赶下来的。它居然没有摔死，还真是厉害！"

火小邪说道："甲丁乙大哥，它这是要去哪里？"

甲丁乙说道："它应属獒犬一类，不是寻常的狗，骁勇好斗，自尊心极强，但对主人无比忠诚，它应该是去找张四他们。"

火小邪说道："那还能找得到吗？"

甲丁乙说道："难，极难！张四他们如能逃脱，必然顾不上等它，直接奔出山西，这三嚼子断了一条腿，行动缓慢，只怕再也找不到张四，要成野物了。而且到了夜间，只怕要死在其他吃肉的猛兽口中。"

潘子嘀咕道："这么大只啥獒犬，让人杀了卖狗肉，怎么也有个二百斤吧。可惜了啊，我要是有这么大的一只狗，天天带着出去吓人玩。"

火小邪看着三嚼子逐渐远去的身影，只见三嚼子颤颤巍巍，费力前行，似乎随时都会摔倒。

火小邪心中一酸，暗中叹道："人有时候真不如一只狗呢！"

火小邪管不了许多，大叫道："三嚼子，等等！"

三嚼子回头看了一眼，但并不停步，还是继续向前走去。

火小邪三步并作两步，追了上去，三嚼子转过身来，还是对火小邪十分警惕。火小邪管不了那么多，用手去摸三嚼子的大脑袋，三嚼子躲了躲，目露凶光，喉中又低吼起来。

潘子也赶过来，站在火小邪旁边不远处，紧张道："火小邪，你小心啊！"

火小邪好像没听见，看着三嚼子的眼睛，又去摸三嚼子的脑袋。这次三嚼子犹豫了一下，没有再避开火小邪的手。火小邪揉了揉三嚼子，说道："三嚼子要听话！我是来帮你的，坐下，坐下。"

三嚼子呜呜了两声，似乎听懂了火小邪的意思，慢慢坐了下来。但它右前腿已断，单腿支撑不住，只能趴在地上，不住舔舐自己的断腿伤处。

甲丁乙也走了上来，说道："火小邪，你要给它治伤？"

火小邪点了点头，说道："潘子，你去捡几根木棍来。"

潘子赶忙应了，到一边去找木棍。这里树木繁密，没花什么工夫，就捡了不少。

火小邪等了许久见潘子还在捡拾，冲潘子喊道："潘子，你又不烧火，捡那么多干什么？"

潘子叫道："方便你找几个趁手的啊！磨刀不误砍柴工，这就来了！"

潘子抱着一堆木棍跑来，放在火小邪身旁。

火小邪从衣服上撕下几段布条，挑了几根合适的木棍，剥去了树皮，对三嚼子说道："三嚼子，你别动，我给你治腿。"

三嚼子呜呜两声，算是同意。

火小邪动作利落地将三嚼子的断骨捏正，用木棍支好，紧紧绑了，这才喘了口气，拍了拍手，说道：“好了！”

潘子喜道：“火小邪，你还会接骨啊？”

火小邪说道：“以前我在奉天的时候，我和我的几个兄弟摔断手脚算是常事，都是我们自己给自己打上夹板接好，接这狗的腿也差不离。”

甲丁乙一直坐在一旁观看，这时才说道：“火小邪，你接骨接得不错。三嚼子最重的伤还不是腿，而是肚子上中了一颗子弹，你用我的刀，把子弹挖出来。来，接着！”

甲丁乙从腰间摸出一把细长小刀，丢给火小邪。

火小邪一把接过，把刀子从刀鞘中拔出。这把刀只有手指宽，手掌长短，闪着淡淡的蓝光，两侧刀锋锐利无比，火小邪拿在手上，感觉轻若无物。火小邪依稀记得，在乱盗之关的时候，甲丁乙就是用这把刀对着他的咽喉，差点取了他的性命。

甲丁乙说道：“这把刀跟随了我多年，叫作猎炎，乃是我立誓取火王严烈性命之意。火小邪，这把刀我送给你了，不必推辞。”

火小邪并不喜欢假惺惺地客气推脱，谢过了甲丁乙，便在三嚼子身上寻找，果然在腹部看到一个伤口，随着三嚼子的呼吸，污血仍然汩汩直冒。

火小邪对潘子说道：“潘子，你按住三嚼子的脑袋，叫它千万别动。”

潘子哆哆嗦嗦地摸上三嚼子的大脑袋，说道：“三嚼子，你可不能咬我啊，我们给你治病，你要感恩啊，好狗不咬人，咬人就不是好狗，何况是咬恩人的手，咬一下会烂舌头的啊……”

三嚼子低低呜咽两声，并不乱动，好像也知道火小邪不会对它不利。

火小邪用手拨开伤口，擦去污血，手持猎炎刀，准备动手。火小邪经历了一趟火门三关，不知为何觉得自己技艺和胆识都大增，所以对用刀剜出子弹颇有自信。

快刀插入伤口，略略一抖，已经探到一枚子弹，火小邪手腕一转，使力一挑，只听当啷一声，那枚子弹已经被挑出，掉落在石头上。

三嚼子低吼一声，身子微微动了动，便平复下来。

潘子叫道：“火小邪，厉害啊，一举成功，手到擒来。”

甲丁乙也在一旁低声赞道："好！"

火小邪拍了拍三嚼子的后背，说道："三嚼子，你没事了，起来吧。"

三嚼子呜呜两声，抖擞了一下身子，便站了起来。看来火小邪给三嚼子接骨、取弹效果颇好。

三嚼子目露感激，看了一眼火小邪，并不走开。

火小邪对甲丁乙说道："甲丁乙大哥，我们行走不快，要不就带着三嚼子一起吧。"

甲丁乙早有同意之心，当即点头默许。

火小邪摸着三嚼子的大脑袋，说道："三嚼子，跟着我们走吧。若能碰见张四爷，你还是跟着张四爷走就是。"

三嚼子是只通人性的狗，它也明白再找到张四爷不易，火小邪救了自己的性命，理当臣服于火小邪。这三嚼子一旦认了新的主子，便对火小邪等人再无凶狠之态，眼中尽是忠厚老实的神态。

潘子喜道："嘿！火小邪，这只大狗好像服了你咧！你看你看，傻乎乎的像只笨熊了！喂喂，三嚼子，你也得认我当你的二主子啊，我保证让你吃香的喝辣的。"

潘子蹲在地上，三嚼子站着，比潘子还高出一头。三嚼子听潘子嘀嘀咕咕，尽管听不懂，还是把大舌头伸出来，直舔潘子的脸。

潘子乐道："哎呀轻点，你一舔把我脸皮都舔掉了。"

火小邪也开心了，笑骂道："你这么厚的脸皮，刀子都扎不进去，还怕狗舔？"

甲丁乙站起身来，说道："走吧，不要再耽搁了。"

火小邪把猎炎刀插回刀鞘，用刀鞘上自带的皮绳牢牢将猎炎刀系在腰间，再谢了声甲丁乙，三人一狗便起身，准备继续前行。

潘子刚站起来走了两步，突然指着一个大石头，说道："嘿！黄雀，不怕人的。"

火小邪顺着潘子的手看去，果然看到一只小小的黄雀，正在一块大石头上跳跃着，似乎正在打量着他们。

火小邪一见黄雀，丝毫不喜，反而一股子惶恐涌起，顿时说道："不好！有人发现我们了！"

潘子惊道："什么？"

石头上那只跳跃着的黄雀听到人声，腾地一跳，振翅高飞，眨眼就没入山林，没有了踪影。

甲丁乙走上前来，问道："火小邪，你说什么？"

火小邪神色凛冽，道："是水王流川。这黄雀是水王流川的鸟儿，我见过的！"

潘子抓着脑门，愁眉苦脸地说道："水王流川？我的老天，这都是些什么人啊？我这一天，简直比我过去十年都见得多。哇呀呀，脑子都转不过来了！"

三人不敢怠慢，加紧向前行去。三嚼子去了枪伤，腿上也能支撑，跟在火小邪身边，并不落后。

三人走了一段，已到低洼处的尽头，平地再无道路，若要前行，只有向山上爬。突然却见林中窜出一只黄雀，在三人头顶盘旋一圈，叽叽喳喳地叫了几声，便再度飞入林中，不见了踪影。

火小邪不知何意，甲丁乙更不明白，他们不敢停步，正要爬山，忽听头顶上方有一女子呵呵娇笑："火小邪，火小邪，你来了啊。"

火小邪、甲丁乙、潘子赶忙站住，看着前方，严阵以待。三嚼子更是如临大敌，站稳了身子，冲着女子声音传出的地方呜呜低吼。

山路一侧的林中，一黑一白两个身影微晃，无声无息跳出来两人，站在一块大石头上，看着火小邪他们。

潘子看着大石上的女子，惊得合不拢嘴，低声哼道："娘啊，见过了一堆神仙，收了只啸天犬，这次又碰到仙女了。"

大石上的两个女子，一穿黑，一穿白：穿黑衣的，冷艳不可方物；穿白衣的，妩媚勾人魂魄。在这种深山老林、人迹罕至的地方，突然蹦出这两个绝色的美女，真有点如梦似幻。这两个女子，尽管神色各异，五官、身材却如同一个模子刻出来的。这两人不是别人，正是水妖儿和水媚儿。

潘子从没见过她们，这一下子让他眼睛都直了，如果不是拼命忍住，口水非流下三尺不可。

水妖儿、水媚儿并不说话，一个冷冷的，一个笑眯眯的，居高临下地看着他们。

火小邪、甲丁乙也都一言不发，与她们对视。

潘子打破了僵局，叫道："前面的两位姑娘，你们是人是妖还是仙女？我叫张潘，江湖人称八脚张，又称玉面小郎君，两位姑娘幸会啊幸会啊，我看你们肯定不是来为难我们的吧？"

穿白衣的水媚儿咯咯娇笑："玉面小郎君？我怎么看你像是灰头土脸小色狼呢？我们不是来找你的，是来找火小邪的。呵呵，没你什么事情啊，你站到一边去，小色狼。"

潘子碰了一鼻子灰，不甘心地看着火小邪，酸溜溜地说道："火小邪，又是找你的。喂，是你相好的不？分我一个行不行？"

火小邪只当没听见，对水妖儿、水媚儿说道："水妖儿，水媚儿，你们有什么事情吗？"

水媚儿咯咯笑道："人家想你了，来看看你不行吗？占了人家的便宜，还想赖掉吗？你真是薄情郎。呵呵……"

火小邪脸上一红，忙道："水媚儿，你能不能不要胡说？"

潘子在一旁嘀咕："火小邪，感情你都睡过了啊，还骗我说你是处男……"

水妖儿站出一步，狠狠道："旁边那个瘦子，你再多说一句，我就一刀挖出你的两只眼睛！"

水媚儿咯咯娇笑："水妖儿，直接让他当太监就是了，让他以后干着急。"

潘子吓得一哆嗦，屁都不敢再放，缩到三嚼子身后躲着。

甲丁乙嘿嘿冷笑，说道："两位水家的姑娘，如果你们找火小邪有事，还请快点说，我们还要赶路。"

水妖儿看着火小邪，脸上渐渐浮现出一丝笑意，有点顽皮地说道："喂，猴子，你怎么到这里来了？”

火小邪见水妖儿神态恢复到顽皮的模样，心中微微一颤。水妖儿第一次与他相见的时候，就是这种顽皮的样子。

火小邪说道：“水妖儿，能不叫我猴子吗？我为什么在这里，你难道不知道吗？我被火家逐出，流落到此。”

水妖儿笑道：“喂，猴子，那你要去哪里？我跟着你一起去好不好啊？”

水妖儿一再叫火小邪猴子，火小邪拿她也没有办法，只好说道：“不要了不要了，我要去很远的地方，你别跟着我。”

水妖儿并不在意，看了眼甲丁乙，说道：“这还不好猜，你是要和甲丁乙去净火谷对不对？”

甲丁乙并无表情，但火小邪就忍不住，脸上一慌，说道：“你怎么知道？”

水妖儿嘻嘻笑道：“哈哈，猴子，吓唬你一下你就露馅了，好玩好玩。”

火小邪重重叹气，知道自己中了水妖儿的计谋，却又无法挽回，只好说道：“水妖儿，你怎么知道净火谷？”

水妖儿说道：“净火谷又不是什么天大的秘密，水妖儿怎么不知道？就是不太容易进去罢了，而且我们水家也懒得进去呢。”

甲丁乙嘿嘿冷笑：“谢水王流川。”

水妖儿说道：“水家才不愿意掺和你们火家的恩怨呢。甲丁乙，如果你带火小邪去净火谷，也带着我一起去吧。我跟着你们，可是大有好处哦。甲丁乙你不能施展功力，火小邪和那个小色狼也都没什么本事，我跟着你们，能保你们一路太平。”

水媚儿在一旁惊道：“水妖儿，你真要跟他们走啊？爹爹知道了，你我都惨了。”

水妖儿的脸色唰的一下变得极为犀利，恶狠狠地说道：“我绝不会见郑则道！是爹爹逼我的，怪不得我！”

潘子低声叨咕：“完了完了，乱了乱了，要私奔了。”

火小邪突然高声叫道：“不可以！绝对不可以！水妖儿，我不欠你的，你也不欠我的，我们两清。你走你的，我走我的！”

唰的一下，水妖儿又换成一副顽皮的模样，笑道："臭猴子，我就要跟着你，你能拿我怎么样？"

水媚儿无奈道："哎呀哎呀，水妖儿，你要是一定要走，我也只好跟着你们走一段了。要不我可不敢一个人回去见爹爹，爹爹会骂死我的。"

潘子又嘀咕："火小邪，两个人一起啊，二女一夫了，答应啊，答应啊！"

火小邪厉声道："水妖儿，你们为什么在这里？"

水妖儿嘻嘻笑道："猴子，你别生气啊，你生气的样子很好笑呢。我告诉你我为什么在这里啊，还不是帮你收拾那个张四。我们把张四赶得像耗子一样钻来钻去，好玩死了。那个张四狼狈不堪，好过瘾的啊，你看了一定解气哦，我知道你讨厌张四……"

火小邪大骂着打断水妖儿："别说了！水妖儿，你还有没有人性？你知道你这样做，要死多少人吗？张四爷惹了你什么吗，你要这么折磨张四爷？"

水妖儿收起笑容，说道："猴子，你怎么了？你不是恨张四的吗？死了几个人关我们什么事？人又不是我们杀的。"

火小邪听水妖儿这样说话，胸中一股无明业火腾的一下被点燃了，眼睛一瞪，指着水妖儿破口大骂道："水妖儿，若不是你去偷张四爷的玲珑镜，若不是你指使黑三鞭，若不是你将羊粪当玉胎珠塞到我肚子里骗我，我那几个小兄弟就不会死！就不会死！就不会死！我也不会纠缠在这些江湖恩怨中！这一切都是你造成的！都是你！你知道吗？你所做的一切，都是为了好玩，都是为了你自己。我恨你！我现在才知道我多么讨厌你，我一点都不想见到你！你不要跟着我！你滚开！你滚开听到没有？我不是猴子，你不准叫我猴子。你滚啊，滚！你要是不高兴，你可以一刀杀了我。我知道你会杀人，来啊，你杀了我你就轻松了！反正我打不过你，你也觉得我没本事！我是没有本事，我就是没有本事，我就是一个小贼，小偷，该死的，没有人要的，我什么都没有，我连我爸我妈是谁都不知道！我连我真正叫什么名字都不知道！我生在哪里，我更不知道！我连我今年多大年纪了我都不知道！水妖儿你懂什么，懂什么？我不要你同情，我不要你跟着，你跟着我，我就去死！反正我早就不想活了！"

火小邪骂着骂着就语无伦次起来，一身浑劲儿毫无忌讳地喷涌而出，全身各个角落都好像被熊熊烈火笼罩着，想到哪里就骂到哪里，几乎要把自己这些日子里所有的委屈、烦闷、愤恨全部骂出来。火小邪骂得双眼通红，几乎要变成一只口鼻喷出烈焰的地狱恶魔。

三嚼子听火小邪对水妖儿发怒，大概也明白水妖儿肯定是敌非友，随着火小邪的骂声狂吼起来，双眼凶光大盛，跃跃欲试，只等火小邪一声令下，就要扑上去把水妖儿撕成碎片。

潘子拉着火小邪衣角，也是惊慌得很，他没想到火小邪发作起来有这么厉害，简直如同天上降下来的雷火，毫无规律地放肆、蔓延。

潘子叫道："火小邪，你冷静点。我的老天啊，刚才还要私奔，一下子就情变了啊，咱们别这么快行不行，先坐下来喘口气。"

然而甲丁乙并不阻止，反而向火小邪投来欣慰的目光。

水妖儿一直愣愣地听着，脸上寒冰一片，直到火小邪骂完，才冷笑道："好！火小邪，你好烈的火性！"

话音一落，水妖儿猛然转身，箭一样跳开，瞬间就没有了踪迹。

水媚儿脸色也不好看，指着火小邪骂道："火小邪，你会后悔的！"

水媚儿身子一晃，身形极快地追水妖儿去了，片刻之后，消失无踪。

四野一片宁静，好像水妖儿、水媚儿从来没有出现过。

火小邪见水妖儿、水媚儿她们走了，急火攻心，一句话都说不出来，用手撑着路边的大石不断喘气。

甲丁乙走过来，拍了拍火小邪，说道："她们走了。火小邪，你火性精纯炽烈，若好好引导，应有大成。"

火小邪紧闭着双眼，急促喘息。他心中隐隐浮现一丝后悔，但马上被体内澎湃的烈火烧尽，只觉得还没有骂痛快。

过了一会儿，火小邪喘息稍平，声微气促地说道："甲丁乙大哥，我没事了。咱们一定要小心刚才那两个丫头，她们行踪不定，潜行技术极好，不要让她们跟上，发现了净火谷。"

甲丁乙说道："火小邪，就算她们跟着我们，发现了净火谷的入口，也不见得进得去。"

火小邪说道："那好，甲丁乙大哥，咱们赶快走吧。我怕她们再折回来。这两个丫头，都是性格多变，忽冷忽热，实在信不过。"

潘子还在呆呆望着水妖儿和水媚儿离去的方向，满是惋惜的神色："哇，仙女啊，美人啊，两个美女，生气发脾气都那么好看。哎呀，我还没看够，就走了啊，可惜啊可惜啊，给我一个当老婆，我这辈子就满足了。"

火小邪、甲丁乙、潘子、三嚼子离开了此地，向着南方行去。

这一走下去，就是一个月不停。一路上并没有发现有人跟踪的迹象，但他们一行人还是倍加小心，风餐露宿，终于进入广东境内。

三嚼子身体壮硕，自从跟随了火小邪之后，二十多天的工夫就已经能够活蹦乱跳。潘子觉得三嚼子这个名字不好，于是非要给三嚼子改名，唤作"黑风怪兽"，说这样气派，大街上一叫，保证人人注意。火小邪坚决不同意，潘子只好唤作"黑风怪"，火小邪还是反对，最终三嚼子正式改名叫作"黑风"，但潘子仍然"黑风怪"或者"黑风怪兽"地乱叫。

三嚼子听多了大家叫它黑风，渐渐也就认了自己的这个新名字。

黑风腿伤已好，经常钻到山林里去追逐野猪野鹿野鸡，咬死了叼来，自己从来不敢先吃，十分忠诚。这让火小邪他们时时能够吃到野味。甲丁乙尽管总是一张冷脸，但烤肉的手艺极好，烤出来的肉外焦里嫩，香气扑鼻，火候十足，潘子次次都要吃到肚子滚圆，才肯罢休。

潘子管钱管账，也是极其尽职尽责。由于他们三人从来不进市镇休息，都是在外面露宿，采买杂物的事情都是由潘子负责。尽管潘子见了钱如同见了亲娘一般，却不是个见利忘义之人，每次买来的东西都是精挑细选，价廉物美，而且次次都会记账，把甲丁乙交给他的钱当成性命一般保管。

火小邪除了从奉天独自一人去了一趟山西，从没有出过远门，更没来过南方，所以行走过四川、湖北、湖南一带，不禁惊叹中华大好江山，竟然如此秀丽多姿。潘子喜欢说话，这些年行走过不少地方，便没事就拉着火小邪胡吹各地的奇闻轶事，甲丁乙更是见闻多广，没事也会插几句话，说些风土人情，每每都能听得火小邪、潘子连连咋舌。

甲丁乙带着火小邪、潘子一路前行，除了生火做饭，没事聊上几句以外，大部分的时间都是自己一个人锻炼，做些投石、举重物、爬树之类的事情，以求恢复一些功力。尽管作用不大，但功夫不负有心人，甲丁乙已能做到寻常人所能做到的所有事情，但也仅限于此，再没有可以提高的办法，论身手还远不及潘子。

好在甲丁乙就算丢了功力，头脑还是以前的那个甲丁乙，在江湖中行走的经验丰富，带着火小邪、潘子，数次避过山匪、强盗、乱寇，驱虫避兽、解毒防病更是不在话下。火小邪跟着甲丁乙，一路上真是学到不少荒野生存的本事。潘子擅长在市镇里求生，在野外就只能干瞪眼，所以也万分佩服甲丁乙，虚心求教。

甲丁乙自从丢了功力，性格也大变，不再是以前那副无所顾忌、出口不逊、目中无人的模样，对着火小邪、潘子两人，言语也逐渐温和，说到高兴的时候，也能朗笑几声，不再是以前凡事发笑必然是冷笑的态度。尽管如此，甲丁乙还是不喜欢说话，大多数时候都是沉默，对火家以前发生的事情更是少言寡语，从来不愿多说。

火小邪天天和潘子在一起贫嘴，几乎寸步不离，恨不得撒尿拉屎都凑在一起。火小邪受了潘子乐天派性格的感染，把自己的那些烦心往事统统丢到脑后，恢复了在奉天的时候顽皮胡闹的性子。火小邪做事情本来就有些邪气，潘子更是一个满肚子歪招的痞子，两人没事就窝在一块，谋划些整人的“高招”，什么在馒头里面夹大粪，面汤里面掺尿，往睡着的人嘴巴里面丢屎壳郎，说得兴起，经常哈哈大笑，得意忘形。这两人尽管没有拜把子，这一路坎坷下来，走到广东境内，早已是无话不谈的生死之交。

三嚼子自从改名叫了黑风，更是对火小邪、潘子、甲丁乙死心塌地，只要任何一个人一叫唤它，都必然风一样跑过来，陪在身边，寸步不离。若让它走，也只需一挥手，它就离开，绝不像普通的狗儿那样赖皮赖脸的。

潘子人比较瘦小，黑风脚伤痊愈之后，没事把黑风当马来骑，黑风乐不可支，驮着潘子满山冈地疯跑。潘子见黑风力大无穷，更是会想省力的法子，找了几个袋子，把采买来的锅碗瓢盆、杂七杂八的东西一概让黑风驮着，真要把黑风当驴子一般使唤。本来火小邪还骂潘子尽出些馊主意，但黑风根本不怪，还十足地乐意如此，驮了一次就上了瘾，每次动身出发，都要玩了命地把东西驮着，不让它驮，它还要呜呜呜呜地鸣冤，满眼里都是委屈。火小邪见已经如此，也就只好让黑风干这些苦力活。黑风驮着几十斤重的东西，奔跑跳跃，浑若无事，丝毫不觉有什么不便，白天跑在前面开路，晚上竖起耳朵值守，寻到山洞也是一狗当先地冲进去探视。连甲丁乙都觉得，黑风一路上帮了大忙，火小邪带着它真乃英明的决定。

黑风跟着张四爷的时候，不是追人就是咬人，时时都要保持战斗状态，哪像现在这样无拘无束。火小邪和潘子抱着黑风当枕头睡觉的时候，火小邪看着黑风憨傻忠厚的大脑袋，真想不到黑风以前凶狠无比，还曾经想一口咬死自己。豹子犬毕竟是狗，就算再凶再狠，一旦认了你当主子，你对它好，它就千百倍地对你好，真心实意，毫无一点虚假。

一行人进了广东境内，甲丁乙更是轻车熟路。他不再是一身黑纱的打扮，而是换了普通人的服装，戴着斗笠、面纱遮蔽面部伤痕。甲丁乙叮嘱潘子去旁边的市镇买上几把好柴刀，数捆结实的麻绳，以便进山，并告诉潘子粤语难懂，只需如此如此便可。潘子听了吩咐，带着火小邪出去买货，果然听人说话，如同天书，一字不懂，好在潘子和火小邪都很机灵，连蒙带猜外加比画，这才把东西买齐了。

甲丁乙并不解释采买这些东西是做什么用的，三人一犬日夜赶路，穿山越岭，走得很急，渐渐已经到了人迹罕至之地。

众人又走了一日，登上了一处高崖，甲丁乙才指着前方层层叠叠的奇峰峻岭说道："到了！前方就是丹霞山，净火谷就在此处。"

丹霞山位于粤北，距仁化县城尚有半日的脚程。丹霞山并不算高，但它的山崖，远看似染红霞，近看则色彩斑斓。许多悬崖峭壁，如刀劈斧削，直指蓝天，无数奇岩美洞隐藏于山中，景色相当奇丽。有人曾说过这样的赞誉之语：“桂林山水甲天下，不及广东一丹霞。”丹霞山的岩石含有钙质、氢氧化铁和少量石膏，呈丹红色，是砂岩地形的代表，地质学上称为“丹霞地形”。

火小邪望着眼前无数的奇峰怪崖，看得有些痴了。他生长在北方，北方的山多数雄伟高大，气势恢宏，要说奇巧俊秀，不及这丹霞山万一。净火谷地处丹霞山中，必然是极难被人发现。

潘子看着眼前的风景，也是赞道：“老天，这些山怎么都红彤彤的！一眼看过去，岩洞简直比蚂蚁洞还多，我要是藏在里面不露头，只怕要找我出来都是大海捞针啊。”

甲丁乙悠悠说道：“净火谷乃是我父亲炎火威发现，就连火王严烈都不知道在何处。若不是有净火谷，炎火堂众人实难躲过严烈的追杀。火小邪、潘子，这就走吧。”

火小邪、潘子应了，带着黑风紧跟着甲丁乙，绕下高崖，向着丹霞山而去。

众人拣着山路而行，又走了半日，才走到了丹霞山的山脚下。数条溪流从山谷中穿山而过，溪边密林幽深，水道九曲回转，简直像是一个天然的迷宫。要是没有人带领，再往里走，真不知会走到哪里去。

甲丁乙带火小邪、潘子坐在溪边休整了片刻，吃了些干粮，略略睡了片刻，养足了精神，这才吩咐火小邪、潘子跟他一起去旁边的竹林砍伐毛竹，计划做一条竹筏，沿溪而下。

火小邪、潘子知道很快就要到达目的地，都有些兴奋，赶忙拿着进山前就买好的砍刀，和甲丁乙一道进林中砍竹子，没多久就砍了二三十根。那毛竹有人的胳膊粗细，已经足够使用。

三人把毛竹拖出来，甲丁乙取出麻绳，由火小邪、潘子一旁协助，把竹筏扎好，推入溪中。

甲丁乙让潘子把锅碗瓢盆全部丢掉，只带足干粮，潘子心疼了半天，也没有办法。三人清点好物品，也不用再让黑风驮着，而是一个人扎了一个布包，牢牢捆在背上。看来这一趟水路，必然会十分艰险。

甲丁乙见日头西沉，低喝道：“走！”

火小邪、潘子、黑风一片雀跃，纷纷登上了竹筏。甲丁乙掌舵，火小邪、潘子两人撑篙，借着夕阳余晖，顺着溪水向下游划去。

刚行了几丈远，前方一处山崖上扑棱棱一团飞鸟惊飞，炸散满天。潘子叫道："那山头上是有人还是有野兽啊？"

紧紧抓着竹筏的黑风，也昂起头，警惕地望着山崖。

火小邪也是心里一紧，回头看着甲丁乙，说道："甲丁乙大哥，我们一路上都没有发现有人追踪，会不会是有人等在最后……"

甲丁乙望了望远方，冷冷说道："不必管他！我们快走！"

火小邪、潘子赶忙应了，奋力撑筏，向着丹霞山山中快速行去。

日头已经沉入山梁，转眼天便黑了，那道溪水如同墨龙一般，蜿蜒曲折而去，看不见尽头。

五、此地难容

山中天黑得快，火小邪他们卖力撑出一段水路，进入一条狭长的山涧，四周山麓已如墨染。两岸的密林沟壑之中时刻有鸟鸣兽行，似乎都不怕人，看着火小邪他们顺水漂来。

潘子嘀嘀咕咕地骂道：“天亮的时候还像是个神仙居住的地方，怎么天一黑，就阴森森的，吓死个人。”

火小邪叫潘子不要废话，好好划船，潘子这才闭上了嘴巴。

甲丁乙不作评论，只是指挥着大家向前划去。

越往前行，水路分汊越多，密如蛛网。有的分汊直接流入山脚的大洞中，轰隆隆激得洞内不断鸣响。水流也是忽急忽缓，湍急处，一个不小心就会撞上水中的巨石。好在甲丁乙对这条水路十分熟悉，在竹筏后端来回支撑，掌握方向，不断低喝指挥火小邪、潘子行动，这才有惊无险，向山中越来越深处驶去。

行了一个多时辰，过了一处激流，竹筏一转，拐进一条狭窄、悠长的水道。这水道窄仅一线，竹筏进去仅仅不至于卡住，若想掉头绝无可能，两岸均是笔直的峭壁，高耸入云，山壁触手可及，崖顶被无数茂密的草木枝叶遮住，像搭了一个盖子，黑乎乎的透不进一点光线。

火小邪用竹竿探了探，竹竿送到尽头，都探不到底，想必是极深。如此深窄的河道，连撑篙都没有余地，火小邪、潘子干脆把竹竿放下，仅凭空手支撑着岩壁让竹筏前行。

甲丁乙在后面低声说道："快要到了，你们两个坐下，抓紧了竹筏，千万不要掉下去。"

火小邪、潘子齐声应了，都坐了下来，把黑风也牢牢地按在竹筏上。甲丁乙以一人之力，继续让竹筏前行。

又行了一刻钟的时间，水流渐渐加速，带着竹筏直直向前冲去，甲丁乙叫道："不要惊慌！抓紧！"

火小邪、潘子抬头一看，竹筏转过一个弯以后，前方赫然出现了一道直插云霄的竖崖，这条水道已是到了头，可水流更加湍急，带着竹筏飞速向山崖冲去。

火小邪、潘子都惊声大呼，竹筏已经避无可避，加速冲去。火小邪拽着潘子，正在惊惶思索求生之计，突然发现山崖上有一个低矮的洞口，水流奔涌而入，但由于洞口有藤蔓覆盖，刚才急切之间根本没看见。

潘子瞪大了眼睛，嗷的一声叫，竹筏已经冲入洞中。洞内黑得伸手不见五指，水汽扑面，水击岩壁，响若雷鸣。

竹筏飞速地前行，撞着黑暗中的洞壁，咚咚作响，似乎随时都可能倾覆。

潘子不住嗷嗷大叫："完了啊！要死了啊！救命啊！"

火小邪伏着身子，极力保持镇定，然而心紧紧揪起，也是万分紧张。

甲丁乙喝道："没事！不要慌！一会儿就好！"

潘子又鬼哭狼嚎了一阵，竹筏的速度已经渐渐降低，最后完全平缓了下来。潘子慢慢止住了叫声，抬起头来叫道："老甲！小邪！你们没事吧？"

黑暗中火小邪笑道："你抓着我的胳膊呢！黑灯瞎火说瞎话呢！没事没事。"

甲丁乙并不出声，只听嚓嚓火石击打的声音作响，火花腾起，很快，一根细小的松油火炬被点燃了。这都是甲丁乙事先准备好的东西。

火光尽管不大，仍能把火小邪他们的所在之处照得通明。

原来他们所处之地乃是一个巨大的水洞，水面约有十丈方圆，四周怪石嶙峋，有巨石从水底冒出个尖角，大石上蹲着几只硬壳乌龟，见了火光，都慢悠悠地从石头上爬下，没入水中。这个水洞顶部约有三个人高，不少粗大的红色石柱自上而下垂入水中，如同赤龙取水。这个水洞景色还真是奇异得很，天工造化，竟能生出这样一个隐秘的地方。

水洞一侧有数个洞口，激流汩汩灌入，一进了水洞，就平伏下来。火小邪他们的竹筏，似乎就是从这些洞口中的一个冲进来的。而水洞另外一侧，还隐隐约约现出十多个或大或小的岩洞，看水面波纹的走向，应该是出水的地方。

竹筏眼看漂到洞边，甲丁乙用手拉住石头，从竹筏上跳下，攀上洞壁，爬了几步，便寻到十多根松木，还有一个石窝中盛满了松油。甲丁乙做了四根火把，点着了一根，从高处递给火小邪、潘子拿着，这才重新爬回竹筏上。

潘子举着火把，说道："看来出了这个洞，就是净火谷了？乖乖，这地方打死我我也找不到啊。"

甲丁乙说道："还有很长的一段路才到。"

火小邪说道："甲丁乙大哥，我看这里有许多出口，是不是走错了，就到不了净火谷了？"

甲丁乙捡起竹竿，撑开竹筏，边撑边说道："这里四通八达，乃是净火谷的一个天然迷阵，如果走错了一步，非但到不了净火谷，还有性命之忧。"

火小邪默默点头，心中赞道："天下之大，真是无奇不有，还有这种天然防盗的地方。"

潘子高兴起来，叫道："高明啊高明啊，老甲，你爸爸，我那亲叔叔是怎么找到这里的？真是厉害啦！是瞎猫子碰到死老鼠——啊，不是，是怎么就这么巧，找到这种地方的啊？"

甲丁乙慢慢撑筏，向着一侧出口而去，沉默了片刻，才对火小邪和潘子说道："净火谷原本是帝王陵。火家炎火堂有一要务，就是发现天下各处极为隐秘难寻的神仙地。金木水火土五行世家各自都会寻找，各有各的方法。

我父亲炎火威找到了净火谷，没有告诉火王严烈，本想请炎火驰迁来此地，谁知世事难料，炎火驰已经被人所害，故此净火谷倒成了炎火堂残存之人的福地。”

潘子是知道甲丁乙的身世的，见甲丁乙不愿意说寻找的办法，也就不好再不识趣地追问。

潘子摸了摸头，憋住自己的好奇，四下打量，突然惊道：“那是什么？”

火小邪、甲丁乙连忙顺着潘子的目光看去，只见左侧不远处的水面泛起层层波纹，一个白色的巨物在水中若隐若现，随后啪的一声，打出一大团水花，沉入水底不见。

黑风顿时站了起来，冲着水中巨物出现的地方呜呜低吼。

火小邪叫道：“什么东西？”

甲丁乙哼道：“不要担心，这是白背寒鱼，只生活在地下冷水中，大的能够有一丈长短。这些鱼生性凶猛，牙齿尖利，什么都吃，我们刚才点了火把，一定是惊动了它。”

火小邪说道：“它不会对我们不利吧？”

甲丁乙说道：“暂时不会。这种白背寒鱼可防有人在水下跟踪我们，乃是净火谷的一个防盗良策。但我们不可久留，这些鱼会越聚越多，等聚多了，把我们的竹筏撞翻，一旦落入水中，我们就算有三头六臂，也难逃一死。”

潘子叫道：“老甲老甲，那咱们快走快走。去哪里？我帮你划撑。”

甲丁乙指了指前方的一个洞口，说道：“那里。”

甲丁乙、火小邪、潘子三人合力，加速撑篙，很快便驶入了一个石洞，渐行渐远。

地下水道寂静无声，只能听见火小邪等人的喘息声。竹筏走过一顿饭工夫，并没有见到任何异状，火小邪、潘子才慢慢放下心来。

洞中的水道还是有无数分汊，不时穿过一个或大或小的水洞，走了两三个时辰，还是看不见尽头。若不是甲丁乙对路径十分熟悉，换了旁人，无论是谁都要迷失在这天然的迷宫之中。

甲丁乙说道："火小邪，潘子，至少还要三四个时辰才能到。你们暂时帮不上忙，先休息吧。"

潘子又惊又累，再加上这里回声颇大，聊天都别扭得很，早就熬不住了，便道了声谢，把黑风一拍，说道："黑风怪兽，来，让你亲爹靠一靠。"

黑风哼哼唧唧地挤到潘子身边，潘子拢了拢黑风的毛，靠着黑风的肚子躺下。这小子还真是不存一点心事，双眼一闭，竟真的呼呼睡着了。

甲丁乙说道："火小邪，你也休息吧。"

火小邪摇了摇头，说道："我不累，我帮你拿火把，互相有个照应。"

火小邪坐在竹筏前端，将火把插在筏头，默默地看着前方。火把毕毕剥剥地燃烧着，火焰随着竹筏轻轻抖动，把前方照得或明或暗，更远处则是一片漆黑。火小邪不知道自己在想些什么，往事一幕幕地出现在眼前，既不高兴，也不悲伤，好像自己只是一个旁人，在看别人演的一出戏而已。

慢慢地，火小邪也有点困了，看着似乎永无尽头的水面，迷迷糊糊地坐着睡着了。

梦境中，火焰填满了整个房间，火小邪被大火包围，无处可逃。他无力地哭着喊爹娘，但没有人答应。猛然间，火焰中跳出一个蒙面人，手持一把刻着"影"字的长刀向着火小邪劈下，火小邪避无可避，眼睁睁看着刀锋就要砍到，脚下却突然一松，身子坠下，顿时落入冰冷的水中。那水好深，好冷，刺骨地寒冷，火小邪无法呼吸，徒然挣扎着，看着头顶上大片的火焰飘荡，向无底的水中沉去，眼前逐渐一片黑暗……

火小邪惊叫一声，醒了过来，一看眼前是黝黑的水面，还以为仍在梦中，吓得哇的一声惊叫，一下子站了起来。竹筏剧烈地晃动了几下，好在甲丁乙及时稳住，才不至于倾覆。

潘子被这阵晃动惊醒过来，啊啊大叫，紧紧抱住黑风的大腿。

黑风身子重，爪子大，牢牢扣住竹筏孔隙，站得比人更稳一些。

甲丁乙喝道："火小邪！你怎么了？"

火小邪这时已经清醒过来，浑身颤抖不止，遍体透寒，一身冷汗地趴在竹筏上，大口大口地喘道："没事没事，我刚才打了一个盹，结果做了噩梦。

现在没事了，没事了。”

潘子惊魂未定，叫道：“火小邪，要是把船弄翻了，水里没准有死鬼的白背寒鱼等着咬人咧！小邪爷爷，您能不在船上做噩梦吗？你一做噩梦，乱跳乱蹬，咱们就只能都去做“噩梦”了。”

火小邪喘道：“对不住对不住，我也不知道怎么就做噩梦了。”

甲丁乙问道：“火小邪，一路上你时常做噩梦，你到底梦到什么了？”

火小邪从来没有和甲丁乙、潘子说起过自己梦到了什么，他虽然觉得这些重复的噩梦十分奇怪，但也从来没有想过它们和自己有什么具体的关联，自然也不好意思与别人说。现在仔细回想这些噩梦，火小邪发现，每次碰到一些特殊的情景，梦境都会前进一点以后戛然而止。比如这次梦到自己掉到冰冷刺骨的水中沉下去，火小邪怀疑是在漫长的地下水道赶路所致。

火小邪摇了摇头，说道：“没什么，就是梦到自己差点淹死了。真对不住，我也控制不住自己梦到什么。”

甲丁乙说道：“日有所思，夜有所梦，可能是你一直待在水面上，才梦到这些事情了吧。”

潘子说道：“小邪，我听说梦都是反的，你的梦越惨，实际上就越好。你看我，我天天睡觉前都指望自己能梦到臭大粪，最好是金黄金黄的，涂我一身才好，因为我听说梦到这个能发财的咧！结果呢，现在还没有梦见过。哎呀，可惜啊——”

火小邪被潘子逗得笑了，爬起身坐好，说道：“现在好了，我再也不想睡了！甲丁乙大哥，快到了吗？”

甲丁乙说道：“快了。再过几个水洞，就到入口了。”

潘子鼓掌笑道：“太好了太好了，这趟船我真是把屁股都坐疼了。”

甲丁乙一撑洞壁，竹筏再向前行，可行了五六丈，突然竹筏底部碰到了一个似乎在水下漂浮的重物，晃了起来。

甲丁乙竹竿一撑，将竹筏稳住，抓紧了旁边的岩石，眉头紧皱，一点都不敢大意。

火小邪、潘子顿时紧张起来。这竹筏一路行来都是好好的，会撞上水中的什么东西？

火小邪举起火把，小心翼翼地去照水下。

潘子低声叫道："火小邪，你小心啊，别看啊！"

甲丁乙说道："火小邪，你退后，还是我来。"

甲丁乙话音未落，潘子又号道："动了动了，在船底啊！我的亲娘祖宗啊，好大的鬼东西啊！"

三人赶忙看去，只见竹筏下面，慢慢地从侧面露出一道水下的白边，撞得竹筏微动，好在动静不太。三人大气都不敢出，紧紧盯着不眨眼。

这道白边越来越宽，突然噗的一声，竹筏一侧水面下翻出一个惨白色的巨大物体，足足有半个竹筏大小，在水中一沉一浮。

看到这东西突然翻出，火小邪吓得通体冰凉，几乎要拿不住火把，而潘子正好面对着这个漂浮物，只顾着哆嗦，动都不敢动一下。

奇怪的是，黑风却不怕这个东西，冲着水面汪汪汪大吼三声，震得洞中回声一片。

这白色物体静静漂在水上，毫无动作。

黑风这三声吼倒让火小邪、潘子缓过劲儿来，火小邪高举火把，向水中的东西照去。

甲丁乙看得真切，沉声说道："是白背寒鱼，已经死了。"

"鱼？"潘子颤声道。

甲丁乙走了过来，蹲在竹筏边用手探了探，说道："没错，就是白背寒鱼，是一尾大的。"

潘子轻松了下来，喘了两口气，指着水中骂道："× 的瓜子，你这死鱼，把老子吓得够呛！这破鱼烂鱼，死了还来吓唬老子。我就说以老子这么英俊潇洒，肩头三把天火，鬼见鬼愁的真命天子，怎么可能碰到什么妖怪？"

火小邪举着火把走了过来，蹲在甲丁乙身旁，懒得听潘子在那里马后炮地逞英雄，问道："甲大哥，这么大个的东西突然从水中翻出来，真是有点吓人！这鱼怎么死了？"

甲丁乙伸手按了按鱼身，缩回手闻了闻，说道："奇怪，这条鱼居然能漂到这里，而且死了已经有七八天，却没有被其他同类啃食，尸体完整，不正常得很。"

火小邪说道："不会是得了什么病死的吧？"

甲丁乙默不作声，不断拨动鱼身，让鱼头从水中露出。

甲丁乙倒吸一口冷气，说道："是被人砍死的！"

火小邪凑上去一看，只见这条白背寒鱼的颈部被深深切开，伤可见骨，好似被大砍刀猛力砍劈所致。

火小邪愣住了，问道："谁会到这里来砍鱼？"

甲丁乙说道："好快的刀！好霸道的劲头！白背寒鱼颈部尽管是全身最软弱的地方之一，但仍然很硬，可这一刀下去，又狠又准，一刀几乎就砍断了脊柱。"

潘子插话道："是不是哪个高手嘴馋了，抓条鱼吃？"

甲丁乙脸色一寒，站起身来，看着前方，说道："走！我们快走！去前面看看！"

火小邪、潘子都看出甲丁乙不对劲，知道可能发生了什么大事，赶忙站好了位置，听甲丁乙的号令，玩命地向前撑去。

过了几条汊道，竹筏进入一个硕大的水洞中，火光照耀下，目力能及的水面上，漂浮着大大小小十几条白背寒鱼，都已经死了。

越往前走，死鱼越多，整个洞穴的水面上，至少漂浮着近百条死鱼。

甲丁乙一条一条拨动着察看，脸上笼罩着一层寒霜。

连火小邪都看得出，这些死鱼身上都有厉害的刀伤：有的眼睛让刀戳烂，有的肠穿肚破，个头小一点的甚至被劈成两截。看上去，这个水洞不久前发生过一场极为惨烈的人鱼大战。

甲丁乙一直俯下身子翻看着水中的死鱼，脸色肃杀，半晌说道："一定有人来过这里！好大的本事，竟能把这么多白背寒鱼杀光！只怕不是一两个人。"

火小邪惊道："竟有人能找到这里来？不会是严烈的人吧？"

甲丁乙说道："这些鱼都是被长刀砍死的，火家的确有这个本事。"

潘子愁道："不会是已经找到净火谷了吧？"

甲丁乙眉头紧锁，继续翻动着一条死鱼，眼睛猛然一亮，将鱼头抓过来，只见鱼嘴中的牙齿上挂着一根布条。

甲丁乙把布条拽下来，凑在火光边细看。这布条显然是从人身上撕下来的，颜色浓黑，尽管在水中已经浸泡了许久，还是黑得发亮。

火小邪看着这块黑布，说道："黑色衣服？水家人是穿黑色衣服的！"

甲丁乙点了点头，说道："水家人穿黑色衣服不错，但这布条的主人不见得是水家人。从这块布撕裂的程度来看，应该是落水以后被白背寒鱼啃咬造成的。我们再找一找，看看这里有没有人的尸体。"

三人在水洞中找了一圈，要是有人死了，或者船体撞破，怎么都该有些蛛丝马迹，可除了水面上的死鱼以外，一无所获。难道是闯进这里的人，把所有痕迹都清除了？

火小邪等人百思不得其解，越发觉得这个地方阴森恐怖，不愿再多花工夫寻找残迹，赶忙出了这个水洞。尽管已经出洞，每个人心头仍压着一块大石，沉闷得很。莫非净火谷已经被人攻入？可如此大费周章地寻找净火谷的人，到底会是谁呢？

火小邪、甲丁乙、潘子一路沉默不语，只是卖力撑筏，可大家都担心到了净火谷，不是到了安全之地，而是羊入虎口，祸福难料。

水流越来越急，竹筏不用撑都前行得飞快，甲丁乙站在筏头，奋力调整着方向。眼看进入一条笔直的水道，竹筏更是飞一样地向前冲去。

甲丁乙大吼道："火小邪、潘子，全力向右边撑，我们要从最右侧的洞过去！"

火小邪、潘子不敢怠慢，用尽吃奶的劲儿，保持竹筏在右侧前行。水道越来越宽，轰隆隆的水声惊人，激流在两岸怪石上炸开，水花四溅，把众人浇了个透湿。若不是甲丁乙要求，谁愿去冒着船身倾覆的危险靠右前行？好在插在竹筏上的松油火把不易被水花浇灭，要不然在一片漆黑中漂流，简直像是要冲向暗黑地狱。

竹筏再向前猛冲了一段，前方隐约亮了起来，原来竹筏已经进入一个比入口处巨大了数倍的水洞，洞中一侧密密麻麻无数个出口，怪浪翻滚，大股水流涌进各个出口，白沫飞溅。

甲丁乙大喝一声，竹竿一引，大叫："抓紧！"话音刚落，这条竹筏便向着最右边的洞口冲去，噗的一下，一头扎了进去。大浪翻来，火把再也承受不住，一下子熄灭。

潘子不住大叫"升仙了啊！我的娘！"可都被水声盖住。

三人干脆都闭上眼睛，苦苦忍受。

无尽黑暗中，竹筏被冲出了很远，才渐渐慢下来。

火小邪睁眼一看，甲丁乙、潘子、黑风都趴在竹筏上，安然无事。火小邪觉得奇怪，怎么有光亮了呢？

甲丁乙、潘子慢慢爬起，黑风使劲甩动身子，甩掉毛发上的水。

潘子睁开眼，四下一看，叫道："到了吗？到了吗？有光了啊！能看到东西了！"

甲丁乙喘着粗气说道："到了，净火谷的入口就在那里。"甲丁乙若是功力不失，还不至于如此吃力，他数年来往返净火谷，这次实在是最惊险的一次。

火小邪、潘子顺着甲丁乙的手指看去，果然在这个小小的水洞一侧，有一个洞口透进光来。

潘子乐得高叫："不容易不容易，太不容易了！有这一趟，以后我坐什么船、过什么江都不怕了！"

火小邪也面露喜色，把这一路上的艰辛忘了个干净。

竹筏慢慢向出口漂过去，甲丁乙沉声道："希望净火谷没事。"

火小邪、潘子这才想起曾见过的那些被人砍死的白背寒鱼，对视了一眼，喜悦之情退去了大半。

潘子一拍大腿，哼道："能到敞亮的地方去，总比在黑乎乎的山洞里好。"

火小邪傲气一起，也叫道："甲大哥，就算真有人进了净火谷，我们一定能想到对付他们的办法！咱们就算打不过，至少还能逃吧！”

甲丁乙默默点头，伸手在墙上一摸，似乎旋动了一个机关，竹筏穿过山洞，眼前顿时一片大亮，晃得火小邪、潘子睁不开眼睛。

原来他们在地下岩洞中过了足足一夜，现在已是早晨了。洞口正对着东方红日，光线刺眼。

火小邪、潘子还没有来得及反应，只听甲丁乙说道：“注意了！跳！”

潘子闷哼：“怎么？”

火小邪耳边也听到有隆隆的水声传来，但不解甲丁乙说“跳！”是什么意思。

火小邪一句话没说出来，竹筏已经猛地倾斜，直坠而下！火小邪汗毛倒竖，人已经翻下来，玩命地跳开，在空中蒙眬看到，下方是一个深潭。

潘子张牙舞爪在空中狂舞狂呼：“又升仙了！哇啊啊啊——”

扑通——扑通——甲丁乙、火小邪、潘子加上黑风，都从一段小小的瀑布下直坠而下，落入一潭碧水中。

好在这个瀑布只有二丈高，换了平时，火小邪、潘子跳下去都不会犹豫的，不过在如此情境下，突然这样没有征兆地直直坠下去，多少有点骇人。

水潭不大，也不寒冷，火小邪、潘子、黑风纷纷从水中钻出来，几个狗刨就游到了潭边。潘子仰面朝天躺在大石上，噗噗吐了几口水，哇哇叫道：“老甲！你说你害不害人！你早说有个瀑布啊，灌了我一鼻子的水。”

火小邪躺在潘子身边，笑道：“刺激！刺激！”

潘子骂道：“刺激个大屁股啊，幸好是大白天，要是黑灯瞎火的时候，给你突然丢到潭水里，看你刺不刺激！”

甲丁乙早就站了起来，走到潭边，看着远处，说道：“到了！机关还在，看来没有人进来。”

黑风抖干了身子，跑到甲丁乙身边站着，也像甲丁乙一样看着远方，喉咙里咕噜咕噜直响，不住地轻轻跳跃，似乎很是兴奋。

火小邪、潘子相继爬起来，凑到甲丁乙身边，抬眼一看，都不由得张大了嘴巴。

眼前的风景，真是绝妙！一轮朝阳从山中跃出，将一个不大的山坳照得晶莹剔透。山坳四周都是笔直入云的悬崖，色彩斑斓，有数条瀑布从两侧倾泻而下，水汽蒸腾，如同银练从天垂降。一道彩虹如同天桥一般，横跨在山坳两边。坳中茂林浓荫，翠绿满目，奇花异草，争奇斗艳。数条清澈的溪流泛着闪闪银光，在山谷中蜿蜒而去。无数飞鸟在上空悠悠盘旋，鸣叫声悠扬悦耳。

火小邪使劲揉了揉眼睛：眼前这般景色，真恍如身在仙境一般。

潘子管不住自己的舌头，不停唠叨着："净火谷？这不是世外桃源吗？值了值了，这一路受的委屈都值了！这种地方，没准都能飞出几个仙女……"潘子一摸黑风的大头，说道："黑风黑风，没准也能蹦出几条母黑风，跟你配成一对，让你生一大窝狗崽子。"

火小邪喃喃道："真有这么漂亮的地方？我真觉得不是自己眼花了……"

甲丁乙早已司空见惯，迈步向下方走去，火小邪、潘子赶忙跟上，仍然左顾右盼，目不暇接。

甲丁乙带着火小邪和潘子走下山崖，疾行不怠，刚刚跨过一条小溪，一块大石后跳出一个二十多岁的年轻人，身穿短褂，手持一把钢叉，大喝道："站住！"

黑风反应最快，顿时暴吼起来，就要扑上。

甲丁乙喝道："黑风，别叫。"

来人被黑风吓了一跳，急急退后一步，既稳又快，毫无滞怠之感，显出了极好的身手，一看就不是普通人。他这时已经认出甲丁乙，面露惊喜，大叫道："甲丁乙，你回来了！"

甲丁乙没有半分喜悦之情，淡淡说道："是我，我回来了。"

这个年轻人叫作刘成亮，乃是净火谷一员。他比甲丁乙略小两岁，和甲丁乙一样，都是炎火堂弟子的后代，年幼时躲过火家追杀，被人带到净火谷中来。刘成亮身上没有火曜针，故而和以前的甲丁乙一样，能够习练火家盗术。

刘成亮打量了火小邪、潘子几眼，直到甲丁乙向他说明这两位是朋友，神色才放松下来，一路高呼着“甲丁乙回来了”，带着他们三人向前行去。

他们一行人走过一条石板路，再过了一条小溪，便看到林中有十多间茅草屋露了出来。听到刘成亮的呼喊，茅草屋中快步走出二十多人，有男有女，年纪最小的也有四十多岁，见了刘成亮带着甲丁乙回来，都是喜不自禁，纷纷迎了上来。

火小邪紧紧抓着黑风脑袋后的长毛，不让它放肆。黑风明白这些人是友非敌，但它天性使然，仍是十分警惕，呼哧呼哧地吐着大舌头，看着迎过来的这些人。

这群人中打头的，是一个五十开外的老者，身材高大，相貌威严，昂首阔步前行，步子迈得极大，除了满头的白发和脸上数道极深的皱纹显出他的年纪，那身板如同一个壮年汉子。

甲丁乙见了这老者，噔噔快步上前，扑通一下跪在老者的面前，头一磕到底，颤声道：“师父，弟子回来了！我对不起您，请您重重地责罚我吧。”

老者哈哈大笑，按住甲丁乙的肩头，说道：“甲丁乙，你能活着回来我就已经很高兴了，责罚什么？”

老者旁边的人纷纷说道：“是啊，甲丁乙，你一走就是两三年，真是担心你的安危。”

甲丁乙说道：“师父，各位师叔，师娘，我本没有脸再回来，想一死了之，可我……”

老者还是哈哈大笑：“甲丁乙，你不说我也知道，你是不是被火王严烈抓住，背上中了三枚火曜针，已经和我们一样，变成了废人？大仇未报，还尽失一身功力，觉得活着都是丢人现眼，苟且偷生？”

甲丁乙说道：“师父，您怎么知道？”

老者哈哈笑道：“我手把手教的你火家盗术，你举手投足我都一清二楚，你还能瞒得住我？甲丁乙，苟且偷生的不是你一人，而是我们这里所有的人！也罢也罢，你的功力被废了也好，大不了和我们一样，守在净火谷中，祭奠火家先祖，了却余生吧！哈哈哈哈，这也痛快，痛快！无事一身轻，痛快啊！甲丁乙，站起来！”

甲丁乙喏了声，站了起来。

老者将手一背，脸色一沉，说道："甲丁乙，火家盗术总纲第二句为何？"

甲丁乙微微一愣，说道："不盗即是盗，盗即是不盗，以不战为战之，以战为不战之。"

老者说道："你现在明白了吗？"

甲丁乙静静沉思片刻，慢慢点头，说道："弟子现在有些明白了……"

火小邪听得抓心挠肝：刚才甲丁乙说的两句话，不是自相矛盾吗？不盗即是盗？盗即是不盗？那到底学盗术干什么，等着天上掉馅饼下来？

潘子轻轻一拉火小邪，低声道："小邪，他们在念绕口令啊？老甲说了四句话，全都是废话啊。我说我就够废话了，怎么他们也满嘴废话。啥意思，你明白吗？瓶里有个盆，盆里有个瓶？"

火小邪摇了摇头，说道："潘子，你先别说话。"

老者又是哈哈一笑，说道："刘成亮，你带着那两个小兄弟和豹子犬，先进屋把湿衣服换掉，而后所有人都到祭堂来。甲丁乙，你随我来。"

火小邪、潘子都微微一愣。这老者好厉害，竟知道黑风是豹子犬。

刘成亮上前来请："两位小兄弟，请随我们来吧。"

火小邪、潘子由刘成亮领着，进了一间茅屋，刘成亮取出两套麻布衣服，让火小邪、潘子换上。这麻布衣服质地不错，也还合身。火小邪四下打量，只见茅屋里的家具陈设非常简陋，但衣裳、被卧、灯具、日用小件物品倒是不缺，看来净火谷中有像甲丁乙这样往来出入采买物品的人，不至于让净火谷完全与人间隔绝。

火小邪、潘子换好了衣服，刘成亮便带着他们和黑风出了房间，向山坳中的一块大石走去。

走到近处，火小邪和潘子看到，这块数丈高的巨石之下搭了间茅草屋，比其他茅屋大了一倍有余。一进门，便看到正对面墙壁大石龛内摆着许多灵牌，分作几层陈列，黑底红字，每个灵牌上面都写着名字。这些灵牌也制作得十分简单，只是一块木板涂上了颜色，四角略略刻了几道火纹。

一张用树枝编成的简易桌子上，另外供着三个灵牌，居中的一块最大，上面写着“第一百九十五代火王炎光丈之灵位”，旁边两个灵牌上则写着“炎火堂堂主炎火威之灵位”“炎火堂火行尊者炎火驰之灵位”。

火小邪一见当即明白，桌子上方石龛中的乃是历代火王的灵位，桌上摆着的，则是上一任火王、甲丁乙之父炎火威，以及不知何故败给严烈而后被害的炎火驰的灵位。

甲丁乙穿着一身灰衣，和老者已经先来到祭堂，没过多久所有人都到了，还是迎接甲丁乙的那些人，整个净火谷加上火小邪、潘子，不过二十九人。

老者领着众人对灵位拜了三拜，招呼大家分坐两侧，座位也都是些简易的木桩、大石。火小邪、潘子坐在甲丁乙身边，命黑风蹲在脚边。

老者坐在灵台旁边，十分谦逊地对火小邪、潘子说道：“两位小兄弟，我是净火谷的谷主赵在胜，呵呵，以前是火家炎火堂左行度，自从被火家逐出之后，遵照火家法典，不能再姓炎，故改回原姓。”

火小邪、潘子赶忙行礼，火小邪说道：“赵谷主，我是火小邪。”

潘子紧随着说道：“赵谷主，我叫潘子，大名张潘，其实江湖上给我一个名号，叫作八脚张。赵谷主，您老人家身体可好？不是，我是想祝您身体健康，长命百岁，寿比南山！那个啥，我初来贵地，也不知道送什么礼物给您，这个请您见谅，我们……”潘子是个四处流浪的痞子，从小没有人告诉他如何行礼仪规矩，他也没有见识过，所以张口就是不合时宜的胡说。

屋内众人都差点笑出了声。

火小邪连忙拉住潘子。如果继续说下去，非把人大牙笑掉不可。

潘子根本不知道火小邪的意思，只能赶忙改口道：“赵谷主，我自己介绍完了，下面我介绍一下我身边的这只狗。它叫黑风怪兽，不是，其实直接叫它黑风就行。它不会说话，我就代表它说了。黑风，低头！趴下！汪汪，给赵谷主请安。”

黑风听了潘子的指挥，老老实实地把头一低，趴倒在地。

潘子有点得意地说道：“赵谷主，黑风这是给您请安啦，它没叫，我就代表他叫了。”

火小邪尴尬得很，低声骂道："潘子，你能不说话了吗？"

轰的一声，其他人再也忍不住，都哈哈大笑起来。

甲丁乙坐在一旁，干笑两声，对火小邪、潘子无可奈何。

火小邪坐不住了，一把把潘子拉到身后，连连鞠躬道歉："赵谷主，我们从小就是流浪儿，不懂规矩，请谷主见谅。"

赵谷主朗声大笑道："不怪不怪，你们两个娃娃真是有趣。好了，请坐请坐，既然你们能到了净火谷，那就是一家人了！以后不用客气，随便说话。我们这里都是些落难之人，没有那么多规矩。坐，坐，请坐！"

火小邪、潘子颇为尴尬地坐下，潘子还低声问火小邪："刚才我丢脸了吗？"

火小邪嘀咕了一句："也不算丢脸吧……"

众人坐定，甲丁乙这才慢慢向净火谷众人讲了自己这几年的事情。

甲丁乙在广东贼道行走，神龙见首不见尾，从没有显露过真身，也没有让人见过他行使偷窃的本事，一直都是小心隐藏身份，以防火家识破。火家九年一度的招弟子大会，以甲丁乙在广东贼道的名声，火家一直设法传黑石火令给他，然而甲丁乙并不露面，黑石火令落入净火谷的一个冒名顶替甲丁乙的陈姓老者手中。此人恨极严烈，十多年来难解恨意，连容貌都大变，不会被火家人认出。两人来到青云客栈，陈姓老者以死示威，想就此把火王严烈逼出来和甲丁乙相见，结果事与愿违，火王严烈毫不搭理，甲丁乙只能去闯火门三关。

甲丁乙说完这些，又把火门三关的情况约略讲过，又把郑则道成为严烈亲传弟子，火小邪通过火门三关但被逐出，自己被火家擒下，打入三枚火曜针弃于荒野，偶遇火小邪、潘子、张四爷，火小邪身中奇特的扰筋乱脉术，结果自行化解，张四爷被水王流川设计围堵，进净火谷时发现无数白背寒鱼被人用刀劈死的事情一一讲了。

火小邪还是头一次听甲丁乙头说了如此多的话。甲丁乙字字清楚，声音沉稳，不像以前凡是说到火王严烈，必然厉声痛骂"小人""无耻"。不知是净火谷洗净了他一身的冷酷暴虐之气，还是甲丁乙又悟到了什么。

赵谷主听完甲丁乙所述，站起身来，一边慢慢踱步，一边说道：“严烈尽管不是炎火驰的对手，但在炎火堂数个争火王之位的晋火尊者中也仅次于炎火驰，得火王之位后能把我们这些九堂之首的炎火堂弟子尽数逐出，将炎火堂改为末席，尚能稳坐火王之位十余载，算得上是个奇人了！甲丁乙，你此次失败，也是必然。”

甲丁乙从怀中摸出在水洞中找到的黑色布条，递给赵谷主，说道：“会不会是严烈想跟踪我们，找到净火谷？我总觉得这里面有些蹊跷。”

赵谷主用手摸了摸这根黑布条，皱了皱眉，说道：“火家从不穿这种赤黑的衣服，除非严烈玩出了什么新鲜的花样。水家倒是经常穿黑衣，可水洞中如此多的白背寒鱼被人砍杀，劲力凶狠，又不像是水家的作为。这事的确蹊跷，只怕前一段时间有人在净火谷外大肆搜索，在水洞中激怒了鱼群，有所伤亡，便不敢再向前寻找，退了出去。好险啊！这些人若是知道已经接近净火谷的入口，必然是会攻进来的！”

甲丁乙说道：“天下有这个本事，如此费尽手段寻找净火谷的，除了五行世家以外，恐怕只有清末三眉会这一类的杀手组织了。”

赵谷主说道：“此事一时半会儿想不清楚，先不想了。我这时最关心的倒不是这些，而是……”赵谷主转身对火小邪说道：“火小邪，你上前来。”

火小邪赶忙站起身，走到赵谷主身边。

赵谷主说道：“火小邪，能否把你的背部给我们看看？”

火小邪没有犹豫，哗啦一下把上身衣服脱掉，露出自己的背部。

赵谷主一看火小邪的后背，猛吸一口冷气。火小邪尽管早就好了，背上仍然有十多处瘀青，清晰可见。

赵谷主用手按了一按，问道：“火小邪，你看到是谁了吗？他是怎么伤的你？当时感觉如何？”

火小邪连忙把自己在太谷城头被看不见面目的神秘人所伤，他是怎么下的手，受伤之后种种难受的感觉一并讲了。

赵谷主看着众人，说道：“大家都来看看！这种扰筋乱脉术的手法，实在是前所未见！”

祭堂里二十多人纷纷上前，轮流细细打量火小邪背部，无不露出惊诧之色，退回去后彼此低低商量，也没有人能够说出到底是什么手法。

赵谷主说道:“若是炎火驰、炎火威、右行度还活着，必能知道这是什么。”

有人说道：“这似乎是一种镇脉分筋的路子……”

有人回道：“镇脉分筋乃是危急时刻最后让人缓一口气，救命的法子，不会不会！”

有人说道：“会不会是大填穴手？”

有人反对道：“若是大填穴手，当场就会死了，哪能走到这里？”

众人议论纷纷，一时找不出结论。

赵谷主沉吟片刻，说道：“火小邪，先将衣服穿上，我问你几句话。”

火小邪应了，穿好衣服坐下。

赵谷主也坐了下来，问道：“火小邪，你父母是何人？”

火小邪说道：“不知道，我从记事的时候就在外面流浪。”

赵谷主说道：“那你师出何人？”

火小邪有点为难地说道：“这个……我也不知道算不算师父，奉天的三指刘，嗯，手下的齐建二，只是我的老大，指挥我们去偷东西的，教给我一些基本功。我在奉天荣行里只有下五铃的辈分……会拿盘儿。”

赵谷主默数了一遍交游谱，不认得齐建二和三指刘这些不入流的贼人，因说道：“火小邪，你能通过这次的火门三关，极不简单啊！你要知道，这次的火门三关，乃是我所知道的最难的一次。怎么你只是下五铃，会拿盘？那你怎么拿到黑石火令的？”

火小邪便把遇见水妖儿，水王流川给了他黑石火令的事情简要讲述一番。至于怎么过了火门三关，说老实话，火小邪连自己都不太相信自己竟能通过，也不隐瞒，如实对赵谷主道出。

赵谷主沉吟良久，慢慢伸出大手，重重按压着自己的额头，脸上浮现出一种复杂的神色。在座众人低语一阵，也都各怀心思，低头沉默起来。

赵谷主抬起头来，紧紧咬牙，似乎做出了极大努力，才张开嘴说道：“火小邪，水王流川没看错你，我、甲丁乙和这里所有的人，都应该不会看错你，你天生火性精纯，乃是罕见的火命！可是火小邪，唉！唉！唉！但愿我说错了！火小邪啊，你的火性现在杂乱无章，如同野火蔓延，若没有人引导、压制，你日后经历苦痛，必会难分善恶，行事凶暴，酿成大祸！严烈把你逐出火家，不是没有道理的。火小邪，你的火性正如你的名字，乃是五行之外的邪火！你的本事要是大了，毁天灭地，五行世家皆能败于你手中！火小邪啊火小邪，你这身邪火，连净火谷都不敢容纳你啊！”

火小邪听得全身冰凉。他做梦都没有想到，自己唯一值得骄傲的所谓火性精纯，竟是五行难容的邪火！

六、火谷惊变

火小邪呆站在原地，真有点五雷轰顶的感觉，一时间脑中乱成一团，一句话都说不出。

甲丁乙顿时站起，说道："师父，火小邪怎么会是邪火？我和他相处了这么长时间，他火性纯正，不可能是邪火啊！"

赵谷主沉声道："我刚刚见到火小邪的时候，也不会想到他是邪火。但从他所经历的事情，他的所作所为，以及他所受的伤势，九成九能够断定，火小邪乃是邪火之人。"

甲丁乙脸上的伤疤都透出红色，说道："师父！你再看一下！师父！"

赵谷主说道："火小邪背上的伤，我尽管不能断定具体是什么手法，作用为何，但从穴道受击的情况来看，只有身具邪火之人，才会是这种景象。施术之人可能也没有想到，火小邪竟能自行破解，活了过来。所以火小邪的邪火之盛，已是我等无法压制住的了！"

甲丁乙不肯罢休，声音大了起来："师父！火小邪他……"

赵谷主神色一厉，喝道："甲丁乙，你难道认为为师在胡说八道吗？你以为我不想让火小邪留在净火谷吗？"

甲丁乙为之语塞，默默垂头，退下一边。

潘子搞不清楚轻重，站起来拉住火小邪，说道："小邪，邪火也不错啊，你没听赵谷主说，若是你的本事厉害了，能够毁天灭地啊。"

火小邪嘿嘿嘿嘿笑了起来，抬起头，看着赵谷主。火小邪双眼通红，那模样把潘子吓了一跳，潘子惊道："火小邪，你怎么了？"

火小邪直勾勾地看着赵谷主，狠狠说道："赵谷主！我是贼，五大世家就不是贼吗？我若是邪，难道你们就不邪吗？"

赵谷主见火小邪这般凶狠的神色，脸上升起一片肃杀之色，并不回答火小邪的问题，而是说道："火小邪，你离开净火谷之后，不要再做贼，找个荒僻的地方耕田种地，就能平平静静地度过一生，生儿育女，尚能其乐融融。你若是踏入江湖，不只是你要经受无数煎熬，不得善终，也会把所有人都害死的。火小邪，你要是还有一丝觉悟，就按我说的去做。"

火小邪嘿嘿直笑，早就不是平常的样子，并不答话。

潘子却有点生气，叫了起来："赵谷主，你有没有搞错啊，让火小邪去种地？万一他不是邪火呢，你不是把火小邪一辈子都害了？"

赵谷主厉声道："不必说了！火小邪、潘子，你们两个可以在净火谷休息几日，然后就离开净火谷吧！我会送你们终生衣食无忧的钱物，算是我的一点心意。"

潘子一听到钱，眼前一亮，喜道："那是多少钱？我平日里的开销可是大得很！赵谷主，你可真是个好人，如果你要送钱，就多送一点……"

火小邪哈哈哈大笑起来，打断了潘子的话。

潘子赶忙说道："小邪小邪，咱们别在这个吃泥巴住茅房的地方待着了，他们让我们走，我们就走呗。有钱拿的啊，外面的花花世界，我们找姑娘去……"

火小邪根本听不进去潘子在说什么，突然大吼大骂道："我就是邪火，怎么的！我凭什么听你的安排？我受够了！ × 你祖宗的！从小到大人人都欺负我，你这个老不死的还想欺负我？你们才去死！让我去种地等死？你妈才去种地等死！你们十八代祖宗都该去种地等死！我的命是我的！老子自己说了算！我就是邪，老子就是邪！老子就是火邪！老子就是邪火！老子要是有本事了，就要宰了你们！”

甲丁乙见火小邪状若疯癫，暴怒无比，如同恶魔，比上次痛骂水妖儿更加凶狠数倍，大叫道：“火小邪，你冷静点！我们再想办法！有话好说！”

赵谷主大喝道：“火小邪！你太放肆了！净火谷岂是让你嚣张的地方？刘成亮，把他拿下！”

火小邪厉声骂道：“老子和你们拼了！”他一指赵谷主，冲着黑风大叫：“黑风，咬他！”

黑风早就蠢蠢欲动，一听火小邪招呼，腾地跳出来，放声咆哮，震得屋子嗡嗡乱响，身子一跃，张开大口，就向赵谷主冲去。

赵谷主大喝一声“好个畜生！”，跳开一步，从袖中翻出一卷东西，唰的向黑风撒过去，竟是一张细网。黑风来势凶猛，躲不过去，一头扎进网中，挣脱不开。

赵谷主是个常人，这一跳开已是全力而为，遂跌倒在地。

黑风被罩进网内，身子霎时间就被缠紧，越是挣扎就越紧，哐的一下撞上灵龛，大大小小的火王灵位都跌落在地。黑风在网中暴怒无比，吼得惊天动地，可仍然渐渐动弹不得。

赵谷主气得脸上都要迸出血来，大骂道：“火小邪！还敢说你就是邪火！抓住他们！”

火小邪噌的一声把腰上的猎炎刀拔出来，恶吼道：“谁敢上来！老子就一刀捅死他！”

潘子从地上捡了一块大石在手，挤在火小邪身边，也骂道：“谁敢上来，老子就一石头砸死他！你来，你来，老子八脚张，杀人如麻，发起脾气来，天王老子都要躲着！你们谁有胆子尽管上来试试！先放了老子的黑风！”

潘子还正在骂，人群中晃出一条人影，正是迎他们进来的刘成亮，眨眼之间已经闪到潘子身后，一掌劈下。潘子双眼一翻，最后几句话还没有骂出来，就昏倒在地。

火小邪高叫一声“潘子！”挥刀就刺向潘子身后的刘成亮。

那人躲都不躲，手顺着火小邪的手腕一伸，一把捏住火小邪上臂的麻筋，火小邪手上把持不住，当啷一声，猎炎刀坠地。

火小邪还要反击，刘成亮拉着火小邪一个转身，脚下一个绊子，就把火小邪撂倒在地，抽出一根绳子，把火小邪捆了。

火小邪在地上翻来滚去地折腾，脸涨得通红，不住狂骂，什么难听的都骂出来了。

刘成亮正要上前堵住火小邪的嘴巴，赵谷主喝道："让他骂！他翻腾不了多久！"

火小邪骂着骂着，喉头一甜，喷出一口鲜血，心口如受大石猛击，火烧火燎地疼痛，啊的一声，天旋地转，在地上死鱼一样扳了两扳，双眼一翻，抽搐了几下，就昏了过去。

甲丁乙无可奈何地站在一旁，紧皱眉头，不愿看火小邪惨状。

又有两个年轻人上前按住黑风，用皮绳把黑风的嘴巴、四肢捆住，黑风只能呜呜低吼，再也喊不出来。

赵谷主说道："幸好我防着他们，不然还真要让疯狗给咬了！甲丁乙，你好好看看，这就是邪火攻心！他要是真学到了火家盗术，今天我们这些人都难逃他的毒手！"

甲丁乙默然不语。看了火小邪刚才这副模样，他再也无法替火小邪辩解。

赵谷主吩咐众人道："把这两个小杂毛和这只黑毛恶狗锁好，先关在地洞里面，改日发落！"

众人上前，七手八脚地把火小邪、潘子、黑风抬走，锁入地洞，暂且不表。

甲丁乙一直呆站在祭堂内，久久不动，面无表情。

赵谷主从外面走进来，说道："甲丁乙，你还是不甘心吗？"

甲丁乙说道："师父，是我将火小邪、潘子、黑风带进净火谷的，可我们却这样对他，我……"

赵谷主说道："甲丁乙，你刚才看到了，我是好言相劝，而那个火小邪却听不得，邪性大作！我们不这样对他们，还能任凭他折腾？"

甲丁乙叹了一声，说道："师父，你打算怎么处理他们？"

赵谷主避开甲丁乙的目光，缓缓说道："不能留着他们。"

甲丁乙一愣，惊道："师父，你要杀了他们？"

赵谷主说道："他们现在为祸还不大，尚能控制。若让他们出去，净火谷就危险了，火家，也危险了。"

甲丁乙扑通一下跪了下来，说道："师父，求您给他们一条生路吧！我能活着回到净火谷，都是因为我碰见了火小邪，我不能眼见着他们去死！师父！一定还有其他的办法，能压制住火小邪的邪火。师父，我求您……"

甲丁乙一磕到底，脑门将地面磕得咚一声巨响，伏地不起。

赵谷主看着甲丁乙，脸上抽了抽，狠狠地说道："甲丁乙，你变了。你怎么变得这么心软，如此优柔寡断了？你还是我的徒弟吗？你要跪，就跪着吧，让你的父亲炎火威也看看你这个样子！"

赵谷主哼了一声，拂袖而去。

甲丁乙一直跪在地上，如同一座石雕，没有了生命。

潘子悠悠醒转，龇牙咧嘴地摇了摇脑袋，一句话喷出："打你爷爷我！"

潘子手一挣，却挣不动，低头一看，自己双手双脚都被绑在靠墙的一个"川"字形木架子上面，如同一个"大"字。

这是个黑乎乎的硕大石洞，墙边点着一盏鱼油灯，照亮了石洞一角。

潘子大叫："要把老子当羊肉串来烤着吃啊！火小邪！小邪！"

潘子低头一看，自己脚边的地上，正躺着火小邪，与潘子一样的姿势，呈"大"字形绑在地上的木架子上。

潘子骂道："净火谷你们这些幺蛾子，凭什么让老子站着，却让火小邪躺着！不公平啊！"

潘子旁边的黑暗中，呜呜呜传来黑风的闷哼，潘子转头一看，黑风裹在一张细网中，捆得如同一个粽子一样，嘴上更是缠得连眼睛都快看不见了，厚匝匝的一大圈。

黑风十分可怜地看着潘子，呜呜呜低叫。

潘子说道："黑风啊黑风，你爹爹我也自身难保啊！你这个笨蛋，刚见到你的时候，跟个豹子一样，吓死个人，怎么就让鱼网抓住了呢？丢脸啊！我看你这身狗肉，早晚让幺蛾子们吃了。唉！”

潘子转头又叫火小邪，唤了无数声，火小邪还是不醒。

潘子气不过，呸呸地向火小邪脸上吐口水，不住地叫道：“醒醒，呸，醒醒，呸！口水淹死你了啊！”

潘子的口水落在火小邪脸上，火小邪微微一动，似乎要清醒过来。

潘子大喜，嘴里攒足了口水，啪地吐出，落在火小邪的脑门上。

火小邪嗷的一声大叫，醒了过来，顿时奋力挣扎。

潘子喊道：“火小邪，别折腾了，消停消停吧。这次我可被你害惨了！”

火小邪挣扎了半天，根本挣脱不开，慢慢安静下来，眼睛里的血红渐渐退了。

火小邪喘了几口粗气，侧头看看潘子，问道：“这是哪里？”

潘子说道：“我怎么知道是哪里？一个洞里呗，喏，黑风也在一边，捆得像个粽子。”

火小邪闭上眼睛，说道：“这次我们完了，我觉得那个赵谷主不会饶了我们的。”

潘子哼道：“你才知道啊，你发飙的时候怎么想不到？咱们拿了赵妖精的钱，吃几顿饱饭，走了多好，你非要逞能。”

火小邪尴尬地笑了一声，说道：“潘子，我也不知道，当时就是忍不住，全身燥热，脑袋里啥都不想，只想着和他们打架。潘子，对不住啊，你就狠狠地骂我吧，都怪我。”

潘子骂道：“骂你有个屁用！你当时要打架，我不帮你，那还是兄弟吗？我认了。要怪就怪那个赵妖精说话太气人了，再让老子碰到他，看我不拿一把粪勺，喂他吃一个月的大粪！叫他嘴巴贱！让老子们去耕地种菜，见他 × 的鬼哦！”

火小邪说道：“潘子，他们不会对付你和黑风，等他们来了，你好好说话，让他们放了你，就不要管我了。”

潘子叫道：“笑话！你当我是贪生怕死的人吗？脑袋掉了碗大个疤，

十八年后又是一条好汉。黑风脑袋掉了，三五年后又是一条好狗！火小邪你再说这个，我就和你翻脸了啊。”

黑风在一角呜呜呜地回应，也不知道它听不听得懂。

火小邪说道：“潘子！好兄弟……可是，潘子，我刚才就一直在想，我不受控制地发脾气，而且当时真的有杀人之心，什么都不管不顾了，我可能真的是邪火，五行难容的。我这样下去，没准会把你害了。潘子，你我尽管相识的日子不长，但真的很开心的，像亲兄弟一样，你听我一句，你向赵谷主求饶，带着黑风走吧。我……我自己一个人能行……我活着，已经没有什么意思了。”

潘子大骂道：“火小邪！我瞧不起你！邪火怎么了？五行难容怎么了？你忘了你怎么骂那个赵妖精的吗？你就是火邪，你就是邪火，你要是有本事了，就要宰了他们！听着多霸气，我 ×，太过瘾了，我想骂都骂不出来！你这次要能活下去，学了本事，把什么五大世家灭了又怎么样？你当皇帝，我当丞相，哪个龟儿子的敢不服，想造反，咱们就一刀宰了他！火小邪，我们都是从小没爹亲没娘疼的，受人欺负，吃不饱穿不暖的，你可不能说想死啊，你死了我怎么办啊？呜呜呜呜……”潘子说着说着，真的哭了起来。

火小邪还是头一次见潘子哭鼻子，一下子慌了神，赶忙说道：“潘子潘子，我说着玩的！我不想死，哪个龟孙子才想死！咱们见了赵谷主他们，咱们俩一起求情，求他们放了我们，答应他们，咱们去种地等死。反正只要能活下去，咱们怎么的都行啊。”

潘子苦着脸，说道：“那可是你说的啊。待会我求情，你跟着一起啊。”

火小邪说道：“保证！我发誓！”

潘子抽了抽鼻涕，抬头大叫起来：“净火谷的亲爹啊亲娘啊，可怜可怜我们吧，求你们放了我们吧。我们给你们做牛做马做狗啊！求你们放了我们吧。”

火小邪一翻白眼，心想这潘子还说来就来，只好跟着喊道：“饶了我们吧！我们再也不敢了！求你们放了我们吧！”

两个人撕心裂肺地哭号了足足半个时辰，终于把人叫了下来。

隐隐约约之中，火小邪觉得自己手上的绳索被松开了。

火小邪猛地睁开眼睛，正在给他解绳索的正是甲丁乙。

火小邪嘴上被塞住，心中惊道："甲大哥！"

甲丁乙一脸寒霜，冷冷地说道："是我！别说话！"说着一把将火小邪嘴里面的破布拽出。

火小邪不敢说话，甲丁乙已经几刀把火小邪的绳索割断。甲丁乙松开了火小邪，又去给潘子松绑，潘子醒过来看见是甲丁乙，惊喜万分，不住呜呜。

甲丁乙还是冷冷哼道："不准说话！"

甲丁乙飞快地给潘子松了绑，又去将黑风解开，但并没有一下子松开黑风嘴巴上的绳索。

甲丁乙又恢复到在青云客栈的那种神秘冷酷的模样，给火小邪、潘子、黑风都松绑以后，一挥手将手中的猎炎刀丢给火小邪，说道："要活命就跟我来！"随后，甲丁乙提起墙壁上挂着的油灯，根本不搭理火小邪他们，快步向洞中更深处走去。

火小邪、潘子不敢怠慢，带着黑风紧紧跟着甲丁乙，向洞中行去。

甲丁乙一路无言，只是极快地行走，这个洞极深极广，根本见不到尽头。

他们走了几刻钟的工夫，洞中越来越冷，火小邪和潘子不禁开始哆嗦，这时才看到前方隐隐透出亮光，不似火烛发出的光亮。

甲丁乙带着火小邪他们走去，转了一个弯，前方显现出一个洞口。里面一片通明，寒气逼人，光华无数，放眼看进去，好像有巨大的水晶布满了洞中各处。

甲丁乙跨入洞中，说道："过来！帮我一把！"说着转到洞壁一侧，用力去拔一个巨大的木制楔子。

火小邪、潘子赶过去，帮着甲丁乙扳动这个楔子。而这个楔子又大又重，一时半会儿竟拔不下来。火小邪、潘子正用尽了吃奶的力气拔着，却听到洞外有许多人呼喊着赶来，赵谷主的嗓门尤其响亮，大叫着："甲丁乙！你不要乱来！"

甲丁乙根本当没听见，脸上伤疤涨得通红，低喝道：“继续用力！快！”

火小邪、潘子听到是赵谷主他们追来，心惊肉跳，更是玩了命地用力，楔子微微一动，松了半分。

洞外的呼喊声急速接近，眼看就要进来，甲丁乙大吼一声，三人齐齐用力，咔的一声，把这个楔子拔下！楔子一拔下，只听到山洞中隆隆作响，洞壁颤动不止，三人有些站立不稳。

甲丁乙喝道：“退后！”三人一犬退了半分，就听到一声闷响，一块硕大无朋的巨石从洞口上方落下，把洞口堵了个结结实实，地面震动不止。

甲丁乙、火小邪、潘子被这巨大的震动掀翻在地，滚了两滚才站起身来，都是直喘粗气。

赵谷主的声音从堵住洞口的大石后传来，语气又急又怒：“甲丁乙！你到底要干什么？万年玄冰洞是净火谷的禁地，你贸然闯进去，还把洞口封了！你还是不是我的徒弟了？”

甲丁乙毫无表情，大声说道：“师父，弟子不孝！但我一定要救火小邪一命！”

赵谷主大吼道：“火小邪身上的邪火，你是化解不了的！火小邪只可杀，不可留！你就算进洞去拿到你爹爹的遗书，也没有用的！”

甲丁乙说道：“师父，我爹爹的遗书上记录着火家水火交融术的秘法，可以化解邪火，我必须试一试！”

赵谷主的声音歇斯底里起来：“甲丁乙！奈何墙里面的东西，是取不出来的！奈何墙是天地造化出来的防盗之术，你会没命的！你们都会没命的！而且炎火威的遗书，不能看，绝对不能看！甲丁乙！你是要欺师灭祖吗？你听为师一句话，不要进去！不要进去！”

甲丁乙冷冷道：“师父，你就当没有我这个徒儿吧！”

甲丁乙跪倒在地，冲着洞口外磕了一个响头，站起身来，再也不管洞外如何高声劝阻，对火小邪、潘子冷冷说道：“走吧，我们能不能活下去，全靠造化了。”

三人离开了洞口，向下走去。火小邪抬头一望，才算看清了洞中亮光闪闪的是何物。原来这山洞大得惊人，深不见底，看不见尽头，在山洞正中耸立着一座奇形怪状的冰山，晶莹剔透，光亮就是从冰山中发出来的。

这冰山，说是一座山，其实不然。山都会有个形状，这座冰山根本就没有形状，无数巨大的冰柱从冰山中冒出，或是架在山洞洞壁上，或是四处生长着，或是交错相连，或是截然断开，杂乱无章，几乎每走一步再看，这个冰山就能变了一个模样。

火小邪、潘子都看得目瞪口呆。净火谷所处之地已经足够神奇了，没想到净火谷的地下，还有这种常人无法想象的神怪一样的事物！宇宙之大，无奇不有，常人能见到的天工造化之作，能有几何？今天见到这座冰山，才算明白以世俗人的眼光，一辈子都不能窥探到这个世界的亿亿分之一，而人类却仍在为一些鸡毛蒜皮的事情争战不休。

洞中明亮，甲丁乙吹熄了烛火，一路寻找着石头上的记号，向冰山走去。

火小邪几次都想与甲丁乙说话，一解心中的疑问，但都被甲丁乙冰冷刺骨的眼神给挡了回来。火小邪知道甲丁乙来救他们，已经是背叛了赵谷主，违反了净火谷的禁令，可谓众叛亲离，而这一切竟是为了火小邪这个如同蜉蝣一般渺小的人，连火小邪自己都觉得甲丁乙有点不值，不该付出这么大的代价来救他。甲丁乙为何要这样做，火小邪是想不明白的。

潘子却一路自言自语：“哇，娘啊，啊，爹啊，爹娘祖宗啊，好大一坨冰疙瘩啊！仙人的啊，眼睛都看不过来啊……”

甲丁乙带着火小邪、潘子、黑风走过一道巨大的冰梁，那冰梁虽大，却是透明的，脚下是无底深渊，如同凌空走在一道薄薄的镜面之上。

冰面并不滑溜，行走比较容易，上面覆盖着一层细细的冰末，走在上面咯咯作响，乃是因为这个万年玄冰洞长年低温，空气干而且冷。鞋底摩擦冰面，将冰面上一些冰碴儿踩得咯咯作响，好像随时都会垮塌一样。当然这种担心是多余的，这道冰梁有七八丈粗，就算拿炮轰都不一定能够炸断。

火小邪、潘子提心吊胆地走过冰梁，钻入一个冰洞。前后左右再也没有石头、泥土，放眼望去全部都是冰，这便算是走到了这座冰山的里面。

再向里走几步，目光所及之处到处都是冰的缝隙，可行之处密密麻麻，加之以冰山内处处反光，更像一个镜子迷宫，若没有记号指路，必定会死在冰山里面无疑。

甲丁乙四下寻找，发现一处冰缝的冰面内镶着一块红宝石，有拳头大小，透出异常鲜艳的红光，看来这就是指路的记号。

甲丁乙带领火小邪、潘子和黑风沿着红宝石记号，再向前行。一路都有红色宝石指路，不至于迷失方向。想必是有人发现了这个万年玄冰洞之后，想尽了各种办法探索，终于到了“奈何墙”之处，却担心以后再也找不到，便用宝石做下记号，以备不时之需。

按防盗术的道理，如果奈何墙内藏了要紧事物，为了防止人去偷，本不该用如此显眼的红宝石做路标指路，之所以这样，其一正如赵谷主所说，奈何墙是天地造化出来的，厉害无比，就算引着你找到，也不见得能够破解；其二是这座冰山实在太大，连发现奈何墙的人都不敢保证自己出来以后还能再找回去，就更不指望其他人了。

甲丁乙等人在冰山中走了近一个时辰，潘子、火小邪都冷得直哆嗦，嘴唇发青，呼出来的潮气瞬间结冰，在他们脸上蒙了一层冰碴儿。两人感觉再这么走下去，以他们身上穿的单薄衣服，可能人就要冻僵了。黑风毛厚体壮，并不怕冷，走得倒是带劲。只要甲丁乙一停下来打探前方道路，潘子就会把黑风抱住，在黑风身子上乱蹭着取暖。

再走过一道冰缝，突然有一股热气袭来，温度略略上升，让人觉得十分舒服。再前行一段，眼前豁然开朗，一个冰山中的巨大空洞出现在面前。尽管四面仍然都是冰，可地上却露出了几处石头地面，有几口小小的温泉在喷发着热气。

这可真是奇了，这座看似冰疙瘩一样的冰山中，竟然藏有冰火交汇之处！

这番奇景，把火小邪、潘子看得瞠目结舌。黑风到了这个宽敞的地方，来了劲头，已经向前跑去，四处乱闻。

甲丁乙喝道：“黑风，回来！不要乱动。”

黑风听话，赶忙跑了回来，待在火小邪身旁。

甲丁乙缓缓向前走了几步，登上一块露出地面的温泉旁的大石，默默看着前方，口中喃喃道：“奈何墙，盗无可盗，见若不见，谓之奈何。”

火小邪、潘子也都爬上来，顺着甲丁乙的目光向前看去，只见在这个洞中一侧，有一道七八人高的冰墙，晶莹剔透，浮光闪烁，如同一面巨大的镜子，镶嵌在冰山之中。

火小邪问道：“甲大哥，是有东西藏在奈何墙里面吗？”

甲丁乙冷冷说道：“我父亲炎火威的遗书，就封在奈何墙中。”

火小邪道：“甲大哥，我瞎说一句，为什么炎伯伯的遗书，不给人看，却要封在这种地方？”

甲丁乙说道：“遗书中应该有水火交融术的功法。这种功法，火家从不示人，也不让普通的弟子修炼，我也不知道我父亲为何要费如此大的周章，藏在这种怪异的地方。”

潘子指着奈何墙说道：“老甲、小邪，你们看到了吗？这面墙里面好像有东西啊，好像是个盒子，刚才一晃而过，现在又不见了。”

火小邪看向奈何墙，这道冰墙里面有光华流动，却并无规律，光华流过之处，奈何墙就分外透明，能看到冰墙里面去。

甲丁乙不说话，盯着奈何墙，顺着里面流动的光华细细打量。

三人看了片刻，潘子又喊：“又出现了！那里那里！”

火小邪也看到奈何墙中的确有一个暗红色的方方正正的小箱子，在光华之下，影像从冰面中透出来，变形得厉害，忽大忽小，而且出现的时间很短，几乎是一闪而过。

甲丁乙低声说道：“走，我们上前去。”

三人从大石上下来，走到奈何墙跟前。

走近奈何墙再看，这道不知是怎么形成的冰墙更让人叹为观止。墙面光滑异常，如同一刀切开一样，细细看去，墙面似乎薄如蝉翼，吹弹可破一般。

奈何墙底部离地尚有一人多高，有一个斜斜的冰坡可以供人登上，但冰坡上无数尖锐的冰刺，犬牙交错，和奈何墙的平坦如镜形成巨大反差。

抬头望去，奈何墙上方的洞顶更是有无数冰锥闪闪发亮，每一根都有一人长短，若是掉下来砸中人，定能从头到脚穿透。

三人爬上冰坡，来到奈何墙边，透过冰面看去，随着墙内的光华掠过，一个暗红的小箱子似乎嵌在冰内不远处。

火小邪忍不住，想伸手摸一下墙面，可手还没有碰到，就感到有一股吸力从冰面传来，竟像引着自己的手去摸一样。嗡嗡嗡——不知道哪里有细细的振动声响起，奈何墙内的光华流转得更快，好像有所感应似的。

甲丁乙一把抓住火小邪的手，低声道："不要摸！这面墙古怪得很。"

其实火小邪心惊不已，但有点不受控制地想摸上去，幸好甲丁乙及时阻止，这才赶忙把手缩回来，惊道："这面墙好像有吸力！能引着你的手去摸它！"

潘子本来也想摸一下，听火小邪这么一说，把手紧紧揣在怀中，说道："我 ×，这面什么奈何墙不会有鬼吧？这里不是叫什么万年玄冰洞吗？万一有万年老妖，那我们就惨了。"

甲丁乙说道："鬼应该没有。这面墙是极寒极冷的东西，凡是有热量的东西，它都想吸附过去。具体怎么回事，我也不知道。"

火小邪问道："甲大哥，你都不知道这面奈何墙是怎么回事吗？"

甲丁乙说道："我以前只进来看过两次，从来就没有走到这么近。"

潘子抓头道："这面墙不让碰吗？不碰它能怎么办啊？"

甲丁乙沉吟一声，说道："你们退后，我试一试。"

火小邪、潘子退开两步，甲丁乙把上衣脱下，将手牢牢包住，慢慢向墙面摸去。

火小邪大气都不敢出，只觉得呼出来的暖气都被墙面飞速吸走。

甲丁乙的手终于探上墙面，刚刚移动了一下，嗡嗡声陡然越变越大，墙面里光华飞转，整面墙都像震动了起来。猛听耳边"咔嚓"一声响，甲丁乙连忙把手缩回，抬头一看，顿时大喝道："快退！"

话音未落，洞顶亮光闪闪，一个硕大的冰锥已经冲着甲丁乙的脑袋落下。

火小邪惊叫一声“小心”，已经来不及了，咔嚓咔嚓断裂之声不止，头顶上方密密麻麻的冰锥已经冲着三人脑门，直落而下。

三人连滚带爬，拼命躲闪。冰锥砸在冰坡上都是啪啦一声爆裂开，碎片四溅，打在人身上，如同石头重击，几乎骨头都能被打断。

潘子嗷嗷大叫，疯了一样地向下方跳去，火小邪紧紧跟着，却一脚踩进一个冰窟窿里，顿时卡住，拔不出脚来。火小邪大叫一声，跌倒在地，眼看一根亮晃晃的冰锥急速向自己身体刺来，这下怎么都是躲不开的。

火小邪脑中乱成一团，料定自己完蛋了——出师未捷身先死，实在有点窝囊，眼睛一闭，就要等死。就在此时，甲丁乙只豹子一样飞身扑上，咚的一下撞开刺向火小邪的冰锥，冰锥略略偏了半分，从火小邪身侧扎入地面，嗵地爆裂开来。

火小邪脚上一松，竟能拔出，甲丁乙也已扑到了火小邪的身上，两人向下翻滚，避开了这一波冰锥的攻击。

洞中乱响混成一片，嗡嗡声不绝，但冰锥落完，响声一下子戛然而止，偌大的洞中恍如从来没有发生过什么。

七、徒增奈何

火小邪、潘子气喘吁吁地从地上爬起，脸都吓得惨白。潘子被砸得满脑袋都是大包，脸上青肿，额头还有鲜血冒出来，顺着脸颊流了长长的一条，自顾自瘫坐在地上大口喘气，再多的废话都说不出一句。火小邪比潘子好不了多少，除了脑袋被砸得到处都疼以外，还觉得前胸后背都疼痛欲裂，好像肋骨都折断了。黑风皮糙肉厚，能够四足飞奔，退开的速度比火小邪他们要快得多，几乎没有受伤，仍然能够跑来跑去，但是有点不知所措，不住地呜呜低叫。

火小邪缓过劲来，抬头一看，却见甲丁乙一动不动地趴在地上，身下涌出股股鲜血，染在晶莹的冰面上，十分刺眼。

火小邪记得清楚，是甲丁乙奋不顾身上前撞开冰锥，才救了他一命。看见甲丁乙这种惨状，火小邪大叫一声，爬到甲丁乙身前，跪地大喊："甲大哥！你怎么了？"

甲丁乙手上微微一动，颤了颤身子，有气无力地说道："扶我起来。"

潘子也赶过来，两人合力把甲丁乙扶起，顿时看到，甲丁乙满脸鲜血以外，胸前更是血污一片，染红了半个身子。

火小邪心酸不已，几乎要哭出来，叫道："甲大哥，你没事吧？"

甲丁乙冷哼了一声，面无表情地说道：“我受了内伤，肋骨断了，胸口被扎了一块冰进去。”甲丁乙极力想把手抬起来，但颤抖不已，根本无法抬起，只好用手指指向胸口。

火小邪赶忙解开甲丁乙的衣服，果然看到一块亮闪闪的冰尖扎在甲丁乙的胸前，血已经把这块冰染红了大半。火小邪正要去拔，甲丁乙哼道：“不要拔！这是一块冰，让它慢慢化开就行了。火小邪，我衣袋中有两颗药丸，拿出来给我。”

火小邪赶忙从甲丁乙衣袋中翻找，寻出了一个小布袋，从里面倒出两颗药丸，喂到甲丁乙口中。甲丁乙费力地咬碎药丸，吞了下去，喘了两口气，冷冷说道：“还死不了。把我扶到温泉那边去。”

火小邪鼻子发酸，强忍着眼泪不流出来，颤声说道：“甲大哥，你不该救我……”

甲丁乙哼了一声，冷言道：“是我把冰锥引下来的，你死了我会甘心吗？不要哭哭啼啼的，赶快扶我过去。”

潘子黯然感伤，说道：“老甲，你福大命大，不会死的。”

火小邪强忍心中悲痛，和潘子一起把甲丁乙架起来，向温泉挪过去。原来甲丁乙的左腿也摔断了，根本行走不得。

好不容易把甲丁乙放在温泉边，甲丁乙不住嘿嘿冷笑，如同不知疼痛一样：“果然是奈何墙，真是奈何不了它，这么轻轻一触，就能把冰锥引下来。我大意了！”

火小邪颤声道：“甲大哥，咱们就不要拿奈何墙里面的东西了，我们回去吧。我宁愿让赵谷主抓住处死。”

潘子也说道：“老甲，这里还有没有其他的出口，咱们逃出去也行啊。火小邪身上的邪火不解也没什么关系啊，他最多喜欢乱发脾气，又不是什么绝症，过几天不治就会死。”

甲丁乙哼道：“既然来了，走什么走？拿不到奈何墙里面的东西，咱们全部死在这里，又有什么关系！出口已经被封，这座冰山巨大，乱走乱找还是死路一条。”

刘成亮提着火烛，从洞口上方爬下来，叫道：“你们两个能不鬼哭狼嚎了吗？哎呀我的妈，耳朵里都让你们喊出茧子来了！”

潘子一把鼻涕一把泪地叫道：“亲爹啊，我们知错了，求求你和赵妖精，不是，和赵谷主传个话，说我们知错了，洗心革面了啊。”

火小邪也惨兮兮地叫道：“大哥！亲大哥！我有罪，我是混球，我是王八蛋子乌龟崽子，我真不是故意的啊，我就是个街头的混混，真不知道天高地厚，求你们饶了我们吧！我打心窝子里已经后悔了，保证以后比您的乖孙子还老实。”

刘成亮骂道：“行了行了！你们俩是我亲哥成不成？别号了，我要受不了了！你们别叫，别叫，我去和赵谷主说，我做不了主。”

潘子号道：“那亲爹你一定要和我亲爷爷赵谷主说一下啊，我的心里那个难受啊，我要见到我的亲爷爷赵谷主，我要好好地给他磕八百个响头认错。”

刘成亮大叫：“停！停！别叫，别叫！你们安静，我这就去，我这就去。别叫，别叫！”

刘成亮连连挥手，快步退了出去。

过了没一会儿，刘成亮就回来了，潘子猴巴巴地正想说话，刘成亮冷着脸快步走过来，拿出一团破布，将潘子嘴巴一捏，吭哧吭哧塞了个结实。潘子瞪着眼睛，呜呜直叫，一万万个不甘心。

火小邪喊道：“大哥，我们不叫了！”

刘成亮已经走了过来，也把火小邪嘴巴捏开，用破布塞了个结实，拍了拍手站了起来，说道：“有本事你们再叫！”

潘子一着急，一个响屁崩出来，嘭的一声响。

刘成亮骂道：“你再敢用屁股说一句话试试？我这里有大木棍子，你想不想用屁股尝尝？”

潘子玩了命地摇头，脸上拼命挤出巴结的神色。

刘成亮走后，不知过了多少个时辰，火小邪、潘子两人又困又累，再也忍耐不住，睡了过去。

潘子愁道："可我们拿到奈何墙里面的东西，一时半会儿也治不了火小邪，大家抱着宝贝等死，也不是办法啊。"

火小邪一咬牙，脸色一凛，双眼圆睁，狠狠说道："潘子，别说了！横竖都是一死，若破解不了奈何墙，我们就一起死在这里吧！奈何墙，就算拿我这条命去换，也要破解掉！"

潘子看到火小邪这般英勇无惧的神态，突然一乐，说道："火小邪，咱们能破解奈何墙，肯定能名垂青史，永垂不朽了！哈哈，不就是一面狗日的冰墙吗？以我们三个臭皮匠，还胜不过这个冰疙瘩葛亮？"

甲丁乙嘿嘿冷笑不止，赞道："好，不枉我带你们来！"

火小邪唰地站起来，指着奈何墙的方向骂道："管你是什么东西！既然能放进东西，我就不信偷不出来！"

火小邪头一低，想将腰上系着的猎炎刀拔出来，谁知手一摸上去，只摸到了刀鞘，猎炎刀竟不见了。

火小邪微微一愣，觉得实在古怪，心中灵光一闪，抬头往奈何墙上一看，那把猎炎刀竟牢牢地扎在奈何墙上，刀尖刺入冰面半寸，整个刀身都已经蒙上了一层白霜。

火小邪无论如何都想不通：自己的猎炎刀是什么时候扎到奈何墙上去的？甲丁乙轻轻摸了一下奈何墙，就引来无数冰锥，差点就丢了性命，猎炎刀就凭空扎上去了？

见火小邪有些发愣，潘子顺着火小邪目光望去，也注意到了扎在墙上的猎炎刀。

潘子说道："小邪，你的刀子怎么扎在墙上了？你什么时候干的？"

火小邪回答道："我不记得我拿出过猎炎刀。"

潘子说道："估计是刚才我们逃命的时候给颠出来了，于是乎，乱弹乱跳，就扎到墙上了。"

火小邪说道："莫非这面奈何墙有磁性？"一说出这句话，火小邪脑海中顿时涌出在纳火寺的时候烟虫和他说的话，说纳火寺是一座磁山，指南针都会失灵。难道说，冰块也有磁性吗？能够吸引着猎炎刀过去？这种磁力也太强了吧？

潘子恍然大悟一般："有道理啊！磁性？冰块也有磁性吗？"

火小邪看着猎炎刀，说道："现在不管到底怎么回事，这面奈何墙是可以用尖锐的东西扎进去的。"

潘子抓耳挠腮，说道："可我们摸都不敢摸一下啊，更别说用其他东西去砸了。"

火小邪说道："洞顶的冰锥再多，总有个数量，不是无穷无尽的，我们远远地丢石头过去砸奈何墙，等到把冰锥都引下来，不就没事了吗？"

潘子乐得大叫："高明高明！火小邪，你怎么这么聪明啊？好办法好办法！"

火小邪转头对甲丁乙说道："甲大哥，你觉得怎么样？"

甲丁乙嘿嘿笑了两声，说道："是个办法，值得一试。"

"好咧！"潘子先来了劲头，弯腰捡起一块碎石，喝道，"那我就丢了！"

火小邪点头示意，潘子抡圆了胳膊，把这块石头丢了出去，撞上了奈何墙。

奈何墙里光华一晃，嗡嗡声传来，一阵密密麻麻的冰锥雨降下，比上次的规模更大。

火小邪他们离得颇远，只有碎冰块迸到面前，伤不到他们分毫。

等冰锥雨落完，三人毫发无伤，都是大喜。火小邪、潘子乐不可支地四处捡石块，一次次投向奈何墙，引得冰锥一阵一阵地落下。终于，再投过去一块石头，只是稀稀拉拉地落下几根冰锥而已。

潘子喜道："嘿，这下成了，什么破烂墙，我看就这点本事，吓唬人还可以，真要动粗，还不是和孙子一样。"

火小邪也暗暗庆幸：冰锥掉完了，他们就能上前砸墙，奈何墙不过尔尔。

就在火小邪正在想着下一步该怎么办的时候，却见到布满了冰块碎屑的冰坡中有一点绿光闪动起来，这绿光还能移动，在冰块缝隙中来回快速穿行，似乎向着火小邪他们所在的方向而来。

潘子也注意到了，叫道："火小邪，快看，什么东西？发绿光呢！"

火小邪摆手道："好像是个……虫子……"

说话间，那团绿光更加明亮，晃了一晃，竟变成了红色，异常鲜亮，突的一下，从冰坡上跳了下来，飞也似的向着火小邪他们冲过来。

火小邪骂道："什么玩意！"

这团红光丝毫不停，眼看着越来越近，火小邪、潘子这才看清，冲过来的东西竟是一只通体透明的蜘蛛，足足有半个拳头大小，八只脚又细又长，爬行得飞快。这只蜘蛛的腹部有一团红光不断闪烁，透出身体，若不是爬到面前，远远看着，真的就是一团会跑动、跳跃的红光罢了。

潘子大叫："妈啊！透明蜘蛛！"

黑风鼻子一抽，见到这个蜘蛛冲过来，大吼一声冲出，就要上去将蜘蛛拍烂。那只蜘蛛精灵得很，横着一躲，和黑风对峙着，腹中红光更盛，如同鲜血。

甲丁乙竭力大喝一声："是玄冰蜘蛛！火小邪，快打死它！这是剧毒之物，咬人一口必死无疑！"

火小邪背上一阵发麻：怎么这个冰山里还有这种不寻常的蜘蛛，还有剧毒？火小邪、潘子不敢怠慢，从地上捡起石块，拿在手上，从黑风身侧包抄了过去。

这只玄冰蜘蛛见有强敌围上来，知道危险，八支长腿弹动，竟能猛然向后跳开，足足蹦出一丈远。黑风见这只蜘蛛要逃，哪里肯依，咆哮着张开大嘴，跳上几步，就要去咬。

火小邪还没能喊出"黑风回来"，就见这只玄冰蜘蛛腹下吱的一声，喷出一段通明的丝线，向着黑风袭来。黑风久经战阵，只要不是一张大网，这一段丝线还是躲得过去的，身子一晃，就已经闪开。火小邪暗喝了一声好，叫道："黑风小心！"

黑风呜呜低吼，瞪着这只玄冰蜘蛛不放。玄冰蜘蛛在地上转了个小圈，突然加速向侧面跳开，竟绕了个大圈，冲着潘子直直冲了过来。

潘子惊道："见你 × 的鬼，怎么偏偏找我来咬！"

潘子将手中石块丢出，没有砸中玄冰蜘蛛，这蜘蛛动作更快，眼看着就要冲到潘子面前。

潘子头皮都要炸开了，顾不上那么多，转身就跑，边跑边嗷嗷惨叫。

玄冰蜘蛛更是得意，八足一弹，从地上跳起，冲着潘子的后脖子扑来，口中两根银亮的利齿伸出，显然就是毒牙，要是被它咬住，潘子小命难保。

说时迟那时快，一道灰影闪过，正抽在跳起的玄冰蜘蛛身上，啪的一下就将玄冰蜘蛛抽开。原来是火小邪脱了上衣，拧成一根，抢先一步把玄冰蜘蛛从半空中抽了下来。

玄冰蜘蛛被这一击打翻在地，滚了一滚，还没有反应过来，火小邪一脚跺上去，将这只玄冰蜘蛛踩得稀烂。

火小邪杀了这只玄冰蜘蛛，身上还是冷汗直冒，蹲下身察看，这虫子早就烂成一摊黄水，又臭又腥，让人无法凑近。

甲丁乙在一旁看着，冷冷说道："这种玄冰蜘蛛，都是在极寒之地生长，寻常见不到一只，也从来不袭击人，怎么会死追潘子？"

火小邪不愿再看玄冰蜘蛛化成的一摊臭水，扭头叫潘子："潘子，你刚才跑什么？太危险了！"

潘子正坐在地上，一动不动，仰着头目视远处，身子微微发抖。

火小邪以为潘子被吓坏了，气不过地走过去推了潘子一把，骂道："怎么了？这就吓傻了？一只蜘蛛有什么可怕的，瞧你这点出息！"

潘子抬起手，指着远处上方，话都说不利索了，只是哼道："那……顶上……白茫茫……一片……都在动啊！"

火小邪一皱眉，转头向山顶一看，差点把魂魄都吓掉了。

冰锥落下的山顶，一层白茫茫的东西迅速扩大，整个奈何墙如同响应一般，发出唰唰唰的响声。那片白乎乎的东西如同波浪一般翻滚起伏，似乎是由无数个拳头大小的、能爬动的东西组成的。

潘子惨叫道："全是、全是蜘蛛啊！"

火小邪一身白毛汗都吓出来了，看着山顶这种恐怖的景象，也和潘子一样，动弹不得。

黑风暴吼起来，可才吼了两声，那些密密麻麻挤成一堆，从山顶的冰洞中爬出来的玄冰蜘蛛，刹那间全部腹部亮起红光，把整个冰洞照得一片惨红。

甲丁乙见过很多世面，遇事最为镇静，此时说话也微微发颤："火小邪、潘子，快过来！玄冰蜘蛛怕热，只有温泉口可以躲过！快点！"

火小邪听得真切，把潘子一拉，两个人玩命跑到甲丁乙身边，将甲丁乙架起，跑向温泉的出水口。

刚刚把甲丁乙放下，火小邪抬头一看，那一大片的玄冰蜘蛛已经爬满了奈何墙的四周，一大部分已经爬到冰坡上。唰唰声不绝于耳，都是蜘蛛的八只长脚互相摩擦产生的，这时听着，简直如同地狱魔音。还有一大批玄冰蜘蛛，则顺着洞顶往火小邪他们头顶上方爬，身子隐在怪冰嶙峋的洞顶，红光被冰块折射，忽大忽小，忽长忽短，交织在一起，把洞顶也映得血红，犹如漫天赤霞随风云变幻不止。

火小邪他们并没有聚在温泉泉心——若是站在泉心里，大罗神仙都能给煮熟了——而是尽量靠近泉心，保证脚下地面炙热。可这里哪是好受的地方，地下除了股股热气喷出，还有几近沸腾的热水流淌，浓浓的臭鸡蛋味钻鼻入口，若不是这么多玄冰蜘蛛袭来，简直不愿多待一秒。

三人一狗只待了片刻，就已经都大汗淋漓。黑风是狗，没有穿鞋，踩在热水中烫得呜呜低吼，不住跳动。黑风也明白如此大量的玄冰蜘蛛袭来，乱跑无异于找死。黑风忠诚，不肯独自逃走，吐着舌头，死守在火小邪他们身边，共同迎敌。

火小邪见玄冰蜘蛛蜂拥而至，急问甲丁乙："甲大哥，这是怎么回事？"

甲丁乙让火小邪架着，单足站立，看着眼前铺天盖地的玄冰蜘蛛，就算胆子再大，也止不住心头发颤。甲丁乙说道："一定是刚才弄掉了太多冰锥，以致把玄冰蜘蛛的老巢给毁了，所以它们才倾巢而出。"

潘子满头大汗，一半是热的，一半是心里发虚，叫道："看来奈何墙就是不能碰啊！刚才冰攻，现在是虫攻！我的妈妈啊，还有什么攻啊？"

说话间，无数玄冰蜘蛛已经围拢了过来，潮水一般将火小邪他们团团围住。这些玄冰蜘蛛大的有拳头大小，小的则如拇指，可只只都是凶神恶煞一般，两根尖齿伸出嘴外，嗞嗞作响。

果然如甲丁乙所说，玄冰蜘蛛惧怕温泉周围的温度，起初它们叠罗汉一样扑来，往前一探，接触到高温，便急急回退，从火小邪他们的位置看去，如同身处一座海中孤岛，四周白浪翻滚，海中怪光闪动，大浪扑上岸边又退了回去，每一次袭来，都惊险万状。

尽管如此，玄冰蜘蛛丝毫没有罢休的迹象，个个争先恐后地往上扑。因为数量太多，又受不得高温，渐渐地，这些虫子竟在火小邪他们周围垒起半人高的虫墙，不住垮塌，不断重建，而且越垒越高。

火小邪全身湿透，拼命擦汗，说道："玄冰蜘蛛是进不来，但我们也出不去！这么热的地方，只怕再过一两个时辰，我们都要蒸熟了！甲大哥，你还有其他的办法吗？"

甲丁乙无奈道："我也毫无办法！这些玄冰蜘蛛既然是奈何墙引来的，驱散它们也许只有靠奈何墙！"

潘子喘道："这奈何墙到底是什么东西做的？妖怪啊，镜子妖怪啊！"

火小邪难受万分：用石块敲打奈何墙，把冰锥都引落下来的主意是他出的，谁知冰锥落尽，竟引发了更大的危险。目前看来，几乎已没有逃生的可能，不是被咬死就是被温泉慢慢蒸死。早知如此，还不如被冰锥戳死来得痛快。

火小邪不禁仰头长叹，可洞顶的景象，更让火小邪的心狂跳不止。

密密麻麻的玄冰蜘蛛，正挂着亮闪闪的蛛丝，从洞顶向下降来。一片明晃晃的红光，玄冰蜘蛛伸开八只怪足，恐怖异常，就悬在三人的头顶不远处。

火小邪见玄冰蜘蛛竟要从洞顶降下来攻击，一声长叹戛然止住，哎呀大叫一声。潘子跟着火小邪一抬头，顿时也吓得哇哇大叫："老甲，小邪，这些冰蜘蛛要拼命了！"

甲丁乙喝道："火小邪，潘子，你们把衣物里包上石头，不要让它们落下！"

火小邪、潘子连声应了，把上衣都脱下来，包上石头，持在手中，只等玄冰蜘蛛降下来，将它们击落。

果然，有一只拳头大小的玄冰蜘蛛降得最快，可它触到温泉喷出的热气，又急急忙忙向上爬，热气一蒸，居然把银亮的蜘蛛丝给融断，这虫子顿时从半空中掉落下来，吱吱尖叫，直落向火小邪的头顶。

火小邪拿捏着时机，一把将衣服甩过去，包着的石头正中玄冰蜘蛛，啪的一下将其打飞，落入地面上的蜘蛛群中，瞬间就被大量蜘蛛盖住。

火小邪骂道："这些蜘蛛是找死来的！"

潘子跟着叫道："掉下来的多了，我们就死定了！"正说着，头顶上几只玄冰蜘蛛的蛛丝又被融断，吱吱叫着，掉了下来。

火小邪、潘子把衣服挥得如同车轮一般，将这些蜘蛛抽开。

火小邪冲甲丁乙大叫："甲大哥，为什么这些蜘蛛要玩命地攻击我们？"

甲丁乙眉头紧皱，答不上来。

潘子倒大叫着回答："这里就我们几个活的，不攻击我们攻击谁！总不能去咬石头吧？"

玄冰蜘蛛不断掉落，好在每次都不是太多，火小邪他们还能对付。

洞顶的玄冰蜘蛛落下来一阵子，就没有了动静，好像这些虫子另有诡计。

火小邪他们严阵以待，不敢大意，仰头看着蜘蛛，不知它们要做什么。

唰唰——几乎在眨眼之间，漫天亮白的蜘蛛丝就涌了出来，劈头盖脸从上方向火小邪他们喷来。原来盘踞在火小邪他们头顶的玄冰蜘蛛，如同有人统一指挥一样，齐齐喷出蛛丝。

潘子怒骂道："我 × 啊！不带这样的啊！"

玄冰蜘蛛硬攻，火小邪他们还能连打带踹地硬办，可遇上软绵绵、轻飘飘的蛛丝，就没辙了。无论火小邪、潘子等人如何撕扯挥挡，身上还是逐渐落满了蛛丝。温泉炙热，水汽蒸腾，这些蛛丝不能保持平常的丝线状态，而是全部融化，粘在人的身上，如同给他们满头满脸满身都涂上了一层黏胶。黑风满身都是浓密的黑毛，又没有手，黏液混在毛发中，难受得很。黑风乱叫乱跳，想把黏液甩掉，谁知越甩就越糟糕，毛发全部炸开，黏液一经拉伸，变成了白色，使得黑风像极了一只被棉花糖涂满身子的狗。

融化的蛛丝有一股浓浓的腥味，还不如臭鸡蛋味好闻。火小邪双手被黏液裹着，手指一张就拉出股股黏丝，如同手指上长了蹼似的。

甲丁乙受了伤，行动不便，只能默默忍受。

潘子抹着脸大骂："这些蜘蛛的屁沿疼不疼，喷狗了没有？有完没关？喷屎喷泥巴祖宗！"潘子好像舌头有点大，骂得不清不楚，咬字不清，连他自己都觉得奇怪，继续叫道："骂批的蛇谷不竞走。"

甲丁乙厉哼一声："蛛似有斗！"这话就算不清楚，火小邪和潘子还是听明白了，甲丁乙在说"蛛丝有毒"！

火小邪、潘子也早就感觉到蛛丝粘在身上微微有些刺疼，特别是皮肤破损之处，更是又痒又麻，听甲丁乙这么一说，这才觉得不是被粘住才行动不便，而是身体正在慢慢麻痹。潘子动了动舌头，真是觉得舌头不听使唤，惊道："碗了，蛇狗不提只管了。"（完了，舌头不听使唤了。）

火小邪全身各个关节发硬，觉得行动越来越迟缓。

火小邪脑子趁还清楚，飞速思量道：这样下去，必然昏死在地，那就再无生还的可能。这些玄冰蜘蛛既然怕热，现在自己身上滚烫，不如拼死闯出，再摸一次奈何墙，看看有什么反应。

火小邪看了一眼远处的奈何墙，叫道："博连汁！"（不能死！）

火小邪将黑风一抓，喝道："嗨分，畏惧尼！虫过去！"（黑风，委屈你，冲过去）说着一指奈何墙。

黑风暴吼不止，听懂了火小邪的吩咐，一马当先，向着蜘蛛群冲去。火小邪迈开大步，紧紧跟着。围着他们的大群玄冰蜘蛛见火小邪要冲出来，吱吱狂叫成一片。

潘子大叫："叫节，尼工了！"（小邪，你疯了！）

火小邪哪管这些，一人一狗疯了一样地向虫堆中冲去。

黑风在前，几乎是踩着玄冰蜘蛛，一头扎进虫堆。这些玄冰蜘蛛还真是惧怕热滚滚的黑风，唰唰唰潮水一样分开两边，一时间没有贸然扑上的。火小邪提着衣服乱抽，有些退开慢了些的玄冰蜘蛛，都让火小邪抽开老远。

这情形持续不了多久，越离开温泉，空气就越冷，火小邪感到自己身上已经慢慢凉了，但精神却为之一振，似乎寒冷能缓解蛛丝的毒素发作。

黑风带着火小邪冲出了虫堆，向着奈何墙极力奔跑。火小邪全身密布的黏丝渐渐发硬，似乎也冻硬了，跑动时咯咯作响。火小邪身后的玄冰蜘蛛哪里肯罢休，在他们身后紧紧追赶。

黑风和火小邪登上冰坡，刚来到奈何墙前，已经被大群玄冰蜘蛛赶上，将他们死死围住。红光闪烁，吱吱怪叫声更大，几乎掩盖住了黑风的咆哮。

此时黑风全身的毛发都冻硬了，如同一只巨大的刺猬，怪模怪样的，但神勇依旧，左突右冲，驱赶着要上前来的玄冰蜘蛛。玄冰蜘蛛显然有点惧怕黑风这种巨大的野兽，被黑风拦阻得略略一滞。

火小邪回头看向奈何墙，奈何墙冰冷依旧，如同一个陌路人在冷眼旁观。

一路跑来，火小邪身上已经发凉，舌头也不再麻木，大骂一声“× 你妈！”，一拳向奈何墙死命砸过去。火小邪手上满是逐渐凝结的黏液，这一砸竟一下子把拳头粘在了墙上，缩不回来。火小邪大吼一声，大力一扯，手上的一块皮肤就被拽掉，鲜血直流。

火小邪不知疼痛，挥着流血的拳头继续砸墙。奈何墙当然是纹丝不动，可火小邪手上的鲜血却越流越多。

玄冰蜘蛛吱吱乱叫，蜂拥而上，刹那间就把黑风盖住，黑风满地打滚，吼声震天。它一身冻硬了的“刺猬毛”还真有效，玄冰蜘蛛一时无处可以下嘴。这些虫子哪会放了火小邪，许多玄冰蜘蛛从冰块上跳起来，落在火小邪的背上，寻着肌肤之处，张口就要咬下去。

火小邪仍然不停，疯了一样砸墙。

嗡——嗡嗡——嗡嗡嗡——奈何墙陡然震动起来，发出巨大的声音，整个山洞似乎都跟着嗡嗡声不断颤动。

抓住火小邪的玄冰蜘蛛听了这种声音，也是奇怪，竟如同冰雕一样，一口没有咬下去，似乎凝固在火小邪身上。

唰唰——唰唰唰——玄冰蜘蛛又动了起来，这次它们没有再攻击火小邪和黑风，而是潮水一样退了开去，放开了火小邪和黑风，腹中的红光一下子变成了绿光，吱吱的怪叫声也停止了，好像受到巨大的惊吓，拼命向着洞顶爬去。

整个山洞无数的玄冰蜘蛛都争先恐后地涌回洞顶的孔洞处，比出来的时候快了不知道多少，眨眼就不见了踪影。

潘子和甲丁乙见玄冰蜘蛛突然走了，正在高兴，却觉得地面震动不止，简直站立不住，温泉口噗噗噗乱响，好像有什么东西要从水中出来。

火小邪暗暗庆幸，可一见到地面震动的怪状，猛然醒悟：奈何墙不能敲打，一定是引来了其他的灾祸，才把玄冰蜘蛛吓走的！

噗的一声巨响，潘子、甲丁乙所在的温泉附近地动山摇，一道二人粗的白色水雾猛然破地而出，冲天暴起，将甲丁乙、潘子震得直直飞开，落在二丈开外。

火小邪大吼道："甲大哥，潘子，快逃！"

潘子、甲丁乙哪里听得见，整个洞中只有天崩地裂一样的水汽喷发之声，眨眼工夫，洞中浓雾滚滚，什么都看不清楚了。

强烈的酸臭气味向火小邪的鼻子涌来，只吸进一口，就令他头痛欲裂，但火小邪顾不上这么多，舍命向着甲丁乙、潘子所在的方向跑去。

跑出没几步，火小邪就被脚下的冰块绊倒，一个跟头栽出去，脑袋撞上一个大冰块，登时昏了过去。

火小邪被寒冷冻醒过来，一动身子，耳边嘎嘎直响，这才发现身体竟然被覆盖上了一层冰壳。火小邪奋力挣扎着坐起来，抓落脑袋上如同头盔一般的冰块，放眼看去，洞内又是一番奇景。

地下热气的喷发已经停止，空中密布着浓浓的白雾，正在向着一个方向不断流动，嗞嗞作响。白雾掠过脸颊，刮得脸庞生疼，原来白雾里的细小水珠，都已经被冻成了冰末。

火小邪扭头一看，那面奈何墙在白雾中灿灿生辉，白雾便是被奈何墙吸过去的。

火小邪不敢待在奈何墙附近，想张嘴喊甲丁乙和潘子，却喊不出来，只觉得身上各处都要被冻硬了。火小邪连滚带爬，跌跌撞撞地滚下冰坡，此时洞中的白雾越来越淡，已经看得清洞中情景。

除了几个温泉口以外还露出石头的地面，以前所有坦露泥土石块之处，都被一层冰壳覆盖，气温之低，远胜于刚刚进来的时候。

火小邪抱着身子，侧头一看，只见黑风冻成了一个全身长满刺的冰疙瘩，四爪朝天硬邦邦地躺着，只有鼻头和嘴巴露在冰壳外，呼哧呼哧地喘气。

火小邪知道黑风还活着，爬到黑风身旁，敲碎了黑风脑袋上的冰壳，让黑风能够舒坦一点，但黑风双眼紧闭，还是一动不动。

火小邪无计可施，又使不出力气，拖不动黑风这个二三百斤的庞然大物。再向远处张望，却看到两个冰人，一个躺着，一个半蹲在地上。蹲在地上的人明显就是潘子，面朝着火小邪这边，抱着胳膊缩成一团，冻得硬邦邦。可就算冻成这个样子，潘子的脸仍然扭着拧着，五官歪斜，挤眉弄眼的，如果就这么死了，别人定会认为这个人是搞怪太多，遭了天谴。

另一个躺在地上的人，正是甲丁乙，同样一动不动。

火小邪的身上哗啦啦直响，哆嗦着走到潘子身旁，咔嚓一声，将潘子从冰面上掰下来，托着潘子这个冰疙瘩走到温泉边，将潘子丢在温泉口附近。火小邪在温泉中搓了搓身子，抖落全身的冰块，才觉得暖和了一点，打起精神，走到甲丁乙身旁，又敲又打，把甲丁乙也刨了出来，拖到温泉边放下。

火小邪筋疲力尽，但身子已经不是那么寒冷，喘了数口气，打起最后一丝精神，走到黑风旁边，拖着黑风的一条腿就走。好在地面上全是冰，拖起来还有些轻松，一直把黑风也拽到温泉旁，火小邪才觉得天昏地暗，身子一软，再次昏倒在地。

不知过了多久，火小邪觉得脸上热乎乎的，微微睁开眼，正好看到黑风的大脑袋。黑风正伸出舌头，不住在火小邪脸上舔着。潘子蹲在火小邪身边，见火小邪睁开了眼睛，大叫道："你醒了！万幸万幸！"

火小邪晃晃悠悠地坐了起来，呆呆地问道："大家都没有事了吗？"

潘子说道："都没有事！都活着！老子断了一根肋骨，屁股摔开花了，但没有大碍。"

甲丁乙低低的声音传来："火小邪，我也还好。你救了大家一命！"

火小邪转头一看，甲丁乙正躺在一旁，歪着头看着自己。

原来火小邪乱砸奈何墙，引起了地热喷发，玄冰蜘蛛忙不迭地避难退开，回到冰缝中。地热喷了一阵子就停下来，温度渐渐降低，水汽和热量逐渐被奈何墙吸走，洞顶玄冰蜘蛛的出口被封上，一下子再也出不来。潘子和甲丁乙摔得够呛，身上又都是蛛丝黏液，回不到温泉旁，温度一降，一会儿工夫就冻了个结实，动弹不得。火小邪把潘子、甲丁乙、黑风拖到温泉边，昏过去以后，潘子首先醒过来，用衣服沾了热水，给甲丁乙、黑风化冰，加上温泉旁温度较高，黑风、甲丁乙也都慢慢苏醒。一直等到火小邪醒来，已经过去了近一个时辰。

火小邪他们身上的蛛丝化成的黏液，经过这一番融化到结冰到再次融化，已经没有了黏性和毒性，很容易便弄了下来。好在三人所中的蛛丝毒都不深，自身就给化了。

三人一狗都是精疲力竭，嗓子发苦，身上发虚，一动都不愿再动，只能守在温泉旁，不敢再有所妄动。

潘子问道："小邪，你怎么会想到砸奈何墙呢？要不是你玩命，我们就死定了。"

火小邪说道："我就是赌一下。反正横竖都是死，我想既然奈何墙能引了玄冰蜘蛛来，我再去砸一下它，说不定会发生点其他的灾祸，没想到还真的如此。"

甲丁乙冷声道："火小邪，好在你能够活动片刻，要不然我们就被冻死了。这个奈何墙，真是难以理解，毫无规律。"

火小邪说道："奈何墙只是天地造化的死东西，要是它有智慧，我们早就死了几遍了。"

潘子说道："喂喂喂，你们快看，那把猎炎刀怎么又扎进墙面去了一些？"

众人扭头向奈何墙看去，果然如同潘子所说，非常明显地，猎炎刀大半个刀身都没入了冰面之内。

尽管猎炎刀整个刀身都包着一层厚厚的冰，但仍然能看得出形状，所以火小邪、潘子和甲丁乙绝对不会看错，猎炎刀的确大半个刀身都没入了冰面。

众人万分难解，彼此对望，都是默默沉思。

半晌之后，火小邪问甲丁乙道:“甲大哥，如果冰是水行，那么金克水吗？”

甲丁乙说道：“金克木，金生水，而土克水，火克金。”

火小邪哦了一声，说道：“是金生水啊……我还以为……”

甲丁乙说道：“火小邪，我知道你在想什么。五行之中有相乘、相侮、相生、相克，还有制化、胜复，任何两行之间都有关系。这面奈何墙，依我看乃是水行极盛极亢，水克火克得太过，已是相乘之态，以致五行因此失调。五行尽管失调，但只要五行胜复，仍能恢复正常。也就是说若水气太过，作为胜气则过分克火，而使火气偏衰。火衰不能克金，则金气偏胜而加剧克木，木气受制则减弱克土之力，于是土便旺盛起来，而把太过的水气克伐下去，使其恢复正常。”

火小邪听不太明白，但隐隐约约觉得好像有什么破解奈何墙的办法，又问道：“是五行胜复就可以破解了吗？”

甲丁乙说道:“我也这么想过，但现在看来，这面奈何墙只有胜，没有复。所谓‘胜’，即指胜气，乃是指因某行之气太过所引起的对‘己所胜’之行的过度克制。而胜气一旦出现，则势必招致一种相反的力量将其压制下去，即所谓复气。如果单纯有胜而无复，那五行协调必然无法恢复。人体中如此，将引致重大的疾病；天地间如此，便能形成奈何墙这样的怪物。”

火小邪听得脑袋都大了一圈。五行相生相克就罢了，还偏偏有什么相乘、相侮、制化、胜复，绕来绕去的，看似矛盾，又满是道理。看来要参透五行，灵活应用，绝不是一时之功能够领悟透彻的。

潘子听得也是抓耳挠腮，但他嘴巴碎，不懂装懂，悻悻然说了句：“哦，我就说嘛，怪不得奈何墙这里有温泉。”

火小邪惊讶地看着潘子，说道：“你明白了？”

潘子只好傻笑，说道：“没明白，我随口说说的。”

火小邪看着温泉，说道：“恐怕只有地下的炙热之物，比如熔岩之类的极盛的火涌出，才能破解这个奈何墙了，唉！”

火小邪说着，突然想到了自己，顿时身子一振，狠狠眨了眨眼睛，问甲丁乙道："甲大哥，我不是邪火嘛，赵谷主说我邪火极盛，是不是从我的邪火着手，能够破解奈何墙？"

甲丁乙冷冷说道："你的邪火，本是五行难容，你这样的邪火之人，投入五行中，则所到之处都会五行错乱。你现在能力有限，所以邪火还在五行压制之下，尽管如此，也让你从小到大命运坎坷，苦难无数。越是见的世面多了，越是行为乖张，不受控制，心思常人难以理解。我师父之所以说你要是本事大了，五行世家皆能败于你手，就是这个道理。火小邪，你这邪火，如果非要打比方，倒是近似于这奈何墙，太过于胜而无复。可是，火小邪，邪火并不是说你身体有何特异之处，而是指你的心思意志，若你不知怎么使用邪火，还是破解不了奈何墙的。"

火小邪听了甲丁乙的话，心中多少有点酸楚。确实如同甲丁乙所说，他活到现在，记忆中几乎没有什么值得回忆的事情——被人殴打，被人利用，被人误解，被人抛弃，天地之大，简直没有容身之处。他有朋友，有兄弟，有甲丁乙、潘子这样舍命相助的人，可这些人不是死了，就是不见了，不是受他连累，就是性命难保。他喜欢的人，像林婉那样的，骂他、怨他，离开他；他不喜欢的人，像郑则道那样的，得道升天；他躲着的人，像水妖儿那样纠缠他；他恨极的人，像郑副官那样大难不死；他愧对的人，像张四爷那样受尽折磨。

现在火小邪被困在奈何墙面前，毫无办法：有邪火，却不知用法；眼见着炎火威的遗书，却碰也碰不得；求生无门，求死又不甘心。奈何墙，奈何墙，这名字起得真好，把火小邪心中的无可奈何映照得清清楚楚。

火小邪默默叹了口气，恨不得咬碎自己的牙齿，紧紧攥着拳头，恨不得捏出血来。

潘子、甲丁乙见火小邪难过，都不再多说，三个人都坐下来，沉默不语。

八、祸起何缘

时间就这样缓缓地过去，是过去了一天两天还是十天，火小邪已经记不清楚了。冰洞里终日亮着，不分白天黑夜。

他们哪里都不敢去，只是围坐在温泉旁边艰难度日。

冰洞中到处都是冰，敲一块下来就能解渴；吃的东西也有，乃是一种乳白色的蠕虫，指头粗细，揭开温泉旁的冰盖就能发现，甲丁乙说这是冰蚕，可以食用，于是他们就用这种虫子充饥。好在冰蚕味道尚可，还不是难以下咽。潘子本嫌吃虫子恶心，但饿得厉害了，也管不了这么多，一概囫囵吞下。黑风无所谓，最为开心，整日无忧无虑地到处刨虫子吃，常常叼着肥大的来送给火小邪、甲丁乙、潘子。做狗的好处就是不用想太多，跟了孬种就孬着过，跟了富贵人家就富着过，只要有一口吃的，怎么都行。

甲丁乙身体健壮，吃过疗伤的药丸，恢复得很是不错，伤口已经不流血，愈合也甚是理想，而断腿用长条形的石头绑上，十几个时辰之后，已经能一跳一跳地缓缓行走。

潘子是乐天派，没有火小邪那么多心思，他反正认定自己是想不出办法，天塌下来还有高个子先撑着，只要不再落冰锥、闹蜘蛛、喷地热，生命无忧，就凑合着活着呗。潘子天天嘻嘻哈哈的，吃饱了虫子就带着黑风在洞中四处乱逛，时常收集一些古古怪怪的冰块和石头回来。有一次，他还真从石头中敲出一块能值一千个大洋的寒冰玉。甲丁乙说应该是以前温泉喷发从地底带出来的，雕刻成形的话，在广东卖就能卖近万块大洋。潘子乐得屁股都笑开花了，更是寻找得起劲。不过潘子从此也有了离开此处的心思，总是出一些破解奈何墙的馊主意，比如向奈何墙撒尿之类。

火小邪不像潘子，终日苦苦思索，想不通的就问甲丁乙。甲丁乙没有办法破解奈何墙，就事无巨细地对火小邪讲遍阴阳五行。别看甲丁乙一张冷脸，肚子中的学问可不少，对阴阳五行参得很透，火小邪问问题他都能问一答十，耐心地为火小邪讲解，讲得深了，倒生出几分老学究的派头。

火小邪一旦想到什么法子，就小心翼翼地走到奈何墙边打量猎炎刀。猎炎刀所在的位置在奈何墙正中，透过冰面看进去就能看到那个小小的红色匣子，近在咫尺，却拿不到。火小邪不敢触碰奈何墙，要是摸了，鬼知道会引来什么灾祸？可不摸能怎么办？总不能大喊一声“开门”，奈何墙就自己裂开了。用温泉里的热水去浇？火小邪也不敢，这么大的奈何墙，一次要取来多少热水？何况，热水浇上去，会不会比摸一下奈何墙更糟糕？

火小邪还想过用火烧，但火把一接近奈何墙，就跳跃得厉害，火苗直直被奈何墙拽过去，随时都可能熄灭。这乃是奈何墙前面温度太低，任何热量它都不放过的原因。何况火小邪也不知道用火烧会有什么后果，不敢轻易尝试。

直到一日，火小邪手上的伤口结疤奇痒，让火小邪抠破，才让他想起一件事情。

火小邪走到插在奈何墙上的猎炎刀面前，细细打量一番，猎炎刀直插进冰面的刀尖清晰可见，不像露在外面的刀身，布满了厚厚的冰壳，奇怪的是，猎炎刀和奈何墙连接之处，露出墙面的部分还有一指宽的刀锋没有一点结冰的迹象。

火小邪犹豫了一下，心想奈何墙不让摸，猎炎刀总该可以轻轻触碰吧？但伸手去拔还是危险太大，那就不如这样——火小邪把双手搓热，一口将食指咬破，鲜血顿时流出。火小邪小心翼翼地将手指悬在猎炎刀上方，让一滴鲜血滴在猎炎刀和奈何墙连接之处。

血液碰到了猎炎刀，瞬间就要凝结，火小邪正觉得失望，却猛然看到即将凝结的血液嗖的一下顺着刀锋被吸入墙内，一抹鲜红在墙内的刀尖处炸开，渗透在冰面中，如同开了一朵小小的红花。

火小邪倒吸一口凉气，转头大叫道："甲大哥！潘子！你们快来！有古怪！"

甲丁乙一直在注视着火小邪的一举一动，并不清楚他要干什么，听火小邪这样大喊，也觉得奇怪，站起来颤巍巍地向奈何墙走来。潘子还在洞中找宝物，听到火小邪喊叫，也赶忙凑过来，扶住甲丁乙，两人一狗向着火小邪而来。

火小邪指着奈何墙里的那朵红色血花，惊道："我的一滴血被吸进去了！你们看，刀尖上那朵红色的像花一样的东西，就是我的血形成的！"

甲丁乙仔细看了看，说道："的确奇怪！火小邪，你再试一试。"

潘子有点害怕，说道："没事吧？别引来什么其他的东西。"

火小邪不管潘子，又从手指中挤出一滴血，滴在猎炎刀上。果然又是嗖的一下，那滴血被直直吸入，让刀尖处的血花再次涨大了几分。

潘子惊道："我 ×，邪门了！这墙还吸血的！"

甲丁乙沉吟片刻，说道："火小邪，尽管不知道是怎么回事，但你还是继续滴血试试。"

火小邪兴奋莫名，再次啃咬食指，挤出更多的鲜血。每一滴都被飞快地吸入墙中，哪怕是滴在猎炎刀结冰之处，也同样如此，根本没有受冰的影响。眼看着墙内的血花越来越大，已有一个人头的大小。

奈何墙外奇冷，总是滴不了几滴，血液便会凝结在手指上。火小邪管不了许多，狠狠一口把手腕咬开，鲜血汩汩流出，尽数滴在猎炎刀上，都被吸入墙内。

血花越长越大，没多久竟如蛛网一般，长成了一个磨盘大小的形状。

甲丁乙、火小邪、潘子都暗暗称奇：这面奈何墙如此寒冷，怎么血透入墙内，如同不会凝固一样？莫非只有墙面一层是至寒至冷，里面却有无数孔隙，温度不低？血为何会被吸入墙内，难道是因为火小邪血液中含铁质？旧社会西洋医学不发达，殊不知血液中就是含有大量铁元素的。

潘子见有奇效，喊道："火小邪，你的血不够，我这里还有！"

火小邪玩命挤着手腕，说道："我的血多的是，不用你的。用你的说不定就坏事了。"

火小邪挤完了右手腕，又咬开左手腕，咬牙切齿，根本不管自己会不会失血而死。火小邪根本就不怕死，他怕的是自己如此努力，还是不得善果。

奈何墙中已是一片红光闪烁，火小邪的大量鲜血注入墙内，横七竖八地爬满了一大片墙壁，并且仍然在不断扩大着。

潘子愁道："小邪，你这样会死的！"

火小邪眼睛通红，厉声叫道："别管我！"

甲丁乙拉住潘子，冷冷看了火小邪几眼，低声道："让他去做，我们退后。"

甲丁乙、潘子退开两步，心惊不已地看着火小邪死命向猎炎刀上挤血。

火小邪失血不少，逐渐有些头昏，站在奈何墙边久了，身上也冻得疼痛，但火小邪仍然不停，血一凝结就咬开，把手腕啃出了一个大洞，行为已近似于搏命。火小邪明白，这次是证明自己价值的最好机会，哪怕就这么死了，也甘心情愿。

潘子不忍目睹，正想偏开头不看，却见到奈何墙内红光一晃，不是平常的模样。

潘子叫道："有古怪啊！火小邪，你看！"

甲丁乙根本不说话，双目炯炯，死死捏着潘子肩膀。

火小邪有点神志不清地看向奈何墙，果然见到墙内红光闪烁，如同墙内的什么东西被惊动了一般。

"咔——咔——咔——"细微的破裂之声响起，奈何墙内有一道白线腾然出现在冰面上，如同有看不见的巨刀，正沿着这白线斩开冰面。奈何墙裂开了！

甲丁乙叫道："火小邪，快退开！"

火小邪已经失血过多，有点迷糊，听不清楚甲丁乙在喊什么。

甲丁乙一拍潘子，叫道："快拉开他！"

潘子应声而动，冲上前拽住火小邪胳膊死命拖开。

"咔——咔——咔——咔咔——咔咔咔——咔咔咔咔——"奈何墙冰面裂开的速度越来越快，突然之间，仿佛从遥远的地方传来一声脆响，只见奈何墙如同开启了无数个形状各异的"冰抽屉"，几乎同时弹了出来。

潘子、火小邪差点就被这些巨大的冰抽屉砸中脑袋，好在两人一打滚，跳下冰坡，一个冰抽屉才贴着火小邪的头皮掠过，力量奇大，把火小邪的头皮扫掉一块。若是打在人身上，只怕一击之下，就要将人打碎。

冰抽屉弹出奈何墙，就是一瞬间的事情，马上就静止了下来，一点声音都不发出。这些冰抽屉有的长有的短，错落有致，除了冲着外面一层硬冰，里面看着并不是连成一体的冰块，只有一根一根的冰柱，好像是冰抽屉的支架一般，而一种如同银线的透明冰丝密密匝匝团成一团，将一根一根的冰柱紧紧包裹着，怪不得奈何墙内光华不断无规则地浮动，竟然是这些如同蚕丝一样的东西在作怪。

火小邪、甲丁乙、潘子惊得张口结舌，都动弹不得，看着眼前奈何墙的奇景，谁都不敢相信这是真的。

最先缓过劲来的，反而是火小邪。火小邪大叫一声："奈何墙打开了！我成功了！"

甲丁乙、潘子也回过神来，将火小邪紧紧抱住，激动得不能自持。潘子号啕大哭，甲丁乙的眼睛也红了，一行泪奔流而出。

火小邪反而不哭，指着一个冰抽屉说道："看！看！那个匣子！"

三人转头一看，他们头顶上方，一个红匣子就嵌在一个冰抽屉的冰丝之间，十分显眼。

火小邪不知道从哪里涌出了一股子劲头，首先向着匣子爬去，潘子、甲丁乙不敢怠慢，紧紧跟着。黑风四处乱看，也跟在他们身后。

这个匣子刚好位于头顶，旁边没有其他冰抽屉阻拦。甲丁乙猜测，当年发现奈何墙的人放入匣子的时候，奈何墙就是这样开启着的，他能够将匣子放入，也是找了一个最容易接近的位置。

火小邪三人凑到匣子前。这个匣子并不大，只有手掌大小，除了通体红色以外，并没有什么特殊的地方，乃是极为普通的一个匣子。

火小邪正要去提，甲丁乙拦了一下，说道："我来！你们退后！"

火小邪此时不愿逞强，生怕所有努力最后毁于一旦。

甲丁乙缓缓伸出手去，插入冰丝之中，将匣子两侧一捧，就提了出来，竟然十分容易。

甲丁乙把匣子捧出，激动得手也微微颤抖。潘子在一旁喜道："打开！打开！"

甲丁乙点点头，将匣子抱在怀中，就要揭开盖子上的铁销子，可就在要碰到之时，地面却微微一晃，有隆隆声从脚下传来。

甲丁乙大叫一声"不好"，厉声道："跑！"

三人刚刚退开半步，说时迟，那时快，这个冰抽屉一颤，贴着三人身侧，唰地退了回去，劲道之大，竟然将三人卷倒在地。奈何墙咔咔咔咔连声作响，等火小邪抬头再看的时候，竟然又严丝合缝，平整如斯，不见任何一道缝隙，连火小邪注入的鲜血的红色也都消失了。

山洞震颤不已，似乎正要对他们这些偷出匣子的人给予最严厉的惩罚。

火小邪心中大惊，低头一看，猎炎刀就掉在脚旁，一把抓起猎炎刀，插回刀鞘中。

猎炎刀归鞘，三人一狗正要逃跑，只听"砰砰砰砰砰——"，地裂天崩，怪声不绝于耳，把火小邪他们震得如同跳豆一般在地上翻滚不止，根本站立不住。只见冰洞中的地面如同被人撕裂一般，齐齐裂开了。

甲丁乙奋力将匣子一把塞进火小邪怀中，大喝道："我们逃出去！"

火小邪抱着匣子在前，黑风紧随其后，甲丁乙由潘子搀扶着，走在最后。

冰坡已经爆裂成几道，不得不绕道而行。火小邪一行跨过一道冰缝，刚刚到了冰坡下面，地面又是一阵强震，所有温泉中热气再次冲天而起，势头之猛，超过前次数倍，顿时就把洞中蒙上一层白雾。

火小邪他们看不清方向，只能拣着脚下还易行之处急奔。可他们刚踏上一块冰面，都感到脚下一滑，这块冰面竟一下子倾斜起来。他们哪里还能站住，啊啊大叫，全部滑入冰面的裂缝之中。

三人一犬坠入地面，跌在冰上，翻滚着就向下滑。地下全是连成一体的冰，光滑无比，没有着手之处，根本就止不住身子。

地下的冰面好像是被震动撕开，一直向下延伸，没有尽头一样。火小邪他们怪叫连连，只能听天由命，向下飞快地滑落。

好在滑落的过程里大家都能把身子稳住，不再翻滚，潘子惨叫道：“早知道一碰匣子我们就要完蛋啊！这下死定了！”

火小邪紧紧抱着匣子，大骂：“住嘴！谁说要死？”

黑风有利爪，死命用爪子抓冰，拉出数条长长的痕迹，可速度太快，仍然是随着火小邪他们滑下，只是略略一缓。

潘子到处乱抓，见黑风缓了缓，一把就拽住了黑风的尾巴。黑风汪汪大叫，好不容易减慢速度，让潘子这样一拉，又抓不住冰面，向下滑去。

潘子大吼：“黑风，继续抓！抓啊抓啊！”

黑风委屈地闷叫，一人一狗的重量，再也无法让黑风抓住冰面。

“哦啊！”潘子一声大叫，冰面突然一个上抬，人就飞了出去。

火小邪、甲丁乙、黑风、潘子全部飞在空中，人吼狗吠，飞出了五六丈远，坠入黑漆漆的水中，咚咚咚咚四声响，水花四溅。

火小邪从水中钻出来，大大地喘了一口气，这才看清，他们正在一个黑乎乎的水潭中，不远处就是一个巨大的冰坡，直通向上，他们似乎是从这个巨大冰坡上方的一个裂缝中掉出来的。而冰坡上方，则有光线透出来，让人能够看清，对岸就在不远处。

火小邪大喊道：“甲大哥！潘子！黑风！”

潘子的声音传来：“在这里呢！我没死啊！”

黑风的叫声也从水面传来，看来它也没事。

火小邪没听见甲丁乙回应，心急万分地大叫道：“甲大哥！甲大哥！”

火小邪不断呼喊甲丁乙，还是没有回应，好在从奈何墙取出的红匣子就漂在身边，没有丢失。火小邪狂叫潘子："潘子，你看着盒子！"

潘子赶忙游过来，将匣子抱住。

火小邪深深吸了一口气，潜入水中。甲丁乙摔入水中的时候，位置就在火小邪附近，如果是沉入水中，必然离此不会太远。黑风见火小邪潜水，也跟着钻入水中，一人一狗寻找着甲丁乙。

天可怜见，水潭尽管黑沉沉的，但其中没有水草，而且只有一人多深。火小邪、黑风两三个下潜，便在水底摸到了甲丁乙，火小邪一把将甲丁乙拽住，黑风咬住甲丁乙的衣服，人狗合力，将甲丁乙拖到了岸边。

甲丁乙面如白纸，气息全无，火小邪急得全身燥热，与潘子一起又是按又是打，终于，几口污水带着血丝喷出，甲丁乙喘出了气，活了过来。火小邪高兴得大叫："甲大哥，你没事吧？"

甲丁乙咳嗽了两声，摆了摆手，虚弱地说道："还死不了……"甲丁乙内伤颇重，经不住这样的摔打折腾，所以从空中坠入水面的时候，顿时昏了过去，要不是火小邪施救，他肯定就此淹死了。现在甲丁乙已是油尽灯枯的状态，若再受到什么剧烈的刺激，只怕要丢了性命。

他们筋疲力竭，都躺在岸边静静休息，谁也没有多余的力气再动一下。火小邪失血过多，好在手腕的伤口深是很深，还没有伤到动脉，从身上撕下布条，包扎了起来，就没有性命之忧。火小邪更是疲劳，脑子里什么都不愿意想，昏沉沉地睡了过去。

火小邪的梦境又升腾起来……

火小邪坠入冰冷刺骨的水中，除了头顶水面还有摇曳的火光透进来，水底一片漆黑，火小邪咕咚喝了一口水，身子不受控制地直直向水中沉去。恍惚间，漆黑的水中有个看不清形状的东西冲了过来，一把将火小邪抱住，非常有力，根本挣脱不开，似乎是一个人的手臂。这个不知是人还是物的东西，带着火小邪向前方急速地游去。火小邪喘不上气，水直往鼻子嘴巴里面灌，难受得无以复加……

火小邪闷叫一声，坐了起来，大口大口地喘气。刚才在梦中真的有要溺水而亡的感觉，好像自己真的经历过。而这个梦仍然是连着以前的那些噩梦，梦中情景又前进了一步。

“火小邪！小邪！你又做噩梦了？”潘子在一旁叫道，在火小邪耳中听来，声音好像从遥远的地方传来。

火小邪狠狠地搓着自己的脸，慢慢清醒过来，心中狂跳，慢慢说道：“是，我又做噩梦了……”

潘子问道：“你每次做噩梦醒过来，都吓死个人。你到底梦到什么了？”

火小邪苦笑一声，说道：“乱七八糟的东西。刚才梦到差点淹死了……唉……”火小邪平静了一下呼吸，向一旁看去，甲丁乙正虚弱地靠着一块大石，看着火小邪。

火小邪忙道：“甲大哥，我没事。”

甲丁乙冷冷说道：“火小邪，你把匣子拿来给我。”

火小邪翻身而起，从身边不远处把匣子拿起来，递给甲丁乙。

甲丁乙抱着匣子，说道：“此次千辛万苦，死里求生，但愿匣子里的东西不会让我们失望。火小邪，把刀子也递给我。”

火小邪把猎炎刀抽出来，递给甲丁乙，潘子、黑风凑过来，围在甲丁乙身边，都看着那个红色的匣子。

甲丁乙并不说话，用猎炎刀挑开匣子四角的蜡封，慢慢插入缝隙中探了一探，并无大碍。甲丁乙屏息静气，将猎炎刀拔出，用手一抠，便将匣子的铁销子拨开。

火小邪、潘子大气都不敢出，心中乱跳不已，睁大了眼睛看着。

甲丁乙慢慢将匣子打开。匣子里垫着一层一层的红布，塞得紧紧的，一下子看不出里面有什么东西。潘子直咽口水，忍不住说道：“老甲，快打开看看吧。”

甲丁乙并不着急，只是慢慢地将红布揭开，用了许多时间，才把红布包裹着的东西取了出来。

甲丁乙取出的东西是一个牛皮纸筒，黄褐色的外表，显得十分厚重。这根牛皮纸筒约有三指粗细，两端皆用红色硬膏封住，不见开启之处。纸筒上似乎写着一行文字，龙飞凤舞，一下子看不出写的是什么。

火小邪低声道："甲大哥，现在打开吗？"

甲丁乙看了一遍纸筒上的文字，皱了皱眉，说道："这是根封厖火筒，贸然打开，里面的东西就会焚毁。若没有专用的工具，我们现在是打不开的。"（厖，音同忙，这里是杂、乱的意思。）

潘子啊的一声，急道："什么？打不开？费了这么大劲，差点死了几次，结果打不开？"

甲丁乙说道："这根封厖火筒的确是我父亲的遗物，上面有他的印戳。没想到我父亲竟用这么复杂的工艺封存，看来里面的东西非常重要，轻易是不愿让人看到的。"

火小邪有点遗憾地说道："甲大哥，既然你父亲不要人看，那我们还要打开吗？"

甲丁乙说道："当然要打开，只是这里没有条件，眼下我们应尽快离开这里，上到地面，再做打算。"

潘子惊道："上去？没准赵谷主这个老王八正等着我们呢！"潘子话一出口，想起赵谷主是甲丁乙的师父，赶忙闭嘴。

甲丁乙毫无表情，冷冷说道："我们上到地面，避开我师父他们，尽快离开净火谷，再打开不迟！"

三人略略商议一番，都觉得待在这里肯定不是办法，甲丁乙遂将封厖火筒放入怀中，一行人沿着水潭向前走去。

这个地下水潭四周尽管都是巨大的冰川，倒是不冷不热的，显然是有地热冒出地面所致。冰川上方有不少孔洞，里面透出光芒，冰面反射，将水潭一带照得微亮，所以并不是很难行走。

走了一段，便听到水流声传来，向前看去，已是到了水潭尽头，面前是一面绝壁。潭水翻腾不止，从绝壁之下穿过，流向外界。

潘子现在身体最好，加之水性不错，便自告奋勇在前方带路。一路上穿潭过洞，在夹缝中攀登，尽管道路曲折黑暗，但都是有惊无险。眼看着一处小水潭中，从下面透出了自然的光亮，应该是接近地面了。

三人一犬打好了主意，纷纷走入水潭中，找准了方位，一潜而下，沿着亮光所示，奋力潜行。

扑哧扑哧几声，潘子、火小邪、甲丁乙、黑风依次从水面冒出，大口喘气。抬头一看，已能看到天空，这里竟是一处巨石环绕的露天水潭。潘子乐道："他 × 的！终于出来了！"

甲丁乙低声喝道："小声！"

潘子赶忙闭嘴，他们三人和黑风从水潭中爬出，拣着石缝走了出来。转过一处巨大的山石，走到一处石崖上，放眼看去，眼前一片空旷。然而大家定睛一看，都愣在了原地，怀疑是不是自己看错了。

这里还是净火谷吗？看两侧的山势，不是净火谷是哪里？只是谷中狼烟升腾，许多地方都让水淹了，无数巨大的怪石横七竖八地躺在谷中，将树木砸得东倒西歪。净火谷还是以前的净火谷，却是经历了一番浩劫之后的净火谷！

甲丁乙大叫一声"怎么回事！"，已经顾不上自己行动不便，连滚带爬就往山崖下翻。

火小邪、潘子大惊失色，见甲丁乙不顾性命地冲下去，赶忙冲上去架住甲丁乙。甲丁乙挣扎着甩开火小邪和潘子，五官扭曲着冲火小邪叫道："一定是我们引发的！"

火小邪见甲丁乙目光凶狠，心中一凉，更是一阵阵地疼痛。看净火谷这种惨状，回想起取出奈何墙中的匣子时洞中那种天崩地裂的势头，定是这个原因才造成净火谷遭遇大灾。甲丁乙说是与赵谷主决裂，但净火谷毕竟是甲丁乙生长的地方，见了这种场景，如同自己的家被毁灭一样，很难控制住自己的情绪。

火小邪、潘子都不知如何是好，只能紧紧跟着甲丁乙向山崖下爬去。甲丁乙形如疯癫，根本顾不上疼痛，低声嘶吼着，一路跌跌撞撞地滚去，快到地面的时候，终于控制不住身体，跌入已经泛滥成灾的溪流中。

火小邪、潘子跟着跳入溪流，顾不上那么多，牢牢抓住甲丁乙的胳膊。

甲丁乙痛苦万状，身子颤抖，骂道：“都怪我！都怪我！师父！师父！”

火小邪鼻子发酸，眼泪几乎要奔涌而出，恨不得跪在甲丁乙面前。若是净火谷被毁，源头不就是自己吗？

甲丁乙大吼一声，喷出一口鲜血，甩开火小邪、潘子，涉水前行。但他哪里站得住，扑通一下再次摔倒在水中，又要强行站起。

可就在这时，潘子却大叫一声：“死人！死人啊！”

火小邪强忍眼泪，侧头一看，果然在甲丁乙身旁不远处的一处溪流乱石中，卡着一个人，看上去已经死透了，脑袋浸在水中，被溪水冲得乱摆。

甲丁乙听潘子这样一喊，倒也愣了愣，转头看去，也看到了那具尸体。

甲丁乙嗷的一声，挣扎着向尸体扑上去，已经看清了尸体是谁。甲丁乙惨声叫道：“成亮！成亮！”这死人正是迎甲丁乙回来的净火谷人士刘成亮。

火小邪、潘子都赶了过去，再次把甲丁乙架住，这次甲丁乙倒没有挣扎，而是目眦尽裂地看着刘成亮的尸体，站住不动，脸上不住地抽动。

只见刘成亮仰面朝天卡在乱石中，一只胳膊不翼而飞，胸前有一道巨大的伤痕，几乎把胸腔撕开，极为惊人。

甲丁乙脸上一冷，突然说道：“火小邪、潘子，扶我过去！”

火小邪、潘子赶忙架着甲丁乙上前，甲丁乙越走近，身子颤抖得就越发厉害，口中喃喃道：“是刀！是刀伤！不对，不对，净火谷中有人进来了！他是被人杀了！谁能杀得了刘成亮？”

火小邪颤声道：“甲大哥，我们，我们……”

甲丁乙猛一回头，直直地看着火小邪，叫道：“不对，这里情况不对！天灾是真！人祸也是真！快，扶我走！”

火小邪、潘子赶忙架着甲丁乙穿溪而过。黑风动作快，跑在前面，从岸边跳出来，冲着火小邪他们大叫。

三人赶到黑风身旁，一具年轻男人的尸体赫然出现。只见他仰面朝天躺在地上，周身浴血，血流遍地，却已经干涸了。甲丁乙大喝一声“豫东！”，挣扎着跑过去，扑在这具尸体面前。

连火小邪都看得出，这人死不瞑目：脸极为愤怒地扭曲着，身子绷得笔直，死之前一定极为痛苦。再仔细一看，这人胸前的衣衫尽破，遍体刀伤，胸口心脏部位有一道手掌长的伤口，血液尽管干涸，但那伤痕宛如被人用利刀刺入，顺手一带，才导致这种惨状。

甲丁乙倒是冷静了下来，检查着这具尸首，冷冷说道：“一刀直接插入心脏，将心脏剖开。好犀利的刀法！”

再向前走，尸体越来越多，都是身中极为霸道的刀伤而死，有人甚至被生生从腰部斩成两段，惨不忍睹。

甲丁乙再不说话，指着方向由火小邪、潘子架着一路向前。正是他们第一次所走的路，但道路尽毁，不是被水淹没，就是被巨石砸烂，简直认不出这是以前走过的道路。

再往前走，林中闪出净火谷的一片房屋，全部都被焚毁，烧得只剩下焦木。余火未尽，黑烟滚滚升腾。

房屋前的小广场上，横七竖八全是尸体，都是净火谷的人。鲜血洒满各地，血腥味扑鼻而来。

甲丁乙急促地喘气，脸上的伤疤通红。火小邪、潘子平生第一次见到这种尸横遍野的惨状，吓得脸都白了，脚下发虚，几乎站立不稳。

甲丁乙忽然冲着一处狂叫一声：“师父！”说着挣开火小邪、潘子，向前滚翻着跑去。

火小邪、潘子扭头一看，只见血淋淋的赵谷主被绑在广场一侧的一株老树上，垂着头一动不动，生死不明。

甲丁乙扑到赵谷主跟前，抱住赵谷主，狂喊：“师父！师父！”

赵谷主身子微微动了一下，抬起了头，居然还活着，可是赵谷主的两只眼睛却没有了，只剩下两个血洞，满脸都是鲜血，极为骇人。

甲丁乙惊得倒退一步，又赶忙上前把绳索解开，放了赵谷主下来。

赵谷主气若游丝，但耳朵还没有聋，听得见甲丁乙的声音，一把抓住甲丁乙的肩头，张开嘴啊啊呼喊。甲丁乙狂呼：“师父，你要说什么？是谁干的？是谁干的？”

赵谷主不住啊啊连声，却说不出一句话。甲丁乙低头一看，只见赵谷主满嘴里都是鲜血，舌头已经没有了。赵谷主为人彪悍，可能是被人抓住以后，自行把舌头咬断。

甲丁乙奋力悲嘶：“师父，是谁，是谁干的？”

赵谷主一双空洞洞的眼窝中好似透出了愤怒的光芒，喉咙中啊啊大叫，伸出手乱指，指尖划过火小邪、潘子，火小邪不禁全身颤抖，通体生寒：赵谷主一心想要自己的性命，却得到这般凄惨的下场，难道自己真的是扫把星，所到之处都会酿成惨祸？

赵谷主凭空乱指一番，已是用尽了最后一丝力气，却没有指出个所以然来，身子一软，手臂一垂，人已归天。

甲丁乙摇了摇赵谷主，探了探赵谷主的脉搏，竟没有再呼喊，而是慢慢将赵谷主放倒在地，转过头来，一双血红的眼睛瞪着火小邪和潘子，牙齿咬得咯嘣作响，低声嘶吼道：“谁？是谁？”

潘子早就吓得魂不守舍，见了甲丁乙的目光，吓得乱抖，叫道：“不是我！和我没关系！”

火小邪木然站在原地，都说不出一句完整的话，只是低声呢喃道：“不是，不是，我，我……”

甲丁乙转头看了一眼地上赵谷主的尸身，念了两句：“师父，是徒儿对不起你！”说着突然如同发了疯似的跳起来，向火小邪扑来，一双大手伸出，直直掐向火小邪的脖子。

火小邪已经傻了，退也没有退开，就让甲丁乙掐住了咽喉。甲丁乙面孔扭曲，嘶嘶恶吼着，双手收紧，看那样子是想把火小邪掐死在当场。

火小邪心中死寂，真觉得就这样被甲丁乙掐死算了，一点都不反抗。

潘子见甲丁乙要掐死火小邪，微微一愣之后，也发了狂，扑上来扳住甲丁乙的胳膊，狂骂道：“老甲，你疯了是不是？人不是火小邪杀的！你还是不是人！放手！你放手！再不放手老子就发飙了！你松手，老子翻脸了！松手！”

甲丁乙站立不稳，让潘子扳倒，三个人摔倒在地，滚成一团。

潘子嗷嗷大叫："火小邪，你不想活了？反抗啊！快反抗啊！"

火小邪已经被甲丁乙掐得头昏目眩，直翻白眼，求生的天性使然，双手抓着甲丁乙的手腕，却不使不出一点劲儿来。好在甲丁乙身上有火曜针，发力无法连贯，才没有立即把火小邪掐死。

黑风跑过来，见自己三个主子打成一团，不知如何是好，围着三人不住狂奔哀嚎。

甲丁乙已经发疯，就算是普通人，力气仍然奇大，潘子根本无法将甲丁乙手臂扳开，实在没有办法，只好劈头盖脸地向甲丁乙脑袋上乱打，从地上摸到什么就是什么，慌乱中抄起了一块石头，哐一下砸在甲丁乙脑门上，这才把甲丁乙砸得脑袋一歪，昏死在地。

潘子气喘吁吁地把甲丁乙踹到一边，将火小邪拖开。火小邪连连咳嗽，眼泪鼻涕横流。

潘子骂道："火小邪，你就这么想死吗？"

火小邪突然狂骂道："我就是不想活了！净火谷的人都死了，都是我害的。潘子，你也不要管我了，你自己走吧！你跟着我，总有一天我会把你也害死的！"

潘子两个大耳光抽在火小邪脸上，咬牙切齿地骂道："好，你死，你就去死吧！你早点死了多好，死在奈何墙边就算了，你还何必去玩命破解奈何墙，取出里面的狗屁匣子！"

火小邪一下子为之语塞。他自己都迷糊了：他到底在为了什么努力，又为了什么想死？

火小邪垂下头，沉默不语。

潘子正要再说话，却见滚在一旁的甲丁乙唰的一下坐了起来，看向这边。

潘子惊得大叫，指着甲丁乙大骂："老甲！你有本事就把我们两个都掐死！你要敢上来一步，我绝对和你玩命！看是你死，还是我死！"

甲丁乙面无表情，冷笑一声，平静得有点可怕，慢慢说道："潘子，你这一石头砸得好，把我砸清醒了。这件事，怪不得任何人，闯进净火谷的人早有准备，一定就是在水洞中劈死白背寒鱼的人。我们万幸躲过此劫，乃是天意。”

潘子还是十分警惕，叫道：“老甲，反正老子跟你说了，你要敢再对火小邪不利，老子绝对和你玩命！”

甲丁乙根本不理潘子，而是对火小邪说道：“火小邪，你不要怪我，刚才我一时冲动，自己都不知道自己在做什么。”

火小邪低声道：“甲大哥，我不怪你……”

甲丁乙说道：“天不绝我！还留下我们三人，为净火谷报仇雪恨！这些恶人盯上净火谷不是一两天了，刚才我一路寻来，发现净火谷中的人死去已有一两日了，想必恶人搜寻未果，又恰巧碰上了净火谷中奈何墙引发的天灾，这才退了出去。这样想一遭，反而是你火小邪救了我们一命，要不然我们贸然上来，必遭这些人的毒手。”

火小邪沉默不语，难以释怀，就算甲丁乙这么说，为他撇清了孽障，但想起甲丁乙刚才决意要掐死自己的眼神，还是打不起精神。

潘子愣了愣神，喘了一口气，笑了起来，说道：“老甲，你想明白了就好啊，担心死我了。”

甲丁乙冷冷地看向潘子，突然说道：“潘子，你到底是什么人？”

潘子听了甲丁乙这么一问，倒是呆住了，反手指了指自己的鼻子，惊讶道：“什么？老甲你说什么？我是什么人？我是张潘，潘子啊！你你你，你不会认为是我把那些砍鱼的人带进来的吧？”

火小邪也有点发愣：甲丁乙这句话是什么意思？潘子就是潘子，潘子还能是什么人，一个流浪儿罢了，孤苦伶仃一个人生活，恰巧碰上了自己，才卷入这一番风波之中。可为何就是潘子不是别人呢？

火小邪看着潘子，脸上露出一丝怀疑的神态。

潘子急得脸上通红，嚷道：“喂喂喂，你们搞错没有？冤枉好人是不是？哎呀我的妈妈啊，我这跳进黄河都洗不清了。我干啥不对的事情了？老甲，你这张臭嘴！你刚才要掐死火小邪，现在又问我是什么人，你是不是脑子被一石头砸出问题了？我他 × 的能是谁？老子是张潘，潘子，八脚张，哎呀我的老天，我能是谁啊！”

甲丁乙嘿嘿冷笑，说道："好了，潘子，我没有说你是坏人，就是觉得你有点奇怪而已。你不愿意说就算了，现在也不是追究你到底是谁的时候。"

甲丁乙慢慢从地上爬起，颤颤巍巍地向净火谷祭堂方向走去，可每走两步，都会咳嗽两声，吐出几口鲜血。

火小邪叫道："甲大哥，你去哪里？"

甲丁乙低声道："去打开封厖火筒。你们要来就跟着我来。"

火小邪和潘子对视一眼，潘子还在嘀嘀咕咕的，很不甘心。火小邪管不了他，站起身追着甲丁乙而去。

潘子还在低骂："真他妈的倒霉！我是谁，我是你们的祖宗爷爷好不好？×！"随后，潘子也站起身，赶上前，与火小邪一起扶住了甲丁乙。

九、满门皆灭

甲丁乙来到祭堂前，这祭堂也被焚毁殆尽。走入灰烬之中，历代火王的灵位却都不见了，不似被焚毁，而是被人席卷而空。甲丁乙面色黯然，默默走到一角，指着一个石头做成的坛子，说道："火小邪、潘子，你们把这个石坛搬过来给我。"

火小邪、潘子上前把石坛抬起。这石坛里面盛着满满的青色黏稠液体，坛身上被火燎得都是黑色，坛子里的液体却没有燃烧的迹象，只在表层上浮着一些烧了一半的木屑。

石坛摆在甲丁乙面前，甲丁乙看了一眼，跪下身子，冲着已经空无一物的祭堂残墙拜了一拜，低声道："父亲，师父，我自作主张取出了奈何墙内的遗物，现在就要解开封厖火筒，不为别的，只为火家的一个义字。你们在天之灵，请原谅我这个不孝的儿子、徒弟吧。"

甲丁乙转回身，将怀中的封厖火筒取出，丢入石坛的液体中。

三人默然不语，围坐在石坛周围，黑风也老老实实地趴在一边。

半晌之后，甲丁乙轻念了一声"好了"，把手探入石坛的液体中，在里面不断抠动着什么。片刻工夫，甲丁乙手一抬，从石坛中抽出一卷油纸，拿在手中。

甲丁乙面色肃然，将这卷油纸展开，低头看了起来。

火小邪明白这卷油纸上所记的内容关系着自己的命运前程，看着甲丁乙，大气都不敢出。潘子更是全神贯注，眼睛眨都不眨地看着甲丁乙。

甲丁乙看了两行，脸色却越来越奇怪，眼睛瞪得滚圆，满脸疑惑，脸上肌肉不住抽动，脸色一阵红一阵白。那张油纸上到底写了什么，能让甲丁乙露出这种古怪的表情？

甲丁乙看着看着，那卷油纸啪的一声，竟从展开的一头开始燃烧起来。甲丁乙浑然不觉，任由火焰烧灼着一只手，不断飞快地读着油纸上的文字。

火小邪惊道："甲大哥，烧着了！"

甲丁乙根本不管。油纸已经展开到最后，轰的一声，全部燃烧了起来，把甲丁乙的脸映得一片血红。甲丁乙捧着火焰，呆若木鸡，手一松，那卷燃烧的油纸坠下地面，眨眼工夫就烧成了灰烬。

潘子扑上去按住灰烬，只抢下来几个指尖大小的纸片，全无用处。潘子心疼得大叫："老甲，这是怎么了？写的什么啊，一下子就烧完了！"

甲丁乙伸着烧红的双手，突然仰天大笑起来。

甲丁乙什么时候这样放肆大笑过？肯定是甲丁乙看完了油纸上写的东西，受了极大的刺激。

火小邪赶忙爬到甲丁乙身边，摇晃甲丁乙的肩膀，急道："甲大哥，你怎么了？"

甲丁乙哈哈大笑个不停，笑声中夹杂着无数心酸苦痛，两行热泪奔涌而出，嘴角的鲜血随着笑声流满了甲丁乙的下颌，而甲丁乙只顾着狂笑，毫无停止之意。

可狂笑片刻之后，甲丁乙突然就一口气喘不过来，喉头咕隆一响，笑声戛然而停，整个人如同一段木头，硬挺挺地向后仰倒。

火小邪、潘子都扑在甲丁乙身边，心急如焚地呼喊甲丁乙的名字，而甲丁乙双眼看天，一片迷茫，好似生命正在逐渐消失。

火小邪哭喊道："甲大哥，你到底怎么了？"

甲丁乙喉头又是一响，喷出一大口鲜血，眼中闪出最后一点光芒，撕心裂肺地叫道："火小邪！你！火小邪，你！你不要！火，火，火他！"随着最后一个字喊出，甲丁乙还没有说完话，身子一挺，睁着眼睛再也不动弹了。

火小邪大惊失色，拼命摇晃甲丁乙的身子，而甲丁乙双眼之中再没有一丝神采，已经魂飞天外。

火小邪、潘子呼喊了半天，甲丁乙再也不会醒来。

火小邪悲从心来，五脏六腑如同被撕裂一般，大吼一声 "甲大哥！"，俯在甲丁乙身上，哭得昏天黑地。

甲丁乙就这样莫名其妙地死去，留下了孤零零的火小邪、潘子两人。甲丁乙到底看到了什么，因为从封庞火筒中取出的油纸已经焚毁，对火小邪、潘子来说，成了一个永远的谜。

火小邪想不通，他们费尽千辛万苦取出的炎火威遗书，竟让甲丁乙阅后大笑而死，想必其中记录了甲丁乙实在无法接受的事情。甲丁乙身受极重的内伤，数日奔波，又目睹了赵谷主惨死在面前，心力已竭，全凭一口气硬撑，若不受此强烈的刺激，还能休养过来。可以说，甲丁乙是被这封遗书害死的。可见，是福不是祸，是祸躲不过，甲丁乙注定当场命毙于此。至于有没有甲丁乙所说的水火交融术，则无从考证。

这大大出乎火小邪的意外，他千思万想，都没有想到炎火威的遗书竟是催命符。那么他们偷奈何墙，岂不是自找罪孽？

到底什么是因，什么是果，什么是善，什么是恶，火小邪彻底地迷糊了。好像所有的努力都是白费，明明是希望在手，反而是绝望来临。

难道这就是火小邪的命？难道这就是火小邪这种身负邪火之人的命？

火小邪抱着甲丁乙的尸体，哭昏过去了数次。他活到今天，觉得最对不起的人就是甲丁乙。甲丁乙是个不苟言笑的人，甚至有点冷酷无情，但他对火小邪的确是一颗实心，真心诚意，帮他、教他、救他，亦师亦友，快意恩仇。可自从甲丁乙决定带着火小邪来净火谷，好像就注定了甲丁乙要因为火小邪而死。不止如此，火小邪决定跟着甲丁乙去净火谷，似乎就注定了净火谷要在火小邪眼前毁灭。赵谷主说净火谷不敢收留火小邪，甚至要除掉火小邪，是否赵谷主也感觉到，火小邪的存在，注定了净火谷的消亡？

火小邪几乎流干了眼泪，再坐起来的时候，神态大变，好似一下子长了十岁的年纪，冷冷的，如同一块铁。潘子都有点害怕火小邪的这副模样。难道真的如同赵谷主所说，火小邪经历巨大的挫折，会日渐邪恶，心思怪异？火小邪一个人走出祭堂，寻了块空地，便开始挖坑，潘子来帮忙，火小邪也不与潘子说一句话。

火小邪日夜不停，如同丢了魂魄的行尸走肉，直到把甲丁乙、赵谷主和其他净火谷的人众全部掩埋，树上墓碑之后，才筋疲力竭地再次昏了过去。

潘子无可奈何，带着黑风在净火谷的残址中搜索，寻找地窖中的食物火种等所需之物。净火谷被人洗劫，到处都翻得乱七八糟，几乎是掘地三尺，连木凳子都被劈开，值钱的财物却一样不少，显然，攻入净火谷的人并不是冲着钱财来的，而是要在净火谷中寻找什么。

潘子给火小邪灌了清水，静候火小邪醒来。可火小邪醒来之后，仍然是一言不发，吃了点东西就静坐在坟头前，一动不动。

潘子无论怎么和火小邪说话，火小邪都置若罔闻，整个人似乎痴傻了一样。

火小邪就这样风雨无阻地静坐了三天，才终于站了起来，十分平静地看着潘子，说道："潘子，你带着黑风走吧。"

潘子惊道："我走？那你呢？"

火小邪说道："我哪里都不去了，就在净火谷中自生自灭。"

潘子怎肯甘心，叫道："火小邪！你不用自暴自弃吧？第一次见到你的时候，你也是这样。没事了，生死有命，入土为安啦！"

火小邪转身就走，说道："潘子，这次和上次不同，我已经不是以前的那个火小邪了。"

潘子赶忙跑上前拉住火小邪，叫道："火小邪，你去哪里？"

火小邪猛地转回头，眼中喷发出阵阵凶光，吓得潘子连忙松开手。

火小邪冷冷说道："你走，不要跟着我。"

火小邪大步走开，潘子尽管不敢上前，还是带着黑风，不远不近地跟在火小邪身后。

这两人一前一后地走出老远，直走到一处乱石岗旁边，火小邪才停下来。潘子脸上挤着笑容，冲火小邪献媚。

火小邪狠狠骂道："叫你不要跟着我，你要跟我到何时？你再跟我走一步，我就宰了你。我说到做到！"

火小邪怒哼了一声，拔腿又走，潘子犹豫了一下，低骂了句"你要宰我，我就跑啊，怕了你不成！"仍然要跟上。

火小邪见潘子又追过来，一把将腰上的猎炎刀抽出，指着潘子骂道："是你自己找死的！怪不得我！"说着就向潘子砍过来。

潘子哇哇大叫："你真要杀人啊！"脚下已经收不住，拔腿就跑。

黑风懵懵懂懂。它这几日憋得也很难受，以为火小邪和潘子玩什么游戏，顿时高兴地跳跃起来，汪汪叫着跟着潘子奔跑。

潘子骂道："黑风，你的邪门爸爸疯了，你叫个屁啊叫，他要把我们杀了吃肉啊！"

这两人追逐着绕过一处大石，潘子一个不留神，绊在一块石头上，滚倒在地。眼看火小邪提着刀子追了上来，潘子惊叫："火小邪，等等！等等！我走我走！别动手！"

然而火小邪疯了似的，仍然扑了上来，举刀便要砍，可就在这时，一块石头横空飞来，正中火小邪鼻头，把火小邪打得一顿，摔倒在地。

火小邪翻身爬起，骂道："你还敢用石头打我？看我不宰了你！"

潘子高叫："不是我打你的啊！"

潘子这样一说，火小邪觉得头顶不对劲，抬头向上看去，愣在原地。

只见一块大石顶上，站着一个穿着普通长袍的男人，身形修长。奇怪的是，他戴着一顶礼帽，礼帽下的脸上包着一层黑纱，根本看不出长相。这个男人背着手迎风肃立，衣衫随风飘动，似乎正看着净火谷里甲丁乙他们的葬身之处。

火小邪跳开一步，用猎炎刀指着这个长袍男人，骂道："混账！你是谁？"

黑风本还有玩乐的劲头，转头一看，也看到了这个神秘出现的男人，顿时怒吼起来，跳过去狠狠刨着大石，想跳上去攻击此人。

这男人根本不为所动，任凭黑风在大石下面折腾。

潘子一翻身，看到站在大石上的男人，本想呼救，心中一转，反而跳到火小邪身边，对这个男人叫道："你是谁？你是来杀人的，还是来救人的？"

可这个长袍男人一言不发，还是动都不动一下。

火小邪大骂道："是不是就是你杀了净火谷的人？王八蛋，你不要不说话！你以为你站在高处，我就宰不了你吗？"

火小邪正骂着，也没见到这个长袍男人手上有什么动作，只见一枚石子飞来，又打中了火小邪的鼻头。火小邪又疼又酸，捂着鼻子蹲倒在地，一下子骂不出声。

潘子见这男人的确有本事，拍了拍脑袋，赶忙叫道："黑风，回来！"

黑风心有不甘，但还是听从命令，低吼着退开大石。

潘子则咧着嘴假笑道："哎呀，石头上的大哥大爷，您说句话啊，要杀要剐也给我们一句话吧。我叫张潘，人称八脚张，是这个净火谷的二当家的，您要是有什么吩咐，咱们商量着办，你看好不好？"

石头上的长袍男人看都不看火小邪他们，只是遥望着远方，用浑厚而清晰的声音叹道："唉！还是来晚了一步！"

潘子一听，倒吸了一口凉气，叫道："大爷，你是来救人的吧？"

长袍男人哼道："我是友不是敌，你们两个娃娃，可以放心！"

火小邪刚刚缓过劲来，揉着鼻子冲了过去，用刀子指着长袍男人，大骂："有本事你下来一决生死！"

长袍男人总算把头转过来，看着大石下方的火小邪，喝了声："好！"说着，腾地从大石上跳下，在地面上一落一起，已经冲到火小邪跟前。

火小邪见这人动作如此之快，大喝着挥刀便刺，可哪里刺得到，这长袍男人已经近了火小邪的身子，手指一戳，火小邪手上一酸，身子一软，手上的猎炎刀已经不翼而飞，到了这个男人手中。

火小邪啊啊大叫，反身又要挥拳打这男人，这男人低头看着猎炎刀，低声道："猎炎刀？好刀啊！"说着手上一带，竟抓着火小邪的前襟，借着火小邪自身的力道，把火小邪丢出老远，跌在乱石中，摔得几乎岔过了气去。

潘子见这个长袍男人如此厉害，紧紧拽住了黑风的耳朵，不让黑风放肆，口中大叫："英雄大爷，手下留情啊！"

长袍男人手一甩，把猎炎刀丢到火小邪面前，说道："收好！别弄丢了！"说着迈开大步，向着净火谷众人居住之地走去。

潘子得了个靠山，赶忙跟上长袍男人，巴结着说道："英雄大爷，请问如何称呼啊？"

长袍男人沉声说道："叫我盗跖！"

潘子哦哦连声，问道："盗跖？这名字好像有点耳熟啊。盗爷爷，你从哪里来啊？"

这个叫盗跖的男人不再说话，笔直向着净火谷而去。

火小邪摔得七荤八素，还是很快站了起来，捡起猎炎刀，追上来又要对付这个盗跖。

可只跑出几步，一块石头又从盗跖的方向射来，打在火小邪脸上，将火小邪再次打翻在地。

这番情景也是好笑，盗跖在前面疾走，潘子领着黑风猛追，火小邪一路追赶，只要一接近盗跖七八步远，就会被盗跖丢出来的石头打中脑袋，根本就避不过去。

就算火小邪心智失常，七八次被石子打得头昏脑涨，也不敢再贸然攻击，只好乖乖地跟在盗跖身后十来步远，满脸青肿、挂着鼻血紧跟。这个叫盗跖的神秘男人，根本不愿意与火小邪纠缠，也不与火小邪理论，只是让火小邪一躁动就挨打，这样的办法倒让火小邪冷静了许多。

潘子冲着火小邪连连做鬼脸，呸呸连声，哈哈大笑："火小邪啊火小邪，你来宰了我啊，你来啊，哈哈哈哈！"

火小邪打心眼里不愿意盗跖到甲丁乙、赵谷主他们坟前，又不甘心受了这么多次击打，恨得咬牙，再没有自己一个人离开的心思，只想找到机会收拾盗跖，扳回败局。火小邪本来就是一个倔强、不肯服输之人，在净火谷中受了这番打击，更是变成了撞到南墙也不回头，一直要把南墙撞出个大洞的脾气。

这一行人算是非常麻利地，一直走到了净火谷被破坏的房舍跟前。

盗跖左右一看，立即发现了广场一旁二小一大的三座坟包，便直直走了过去，站在坟前。

三块简陋的木板就是三座坟头的墓碑，分别用黑炭写着：义兄甲丁乙之墓，净火谷赵谷主之墓，净火谷众人之墓。

火小邪揉着脸上被石头打出的瘀青，远远躲在一旁，不敢上前来。

盗跖看了片刻，转头问潘子：“你叫什么？”

潘子赶忙答道：“盗大爷，您叫我潘子就行了。”

盗跖说道：“净火谷中除你们两个以外，还有活着的人吗？”

潘子答道：“我们在这里有三四天了，还没有见到其他活着的人。”

盗跖点了点头，说道：“好，你们两个过来，把你们知道的细细讲给我听。”

盗跖走到坟头边的大石上坐下，潘子自然凑过来，但看了几眼远远躲在一旁的火小邪，叫道：“火小邪，你要不要过来？别在那里神经兮兮的了！杀个屁杀啊，我就不信你会杀人！别装了，过来过来。”

火小邪哼了一声，并不挪动脚步。

盗跖说道：“不用理他，这种耍赖撒泼的小子，我见得多了，要死要活随便他去。”

火小邪听着脸上一烫，忍不住站起来叫道：“谁耍赖撒泼？你知道什么！你有什么资格说我？”

盗跖置若罔闻，并不接话，只是对潘子说道：“潘子，你从头到尾讲来。”

潘子冲火小邪努了努嘴，便把黑风唤着，一人一犬坐在盗跖对面，把这些天的经历对盗跖细细讲了。潘子伶牙俐齿，快言快语，讲述事情无不极力渲染，如同说书先生一样，连一个磕巴都不打，没用多长时间，便把火小邪与自己从认识甲丁乙到进入净火谷，所经历、所见的一切，说了个清楚。

火小邪在一旁听得又可气又可笑。潘子的讲述张冠李戴，把火小邪做的事情，半数都安在自己的头上。火小邪心里怄着一口气，不好当着盗跖的面出言阻止，脚下却逐渐向盗跖他们蹭过来。等潘子讲完了，已经走到离盗跖不过四五步远的地方。

盗跖一直当火小邪不存在一样，火小邪走得近了，也没有用石子打他。火小邪就算是头倔驴，也明白盗跖不好惹，能够过来不挨打实属幸运，哪里敢有扑上来反击盗跖的心思。

潘子最后说道："火小邪和我一起把众人埋葬之后，火小邪这个小子就如同得了失心疯，静坐在坟头三日，再站起来就人不像人鬼不像鬼了，张牙舞爪，要死要活，说要在净火谷中种地等死。我劝他他不听，撒腿便跑。我怕他去干投河什么的傻事，便跟着他，谁知他不让我跟着，还挥刀想杀我，要不是碰见盗大爷你，一定被他杀了！"

火小邪气得眉毛都拧到一块去了。他持刀追赶潘子，还要用刀去砍，只是表象而已，这么做不过是想吓唬吓唬潘子，让潘子对自己死心，早点离开他了事。

火小邪顿时骂道："潘子，你这个贱嘴巴！你当我真的想杀你吗？我就是想赶你走。不吓唬你，你这个牛皮糖能走吗？"

潘子一回头，看见火小邪蹲在一旁，张大了嘴巴做了个怪相，干笑道："呀，火小邪你怎么过来了？还躲在我身后偷听？别生气别生气，你早说不就是了。"

火小邪还是骂道："潘子，你要和人说就说，但把我做的事都安在你的头上，你觉得很光彩啊？"

潘子呵呵呵傻笑不止，也不道歉。

盗跖站起身来，问潘子道："你说完了吗？"

潘子赶忙答道："说完了说完了，碰到您以后，后面的事情您就知道了。"

盗跖点了点头，指了指火小邪，说道："火小邪，没你什么事情了，你既然要自己走，就赶快走吧！我带着潘子有点事情要办，你不用在此逗留，要死要活随便你去。快走快走！"

火小邪唰的一下站起来，叫道："凭什么要我走？我就不走！你把我满鼻子满脸满脑袋打得都是大包，我还没报仇呢！你是谁，你又是怎么进来净火谷的？”

潘子连连说道：“火小邪，这位是盗跖盗大爷，肯定是净火谷的常客啦，是来帮忙的。你那个狗咬吕洞宾的恶狗样子，我都想打你一顿。你别说了，向盗大爷道个歉，不就得了。”

火小邪还是叫道：“什么盗跖！古代有个盗跖，是盗贼的祖宗，他叫个盗跖，恶心不恶心啊？”

火小邪正叫着，一枚石子又飞出来打在他的眉心，火小邪疼得怪叫一声，退后几步，捂着额头唤疼。

盗跖沉声道：“火小邪，你不走还要口出狂言，不狠狠收拾你几次，你还真是不知道天高地厚了。你不走也可以，但要是敢走近我身边五步之内，或者大声喧哗，定会让你好受。”

火小邪不甘心，但也无话可说。这个盗跖尽管数次打他，而且从不劝他什么，不讲任何理由，只是设定了框框，任凭火小邪爱走不走，这样对待火小邪，火小邪反而对盗跖这个人又好奇又佩服，竟还有隐隐的欢喜之感。

盗跖对潘子说道：“走，你带我去甲丁乙取出其父遗书的地方看看。”

潘子连忙应了，带着盗跖就走，途经火小邪身旁，火小邪老老实实地退开几步，保持着与盗跖五步的距离。盗跖走，火小邪就紧紧跟在身后五步以外，如同被盗跖拴住脖子的狗儿，不敢越雷池一步。

盗跖从石坛中摸出了封踂火筒，看了看外壳，就随手丢在石坛中，说道：“这个甲丁乙，头脑简单，活该因此丢了性命！炎火威既然不让看，又封在奈何墙中，就是事关重大，看一眼必生祸端。这点脑子都转不过来！净火谷光教出这种傻子，唉！”

盗跖尽管用语不客气，声音颇大但听声音却是十分悲凉，看来对甲丁乙的死，他也是十分沉痛惋惜。而盗跖说话，显然不是只给潘子听的，似乎也是说给门外站着的火小邪听的。

火小邪听盗跖说甲丁乙，心中一痛，忍不住叫道：“甲丁乙是为了破解我的邪火！他不是傻子！他……”

话音刚落，一块石头击中火小邪的脑门，把火小邪打得身子一偏，没能继续说出话。

盗跖骂道："什么邪火？简直是天大的笑话！你们这些无聊的家伙！九窍之邪，在乎三要，阴阳流转，亦正亦邪。听以前的老祖宗胡扯八道出一个邪火，乱用乱套，把净火谷的一帮蠢货，吓得乱了分寸，全都是些循规蹈矩，想不通的笨蛋！"

火小邪替甲丁乙喊冤，又被打了一次，胸口怒火万丈，直想着上来和盗跖拼命算了，但盗跖这样一骂，如同凉水浇头，把火小邪的怒火顿时浇灭。火小邪身子一凉，立马老实了，暗叫不已："什么？邪火是天大的笑话？"

潘子听了盗跖的话，也愣住了，说道："盗大爷，您的意思是说，邪火不是个什么东西？"

盗跖哼了一声，并不答话，而是快步走出了祭堂。

火小邪看着盗跖的背影，百感交集，忽然心中一热，扑通跪了下来，大声叫道："盗先生，请留步！请您指点迷津！"说着跪拜在地，伏地不起。

盗跖停下脚步，看着跪在地上的火小邪，沉声说道："火小邪，我并没有可以指点你的，我所说的反而会对你画下框框！你要知道，天下本无路，走的人多了，才有了路。更有不世出的所谓圣人，登高一呼，指引方向，于是后人皆沿着这条路行走，既省事又方便，还没有风险，可这条路是不是对的，也渐渐无人敢质疑。处世之道，君臣伦理，孔孟之说，无不如此！有所谓邪的人想另辟蹊径，却难被世间所容！火小邪，你现在混沌初开，以后全凭你自己去悟。你只要记住，邪火邪火，只要你自己当它是邪时，它才邪！"

火小邪听了盗跖所言，心中的混乱一沉，似乎有些事情能够想明白了。

火小邪毕恭毕敬地说道："盗先生，可是赵谷主和甲丁乙都说，我这邪火五行难容，若我有了本事，五大世家都会毁于我的手中，我所到之处，都会引起灾祸！"

盗跖哈哈大笑，说道："火小邪，你是贼吗？"

火小邪答道："我从小就是贼。"

盗跖说道："你恨你是个贼吗？"

火小邪说道："恨！做贼的人都没有好报。"

盗跖说道："不必恨。天下众人，以亿万计，谁不是贼？天地万物皆为盗贼，窃国者为侯，大小不同罢了。你何必在乎捍卫贼道的五大世家是否消亡？毁于你手又如何？中华两千年的帝王君主毁于一旦，五大世家分别拥立各地军阀，再求帝王梦幻，早该毁了！什么灾祸，不破不立而已！"

盗跖说完，转身离去，火小邪赶忙站起，紧紧跟着盗跖。火小邪记得盗跖说过不准他走进五步之内，所以尽管跟着，还是在五步之外。

盗跖再不与火小邪和潘子说话，只是一间房子一间房子地细细查看。盗跖找到了曾经关押火小邪、潘子的地牢，早就是一片泽国，而盗跖仍然细细搜寻了一遍，一直到奈何墙入口被封住的大石。盗跖、潘子、火小邪看到巨石上有崭新的撬动痕迹，不知是赵谷主他们干的，还是攻入谷中的恶人所为。这块巨石实在太大，想用器械撬开，无异于杯水车薪。

盗跖离开地洞，又到净火谷入口处的水潭等地观察，足足花了半天时间，把净火谷查了个彻底，天色暗了下来，才停止搜索，回到净火谷小广场上，生了一堆火，吃饭休息。

火小邪彻底老实了，一直跟着盗跖，不敢放肆，连休息的时候，还是离盗跖五步开外。

潘子无所谓，带着黑风把净火谷的食物聚成一堆，孝敬给盗跖食用。

盗跖戴着黑纱，看不出他是什么表情，只觉得他心事重重，并不吃什么东西。

潘子挤到火小邪身边坐下，把一块肉干丢给黑风，自己也撕扯着一块肉，对火小邪说道："喂，火小邪，想什么呢？盗大爷不吃东西，你也不吃啊？"

火小邪歪着嘴突然邪邪一笑，说道："不是不吃，是不饿。"

潘子见火小邪笑了，有点吃惊，说道："你怎么这样笑？邪门得很，从没有见过。你不会又犯了什么毛病吧？"

火小邪耸了耸肩，说道："我没毛病，我是想通了。"

潘子说道："我 ×，你一会儿想通，一会儿想不通，这次是哪根筋通了？”

火小邪说道：“大筋。主筋想通了。我现在觉得，我以前真是有点笨，都是自己给自己找苦头吃，何必呢？我不高兴的时候，别人正高兴，别人才不管我高不高兴呢，说不定我越难受，别人越开心啊。所以嘛，以后我什么都不管了，自己活得开心就行。”

潘子用肩膀撞了撞火小邪，笑道：“×，你是跟我学的吧？”

火小邪拿胳膊肘回击一下，骂道：“去你的，你是没脸没皮，一股子无赖劲儿。我和你学？你想得美吧！”

潘子乱抠火小邪胳肢窝，叫道：“你以为你不是无赖？你无赖起来比我厉害多了。”

这两个小子一会儿工夫，就闹成一团。

盗跖不管不顾，任凭他俩打闹，当没有看见，等他们闹得差不多了，才沉声道：“火小邪、潘子，你们两个过来！”

火小邪、潘子赶忙停手，凑到盗跖的跟前。

盗跖说道：“我要走了。”

火小邪、潘子都大惊，齐声叫道：“啊？这么快就要走？”

盗跖说道：“我还有其他事情要办，净火谷的情况我已经了解了，就不便久留了。”

潘子说道：“盗大爷，那我们跟你一块离开这里好不好？”

盗跖说道：“不行！”

火小邪啊了一声，略显失望。

潘子更是愁上心头，说道：“盗大爷，你带我们出去就好了啊，我们不会赖着你的。”

盗跖呵呵一笑，说道：“你们一定很想知道我是谁，和净火谷有什么关系，我尽管现在不能告诉你们，但我要说，我来这里，第一是解净火谷的危难，第二是专门来找火小邪的。”

火小邪万万没有想到，盗跖会说他此行的目的竟有一条是来找他！

盗跖见火小邪吃惊不已，继续说道："净火谷的危难我没有来得及帮忙，可火小邪我是找到了，算是不至于空手而归。"

潘子有点不服气地说道："怎么盗大爷你也找火小邪？人人都找火小邪，我八脚张论天赋，论才智，绝对不比火小邪差！哼！盗大爷，既然你找到了火小邪，那怎么不带我们走啊？"

盗跖说道："潘子，幸亏你在，我才能放心地离开。"

潘子眉毛直挑，猛眨眼睛，说道："盗大爷，是不是我很有用处啊？"

盗跖说道："潘子，你很有用处。来，这个给你，专门用来打火小邪，而且他不能还手。"

潘子正奇怪，盗跖已经拿出一个亮闪闪的东西，丢到了潘子怀中。

潘子低头一看，这是个什么玩意？一个非常小巧的金属器械，展开了有巴掌大小，好像能套在手中，上面挂着一条黄褐色的粗皮筋，有点像弹弓。

盗跖说道："这是火家的一种武器，叫作齐掌炮，可以戴在手上。劲力共分三层，可以打出针、石子、铁胆子等物，同样还是破坏一些锁孔和防盗机关的工具。你自己慢慢琢磨，相信以你的能力，半日就能应用自如。"

齐掌炮这种工具，严守仁在落马客栈痛击郑大川时用过，当时火小邪被捆在客房里，没有见过严守仁使用，所以也不认识。

潘子更在乎的不是怎么应用，于是问道："盗大爷，你说让我用这个东西打火小邪，他不还手，不太可能啊，他肯定会还手的啊！"

盗跖不回答潘子，而是转头对火小邪说道："火小邪，一路上你挨的石子，就是用这个齐掌炮射出的，现在我要你用三个月的时间，学着躲避齐掌炮发出的石子。潘子站在离你五步远的地方，用齐掌炮发出石子打你，你必须能够一一躲过。其间你无论挨了多少击打，都不能为难潘子，你明白吗？"

火小邪点头应道："愿听盗先生教诲！火小邪一定做到。"

盗跖说道："三个月后，我会再来此地，届时我用三枚石子同时打你的头、胸、腿三处，一共打你三次。你只要有一枚石子躲不过，你我从此无缘，你再也见不到我，我也绝不会再见你，你可要记清楚！"盗跖又转头向潘子说道："潘子，这齐掌炮打出一枚石子容易，打出三枚却极难，你要是做不到同时打出三枚石子，分袭火小邪头、胸、腿三处，火小邪必然三个月后过不了我这一关，你们两个，我统统不会再见，你可明白？”

火小邪大惊，跪倒在地，叫道：“盗先生，我一定会努力！请你收我为徒吧！”

潘子也跟着跪下，说道：“盗大爷，你都这样教我们两个了，求你收下我们吧！”

盗跖哈哈大笑，说道：“等你们三个月后能做到再说！”

再次说了一遍让火小邪、潘子三个月之内必须做到的事情，盗跖便起身，无论火小邪、潘子如何哀求，盗跖都不予理睬，很快就消失在夜色中，再也不见一丝一毫的踪迹。

盗跖突然来了，又没头没尾地走了，仅留下一个难题，神秘莫测，让人根本摸不到头脑。火小邪极力回想了一遍自己曾经见过的人，能有盗跖这种身手的，火家九堂一法，火王严烈，水王流川，土王弟子田问，金王弟子金大九，木王弟子王全，甚至青云客栈的店掌柜，纳火寺了却方丈等人都有可能，足足有十余人之多，是否是他们其中一人，又很难说。盗跖黑纱蒙面，显然是不想让火小邪见到自己的相貌，这让火小邪下意识地想到在太谷城头制住自己，在自己背上施以重手的神秘人物，这个人也是没让火小邪看到相貌，也用石子去击打潘子的鼻头，让潘子掉下城墙，会不会和盗跖就是同一个人？

可盗跖若是太谷城头施重手的那个人，却总让火小邪觉得有点矛盾，一个像是要杀他，一个却是要教他。

火小邪想不明白，盗跖走后一直坐在火堆边发呆。而潘子得到个齐掌炮，低头使劲琢磨，只差把齐掌炮拆开看了。潘子这样专注并不奇怪，他这个人本就喜欢鼓弄各种玩意儿，小至竹蜻蜓，大至车马辎重，只要让潘子盯上，都恨不得“解剖”开弄个明白。

甲丁乙带着火小邪、潘子到净火谷，这一路上，潘子采购的东西除了锅碗瓢盆、柴米油盐，还有大大小小的钳子、剪子等工具，甚至还有铁丝、按钉、废旧钟表等等，一应俱全，足够开个五金商店了，因为东西多，这才让黑风当驴子驮着。途中碰到稀罕的器械用具，潘子也一概买下，没事就折腾，拆下来的零件不计其数，直到要进净火谷，必须轻装上阵，这才割肉一样把他的大量破烂丢弃。

潘子随身背着一个皮质挎包，个头尽管不大，打开来却是个百宝囊，都是潘子最称手、最得意的工具，以及一些他自己琢磨出来的小玩意儿，比如一捏就会惨叫的布公鸡，一次刚好拔下一根头发的小夹子，挖鼻屎的勺子等等，虽是旁人看来无聊至极的“发明创造”，潘子却乐在其中。除此以外，挎包中就是钱和所谓的宝贝，潘子从奈何墙那里找来的寒冰玉，就藏在这个挎包里。这个挎包潘子寸步不离，连睡觉都要背在身上，是潘子的看家物件。潘子曾说：我的挎包要是丢了，那我半条命就没了。

火小邪想了个头昏脑涨，感到累得慌，就沉沉睡去。潘子不知疲倦地捣鼓齐掌炮，竟能一夜不睡。

十、三年磨难

清晨时分，火小邪被啪啪啪的声音闹醒，抬头见到潘子正兴奋异常地用齐掌炮发射石子击打树木，石子颗颗都打在树木上，准头十足，啪啪直响。

潘子熬夜熬得眼睛通红，见火小邪醒来，叫嚷着齐掌炮他已经弄明白了，是个好宝贝，硬拉着火小邪起来，说是现在就要打火小邪一下试试。

火小邪本就打算天亮的时候按照盗跖的要求习练躲避石子，于是也不推辞，抖擞了精神，站在五步开外，让潘子来打。

潘子叫道："火小邪，打到你了，你可不能发脾气。"

火小邪凝神静气，信心十足，心想你潘子还能如何，便应了声"好"，站稳了身子，等着潘子来打。

潘子坏笑了一声，拿出一枚石子晃了晃，装在齐掌炮的皮筋上，叫道："火小邪，注意啦！"

火小邪说道："来！"

话音刚落，就见潘子手中一晃，火小邪什么东西都没有看清，一枚石子就打在了火小邪脑门上，疼得火小邪嗷地惨叫一声，捂着额头猛搓。

潘子得意地嚷道："火小邪，你别逞能啊！五步太近了，你先退到十步外去！"

火小邪嗷的一声跳起来，冲着潘子叫道：“再来！你 × 的！”

半天下来，火小邪的脑袋都被打肿了。潘子用齐掌炮得心应手，颗颗石子不落空。火小邪气不过，但更不甘心，脸肿得吃东西都吃不下去，不住骂骂咧咧，非要下午继续。

潘子好言相劝，说再这样下去，只怕火小邪的脑袋就变成猪头了，打傻了也很有可能，不如先缓一缓，明天再说。火小邪邪劲儿发作，不信自己躲不过石子，打成猪头他也认了。好在潘子琢磨出一个办法，找了块木板，在上面挖了两个洞，让火小邪绑在脸上，刚好能从洞中看到前面，这样至少能不太受罪。

火小邪不同意，说不疼就不长记性。但这样下去不是个办法，脸再肿下去，只怕眼睛就睁不开了，还耽误事情，于是火小邪自己想了个法子，在水沟边和了稀泥，一层一层地抹在脸上，弄成了一个泥巴脑袋，只露出鼻子眼睛。潘子笑得东倒西歪，却称赞火小邪这点子不错。

火小邪、潘子日日苦练，七天之后，潘子使用齐掌炮的手法更加精湛，已能做到单手上弹，单手发射，击发时不动声色，而火小邪仍然一颗石子都躲不过，每天脑袋上的泥巴里面都嵌满了石子，脸没有一日不是肿着，但不至于睁不开眼睛。

潘子最开始还觉得有趣，但长期把火小邪打得不成人形，有些于心不忍，劝火小邪不如放弃。火小邪哪里是肯轻易放弃的人，绝对不从，让潘子只管打。

又过了七日，火小邪至少挨了上千次击打。疼痛使然，火小邪每次都全力躲闪，反应能力大大提升，如果潘子发号令说打以后再射出石子，火小邪竟能够堪堪躲过。可火小邪、潘子都觉得不妥，盗跖可不会发号令以后再打，都是突然袭击，便还是改为不出声的射击。

两人相隔只有五步，这距离实在是太近，石子射出快如闪电，若是不能看到在空中飞行的石子，只怕是躲都不知道怎么躲。

这样再练了三日，火小邪隐约间竟能看到淡淡的灰影扑面而来。可看是看到了，身子却反应不过来，没来得及动弹，已经被打到。就算如此，火小邪还是大喜过望，觉得受了十多天的罪，终于有了出头的希望。

果不其然，火小邪眼力越来越好，无论潘子何时发射出石子，火小邪都能看到有灰影袭来，甚至灰影也从模糊到清晰，最后竟能看到石子在空中飞行，大小、速度、如何旋转前行，竟也能掌握清楚。

随着火小邪的眼力精进，身体反应也变得越发敏捷，终于在第二十五日的时候，火小邪头闪电般地一偏，第一次躲过了激射而来的石子。

火小邪乐得狂吼乱叫，兴奋地把潘子按倒在地，激动得不能自抑！他们两个傻小子没有老师，只有盗跖留下的一个目标，火小邪全凭自己宁死不能屈的倔强，日日忍受石子打头的折磨，这才有了突破！若是换了常人，早不知已经放弃多少回。

火小邪、潘子、黑风大吃了一顿，作为庆祝。火小邪有二十多日都没有胃口，全为了保持体力才逼着自己吃饭，这一顿吃得香甜无比。两人都觉得信心满满，这样苦中作乐，折磨身体，能有此成绩，实在值得欣慰。

净火谷储备的食物充足，黑风没事又能去抓兔子来打牙祭，晚上两个人就在祭堂中休息。祭堂盖在天然的巨石之下，能够遮风挡雨。所以火小邪、潘子可以不担心饮食起居，专心互相试练。

火小邪能躲过第一枚石子，第二枚、第三枚就不是问题。再过了三日，潘子在五步外射击，无论何时，火小邪都能头一偏躲过。火小邪提议两人奔跑着击打，不再静止，正合潘子的心意。两人上蹿下跳，乐此不疲。火小邪抹去脸上的泥巴，不再畏惧。只要他看着潘子，潘子无论何时打出石子，火小邪都能躲过。头部既能躲过，躯干、腿部就不困难了，石子一发一发地打过来，火小邪只要头一歪，身子一扭，腿一抬，就能够全数避过。

潘子用齐掌炮已是精熟，单掌已能做到连续射击，于是努力尝试同时打出三枚石子。但打出三枚石子容易，要同时分袭头、胸、腿三处，却正如盗跖所说——极难！

火小邪和潘子商量，如果暂时不能同时打出，那么尽量快速连续打出三枚石子，快得就像同时射出一样，是不是也算一种办法。

潘子对于这些奇巧的招数，比火小邪更加上心。好在他和火小邪性格不同，若是火小邪练齐掌炮，潘子练躲石头，只怕不过三天潘子就忍受不了疼痛，熬不下去。

潘子习练连续快速射击，火小邪开始还能躲过，慢慢就困难了。潘子越打越快，经常是嗖嗖嗖三声，三枚石子就先后向头、胸、腿飞来，要想连续躲过这三枚石子，对身体灵动程度要求更高，火小邪暂时只能先避开头，胸、腿大部分时间避不开，打得身上青一块紫一块。

两个月过后，潘子连续发射石子的速度真是快得近乎同时，火小邪也找到了避开三块石子的良策，就是一次判断出三块石子各自击打的位置，而不是像以前那样分开判断，这样就能用一个动作同时避开。但火小邪也发现，一旦潘子慢了半拍，一枚一枚隔一些间隙地射出，就无法同时判断，即使躲过第一枚、第二枚，第三枚仍躲不过。

火小邪与潘子讲了，潘子也觉得是这么回事。同时发射三枚石子，还不如一枚一枚快速打出的威力更大，难道盗跖说得不对？潘子已能做到指哪打哪，火小邪躲过第一枚石子，身子扭曲，不是一下子拧得过来，拧不过来的身体，就是火小邪的“死角”，此时再发石子，就能让火小邪避无可避。

可火小邪却觉得自己的身体更怪，躲了两个月的石子，竟偶尔能够做出自己平时无法想象到的反常动作。好像自己身体里存在两股力，一股是正力，一股是反力，平时所有的动作都靠正力，而反力可以抵消正力，让动作突然停顿下来。若是反力巨大，强于正力，就会做出不合逻辑的反常动作。比如火小邪向左侧扭腰，躲过向胸口飞来的石子，按理说，要再向右扭，怎么都要重新发力，这期间就有“死角”形成，可火小邪不用这样，只要身体里的反力发动，直接就能把身体拉住，一下子就弹回来。正常的人体动作如同不倒翁，明明应该向右摆，右摆还没有完成，就直接被拉成向左摆，这样突然来这么一下子，难免潘子、火小邪自己都觉得古怪异常。

但这种情况发生得极少，而且不由火小邪心意控制，不知道什么时候就会突然爆发，好像火小邪身体里有一根别人没有的筋脉，造成了这种异状。

可这些都是火小邪胡思乱想的，没有依据，只能当作一个有待高人解答的谜。

时间飞快地流转，眨眼三个月已到。

火小邪、潘子都觉得这三个月成长了许多，不只是身体敏捷了许多，连心智也大大进步。火小邪自觉有信心躲过三次共九枚石子的攻击，但盗跖会不会比潘子打出石子的速度更快，则难以预料。

眼看着已是盗跖如约到来的日子，火小邪、潘子都惴惴不安，心绪难平，紧张得有点颤抖。万一盗跖来了，火小邪躲不过去，以盗跖的性子，可能真的再也见不到他了。

火小邪、潘子不愿干等，决定最后习练一番，于是在小广场周围追逐着乱打。潘子整整一大袋石子都快打光了，能碰到火小邪的还是极少。潘子有点不服气，叫道："火小邪，你当我真的打不到你吗？如果我偷袭你，你绝对躲不过去的！"

火小邪笑哈哈地在前面蹲着，面向潘子叫道："你就偷袭呗！看是你手快，还是我眼快！"

潘子哼道："那你等着！"说着，围着火小邪绕圈。

火小邪目不转睛地看着潘子，嘴里低声嚷嚷："来！打我！来！"

潘子围着火小邪转了几圈，没有下手的机会，突然看着火小邪身后，眼睛瞪得滚圆，叫道："盗大爷！"

火小邪微微一愣，猛地一回头，就在此时，潘子嗖嗖嗖嗖连续四枚石子射出来。火小邪听到风声，知道是潘子耍赖，急忙从石头上滚下来，还是有一枚石子打中肩头，火小邪大骂："潘子，你耍赖！"

潘子叫道："是你让我偷袭的！你自己不留意，被我骗了，哈哈！"

火小邪正想回嘴，却看到潘子脸色一变，看着火小邪身后又是大叫："盗大爷！"

火小邪指着潘子骂道："潘子，你又想骗我！门都没有！"

"呵呵，火小邪、潘子，三个月不见，你们可好？"盗跖沉稳的声音从火小邪身后传来。

火小邪心中一惊，哪里还顾得上潘子，一转头，顿时看见盗跖还是那身打扮，戴着黑纱，正站在不远处的一块大石上，背手肃立，看着他们。

火小邪大喜叫道："盗先生！"说着一跃而起，向着盗跖跑去。

潘子紧紧跟上，两人片刻便跑到盗跖面前，全都跪下给盗跖磕头行礼。

盗跖呵呵笑道："你们两个小子，为何见了我要磕头行礼？"

火小邪、潘子对视了一眼，其实他们也不明白为什么一见到盗跖就这么激动，完全是不由自主地对盗跖磕头行礼，已是把盗跖当成师父。

火小邪思考一番，只好喊道："盗先生让我躲石子，我觉得大大地有用！"

潘子也喊道："盗大爷，没想到打石头能有这么多花样，我以后不怕别人欺负我了，谁敢欺负我，几枚石头打花他的脸！"

盗跖笑道："好！看来你们两个小子，自己领悟到了不少东西！来，你们随我来！"

盗跖在前，火小邪、潘子在后，走回了小广场，三人盘腿坐下。

潘子唤了几声黑风，黑风从密林中钻出，嘴里正叼着一只野兔，急急忙忙跑了过来，趴在火小邪、潘子之间。

盗跖沉声道："火小邪、潘子，你们有信心过我这一关吗？"

火小邪立即叫道："有！盗先生尽管试我！"

盗跖看着火小邪脸上一层盖着一层的瘀青和伤口，呵呵笑道："不用试了！刚才我一直在旁边看着，你已能过关。"

火小邪、潘子张口结舌，随即喜上眉梢。

潘子说道："盗大爷，这可是你说的啊，现在火小邪能够过关，你该收我们做徒弟了吧？"

盗跖笑道："你们要想成为我的弟子，还差得远咧！"

火小邪、潘子大为失望，火小邪说道："盗先生，那要怎么样才好？"

盗跖并不作答，而是说道："火小邪，你知道我为什么要你用三个月的时间去躲石子？"

火小邪按了按额头，为难道："我不知道。"

潘子则胡说道："盗大爷是担心以后我们被人欺负，教我用弹弓打人的本事，教火小邪以后躲着别人用弹弓打？这个嘛，是不是，啊，盗大爷，我胡说的……”

盗跖说道：“你们两个站起来，潘子你用拳全力打向火小邪的脸，火小邪你不可阻挡，只能想办法躲过。”

火小邪、潘子犹犹豫豫地站起来，拉开架势。潘子说道：“那我就打了啊！”

火小邪说道：“你来！”

潘子攥了攥拳，突然向火小邪脸上打来。

火小邪只觉得潘子的拳头慢慢向自己脸上袭来，心中疑道：“潘子还手下留情？”

火小邪将头一偏，潘子的拳头贴着面颊而过，火小邪喊道：“潘子，你动作快点行不？”

潘子见火小邪就这样躲过，抽回拳头又打，火小邪还是头一偏就躲过，嘴里嘀咕着：“好慢好慢！”

潘子骂道：“我够快了！”说着又左右手双拳齐出，火小邪脑袋左歪右歪，前俯后仰，一一躲过，这才弄明白，不是潘子拳头打得慢，而是自己反应太快。

盗跖呵呵笑道：“火小邪，你觉得如何？”

火小邪跳开一步，喜道：“盗先生，我怎么会这么厉害？”

盗跖说道：“你们两个坐下，我与你们说。”火小邪、潘子坐下，盗跖继续说道：“你们习练的是火家盗术的基础法门，只是我没有时间指导你们，只好用这种有些极端的方法让你们自己领悟。所谓火家盗术，说来复杂，实则简单，我归纳为五字诀，乃是快、准、稳、觉、融。你们两个，现在就是练的快字诀和准字诀。快，又分眼快、手快、耳快、身快、心快这五快；准，又分拿准、取准、探准、投准、捏准、步准、识准、辨准、合准这九准。快、准两字诀，乃是火家盗术基础之基础，日日勤练苦练，才有大成，并无捷径。人体之能，在乎引导。寻常人等，一日穿针万遍，可见针眼大如瓶口，可盗衣角细芒，可破万钥机簧，可采蝇虫毫发。火小邪，你能在五步之遥，避开潘子用齐掌炮发出的石子，眼快、身快、辨准已有初成，寻常攻击都可避开；潘子，你能用齐掌炮连击，指物打物，眼快、手快、识准渐入法门。你们两个，以此配合行事，妙用无穷。”

火小邪、潘子这才明白，盗跖原来有如此深意。

火小邪说道：“盗先生，求您再多教我们一些吧！”

潘子也说道：“盗大爷，只要您肯教，我们一定不辜负您！”

盗跖说道：“好！我问你们两个，你们两人能耐得住寂寞，在净火谷中修习三年吗？”

火小邪立即回答：“能！”

潘子倒犹豫了，低声道：“三年啊……”但马上就硬朗起来，爽快地答道：“能！五年都行！等我学到本事，再出净火谷，天昏地暗，平地生出个大盗八脚张，痛快啊，哈哈！”

盗跖轻轻一笑，从身后提出一个袋子，哗啦一声倒出数百颗材质各异、大小不同的珠子，有铁质、木质、玻璃、石质等等。

盗跖说道：“再给你们三个月时间，这些珠子，你们一个一个抛在空中，先用左右手的食指、中指在空中夹住，无论什么珠子，都要如此。食指、中指练完，再练双手的中指、无名指，然后练双手的无名指、小指，最后是拇指和食指。抛出十颗珠子，必须夹住十颗，落地一颗，即算失败。我三个月后再来此地，火小邪你必须双手皆能做到，潘子，你只需一只手做到即可。你们中任何一人若是做不到，我还是再也不会见你们。你们听得明白？”

潘子尝试着用指头夹起地上的一颗铁珠，两次才夹起来。潘子愁道：“在地上夹起来都这么费劲，何况在空中？盗大爷，这是不是太难了点？”

盗跖笑道：“此乃指力、手感的修炼，称为采珠术。你们要是自觉无法做到，我现在就走，永不会再见你们。”

火小邪说道：“盗先生，我们一定能做到！”

潘子抓了抓头，愁眉苦脸地说道：“我……我也能。”

盗跖留下了一张纸条，上面除了说明采珠术的要求以外，还有几种加强指力、手感锻炼的法子，特别嘱咐潘子可用其他两指去发射齐掌炮，以解乏味。

盗跖走后，火小邪、潘子不敢耽误，日日勤练不休。初始的七八日，中指、无名指、小指用力难如登天，珠子摆在地上都夹不稳，但每天早晚按照盗跖要求，做二指提石、两指拉伸、滚珠过手等练习，慢慢觉得手指筋骨展开，发力再也不是那么困难了。

火小邪进展飞速。他眼快，看到珠子在空中坠落都是慢腾腾的，所以一个月之后，右手已有大成，左手则费力很多，两个月时还只能勉强做到食指中指、小指无名指。火小邪并不着急，左右手轮番练习，渐渐得心应手。

潘子唉声叹气了两个月，火小邪日日咬牙切齿地骂潘子不争气，潘子才坚持下来。到第三个月时，潘子突然发现自己摸到了诀窍，手艺大进，再也不叹，看来前两个月还真打下了基础。

转眼三个月已过，又是盗跖来探访的日子。

盗跖如往常一样，不声不响地面蒙黑纱而来，话不多说，便让火小邪、潘子演示采珠术。火小邪信心十足，十次抛接，无一遗漏。潘子尽管在盗跖来之前还是战战兢兢，屡有失手，但见了盗跖反而发挥出色，右手五次抛接，次次成功。

盗跖哈哈大笑，也没有吝啬夸奖，好好把火小邪和潘子赞了一番，说得潘子乐不可支，火小邪也大感欣慰，觉得这六个月功夫真是没有白费。

盗跖心情不错，在净火谷中住了一日，听火小邪、潘子讲述自己六个月来的练习心得，不时点拨一二，更让火小邪、潘子觉得受益匪浅。

盗跖说自己传授的是火家盗术，但闭口不谈自己的来历和身份，也绝不同意让火小邪、潘子拜师。第二天一大早，盗跖唤醒睡得正香甜的火小邪、潘子，再次安排下新的修炼之法，称之为速奔术。

这速奔术，正如其名，即是要火小邪、潘子急速奔跑，但不是在平地上奔跑，而是在河滩乱石之中，由一人向高远处掷珠，另一人在乱石中狂奔过去，在空中用采珠术将珠子接住。

盗跖带着火小邪、潘子在净火谷中查访了一番，由盗跖亲自选取了七处乱石滩，供他们二人由易到难地练习。最容易的乱石滩遍布大块碎石，行走都非常困难，更别说奔跑，最困难的则是一个斜坡，四足并用才可前行。盗跖在最容易的乱石滩上亲自演示，让火小邪于侧面掷珠，盗跖只是扫了一眼，便踏上石尖，风驰电掣一般奔跑，在远处稳稳将珠子接住。这一招下来，火小邪、潘子下巴都合不拢了。盗跖只用了两三秒的时间，在乱石中奔跑了十余米，只用了六七步，行云流水，毫无停滞，还能站定身子，迅雷不及掩耳地把珠子夹住。这速奔术真是神乎其技。

盗跖唤过火小邪、潘子，将投掷珠子的位置、远近、高低等要领说了一遍。原来，掷珠主要以高远为主，须给人留下奔跑的时间，有追奔、迎奔、侧奔三种：追奔是两人同处一个方向掷珠夹取；迎奔是两人面对面，一人掷，另一人迎面奔跑夹取；侧奔是两人一正一侧，一人掷，另一人侧向追珠、取珠。

火小邪试了一次，由潘子掷出一珠。才跑了两步，火小邪就脚下一个趔趄，摔得四脚朝天，这才知道最难的不是接住珠子，而是如何在这种崎岖的地面飞奔。

盗跖说道："速奔术的要领，其一是辨，其二是识，其三是稳，其四是速。简单点说，其一就是要在珠子飞出的瞬间，辨明珠子落下的大致方位；其二乃是识别前行的方向上可以连续下脚之处；其三是踏下脚步一定要稳，保持身形不乱；其四是劲力爆发，一口气不能松，一触即行，速速向前。"

盗跖点拨一番，让火小邪、潘子记下七处场地，留下一张写满注意要领的纸张，并送给火小邪、潘子一个包裹，里面有各类治疗外伤的粉剂、膏药，两套手、肘、膝、踝的皮质护具和两双轮胎底的软皮鞋。两人穿上护具、皮鞋，都觉十分舒适轻便，看来盗跖这次来，花了不少心思为火小邪、潘子准备。

盗跖再未多言，只说三个月之后再来，会在最难的场地上由他掷出三珠，火小邪、潘子须用追、迎、侧三种速奔方式接住，若是做不到，就不会再与他们相见。

盗跖说完便走，不见了踪影。

火小邪、潘子知道拦是拦不住的，所以并未大力挽留。盗跖走后，他们各自读了一遍盗跖留下的纸条，上面写满每日早中晚必须勤加习练的方法，多为腿部的跳、跃、蹦、蹲之术，同时火小邪、潘子的采珠术、齐掌炮每天也有两个时段必须练习。

火小邪、潘子都知道盗跖用心良苦，不敢有丝毫懈怠，日日勤练不止。

两人在乱石滩中奔跑，摔跤无数，幸亏有护具在身，才不至于摔出大毛病，但皮肤袒露之处还是多有擦伤，用盗跖留下的膏药涂抹，消肿止痛颇有奇效。

两人越是按照盗跖留下的方法苦练，越觉得腿脚灵便，平日里攀不上的巨石，用手一抓即能跳上去。三个月的采珠术练习让两人的手指既有力又触感敏锐，加上日日在石尖上狂奔，早中晚三次锻炼跳跃能力，火小邪、潘子真觉得自己如同猿猴，上树攀石如履平地。

两个月的工夫，火小邪、潘子七个场地全部跑遍，原来觉得快速奔跑难如登天的地方也都不在话下，只是想在狂奔中接住珠子还难以办到，主要是骤停之下身子稳不住，采珠术就无法施展。

火小邪再想起盗跖所说的其一是辨，其二是识，其三其四才是稳和速的话，更觉得盗跖说得极有道理：练身体容易，辨和识是练心，身随心动，身随心止，心比身更难练！心中提前预判，瞬间明断，身心合一，才是速奔术的要义。

火小邪悟出这个道理后，与潘子谈了整整一晚，两人都大大开窍：宁肯接不住，也不要盲目冲出，每每珠子掷出，都须在心中极快地思量出应对之法，这才能够十拿九稳。所以第三个月两人更改了习练方法，以练心为先，果然渐有成就：潘子能用右手食指、中指夹住火小邪从任一方向抛出的珠子，火小邪比潘子更胜一筹，左右手十指皆能接珠，两人都少有失手。

盗跖三个月后如约再来，火小邪、潘子一一过关。盗跖分外高兴，赞许火小邪、潘子孺子可教，便破例在净火谷中住了两日才走。其间检阅火小邪、潘子这九个月的成就，时时点出不足之处，亲自演练，让火小邪、潘子感叹想达到盗跖的境界，还为时尚早。

接下来的两年多里，火小邪、潘子依次练了静变术、稳身术、降纳术、登踩术、并心术、体感术、融耳术、听风术、五感术。

第一年是避击术（击出石子和躲避石子）、采珠术、速奔术、静变术，以练身练心为主，乃是盗跖盗术五字诀中“快”“准”两诀。

第二年是稳身术、降纳术、登踩术、并心术，以练两感合一为主，乃是

"稳""觉"两字诀。

第三年是体感术、融耳术、听风术、五感术，以练三感、四感、五感合一为主，乃是"融"字诀，辅以快、准、稳、觉四字诀之法。

第一年还是皮肉之苦，第二年就是皮肉之苦加上劳心，第三年更甚，全是练心，火小邪、潘子经常要处于半死不活的状态，不是困于伸手不见五指的地洞中，就是潜于瀑布之下的水潭里闭气，每每几近崩溃。潘子如此乐观之人，曾有数次发狂，想一死了之，全凭火小邪死命阻止。

火小邪习练这些近乎残忍的盗术时，对潘子之严厉甚于盗跖数倍。平日里还能互相鼓励，但潘子若是想逃避不练，火小邪发作起来，能够把潘子打到痛哭失声，甚至昏厥。而潘子一点不恨火小邪，相反，事后都觉得火小邪做得对，要不是火小邪，只怕第二年的许多考验都过不了关。

火小邪性格正如甲丁乙所说，有异于常人，连盗跖都在第三年承认了火小邪确实罕见。火小邪多次问盗跖自己的邪火是否可解，盗跖是否知道他背上所受的伤到底如何，盗跖绝不与火小邪讨论这些，似乎颇有忌讳。火小邪每次都问不出所以然来，后来干脆就不问。第三年练心练得多了，慢慢觉得有些事情的确不必惦记，心若止水即可。

火小邪能够感到，自己体内本来是一片不受控制的火海，泛滥起来一片杂乱，如今渐渐能够融为一体，似乎终于有了一个容器盛着，火焰升腾起来，始终火色纯净，不蔓不摇，随心而动，可大可小。

三年之中，火小邪、潘子尽管所练都是一样的内容，但在盗跖的安排下，两人成就略有不同。如盗跖所说，火小邪快、稳两字为胜，准字略逊，觉字一等，融字已通；潘子准字为胜，快、稳略逊，觉字二等，融字渐通。

三年已满，火小邪、潘子问起这究竟有何区别，盗跖说道："火小邪可近攻，潘子可远守；火小邪可直取，潘子可绕行；火小邪可直捣黄龙，潘子可避实就虚；火小邪为盗，潘子为防盗。"

火小邪又问："火家扰筋乱脉术为何？水火交融术又为何？"

盗跖说道："并心术即是扰筋乱脉术，水火交融术火小邪你不可习练，你邪火心脉已成，大通大直，遇水则乱，遇木则狂，遇金则复，遇土则隐，遇火则克。你的本事已见初成，但仍需锤炼，方可融会贯通。净火谷不再是你应留之地，你和潘子出谷去吧。”

潘子早就按捺不住，问道：“盗大爷，怎么出去啊？您给带个路吧。”

盗跖笑道：“你们盗术既成，还能没有离开净火谷的方法？你们两个再在此地温习一个月三年来所学的盗术，便可出此谷。天下之大，你们自行驰骋吧！我与你们，还有再见的日子。”

盗跖说完，起身欲行。

火小邪、潘子三拜九叩，再看盗跖时，已经空山鸟语，没有了踪迹。

火小邪、潘子听了盗跖所说，便在净火谷中温习盗术，同时在净火谷中四处游荡，寻找合适的出谷路径，转眼已经过了十余日。

一日里，火小邪、潘子正在一处悬崖下行走，想到自己就要出谷，潘子志得意满，满嘴胡诌，出谷要找丫头小姐，要把看不顺眼的人偷个倾家荡产等等，有的没的说了一大堆。

这两人在谷中待了三年，早已长成了身材挺拔的青年，个子比刚进谷时高了半个头，血气方刚，精力旺盛得无处发泄。

潘子还是一副猴子样。这三年来受了这么多的磨炼，潘子油嘴滑舌的毛病一点不改，反而更甚以往——这盗术练心是练心，却不是教人改掉坏毛病当圣贤君子的，所以该有什么毛病，还是有什么毛病。

火小邪更是如此。他从小行事邪僻，碍于教化才处处收敛，这三年把束缚自己行动的教化都丢了，更没了什么恩怨负担，一切率性而为，潘子说啥他就说啥，尽管没有潘子那么多废话，也是荤的素的一概来者不拒。

这两人嘻嘻哈哈一路寻来，并不急于找到出谷之处。说得高兴了，打闹起来，两人便各自使出手段，彼此追逐。潘子在火小邪身后不断用齐掌炮打他，密密匝匝的石子如同急雨，对着火小邪肆意倾泻，火小邪根本不用回头，竖起耳朵一听，眼睛余光一瞥，每每石子刚一袭来就能侧身躲过。这两人不住笑骂嬉打，如同两只猎豹，在净火谷中恣意穿行，把汪汪大叫着的黑风都远远地甩在身后。

这两人奔了一路，总算累了，坐在一块大石上歇息，背靠背咬着草根吸吮甜汁。天高地阔，前途无限，还真让人浮想联翩。

突然，火小邪听到一阵若有若无的微微细响，觉得不对，腾地坐直了身子，看向远处，把潘子一抓，低声道："好像那边有人呢！"

潘子赶忙看向火小邪注目之处，努力看了半天，没发现异状，说道："没有啊，你看错了吧？"

火小邪说道："没有看错，是一个人，身法很好，一闪即过。"

潘子惊道："盗大爷又来了？"

火小邪说道："肯定不是！起来，我们过去看看。"

火小邪、潘子从石头上爬起，向着一侧走去，可刚走了几步，忽然听到一声冷冰冰的叫喊："火小邪！"

火小邪、潘子顿时站住，对视一眼，全神戒备。潘子已从地上抓起大把石子，随时准备发射。

一块大石后跳出一个人来，一身黑衣，幽幽地看着火小邪。

火小邪一见来人，心中突突乱跳，不禁张嘴喊道："水妖儿！"

静静站立在大石上的水妖儿，已经不是三年前稚气女孩的模样，已然变成一个亭亭玉立、风韵迷人的少女。只见她一头秀发随意地盘在脑后，几缕长发散落在额前，随风轻轻飘动，一双明眸微眨，略显幽怨地看着火小邪。尽管她神态略显疲惫，看在火小邪眼中，反而更显冷艳，惹人心动。装束方面，水妖儿依旧是一身黑衣，只不过更加紧身，愈发勾勒出她傲立的酥胸，玲珑的曲线，而她的胸脯随着呼吸轻轻起伏，更是显出她勾人心魄的完美体形。看得出，她见到火小邪也有几分激动。

水妖儿朱唇轻启，白玉一般的牙齿轻轻咬了一下嘴唇，冷冷地对火小邪说道："是我。火小邪，你没想到是我吧？"

火小邪、潘子见到水妖儿这般美女驾临，都看得有些痴了。火小邪心怦怦狂跳，暗道："怎么三年不见，水妖儿变得如此好看？"潘子更是如此，心里嘴上填得满满的，只顾着念叨："仙女，仙女……美女，美女……美人，美人……我的妈！”

水妖儿见火小邪、潘子痴痴傻傻地只管看着自己，也不说话，眉头皱了一皱，低头看了看自己胸前，一丝羞涩闪过，但马上骂道：“你们看够了没有！你们这两个野人，没见过女人吗？”

火小邪、潘子三年不出谷，从没见过女人，连黑风都是只公的，都快忘了女人是什么样子。这两人不见女人也就罢了，一见居然还是水妖儿这种一等一的美女，少年天性使然，只觉得身上燥热，眼睛都不知道往哪里看，难免盯着水妖儿的脸庞、胸脯、细腰、美腿胡乱打量，水妖儿不生气才怪。

黑风从远处跑来，它可不在乎女人的美丑，对水妖儿一点都不客气，张口就是一顿狂吠。火小邪、潘子被黑风的大吼唤得回过神来，这才觉出失态。潘子一把将黑风抱住，骂道：“黑风，别把你神仙奶奶吓跑了！安静！安静！”黑风狠狠瞪着水妖儿，不甘心地坐了下来。

火小邪缓过劲儿来，顿时想起与水妖儿相处的无数往事，他这时已没有当年痛斥水妖儿的那份怨愤和冲动，相反，这么多年不见，一旦看到水妖儿出现，竟觉得有几分亲切。

火小邪傻乎乎地笑了笑，说道：“哦！水妖儿啊，你怎么来了？你，你是怎么找到净火谷的？”

潘子跟着巴结道：“仙女姐姐，我是不是以前见过你啊？我看你好眼熟哦，感觉好有缘分啊！”

水妖儿一纵身，从大石上跳下来，向火小邪他们走近了两步，并不上前，而是坐在一块石头上，转过头不看火小邪，幽幽说道：“我在丹霞山找净火谷已经找了有三个多月了。”水妖儿顿了顿，轻轻瞥了一眼火小邪，又道：“火小邪，你怎么不对我凶巴巴的了？”

火小邪记起以前在太谷城外当着甲丁乙、潘子的面大骂水妖儿的一幕，倒觉得有些尴尬，走到水妖儿身边，拣了块低矮的石头坐下，让水妖儿能够低头看他。听到水妖儿发问，火小邪呵呵干笑两声，胡乱捡起一块石头丢入溪水中，说道：“咳，以前对你乱发脾气，是我不对，这些年我已经想明白了很多事。”

潘子也想起以前的确见过水妖儿，哦哦连声地凑过来，嬉皮笑脸道：“神仙姐姐，我想起来了，你是三年前在太谷城外荒山中，黄雀唤出来的一黑衣一白衣的两个仙女中的一个？”

水妖儿并不答话，而是低声道：“火小邪，你见到我一点都不高兴吗？你知道吗，我找你找得好苦！”说着，水妖儿眼中的泪珠大滴大滴地流下，梨花带雨，娇柔无限。

火小邪、潘子见水妖儿哭了，都发了慌，火小邪想伸手去安慰，即将触到水妖儿的身体时又赶忙缩回手，吞吞吐吐地说道：“水妖儿，别哭啊，我，我挺高兴的！真的！你一哭，我就慌了，你还是凶一点，凶一点好。”

潘子也结巴道：“水，水妖儿仙女，这不是找到火小邪了吗？别哭啊，心疼死了。”

水妖儿一抹眼泪，突然笑了起来，脸上变出一副顽皮的表情，泪珠还挂在脸上。变化之快，让潘子和火小邪都是一愣。

水妖儿笑道：“谁说我哭了？我是高兴！”

火小邪暗暗叹了一口气，觉得水妖儿这样突然破涕为笑，还不如多哭一会儿来得好，心中却在感叹：“这个水妖儿，还是千变万化，让人捉摸不透，一会儿冷一会儿热，一会儿哭一会儿笑。”

潘子不知道水妖儿的本事，见水妖儿突然笑逐颜开，大为诧异，说道：“水妖儿，你……你你你没事吧？冷静冷静，一哭一笑这可不好啊，挺吓人的，是不是？”

水妖儿脸上的顽皮劲儿突然一收，换上一副恶狠狠、冰冷冷的表情，厉声对潘子说：“你是谁？这里有你说话的份吗？滚一边去！再废话，我阉了你！”

潘子吓得一吐舌，连忙退后两步，不住打量着水妖儿这个性格瞬息万变的女子，心中暗道：“我 × 的咧，这小妞长得这么好看，仙女一样，脾气可实在让人吃不消。不会是个女疯子吧？”

火小邪啧了一声，说道：“水妖儿，你不要变来变去的好不好，能不能就保持一个样子啊？你这样谁也受不了啊！刚才说话的是我兄弟，叫潘子，你以前见过的。”

水妖儿还是狠狠瞪了潘子几眼，脸色一换，变成一副温婉贤淑的表情，柔声说道：“嗯，我记得他。”

火小邪松了一口气，说道：“你现在这样就挺好。”

潘子见水妖儿温柔下来，一副惹人怜爱的模样，屁股又痒痒了，往前凑了凑，挤眉弄眼地又想讨好水妖儿。谁知水妖儿一转头，脸上唰的一下又变了，恶狠狠地骂道：“滚！这里没你的事。”

潘子一个后仰，跌得翻了一圈，爬起来骂道：“丫头，你什么意思？别以为你长得好看，我就不敢收拾你！告诉你，我和火小邪是生死兄弟，你骂我就是骂火小邪！女的就可以乱骂人啊？哼，我好男不和女斗！”

火小邪赶忙两边解劝道：“水妖儿，潘子，你们能不能不要吵了，算我求你们好不好？”

水妖儿脸色再变，极为温柔妩媚地对潘子说道：“潘子哥哥，请你在一旁坐一会儿好吗？我想和火小邪说几句话。刚才得罪了，千万不要往心里去啊。”

潘子本来还气呼呼的，一听水妖儿这样说话，心里马上软了，和吃了蜜一样舒坦。这个不争气的东西，也一下子换了副谄媚的表情，屁颠屁颠地说道：“啊……不会不会，你们聊，你们聊，我带着黑风给你们放哨，哈哈……水妖儿，你那个穿白衣服的姐妹呢？哦，哦，一会儿再说，你们聊着。”

潘子把黑风脖子后的长毛一抓，拎着黑风走到一边，远远地看着这个方向，不再过来。其实潘子心里明白，这个水妖儿是来找火小邪的，跟他没什么话好说。潘子指望着见到水妖儿的那个穿白衣的妹妹水媚儿。两人长得一样，但是水媚儿总是扑闪着一双媚眼，勾人得很，比水妖儿更对他的胃口。趁着水妖儿和火小邪说话，潘子的如意算盘打得啪啦啪啦响，打定主意和水妖儿先搞好关系，等着以后方便时勾搭水媚儿。潘子暗自得意，猛搓黑风的大脑袋，黑风老实，只能任凭潘子折腾，低声呜呜傻叫。

看到潘子和黑风不再过来，水妖儿又变成了一副大家闺秀的样子，抱着双膝，目不转睛地看着溪水，问道："火小邪，你一直在净火谷里吗？"

火小邪说道："是，三年多了吧。"

水妖儿说道："净火谷中的其他人呢？"

火小邪说道："死了。三年前被不知道什么人攻进来，全部惨死。我和潘子、甲丁乙躲过一劫，可甲丁乙后来也死了，于是我们两人一直困在净火谷里。"火小邪刻意不说盗跖的事情，也是因为盗跖反复叮嘱，不可向外人提到他。

水妖儿轻轻哦了一声，问道："怎么会这样？"

火小邪说道："水妖儿，你们水家的人知道是谁攻入了净火谷吗？"

水妖儿说道："可能我爹爹知道，但他有很多事情，从来不告诉我的。"

火小邪叹了口气，问道："水妖儿，那你怎么找到净火谷的？"

水妖儿把头搁在膝盖上，静静望着火小邪，说道："我不知道路，只是在丹霞山中乱找，希望能够找到你，结果花了三个月的时间，才找到这里。我是从那边的崖壁上翻下来的，没想到一下来就看到了你。"

火小邪惊道："水妖儿，你爹爹水王让你这样做吗？你这样，他一定会担心你的。"

水妖儿哼了一声，偏过头去，说道："我和我爹爹吵翻了，他不要我这个女儿了。"

火小邪问道："这，这是为什么？"

水妖儿笑了笑，说道："傻猴子，你还是像以前那么傻，你想不出来吗？"

火小邪抓了抓头，说道："这个……我……想不出来。"

水妖儿说道："我爹逼我嫁给郑则道，可我一见到郑则道就讨厌，打死我也不从。最后我和爹爹闹翻了，我爹爹把我关起来，我就自己偷跑出来了。我也不知道要去哪里，只是想着要找到你。"

火小邪想起郑则道的模样，哑然失笑，说道："郑则道啊……呵呵，他怎么样了？"

水妖儿说道："郑则道如日中天，在火家很得势，差不多快成火王严烈的传声筒了。不要说他了，我一想到郑则道，就犯恶心。"

火小邪本来还想再问些郑则道的事情，听水妖儿这么说了，便忍住不再问，而是说道："那火王严烈呢？"

水妖儿说道："你还记恨火家把你逐出的事情？"

火小邪笑了笑，说道："不是，我已经忘了，我就是想问问，你不愿意说就算了。"

水妖儿瞟了一眼火小邪，说道："火王严烈深居简出，基本看不见他，不知道他都干些什么。"

火小邪点了点头，抓起一块石头丢入溪水中，道："三年了，时间过得好快……对了，水妖儿，现在外面的世界怎么样了？有什么大变化吗？"

水妖儿看着溪水泛起的涟漪，说道："北伐军胜利了，蒋介石当权，可天下还是老样子，乱哄哄的。我爹爹水王现在扶持蒋介石，火家已经正式帮着张作霖，土家仍旧跟着末代皇帝溥仪。木王不问世事，窝在他的木蛊寨中做学问。金王仍旧是下落不明，只有几个徒弟在外面办事。对了，火小邪，奉天要出大事了——"

火小邪一听是自己的家乡奉天，略略一惊，忙问："奉天怎么了？"

水妖儿说道："日本人一手扶持溥仪，又想拉拢东北大帅张作霖，可是火家坚决不准张作霖与日本人合作，结果日本人炸死了张作霖。现在东北局势很乱，日本人想把东北变成听命于他们的'满洲国'。"

火小邪觉得这事无关痛痒——谁当权了、谁死了关他鸟事，只要奉天没有打仗就行，于是说道："哦，这些事情啊，没打仗就好，管他们呢！"

水妖儿转过头，静静地看着火小邪，说道："是啊，我们何必操心这些争权夺利的事情呢？火小邪，你看着我。"

火小邪转过头，和水妖儿对视。水妖儿的目光闪烁不定，似有千言万语要说。火小邪被水妖儿看得全身不自在，略略偏过头去，说道："水妖儿，你别这样看着我。"

水妖儿还是紧紧地盯着火小邪，轻轻说道："火小邪，你这三年想起过我吗？"

火小邪愣了愣，回想起自己在净火谷的三年，一门心思都在练习盗跖传授的盗术上，真的没有想过水妖儿。

火小邪最不擅长应对这种问题，但他的性子使然，不愿意说假话，于是吞吞吐吐地答道："我……我没有……"

水妖儿笑了笑，又问："那你现在还恨我吗？"

火小邪心里毛爪子乱抓，说道："不恨。以前我恨过你，现在不恨了。"

水妖儿不依不饶地问道："那你喜欢我吗？"

火小邪心里轰的一下，乱成一团。水妖儿如此直接地问他，让他这个情窦初开的半大小子如何回答？火小邪根本不清楚男女之间的情爱为何物，更不明白喜欢一个女人应该是什么样子，水妖儿如此艰辛地来找他，他觉得水妖儿确实值得喜爱，但隐隐约约中，总是对水妖儿敬畏大于喜欢。如果水妖儿和林婉同时问他这个问题，也许火小邪选择的是林婉……

火小邪脸上憋得通红，张着嘴，一句话都说不出，脸上肌肉扭来扭去，尴尬不已。

水妖儿笑了一声，突然从石头上跳下来，摆出一副顽皮的样子，说道："臭猴子，不要你回答了！我刚来净火谷，这里既然没有其他人，不如你带我四处逛逛吧。"

火小邪长出了一口气。水妖儿给自己找了个台阶下，解除了他的尴尬境地，火小邪自然连声答应了水妖儿，赶忙站起身来，带着水妖儿沿着溪水走去。

十一、水王之利

火小邪带着水妖儿，潘子、黑风跟在后面，一行人花了大半天时间，将净火谷逛了个大半。火小邪、潘子对净火谷中的许多风景都很熟悉，为了方便，取了不少名字，不过这些名字大多俗得很，比如尿墩石、上吊树、狗毛滩、兔子沟、大白屁股瀑、小西瓜潭、大奶子湾……当然还有很多带荤字眼的名字，都是潘子的杰作。

三人一直逛到黄昏，腹中感觉到饥饿，这才回来，来到祭堂火小邪、潘子、黑风胡乱搭建的草屋中。

水妖儿一路走来，倒是没有再呵斥潘子，潘子十分高兴，不只狂喷净火谷中的风景，还奔前跑后地张罗。

一进他们住的地方，看到里面脏乱不堪，比狗窝还狗窝，水妖儿大为皱眉，笑骂他们两个居然能睡得下去，随即手脚麻利地收拾了一番。净火谷房舍地下没被烧毁的东西很多，从做衣裳的布料到洒扫布置的工具，一应俱全，只是火小邪、潘子不知道怎么用而已。水妖儿指挥着火小邪和潘子挪这个，搬那个，等收拾清楚了，再一看，还真是井井有条，尽管简陋，却不失整洁。

潘子张着嘴大叫：“天啊，这是以前我们住的地方吗？天堂吧！水妖儿我太佩服你了！”

水妖儿哼道："只不过是你们这两个臭男人不会收拾罢了！"

火小邪说道："哎呀，还真像一个家了。"

水妖儿脸上微微一红，说道："别废话了，你们两个去生火，今天我来给你们弄吃的。"

比起甲丁乙，水妖儿的手艺有过之而无不及，借着潘子和黑风搬来的柴米油盐、野味、腊肉、木薯、野菜，水妖儿用极快的速度做出了四菜一汤，有荤有素，分量十足。

三年里，火小邪、潘子都是胡吃，根本不讲究什么味道，熟了就行。盗跖更是随便，自己从不动手，都是潘子做饭，哪有水妖儿这样精致。这一顿饭，火小邪、潘子只差把盘子都咬碎了吞到肚子里去，撑得滚倒在地动弹不得，还一个劲地呼喊水妖儿再做，并且信誓旦旦地保证，再来一头猪都吃得下。

等吃完饭，三人围坐在小广场的火堆边，水妖儿见了甲丁乙等人的墓碑，问了起来，火小邪和潘子这才慢慢把进入净火谷之后直至遇见盗跖之前的事情讲了。

水妖儿并不多做评论，只是问道："火小邪、潘子，你们两个是不是有事情瞒着我？"

火小邪连连摆手："没有，没有！以后真的只有我们两人，在谷中待了三年。"

水妖儿说道："算了，你们不愿意说也就罢了。我只是告诉你们，我是水家的人，擅长情报收集，我早就发现你们两人身手敏捷，已经不是普通的小贼，很可能是习练了火家盗术，而且有名师教导。这个广场各处，都可以看到你们练功的痕迹。甚至你们带我一路走来，你们练的是什么我都能猜出个大概。还有，潘子你袖中藏着火家的齐掌炮，早就被我发现，不用藏着掖着了！"

火小邪、潘子都吃惊不小，想不到水妖儿的眼力竟这么厉害，不禁面面相觑。

水妖儿笑了笑，说道："好了，你们肯定与你们的师父有约定，不能乱说。我并不关心到底是谁教了你们，我是为你们高兴罢了！我只是想问一下，教你们的人还回来吗？”

潘子张嘴便说：“不来了，他让我们出谷……”

火小邪一把捂住潘子的嘴巴，骂道：“就你嘴快是不是？”

水妖儿面露哀怨之色，说道：“我不想走。我一出去我爹爹一定会很快找到我，哪怕在这里与你们多待一日，我也要留在这里。”

潘子甩开火小邪的手，兴冲冲地说道：“水妖儿，我看你和火小邪是天生一对，地造一双，不如就在净火谷里成亲如何啊？水妖儿，你们成了亲，我就是你的小叔子，你一定要把你那个穿白衣服的仙女妹妹介绍给我……”

火小邪哇的一声大叫，满脸通红，一把将潘子按倒在地，伸手去撕扯潘子的嘴巴，同时骂道：“你能不能积点口德……”

潘子呜呜哼道：“我要是你，老早就答应了，到哪儿找这种老婆……”

火小邪骂道：“你还说！”说着紧紧捏住潘子的臭嘴，不让他说话。

水妖儿倒是乐了，捂着嘴笑道：“我那妹妹水媚儿啊，潘子你肯定吃不消的。不过没问题，下次见到，我给你介绍一下。”

火小邪叫道：“水妖儿，你别听潘子胡说，他就是一张贱嘴巴！”

水妖儿看着火小邪，慢慢说道：“火小邪，你能在净火谷里陪我吗？先不要走，能待多久就待多久，我只想安安静静地和你在一起，过一段日子……”

火小邪哑然，松开了潘子，呆呆地看着水妖儿，慢慢垂下了头。

燃烧着的柴木毕剥作响，火光映在火小邪、水妖儿这对年轻男女的脸上，红彤彤一片。

然而什么事情都没有发生。三人各怀心思，都觉得气氛尴尬，没坐多久，篝火渐熄，谁也没有再说什么，便回去休息。

火小邪坚持把祭堂让给水妖儿，拉着潘子和黑风到另外一边的青石上睡了一晚。火小邪彻夜难眠，潘子则睡得极香甜，说了一晚上要和水媚儿成亲相好的梦话，抱着黑风的大脑袋乱摸。

第二天一早，水妖儿早早起来，给火小邪、潘子做了早饭。三人还是沉默寡言，草草地吃完，便各自去忙自己的。

火小邪、潘子这三年已形成习惯，早上一起床就要练习盗术，既然水妖儿已经知道，他们也没有刻意回避，该练什么就练什么。水妖儿在祭堂中收拾停当，坐在一旁看着火小邪、潘子挥汗如雨地练习。水妖儿见火小邪、潘子施展起身手来竟如此厉害，不禁一会儿惊讶，一会儿欣喜。

火小邪一组指力练完，刚站起身，只听水妖儿在一旁叫道："用嘴接着！"

火小邪猛一转头，只见一个野果已经向面部飞来，火小邪想也没想，条件反射一般，身子一歪，张口把野果咬住，牙齿轻轻一咬，一股子又酸又苦的汁液已从野果中迸出。火小邪呸呸吐出，叫道："水妖儿，你捉弄我！"

水妖儿呵呵娇笑，说道："好吃吗？"

火小邪嚷道："不好吃！"

水妖儿更是笑得花枝乱颤："猴子，你可真听话！你的身手比以前好了很多哦，来，你追我试试，看你能不能追得上我。"

火小邪叫道："追你？"

水妖儿笑道："怕追不上吗？"说着，水妖儿已经跳起来，娇躯一纵，已经进入树林中。

火小邪略略犹豫了一下，随即喊道："当我追不上你吗？"火小邪被水妖儿激起了性子，再也顾不上那么多，拔腿就追。

潘子看着火小邪与水妖儿一前一后迅速离去的身影，酸溜溜地对趴在一旁啃兔子骨头的黑风说道："黑风，羡慕吧？来来，你起来，你也追你爹。"

潘子把黑风耳朵一拽，撒腿就跑，黑风最喜欢这种追逐打闹，汪汪叫了两声，紧紧追上。

水妖儿在净火谷中奔跑起来，快如闪电，更有几分灵动诡异，如同一道黑影，时时没入阴暗处不见踪影。火小邪虽说速度不亚于水妖儿，但水妖儿总是在跳过一道大石、躲入一片树林中后就突然消失不见，让火小邪实在为难，追到跟前就没有了方向，不得不停下来到处观望。水妖儿则会突然在不远处站出来，笑着对火小邪说道："怎么又找不到我了？呵呵！我在这里，猴子！"

火小邪知道水妖儿的水家本事，快速是当然的，隐蔽、躲藏更是绝技。水家人精于潜伏，动起来如同鬼魅，静下来又绝无声息，这让火小邪非常为难。若只是生追傻赶，水妖儿定会被火小邪一把抓住，但这样忽隐忽现的，却刚好能够克制住火小邪。

这样绕来绕去追了许久，足足过了一个时辰，火小邪还是连水妖儿的一丝衣裳都碰不到，累得直喘，行动渐慢。火家盗术虽强，耐力却远不如水家，水家盗术无形无质，变幻难测，让火小邪的火行盗术无从施展。

火小邪停了下来，靠在一块大石上歇息，直喘粗气，不甘心地叫道："水妖儿，你总是躲躲藏藏的，让我怎么追你？你这是耍赖啊！"

水妖儿没有答话，火小邪抬起头四处乱看，又叫道："水妖儿，你还在吗？"

"呵呵，在这里呢！"火小邪肩头有人轻轻拍了一下，水妖儿的说话声响起。

火小邪反手一捞，碰到了水妖儿的一片衣袖，但没有抓到。

水妖儿退后两步，笑道："臭猴子，坏心思不少啊！"

火小邪坏笑一声，突然坐了下来，说道："唉，不玩了，这样下去我什么时候才能抓到你！"

水妖儿慢慢向火小邪走来，说道："猴子，你本事了得，就是现在不知道怎么活学活用，就好像你有千钧之力，但不知往哪里打一样。不过你基础既在，日后出了谷，多去实战试练，就能融会贯通了。"

火小邪觉得有理，说道："水妖儿，你打算什么时候出谷呢？"

水妖儿哼道："你什么时候追到我，我就什么时候出谷。"

火小邪哦了一声，余光一瞥，水妖儿已经走近，便说道："水妖儿，你过来休息一下吧。"

水妖儿不知是计，又向前走了两步，就要坐下，这时，火小邪身子一拧，大鹏展翅一般向水妖儿压了过来。水妖儿惊叫一声，连忙要躲，可已经来不及，火小邪用足了力气，突然发动，这爆发力绝不是水妖儿可比的。

火小邪一把将水妖儿抱了个满怀，滚倒在地。

火小邪牢牢压住水妖儿的身子，兴奋地叫道："哈哈，终于抓到你了！"

水妖儿侧着头，脸上飞出一丝红晕，也不说话。火小邪愣了愣，马上感觉温香满怀，水妖儿的整个身子都紧贴在他身上，软绵绵的胸脯贴在火小邪壮硕的胸口，那感觉火小邪从未有过。

火小邪一个激灵，翻身而起，从水妖儿身上跳开，又是鞠躬又是道歉："啊，我不是故意的，我就是想抓到你一次试试……我要赖了，这次不算，你可别生气。"

水妖儿笑了笑，从地上坐起来，说道："抱着我很舒服是不是？还抱这么紧，疼死了。"

火小邪忙道："真不是故意的！"

水妖儿再次盈盈一笑，不胜娇羞，突然做了个鬼脸，骂道："这次不能算！臭猴子，你有本事再来追！"说着从地上跳起，刹那间没入林中。

火小邪脸上还在发烫，但很快回过神来，叫道："追就追！"说着也开足马力，奋力向前。

尴尬的局面已解，这两男一女很快熟络起来，等再次聚在一起的时候，嘻嘻哈哈，已是无话不谈。净火谷中多了个水妖儿，阳刚之气中多了一道阴柔，生活似乎平添了无数乐趣。

水妖儿古灵精怪，常常会给火小邪、潘子出些犹胜于盗跖的古怪难题，但比盗跖安排得可有趣多了，基本上就是游戏。故而他们三人经常在一起戏水打闹，互相给对方喂各种难吃的生涩野果，抓鱼抓虾等等。在水妖儿的安排下，火小邪、潘子每天都是玩得忘乎所以，天天都有新鲜的玩意儿，不再觉得净火谷生活枯燥。可怜火小邪、潘子自幼孤苦，从没有如此无拘无束地玩耍过，哪怕已经都不再是十五六岁的小孩，天性中总有一份夙愿，都想把自己被惨淡命运夺走的童年时光弥补回来。所以火小邪、潘子、水妖儿三人，如同七八岁的孩童一般，成天大呼小叫，玩了泥巴玩沙子，玩了虫子玩果子，好不自在。

可别小看这些孩童玩闹一般的游戏，火小邪、潘子一身的盗术，却在这些游戏中得到了无尽发挥，略一回想，都觉得受益无穷。

眨眼三人待在净火谷中已有十多天，水妖儿受了火小邪、潘子的感染，性格趋稳，大部分时间都是一副顽皮的样子，只是偶尔不受控制地露出各种表情，如同换了个人。潘子数次想问水妖儿怎么回事，都被火小邪拦住，再三叮嘱潘子不要提关于水妖儿性格的话题。

三人都睡在祭堂中，再没有分开睡觉。水妖儿在祭堂中拉了一道布帘，算是隔成两个房间，各自安睡，彼此都没有觉得有什么不方便的地方。

直到一日，白天大家玩得实在疲累了，都早早睡去。

潘子睡得鼾是鼾，屁是屁，又爱说梦话，什么火小邪你裤裆里有鱼之类的呓语，手脚乱蹬，咣的一脚就将火小邪踹醒过来。

火小邪睡得迷迷糊糊的，回踹了一脚潘子，让潘子止住梦话，正要睡去，却见到布帘拉开，水妖儿不在里面躺着。

火小邪猛一激灵，没有了睡意，轻唤了几声水妖儿，不见回应。火小邪翻身而起，推了推潘子，潘子睡得比死猪还沉，根本不见醒过来的意思。

火小邪无奈，穿上鞋子，从祭堂中走了出来。

月朗星稀，轻风徐徐，净火谷中的夜色极美，美得让人有些心醉。

火小邪轻唤着水妖儿，鬼使神差地向外走去。虫鸣阵阵，满谷清香，令人心旷神怡。

火小邪走出不远，便听到远处有细细的水声传来，火小邪略一犹豫，还是向水声发出的地方走去。

火小邪转过一块大石，放眼看去，月光明亮，将眼前的一道清澈的水湾照得通明。碧水中，一个曼妙的身影正在水里游弋着，从水面上的一轮明月倒影中站了起来。

水妖儿全身赤裸，散着头发，双手向后将秀发抹至脑后，露出绝美的面孔来。酥胸傲立，粉嫩的乳尖微微颤动，如同两颗醉人的樱果，晃得火小邪睁不开眼睛。雪白的肌肤在月光下闪烁，凝脂一般。

火小邪看得傻了，竟挪不开脚步。

水妖儿睁开双眼，看见了呆站在水湾边的火小邪，丝毫没有惊惶之意，避也不避，而是无比娇羞地一笑："臭猴子，看够了没有？"

火小邪如同被雷电劈中一般，惊出一身冷汗，闷叫一声："我……我……对不起！"说着转身要跑，脚下却已是软了，咕咚一下，绊上一块石头，跌倒在地。

火小邪闷声叫道："对不起，我不知道你在洗澡，我这就走。水妖儿，对不起！"

水妖儿在火小邪身后唤道："火小邪，你别走。"

火小邪傻了一样，脑中乱成一团，竟迈不开脚步，背对着水妖儿，站在原地不动。

水声响起，水妖儿已经到了火小邪身后，半个身子还没在水中，伸出一只玉手，拉住了火小邪的手腕。火小邪全身巨震，颤抖不止。

水妖儿柔声道："火小邪，你来，不要走。"

火小邪根本不受控制，任凭水妖儿拉着，转过头来，迈入水中。

水妖儿的玉体呈现在火小邪眼前，火小邪看也不敢看，全身燥热，连自己叫什么名字都已经忘了。

水妖儿拉着火小邪的手，让火小邪摸上自己的细腰，自己则软软地靠向火小邪，倚在火小邪的怀中。水妖儿的脸贴着火小邪的胸膛，轻轻说道："你身上好热，心跳得好快。"

火小邪喃喃道："水妖儿，我……你不要这样。"

水妖儿抬起头，看着火小邪的双眼，说道："火小邪，亲我。"说着慢慢闭上了眼睛。

火小邪呆若木鸡，面红耳赤，这等香艳绝伦的场面，火小邪哪里经历过，只觉得下体燥热无比，几乎要炸开来。

火小邪感觉到柔软温热的水妖儿的身子紧紧贴着自己，手摸到水妖儿的细腰，光滑细腻。水妖儿身子微微颤抖，通体芬芳，蛇一般地缠绕在火小邪身上，轻轻一动，如火上浇油，更让火小邪难以自抑，全身每个毛孔之中都似要喷出火来。

水妖儿闭着眼睛，朱唇微启，樱桃小口中呼出阵阵暖湿的气息，喷在火小邪的脸上，火小邪意乱情迷，慢慢向水妖儿的嘴唇吻去。

即将吻上水妖儿的一刹那，火小邪脑中响起盗跖的叮嘱声：“火小邪，你邪火的心脉已成，大通大直，遇水则乱……”火小邪身子一震，猛然从这温柔乡中惊醒，双手一把握住水妖儿的肩膀，将水妖儿推开半分，疾呼道：“不行，不行！水妖儿，我遇水则乱，你不要这样。我不想对不住你！”

水妖儿睁开眼睛，不解道：“遇水则乱？谁说的？”

火小邪连声不不不不，转身就逃，可水妖儿追上一步，将火小邪从后面抱住，紧贴着火小邪厚实的脊背，说道：“火小邪，既然遇水则乱，那就乱吧。如果这就是我们的命，那就乱吧。我不会怪你的。”

火小邪脑子嗡的一声炸开，好不容易唤醒的一丝理智荡然无存，乱乱乱乱乱乱乱乱乱，一腔热火再也不受控制，喷涌而出，一发而不可收拾。

火小邪慢慢转过身子，两人四目相对。火小邪一把将水妖儿紧紧搂住，恨不得将她糅进自己的身体里，一低头，狠狠地吻上了水妖儿嘴唇。

水妖儿激烈地迎合着，两人纠缠在一起，再难分开。

月儿高悬，静谷幽深，一湾清澈明亮的水潭中，一对忘情的男女，春色无边。低低娇吟，重重喘息，水声渐渐，香汗淋漓，每一寸肌肤都耀目生辉。天造地设，阴阳交会。

整整一夜，春风数度玉门关。两人一直厮守到天色泛白，已不知多少次融为一体，多少次登上极乐仙境，只觉得这乃是人生最为美妙的一番经历。

天色已亮，潘子伸了个懒腰，醒了过来，闭着眼睛，挠了挠裤裆，把自己那根不老实的东西放松了一下，用胳膊肘顶了顶，却没有撞到火小邪，惊讶地睁开眼睛，嘀咕道：“起这么早？”

潘子坐起来，睡眼惺忪地一看，除了火小邪不在以外，分隔空间的布帘拉开着，水妖儿也不在里面。

潘子嘟囔道：“你们这对狗男女，早点成亲算了！老子也能换个地方睡觉，省得碍了你们的好事。”

潘子伸了几个懒腰，走到屋外，抬眼一看，却见火小邪牵着水妖儿的手，远远地走了过来。

潘子大为吃惊，瞪大了眼睛，迈不动脚步，而火小邪远远看到潘子出来了，脸上顿时一红，也说不上什么原因，就不由自主地将水妖儿的小手松开。水妖儿可没有火小邪这样羞涩，反而将火小邪的手拉住，拽着火小邪向潘子走来。

潘子揉了揉眼睛，见水妖儿和火小邪走到面前来，不禁说道："火小邪、水妖儿，你们这是好上了？亲、亲过嘴了？这都手拉手了。"

水妖儿咯咯一笑，说道："不止亲过嘴，还洞房了！"

火小邪拽着水妖儿，低声道："水妖儿，别说……我……"

潘子一拍大腿，兴高采烈地叫道："哎呀我的妈，先斩后奏啊，恭喜恭喜！"说着上前擂了一下火小邪的胸脯，笑骂道："看不出你小子偷偷摸摸办坏事的本领，是越来越高明了啊！不动声色啊！嘿嘿嘿……"

火小邪略为尴尬地笑了一声，伸手去挠潘子的痒痒肉，嚷道："什么叫偷偷摸摸的！看我不收拾你！"潘子最怕人挠痒，两个小子顿时追逐打闹成一团。

水妖儿看着火小邪、潘子的身影，尽管脸上满是笑意，眼神中却透出一丝哀伤。

潘子张罗着要给火小邪、水妖儿办场婚事，自己既能当证婚人，又能当"高堂"，还方便日后攀上水媚儿，因而乐颠颠地跑前跑后，把净火谷中只要是红色的东西都拿出来，像模像样地布置着。火小邪拦也拦不住，只好由着他折腾。

潘子折腾了半日，把祭堂中弄得比以往更乱。水妖儿和火小邪本来在一旁观看，不好插手，后来水妖儿上前帮忙，火小邪也只好随着水妖儿一起。

三人一起收拾，便快了许多。火小邪本来还心事重重，见祭堂越来越有模有样，回想起销魂一夜，心中甜美起来，觉得能娶到水妖儿为妻，未尝不是人生一件快事！三人有说有笑，忙得大汗淋漓，却一点都不觉得疲累。潘子是皇帝不急太监急，兄弟娶老婆胜过自己讨到媳妇，一边干活一边俏皮话说个没完没了，都是什么要闹洞房，要早点当叔叔，要火小邪、水妖儿生一大窝“火妖儿”之类的话语。

三人忙了一天，总算是把祭堂布置停当，可火小邪、潘子都是一身破衣烂衫，不成体统，水妖儿也只有随身的两件黑色便服，必然不能穿着黑色出嫁的。既然要成亲，就不怕多费些事，水妖儿从净火谷留下的衣服中挑出了几件不错的，用了一晚上的时间，赶制出三人穿的新衣。第二天给大家试了试，都合身得很。

火小邪穿上了新郎官的衣服，不再是净火谷中那副山野莽夫的样子，眉目间英气十足，看上去十分帅气。水妖儿穿上红色的嫁衣，更是鲜花一样娇艳，美得让人不敢直视。脸上羞得红扑扑的，既温柔又妩媚，看得火小邪忍不住偷偷多亲了几口。

黑风让潘子按在溪水中，用铁耙子好好梳理了一遍毛发，潘子还在黑风头上盘了一圈红红绿绿的野花，看上去好笑极了。黑风知道主人们开心，怎么打扮它都行，它毫不计较，反而对脑袋上的红花兴趣十足，仰着大头，吐着舌头蹦跳，以为自己能摘下一朵。

既然准备停当，三人各自沐浴，潘子和黑风跑开很远，留给火小邪、水妖儿充足的空间。

还是那一湾溪水中，火小邪、水妖儿全身赤裸，浸在水中，水妖儿细细擦拭着火小邪的胸膛。火小邪看得痴了，将水妖儿搂在怀中，轻声道：“水妖儿，我真没有想到我能娶你为妻。”

水妖儿柔声道：“火小邪，你能发誓不管我以后变成什么样子，你都对我好吗？”

火小邪当即竖起二指向天，发誓道：“我发誓，若我火小邪对不住你，我……”

水妖儿捂住火小邪的嘴，轻声道：“别说了，我不想让你有任何负担。我知道，若不是我强拉着你让你和我有肌肤之亲，你最多会把我当成一个朋友，所以，不管你以后如何对我，我都不会怪你。”

火小邪心中一酸，搂紧了水妖儿，说道：“水妖儿，我火小邪绝不是薄情寡义之人，我与你既能结为夫妻，今生今世都不会辜负了你。”

水妖儿靠在火小邪的怀中，眼中愁肠百结，却不让火小邪看到，轻声说道：“我知道的……”

火小邪情不自禁，捧起水妖儿的脸庞，就要吻上。

水妖儿换了个顽皮的表情，避开火小邪的一吻，敲打着火小邪的胸脯笑骂道：“讨厌鬼，臭猴子，还不好好洗洗，你都要臭了，还乱想什么！你当现在是晚上吗？”

火小邪呵的一声傻笑，一垂手捂住自己那不听话的胯下之物，说道：“是啦是啦！水妖儿，你帮我搓一搓背吧。”

两人泼水嬉闹一阵，洗干净身体，换上干净的衣服，回到祭堂。

潘子早就准备好了，站在门口等着他们。黑风头戴花环，呼哧呼哧地蹲在潘子身旁。它不知道是何事，反正凑个热闹，它也高兴。

潘子像模像样地站在门口，高声喊道：“新郎新娘进堂！”喊完后潘子一低头，自语道：“是这么念的吧？管他的！”

火小邪、水妖儿忍俊不禁，都笑出声来。

潘子指着手牵着手的火小邪和水妖儿，叫道：“不准笑！这是拜堂成亲呢，当过家家啊！听着，新郎火小邪，新娘水妖儿，上前一步，拜堂成亲！”

火小邪、水妖儿笑哈哈地向里便走，潘子嘴里学着唢呐锣鼓，叽里呱啦乱哼一气，抢在他们之前进来。

原本摆着历代火王灵位的祭堂石墙上，贴了一个硕大的“喜”字。这喜字由水妖儿用一块红布剪成，看着十分齐整，给这间简陋的祭堂平添了许多喜气。

潘子嘴上的叽里呱啦结束，又高喊道：“两位新人，皇天在上，日月为证，由本人张潘，玉面小才子八脚张为你们主持婚礼，证婚！你们一拜天地，二拜高堂，夫妻对拜之后，就成为夫妻，从今往后，相亲相爱，早生贵子，多多关照你们的小舅子我！让我也早点娶上媳妇！”

潘子从没有见过真正拜堂是什么样子，反正知道个大概其就一通胡扯，外人见了非笑死不可。

火小邪、水妖儿尽管觉得潘子足够搞笑，但人生大事当前，都不敢马虎，忍住笑意，彼此深深对望。

潘子叫道："听清楚了！现在，你们两人跪下，一拜天地——"

火小邪、水妖儿跪了下来，向着喜字深深一拜。

潘子嗯嗯两声，一屁股坐在喜字下面的一块石头上，瓮声瓮气地说道："你们起来，二拜高堂！现在没有高堂，我就当高堂了，你们两个拜我吧！"

火小邪、水妖儿站起来，火小邪低声骂道："滚一边去！你有脸没脸？"

潘子说道："怎么说我都是你同生共死的兄弟，今天就吃一亏好吧？"

水妖儿拉了拉火小邪，示意听潘子的，两人上前一步，就要跪下。潘子高兴得忘乎所以，笑得脸都歪了。

还没等火小邪、水妖儿跪下，只听一声断喝传来："放肆！你们几个好大的胆子！"

火小邪、水妖儿心中一惊，没有跪下，都回头看去。

只见祭堂之外的大石上垂手站立着一个中年男人，穿着深蓝色的长袍，面如寒冰，两只眼睛射出犀利的冷光，直直地看着火小邪和水妖儿，如同扎根在大石之上，纹丝不动。

水妖儿呀的一声惊叫："爹爹！"

来人正是水王流川，可火小邪却一点印象都没有。水王流川在火家收弟子的时候出现过，看着如同一个教书先生，和这个人迥然不同。

潘子跳到火小邪身边，嚷道："我 ×，刚刚要二拜高堂，高堂真的来了！"

黑风本来挤在祭堂中，跟着高兴，这下有人来了，才反应过来，大头一晃，惊天般怒吼，就向水王流川扑了过去。

水王流川丝毫不避让，只是盯着黑风，眼睛中杀气极盛，看得火小邪都不由微微一抖。黑风没见过有人眼神这么厉害，冲出了一半，竟已不敢上前，反而向后退了几步，俯下身子低吼观望。

水王流川镇住了黑风，厉声道："水妖儿，你这个不孝的女儿，给我出来！"

水妖儿再没有温柔的表情，而是变得极为冷傲，走上一步，对着水王流川冷声道："爹爹，你不是已经不认我这个女儿了吗？我的事不用你管！"

水王流川厉声道："不要我管？就算你不是我的女儿，还是水家的弟子，岂能容你乱来！来人啊，把水妖儿擒下！"

几乎是一眨眼间的工夫，水王流川所在的大石后跳出七八个黑衣人，都用黑纱蒙面，如同鬼魅一般，分成两路向着祭堂包抄过来。

火小邪大叫一声，从腰间拔出猎炎刀，上前一步，将水妖儿护在身后。潘子也是一翻掌，咔的一声把齐掌炮套在手中，上了石子，准备随时发射迎击。

水妖儿尖声叫道："爹爹！你听我说一句话！"

水王流川手一挥，那七八个黑衣人身子一转，如同水王流川的提线木偶一般，唰唰几声响，退开一边，没入土石树木之后，没了踪影。

水王流川哼道："水妖儿，你要说什么赶快说，自己过来，不要让我动手！"

水妖儿拨开火小邪、潘子，向前走去，火小邪、潘子不敢怠慢，仍然紧跟在水妖儿身后。三人走出祭堂，与水王流川对视。

水妖儿看着水王流川，急急喘息片刻，冷冷说道："我和火小邪已有夫妻之实，生米已成熟饭，我一定要嫁给火小邪，爹爹你若要逼我，我就死在你面前！"

水王流川嘿嘿冷笑："这就是你要说的？夫妻之实？什么夫妻，全是废话！你当你爹爹我会受这些世俗伦理的约束吗？水妖儿，哪怕你已怀了火小邪的孩子，你想和火小邪在一起，在我这里也是绝无可能！"

水妖儿尖声道："那你就对得起我娘吗？你终生不忘我娘亲，为什么你不敢娶她？为什么不敢留她在你身边？"

水王流川脸色更加肃杀，黑气翻滚，声音极为刺耳地叫道："水妖儿，你太放肆了！来人啊——"几个黑衣人顿时从水王流川两侧现身，随时听令上前。

水妖儿衣袖一抖，一把小刀已经握在手中，刀尖顶在自己雪白的脖子上，已有鲜血渗出。水妖儿大叫道："不要过来！我说到做到！爹爹！你就当从来没有我这个女儿吧！”

水王流川神色一黯，指着水妖儿半晌说不出话，声音缓了一缓，颤声道：“水妖儿，你放下刀！”

水妖儿反而把刀刺入脖子更深，一脸毫无畏惧的神色，尖声道：“不！你要是不答应，我就立即死在你面前！”

水王流川呼吸急促起来，他明白水妖儿如果真的要寻死，谁也拦不住她。水王流川眼中透出阵阵悲凉，突然有点失控地惨声道：“妖儿！妖儿！！你一点都不明白爹爹的苦心吗？你和火小邪一起，绝无善终！爹爹这辈子男女之事见得多了，那个火小邪根本就不喜欢你！以后定会辜负你！你难道一点都看不出来吗？火小邪若是对你痴心，死心塌地，绝无二意，爹爹完全可以答应你们的婚事！你为了火小邪这种小贼寻死，不惜不认我这个父亲，你真的值得吗？水妖儿，我的好女儿，你醒醒！你已经病得不轻，你不能再这样下去，就算爹爹我求你了！”

水王流川说着，老泪纵横，身子一软，几欲跌倒在地。黑衣人赶忙上前将水王流川扶住，水王流川低头哽咽道：“妖儿啊，你爹爹水王流川，不惧天下众生生杀，从来不曾低头求人，可今天我愿跪下求你，求你离开火小邪。妖儿啊，你爹爹苦，苦得很啊！爹爹我一生偷盗，从未失手，可就是偷不走你娘亲的心，时至今日，妖儿你的心居然也要被火小邪这个无知小贼从我手中偷走！你就不明白爹爹的一片苦心吗？”

水王流川说着，竟要单膝向水妖儿跪下。

水妖儿见水王流川流露真情，竟不惜当着众人的面说出自己当年难堪之事，还折损五行水王之尊，真的要跪下求她，这是她从来不敢想象的事情，就算她心如铁石，也无法抗拒水王流川的软语恳求。

水妖儿泪流满面，当啷一声手中刀坠地，抢先一步跪倒在地，哭道：“爹爹，我，我……”

水王流川、水妖儿和一众水家弟子都黯然神伤，只听到水妖儿低低哭泣，四周一片死寂。

火小邪一直听着水王流川与水妖儿之间的对话，全身冷汗直冒。在这种尴尬境地下，他是否应该放手，让水妖儿离开自己？可火小邪想是这么想，更为不甘的却是水王流川所说的自己日后定会辜负水妖儿的话语。

火小邪早就憋得厉害了，此时深深吸了一口气，将猎炎刀指向水王流川，高声喝道：“水王，你凭什么说我会辜负水妖儿？我对水妖儿死心塌地，绝无二心！”

火小邪话一出口，自己并没有觉得有什么不对的地方，然而场地中更加死寂，连水妖儿都止住了哽咽之声，向他看来。

火小邪觉得气氛突然有些古怪，水王流川低头看着地，看不见表情，也没有回嘴的意思。火小邪有点不明所以，直觉隐隐有些不对。

“火小邪，快跑！”水妖儿突然尖声叫道。

火小邪根本没时间反应，只是下意识地退了一步，却见大石上的水王流川似乎唰的化成一道黑影，消失不见。

水妖儿继续尖叫：“快跑！”

火小邪强撑着大喊：“不！”可余光一扫之下，发现黑影已从侧面袭来，快若闪电。火小邪唰的挥过去一刀，可什么都没有碰到，脑后已经重重被人击中，跌倒在地，疼得几欲昏厥。

“嘿嘿！嘿嘿！”冷笑声刚刚传入火小邪的耳朵，火小邪已觉得脖子上有一道细如发丝的钢绳一收，霎时嵌入肉中，只要再一发力，整个脖颈就会被切断。

火小邪双手猛抠，却根本无计可施，一条性命已是交在别人手中。

水妖儿尖叫道：“爹！不要杀他！杀了他我也无法独活！”

火小邪意识已经不明，声音都发不出，侧头看去，潘子、黑风也被数个黑衣人踩在地上，动弹不得。这几乎就是眨眼的工夫完成的，甚至潘子、黑风都没有能够发出声音，便被擒获。

火小邪脑中闪出一丝绝望，没想到水王流川动起手来，根本就不给人喘息的机会。

水王流川手中提着细线，踩着火小邪的背脊，冷冷说道：“火小邪，我不会杀你，但你以后再敢接近水妖儿一步，就让你求生不得求死不能！”

火小邪在地上颤抖着，抽搐着，根本无法回话。

水王流川继续冷哼道：“你刚才能刺我一刀，算是你的本事，看来你在净火谷中，学到不少火家的盗术。可惜可惜，你还嫩得很呢！”

水妖儿瘫坐在地，哀声道：“爹爹，我跟你走，你就放过他吧，不要折磨他了。”

水王流川如同没有听见，略一弯腰，手中亮光一闪，将火小邪背上的衣服划开，用脚一踹，露出火小邪的背部。

水王流川看了一眼，再次嘿嘿冷笑：“果然！果然！你是邪火之人，藏得颇深，看似火性精纯，实则五行难容！火家不敢收你，也是难怪！没想到竟有人能将邪火引发出来，嘿嘿！难怪水妖儿见了你以后乱了心脉。火小邪，你居然能够偷偷摸摸地活到现在，也真是难为了你！”

火小邪还能听见水王流川说的话，可一时不能理解水王流川说的是什么意思，他喘不上气，双眼迷离，已是丢了半条性命。

水王流川仍说个不停，似乎是专门说给火小邪听的：“火小邪，你好大的本事，竟能把水妖儿迷得神魂颠倒，不惜与我为敌！我曾经给过你一次机会，是你自己没有处理好，你也没办法处理好，我高估了你！今天我看你这个样子，邪性已成，不除掉你实在是心腹大患，但我看着水妖儿的面子，且饶你一命。你从此以后，滚得越远越好！”

火小邪脖子上的细绳一松，嗖的一下退回水王流川手中。

火小邪顺过一口气，还没有喘上两口，脖子后受到一记重击，昏了过去。

十二、又见王家

火小邪醒过来的时候，净火谷正在下瓢泼大雨，把火小邪淋了个透湿。火小邪惨哼一声，翻身坐起，剧烈地咳嗽了许久，才抬起头，看见潘子、黑风还一动不动地趴在水坑中。

漫天豪雨，将净火谷笼罩在一片水雾之中。这个前不久还充满了欢乐的地方，凄风惨雨，冰冷绝情。水妖儿、水王流川、水家黑衣人，早就融化在这片雨水中，一点痕迹都没有留下。

火小邪挣扎着爬到潘子、黑风身旁，唤了数声，都不见他们苏醒，火小邪心中一紧，去摸潘子的鼻息，还好一息尚存。

火小邪撕心裂肺地怒吼一声，疯了一样捶打着地面，直到砸出两个坑来，手指被泥土中的碎石划破，鲜血淋漓。火小邪呼呼喘了许久，冷雨浇头，慢慢冷静了一点，便用尽力气，把潘子、黑风拖进祭堂。

祭堂中所有摆设都在，还保持着水王流川到来时的模样。火小邪一把将喜字扯掉，发泄一样把所有喜庆之物全部撕毁，生了一堆火，丢入火中，看着它们烧成灰烬。

黑夜很快就来了，黑云翻滚，长长的闪电划破天际，惊天响雷不绝于耳。火小邪换回了以前的破衣烂衫，蜷着身子，守在火堆边，苦苦等着潘子、黑风醒来，只觉得世界上又只剩下他孤身一人。

整整一夜，火小邪没有睡觉，就一直睁着眼睛发呆。他不知是恨还是怕，是悔还是悲，是怒还是愁，他一刻都不想再待在净火谷这个伤心之地。

大雨一夜不停，清晨时分还是淅淅沥沥的，愁云密布。昏暗的光线里，潘子脸上抽了抽，猛一睁眼，醒了过来。

潘子一醒，还没有顾上打量周围，就乱挥乱打，他的思维还停留在水家人制服他的时刻，口中也不住乱骂："打你爷爷我，老子把你们……"

看到火小邪坐在火堆的灰烬旁，潘子一愣神，停止了乱打，"哎哟"喊一声疼，摸了摸后脑，摸出一把血来，顿时又骂："打你爷爷我！打你老子！哦……火小邪，他们人呢？走了？水妖儿呢？"

火小邪咧嘴笑了笑，说道："走了。"

潘子问道："水妖儿呢？"

火小邪不冷不热地答道："也走了。"

潘子喘了口气，余怒未消，狠狠呸了几口，骂道："有本事就别走！打你爷爷我，孙子啊！狗屎玩意儿的！"

黑风嗓子里咕噜一声，身子一晃站了起来，立即摇了摇大脑袋，怒吼起来，到处乱看乱找，如同潘子一样，仍以为袭击它的人就在附近。

潘子一巴掌打在黑风脑袋上，骂道："叫个屁叫，人都走了！你这个狗东西，这几年把你当羊养了是不是？别人马后炮，你是狗后炮啊！"

黑风挨了潘子一掌，发现袭击它的人已经不见了，也觉得分外委屈，止住叫声，扑通一下趴了下来，如同人一样长叹了几声。

潘子郁闷得很，随着黑风叹了一口气，不再说话。

火小邪见潘子、黑风都醒过来了，看样子没有大碍，不知道水家人用的什么手段将他们打成这样的。事已至此，再深究也没有意义。

火小邪把一个小包裹丢在潘子面前，说道："既然都醒了，那我们走！"

潘子惊道："走？干吗？"

火小邪站起身来，干笑了一声："出谷。"说着背起另一个包裹，从潘子身边迈过，大踏步向外走去。

潘子见外面还在下着细雨，叫道："咱们怎么着也找把伞啊！"

火小邪根本不回头，继续前行。

潘子只好从一旁拽起一块破布，顶在脑袋上，带着黑风冲入雨帘中，赶上火小邪，二人一狗踏上了出谷的道路。

一个月后的中午，丹霞山靠近北面的一个小镇子路口，从山林中走出两个野人一般的男人，带着一只半人高的黑毛野兽。这两人衣衫破得不能再破，都是满脸胡楂，一头鸡窝似的乱发，神态疲惫，步履维艰。

那只黑毛野兽，身材巨大，眼如铜铃，威风是威风得很，可全身都是杂草，毛发打结，伸着大舌头呼哧呼哧不断喘息，看着也是疲劳万分。

有一个尖嘴猴腮的"野人"见了道路，狂呼乱叫着从山坡上冲下来，咕咚一下躺在大路上，仰面朝天，山呼海啸地喊道："总算见到人气了！×他祖宗的，还以为走不出来了呢！"

另一个脸上有一道伤痕的"野人"，看起来沉稳得多，颇有锐气，但见了道路，眼中也忍不住流露出喜色，快步走上道路，一屁股坐在路边，舒展了一下筋骨，叹道："没想到绕了这么多天才出来！"

那黑毛野兽跳过来，守在两个"野人"身边，东张西望，看上去也非常兴奋。

这两个"野人"，就是火小邪和潘子，那只黑毛野兽，便是黑风。他们在山中乱钻了足足一个月，跳过数条瀑布，钻过七八个山洞，游穿百十条溪流，踏遍无数个山头，迷路了不知多少次，这才终于走了出来。

二人一狗还在感叹，就听到山路尽头的转弯处，有骡马队的铃铛、呼喝声传出，片刻就有一大队运货的马帮走了出来。

这马帮好大的排场！打头三匹骏马在前，上面骑着三个魁梧大汉，一看打扮就是行走江湖的镖师，他们身后少说也有四五十乘骡马大车，一眼看不到头，彩旗飘飘，沿路而来。

这一队人前面三骑走到窝在路边的火小邪、潘子、黑风跟前，打头的一个三十多岁的壮汉本就一直看着他们，一挥手，队伍停了下来。

这个壮汉侧过脸去，操着北方口音冲他们喊道："喂！你们两个！"

潘子把脏兮兮的脸抬起来，嬉皮笑脸地说道："大爷好！今天天气真好啊！没打扰大爷们赶路吧？"

壮汉问道："你们是什么人？旁边那个动物，是牛还是羊？"

潘子嬉笑着说道："大爷，我们是从北方逃难过来的，他叫火小邪，我叫潘子，至于这个动物嘛，不是牛也不是羊，是一只大笨狗。来，乖儿黑风，汪汪叫两声给大爷们逗个乐。"

黑风全身黑毛都是乱蓬蓬的，潘子早就将黑风脑袋上的毛发收拢起来，扎了个冲天辫，所以黑风的样子与其说是凶狠，还不如说是憨傻。黑风跟着火小邪、潘子这么多年，早已不是当年在张四爷手下的时候那般嗜杀成性，动不动就要发作咬人的性子。黑风毕竟是狗，还是很聪明的狗，狗性随着主子，火小邪、潘子都是天性善良、嬉皮笑脸的家伙，黑风跟着学，也早已乖巧得很，不会见到陌生人就大吼大叫。

潘子拍了拍黑风的大脑袋，让黑风叫两声，黑风立即老老实实地汪汪叫了两声。

潘子乐得大叫："乖儿子，乖儿子！"

骑在马上的大汉见了，也哈哈笑了两声，说道："还真的是狗！挺听话的嘛。你们两个，叫什么名字？"

潘子答道："我叫张潘，大家都叫我潘子。"潘子转头看了一眼火小邪，火小邪挤出一丝笑容，有气无力地说道："我叫火小邪。"

大汉又问："你们要去哪里？干什么营生？"

潘子说道："大爷，您一看我们这样，就知道我们是流浪汉，能过一天就是一天，不知道去哪里，也不知道能做什么营生，得过且过呗。不打扰各位大爷走路，你们请你们请……"

潘子说得没错，他们两个刚刚出了净火谷，还真不知道下一步去哪里。

大汉又打量了火小邪、潘子两眼，转头和身旁的另一个精干汉子商量："王镖头，你看你用不用得上？一路上碰见的不是傻子就是疯子，要么就是病号，这两人不呆不傻的，我看用得上。"

王镖头也打量了几眼火小邪、潘子，说道："赵镖头，这两个人来路不明，还带着这么大一条狗，古怪得很。尽管我们确实缺少帮工，但还是算了吧。"

赵镖头说道："主要是他们那条狗稀罕，晚上看个院门什么的，能省不少力气。王镖头，我看他们没问题。"

王镖头略略想了想，说道："也对！"

王镖头冲火小邪、潘子叫道："你们两个，愿不愿意给我们当个帮工？管吃管住，每天还有薪水拿。"

潘子刚想拒绝，谁知火小邪抬头说道："好啊！只要各位大爷不嫌弃，我们当然愿意干啊。"

潘子有些不解地看着火小邪。他们两个在山里乱转的时候就已经商量好，出去以后要花天酒地一番，当个土财主，然后游历江湖，自由自在，没想过要给人做事。

火小邪用眼神止住潘子的问话，十分期待地向赵镖头、王镖头看去。

王镖头刚想说话，只听嘚嘚嘚马蹄声响，一匹枣红马从队伍后面奔上前来，马上坐着一个妙龄的青衣女子。

这女子快马上前，高声叫道："赵镖头！王镖头！三太太问话，怎么又停下来了？是发生什么事情了吗？这样走走停停，要走到哪年哪月才能到？"

赵镖头、王镖头显然对这个女子十分敬畏，赶忙分别答道："青柳姑娘，实在对不住对不住，碰到两个从北方逃难过来的小子，我们不是缺人手嘛，叫他们两个做帮工，都是北方人，好招呼。另外他们还有一只大狗，也不错……我们正想向三太太请示。"

这女子骑在马上向火小邪、潘子看过来，那模样真是俊俏得很。火小邪、潘子蓬头垢面，破衣烂衫，根本看不出个长相，只知道他们顶多二十岁。

潘子见到这女子，眼睛都瞪圆了，恨不得口水直接滴下来，心里一个劲儿地叫唤："敢情是有美女啊！看样子还没出嫁呢。嘿嘿，这帮工的活我干了我干了！"

这女子打量了几眼火小邪、潘子，又看了一眼脏兮兮的黑风，皱了皱眉，哼道："这两人加一条狗看着还不算笨！赵镖头，不要耽搁了，现在就走！

王镖头，你带着他们两个等太太过来，让太太过目。”说完，拍马离去。

赵镖头、王镖头都应了，赵镖头一挥手，高喊一声“走咧！”催动马匹，这支队伍又再滚滚向前。

王镖头带着火小邪、潘子等候在路边，等马队过到中间，才又见到刚才过来的那个俊俏女子，正在一辆马车旁护着，马车另一侧还有一个打扮相仿的俊俏女子，也骑马跟随着。

这女子冲车内唤了声“三太太”，马车窗帘拉开，露出一个美艳但冰冷的女子面孔。

火小邪心中一震，赶忙避开车内女子的眼神。原来车内坐着的，正是王家大院王兴的三姨太青红！而车旁两个青衣女子，就是三姨太的随身丫鬟青苗和青柳！青柳和青苗两个丫头，火小邪记不清长相，但三姨太，火小邪曾经与她打过多次照面，还与她在地下密室中独处过许久，见过她各种神态，记忆颇深，所以一眼就能认出来。

潘子见不止一个美女，而是两个小美女一个大美女，简直乐开了花，这时候就算拿棍子打他，他都不会舍得离开。

王镖头赶忙说道：“三太太，就是这两个人，您看行不？”

三姨太扫了几眼火小邪、潘子，却多看了几眼黑风，冷冷地哼了声：“这狗不错！就是看着憨傻了点！王镖头，你留着他们吧。”

三姨太说完便把车窗帘放下，再不打量火小邪等人。

车队滚滚前行，片刻不停。

王镖头将火小邪、潘子介绍给马队中后部的一个名叫刘大山的镖师，吩咐了几句，就又赶到队伍前面去了。

刘大山正缺人推车扶马，见火小邪、潘子这两个精壮的小子来了，喜不自胜，很快便安排好火小邪、潘子两人，这就算让火小邪、潘子入了伙。

原来，火小邪一见这队人马到来近前，便看到打头的王镖头、赵镖头胸口绣着“金玉祥”三字，正是山西王家大院的商号标志！火小邪见了“金玉祥”，便如同回到了山西，回到了王家大院，回到了火门三关，不禁心中万般感慨，就算赵镖头他们不说帮工的事情，火小邪都会跟他们一路，看看会不会碰到王家大院里的熟人。倒不是火小邪有什么目的，他只是不由自主地决定这样去做。

出人意料的是，这队王家的人马中，居然有情陷神秘人的三姨太，以及丫鬟青苗、青柳在内。三姨太怎么会到了广东？她不是深居简出吗？难道曾经是青帮帮主的三姨太重出江湖了？

火小邪虽说心里有无数疑问，却没有说出来。潘子一路上喜不自胜，一直不停地在火小邪耳边嘀咕那两个丫头和太太漂亮，有空一定要去结识一下，能闻闻她们身上的香味，他都心满意足。

火小邪拿潘子一点办法没有，只好一只耳朵进一只耳朵出，由着他说个没完。

这队人马一路再没有停下来，一直走到太阳西沉，天即将黑透了，才走到了一处驿站，停了下来。

显然这个驿站的老板和领头的赵镖头、王镖头他们熟识，跑前跑后地张罗着，安排着车辆马匹进入院内。三姨太、青苗、青柳三人也不客气，直接进了店中休息。

赵镖头、王镖头他们招呼着伙计，将无数沉甸甸的货物从车上卸下来，放入地下仓库中。这时候火小邪、潘子才明白，怪不得他们要找帮工，再来十人也不嫌多。

忙碌了许久，才算把所有货物归置停当，众人无不累得一身臭汗。

刘大山招呼火小邪、潘子，让他们带着狗，随众人一起到旁边水塘洗漱一下。刘大山这个人老实本分，没什么心眼，对火小邪、潘子挺客气，给他们取了两套衣服，让他们洗完以后换上。

一群人跑到水塘边，脱光了衣服，扑通扑通跳了进去，好不快活。

火小邪、潘子边搓泥边不断与刘大山闲聊。刘大山说话不多，火小邪、潘子挤牙膏似的，问了好久才问出这马队的大概情况。原来这支马队正是王家大院所属，他们从山西出来，走河南，过安徽，经福建，入广东，目的地乃是广州，足足绕了大半个中国，已经在路上花了半年多的光景。他们之所以这样折腾，是因为王家生意做得极大，商号几乎遍布全国，各省都有货物要打点运送。

其实火小邪、潘子尚不清楚，三姨太、刘大山他们的商队有一百七八十号人，九十多辆车，佩枪一百支，刀剑棍棒更是无数。就算如此，这在全国来说，仍不是最大的。当时的商队，有的规模能达到近千人，浩浩荡荡，装备精良，实力之强足以荡平一支百余人的土匪队伍。

虽说二十年代已通火车、轮船，载重汽车也算常见，但军阀割据，战乱不休，一火车皮货物没等拉到目的地，可能就踪迹全无，所以要是在山西境内，用火车、汽车运送一下还行，跨省贩运货物，大多数商家还是采用较为原始的马队方式。王家这种大商家有时候也会与其他商户共组一支千人规模的大商队，风险共担。

这些商队马帮，不是很怕明抢的土匪，他们最怕的是三种东西，一是败兵，二是瘟疫，还有一种就是盗贼，其中又以怕盗贼为最。败兵、瘟疫可躲，盗贼最为难防，而且盗贼识货，专门偷钱财和贵重的物品，神出鬼没，难觅踪迹，若是防贼防得不好，被偷个倾家荡产、血本无归都有可能。

另外赵镖头、王镖头他们愿意接纳火小邪、潘子、黑风，确实是因为他们人手短缺。他们在鄂豫皖交界一带遇上流寇，死伤了不少人，在福建境内又遇伤寒，病倒了一大批，原本重新雇了一批人，进入广东境内，这批人又嫌工钱少、出力多，闹事不干跑了。加之广东道上恶贼大盗最多，不多添些精干的人手是不行的，所以沿路不停地招帮工，火小邪、潘子算是他们碰到的最好的一类——北方人，流浪汉，年轻力壮，肢体健全，不呆不傻。

这帮臭男人正闹哄哄地在水塘中洗澡，就听到岸边一声娇呼：“刘大山！在不在？”

众人转头看去，正是三姨太的丫鬟青苗。她看到水塘中这么多男人赤身裸体，强自装作无所谓的样子，但耳根子还是羞得通红，根本不敢正眼看过去。

顿时有人起哄，撩拨起水花，卖弄自己的肌肉，故意唱道：“小妹妹啊，想哥哥啊，想得泪花花流……”

青苗大骂："谁再敢唱，本姑娘一刀割掉他的舌头！刘大山！滚过来！"

刘大山赶忙大声应了，来到岸边，问道："青苗姑娘，有什么事情吗？"

青苗说道："今天路上新招来的两个小子在不在？"

刘大山忙道："在啊，在啊，不就在那里嘛！"

青苗还是不愿意转过头去看水塘上的一堆男人，只是侧着头叫道："刘大山，你带他们和他们的那条大狗来院子里找我！三太太要见他们！动作快点！"

潘子听在耳中，捅了捅火小邪，低声说道："小邪，是不是咱们被那个贵太太和两个小丫头片子看上了？咱们艳福不浅啊！老子我风流倜傥，人见人爱，洗了个澡，还不把他们迷得七荤八素，一龙戏三凤……"

火小邪一拳敲在潘子脑袋上，低声骂道："闭嘴吧你！我保证，不是好事！"

潘子愁眉苦脸道："那你是说不去？"

火小邪摇了摇头，说道："去！为什么不去？我怕什么？走！"

刘大山带着火小邪、潘子、黑风来到后院，并没有见到人出来。刘大山叫喊了几声"三太太"，才见到青苗从屋角转过来，身上佩带着飞刀，表情严肃地命令刘大山离开，让火小邪、潘子带着黑风过来。

火小邪、潘子、黑风，两人一狗都洗了个干净，火小邪、潘子精神奕奕不说，黑风也显出赳赳威风，不禁让青苗多看了他们几眼，觉得似曾相识。

火小邪、潘子在净火谷中习练三年盗术，已有小成，按理说应该一看就是练过功夫的人，但盗跖所授盗术，特别是最后一年几乎折磨死人的"融"字诀四术，却具有让火小邪、潘子的本事不显山不露水的效力，只要火小邪他们不发作，怎么看都是两个普普通通的年轻人而已。这也难怪，越是本事大的贼人，越是要掩饰住自己的真本事，不能让别人轻易看出来。贼人的精气神摆在脸上，能让人一眼识破，岂不是"出手未偷身先死"？

盗术其实和武功有异曲同工之处，越是练得高明，越是精气神内敛，含而不露，表面上看着和常人无异。有的人学了些三脚猫的功夫，看上去气宇轩昂，恍如宗师风范，真动起手来，还打不过一个拿菜刀拼命的疯汉。从火门三关的十八贼中就可以看出，顶尖好手中，郑则道看着只是一个文弱公子哥，苦灯和尚就是一个穷苦瘦弱的云游僧人。

所以火小邪、潘子加入商队做帮工，包括三姨太在内的所有人，都只认为他们两人是有点蛮力的小子，再没别的本事。

火小邪经历无数悲欢离合、苦难折磨，已不是进入净火谷之前那般畏首畏尾，相反，他觉得世间诸事福祸难料，躲是躲不过的，还不如迎头顶上，胜败也罢，生死也罢，都得个痛快！

火小邪、潘子、黑风跟着青苗向后院走去，穿过一道篱笆门，来到院外的一处土坡。虽说夜已经深了，但明月高悬，视野之内，一切都清晰可见。

三姨太一身劲装，腰别飞刀，和青柳站在土坡之上，仔细地打量着火小邪。

青苗说道："青帮主，人带来了！"

三姨太哼道："好，算他们识相。"三姨太一指火小邪，喝道："你个小子，我问你，你身边的大狗是谁的？"

火小邪根本就不怕三姨太，呵呵一笑，说道："当然是我的。"

三姨太、青柳、青苗三人越发觉得，这火小邪、潘子不是一般的人，这种场面下，竟然毫不慌张，说话轻描淡写，根本不把她们当回事。

三姨太冷笑道："你的？笑话！这种大狗我只见过御风神捕饲养！说，你们到底是什么人？老实交代，否则我刀下无情！"

潘子叫道："御风神捕？嗨，那可是我们的老熟人啊，什么周先生、张四爷，都是我的哥们儿！"

青柳、青苗唰唰两声，从腰间抽出飞刀，目光犀利地向着火小邪、潘子瞄准。

青苗高声道："你们好大胆！御风神捕和王家有不共戴天之仇！"

黑风就算被火小邪、潘子训练得再老实，见有人露出杀机，顿时就恼了，将哈巴狗一样的表情收起，身子一低，眼中凶光乱冒，恍如雄狮一般，露出满嘴利齿冲着青苗沉声咆哮起来。

青苗被黑风这个凶样吓得一愣，已现惧意。

三姨太倒是沉着，喝道："果然就是御风神捕的豹子犬！这种恶兽，装哈巴狗装得再怎么像也会露馅！"说着，三姨太双手一叉，两把飞刀已经分握左右手中。

火小邪哈哈笑道："太太，你总得分个青红皂白再动手吧！"

潘子愁道："几位美女姐姐，女孩子动刀，不太好吧？多让人寒心啊，我可是真心地仰慕你们啊。"

三姨太骂道："说！你们两个到底是什么人？说清楚了，我也许还能饶你们的狗命！"

火小邪耸了耸肩，向前走出几步，边走边说道："三姨太，你就算不叫我来，我也是要去找你的。"

青苗、青柳大骂："站住！退后！"

火小邪根本不理，向着山坡上的三姨太直直走来。

"找死！"三姨太低喝一声，手一扬，一把飞刀银光乱闪，向着火小邪的右肩射来，其势极为迅猛，而且不动声色，一般人断然躲不过去。三姨太还是手下留情，不想现在就要了火小邪的性命。

火小邪见飞刀"慢悠悠"地飞过来，比潘子射出的石子还慢了三成，一撇嘴，右肩一低，就已经躲过，随后脚下加劲，使出净火谷中的身手，飞也似的向三姨太奔来。

见火小邪非常随意地就躲过了飞刀，三姨太心中大震。倒不是她没见过有人有这个本事，而是眼前这个貌不惊人的年轻人，实在是出乎她的意料。

三姨太呀的一声，又一把飞刀电射而出，这回是下了杀招，飞刀直冲胸口而来。

火小邪哪里会怕，身子横向一跳，就已躲过。这几年他躲潘子的石子，早有一整套自然的身体反应，连想都不用想，便能躲过。

青苗、青柳见火小邪连躲两把飞刀，惊得花容失色，不由分说，一人一把飞刀齐齐向火小邪掷来。两人配合默契，飞刀一前一后，专门堵人的退路，处理不好的话，躲过前一把，后一把就难逃了。

火小邪嘿了一声，身子一猫，四肢着地，哧溜向前爬行，速度丝毫不减，这两把飞刀顿时落了空。

三姨太大喝一声“退！”，急忙向后跳跃，手中已又摸出两把飞刀，准备再和火小邪一战。

火小邪已经蹿到三姨太近前，挺直了身子叫道：“三姨太！你不认识我，但我可认识你，你看清楚以后再动手！”

三姨太微微一愣，就着月光扫了火小邪一眼，脑中电闪雷鸣，三年前火小邪与她相见的一幕在心中涌现。

三姨太啊的一声轻叫，手上一缓，两把飞刀便没有掷出。三姨太站住身子，再没有后退，叫道：“慢着！青苗、青柳！”

青苗、青柳已经举起飞刀要放，听到三姨太呼喊，赶忙停手。

三姨太打量着火小邪，惊道：“是你！”

火小邪长喘一口气，说道：“就是我，火小邪。”

不管怎么说，火小邪都对三姨太有恩，三姨太这个人性子是火暴了点，却不是反复无常的人，见到眼前这个人竟是火小邪，心中还有几分欢喜。

本来一触即发的死战，即刻烟消云散。若不是火小邪挺身上前，让三姨太看清自己的长相，没准会闹出更多麻烦。

三姨太她们收了飞刀，火小邪、潘子、黑风也客客气气与她们相认，火小邪大略讲了讲黑风的事情，众人都安下心来。

三姨太吩咐青苗、青柳陪着潘子、黑风去一旁等候，自己则与火小邪单独叙话。

按三姨太所说，她与火小邪分开后，纠缠于神秘人的心结渐解，与王兴相处甚佳，人也开朗多了，开始外出帮着王兴打点一些生意。这趟从北到南，第一是货物重要，她参与护镖，第二是她想领略一下南方的风情，游山玩水一番。

可三姨太说是这么说，言辞之间神色闪烁，看来还有许多事情瞒着火小邪，反而不断追问火小邪这三年在干什么。

火小邪说自己这三年一直在赤霞山中修行苦练，所以搞得十分狼狈，其他事情，胡乱搪塞了一番。三姨太根本不关心这些，只是紧紧追问火小邪和谁练功，是否有什么话要告诉她，火小邪才明白过来，三姨太一直以为自己和神秘人相识，是打算从他嘴里问出神秘人的消息。

火小邪哪里知道神秘人是谁，支支吾吾地说不出个所以然。三姨太性子急，嘴巴快，不受控制地把自己三年里的真实经历说给火小邪听了。

原来三姨太和王兴修好是真，但心里压根没有忘掉神秘人，她就算不能和神秘人在一起，却还是思念不已，如同少女初恋，终生难忘。一年前，三姨太在山西境内走短途的商队时，神秘人终于出现，三姨太以死相逼，再三追问之下，神秘人才对她说出了实情。原来三姨太仅仅是长得有几分像一个死去的女子，神秘人出于对这个女子的思念，才对三姨太若即若离，见面时情深意切并不是假的，只是将三姨太当成替代品。然后神秘人说自己还有事要办，再没有更多解释，消失不见。三姨太虽然心痛不已，却更为痴恋神秘人的一往情深，心想哪怕能做个替代品，也心满意足，于是跟着商队外出，只求能再见神秘人，一吐相思。

三姨太事情说得少，感情说得多，用语肉麻不已，火小邪听得全身鸡皮疙瘩层层叠叠，也明白三姨太是想让自己日后转达给神秘人，所以才恨不得掏心掏肺地诉说真情。火小邪硬着头皮听完，心念猛转，已从三姨太的话语中摸出了蛛丝马迹。

三姨太神似死去的女子，张四爷的爱妻之死也是和神秘人有关，水妖儿再三指责水王流川对生母不负责任，水家要把张四爷折磨得半死不活才肯罢休，神秘人的身法飘逸至极，不在盗跖之下，加上零零碎碎的只言片语……难道神秘人就是水王流川？

火小邪越想越觉得神秘人就是水王流川，水妖儿、水媚儿是水王流川的孩子，但她们的生母却嫁给了张四爷。怪不得水王对张四爷有深仇大恨，水妖儿要去偷张四爷的至宝玲珑镜，用尽手段折磨张四爷和御风神捕，不是水王流川暗中支配着一切，还能是谁？

三姨太见火小邪沉默不语，思考良久，忍不住问道：“火小邪，如果你知道神秘人是谁，便告诉我吧，我实在不愿受这种茫然无措的煎熬，唉……”

火小邪嘿嘿一笑，颇显为难地慢慢说道："好吧，我告诉你，但你一定不要说是我说的。"

三姨太大喜，连连点头。

火小邪低声道："你可知道五行贼王？这个神秘人就是其中的一个贼王！"

"什么？"三姨太作为青帮帮主，当然是听说过江湖中盛传的五行贼王的名头，可听到火小邪这样一说，还是难以置信，"火小邪，你可不要开玩笑！"

火小邪故作神秘地左右张望一番，低声说道："他就是五行之中的水王流川，绝无虚言。"

火小邪尽管推断神秘人就是水王流川，但告诉三姨太自己的推断，并非火小邪觉得三姨太可怜，而是对水王流川玩弄自己的命运、劫走水妖儿等事情恨之入骨，巴不得给水王找些麻烦，哪怕是三姨太这种情情爱爱的麻烦！

火小邪心中邪邪坏笑，想道："流川你这个水里的王八羔子，有你的好看！三姨太是木火两行界众王兴的老婆，王兴又是木王高徒王全的儿子，木火两家关系不错，加上三姨太这种张扬的性子，闹腾起来绝对够你吃一斤的！不是我对不起你，是你先对不起我的！水王流川，你对不起我的地方实在太多了，我日后定要你一样样还回来！"

三姨太眉头紧锁。神秘人竟是五行水家的水王流川，这可是相当麻烦！

火小邪见三姨太面露难色，微微一哼，补上一句："三姨太，可能王兴王老爷已经知道神秘人就是水王流川，但他害怕水王的势力，才装糊涂，甘愿戴绿帽……"

三姨太神情尴尬地说道："别说了！我确实有违妇道，这不用你来提醒我！"

火小邪装傻笑道："对不住，对不住，我这嘴巴欠打。"

三姨太急促地喘息，紧咬嘴唇，说道："火小邪，不管怎么样，我都要谢你！谢谢你告诉我神秘人的身份，现在我的心里很乱，咱们这就回去吧。你和我都暂时装作不认得，我自有安排。"

火小邪说道："是，谢谢三姨太照顾。说实话，我和我那小兄弟真不知道去哪里。”

其实火小邪心里想：“水王流川应该就在南方，如果他再见到三姨太，这出好戏，我可舍不得错过！”

两人一言不发地快步往回走去，刚上到小坡之上，就听到驿站前院枪声大作，一大群人冲到院外乱放枪，闹成一团。有人嘶吼起来：“抓贼啊！抓贼啊！”

院内乱枪响起的时候，潘子正和青苗、青柳聊得不亦乐乎。青苗、青柳虽然冷傲得很，但仍然是春心一片的少女，这么多年跟随三姨太，没有多少工夫和男人接触，基本上都是抗拒之态。王家堡偌大的地方，能和她们说话的男人也不常见。倒不是青苗、青柳讨厌男人，只是碍于脸面，加上三姨太管教甚严，所以她们两个才一副拒男人于千里之外的态度。

和青苗、青柳在一起等待三姨太和火小邪时，潘子才管不了这么多，他本来就是一个话痨，青苗、青柳美色当前，他更是满嘴废话如同滔滔江水连绵不绝，也不管青苗、青柳是否愿意搭理他。潘子说话说得多了，加上故意逗她们两个开心，慢慢地这两个丫头也被潘子逗乐了，能够说上两句。潘子取出自己挎包中的“稀罕”工具，什么惨叫鸡、拔毛夹等搞怪的东西，在她们两个面前卖弄，把她们弄得好奇心顿起，咯咯咯咯笑个不停。虽说三人相处时间不长，已经十分熟络，勾肩搭背，追打嬉闹个不停。

见到客栈院中闹成一片，三姨太赶忙对火小邪说道：“你们两人一会儿过来，我先去看看！”

说着，三姨太招呼着青苗、青柳向院中赶去。青苗、青柳实在是没有和潘子闹够，但事态紧急，也只能就此作罢，赶到三姨太面前，三人快步回了院子。

潘子意犹未尽，依依惜别，长吁短叹。火小邪跑到潘子面前，见潘子满面红光，犹自盯着青苗她们的背影发愣，猜到这小子和青苗、青柳刚才一定打得火热，轻踹了潘子一脚，嘲讽道：“潘子，你过瘾了不？”

潘子哈哈傻笑，说道：“那青苗、青柳两个小妞，肯定是爱上我了！有戏有戏！过不了几天，就能和她们游龙戏凤。哈哈哈……”

火小邪狠狠地呸了一声，骂道：“你见到女的是不是都走不动路了？清醒点，我们这就走吧。”说着拉住潘子，就要出去。

潘子嘀咕道：“火小邪，你饱汉子不知饿汉子饥。你都有水妖儿了，肯定该做的都做了，哪知道我有多苦？手上都长茧子了！”

火小邪瞪了潘子一眼，没好气地说道：“你能不能不要说水妖儿！”说完又觉得不妥，换上一副笑脸，边拉着潘子快走，边嘻哈着说道：“潘子，我一定帮你成了好事。快走吧！你不是说你阅女无数了吗？怎么你骗人的啊？”

火小邪、潘子、黑风快步向院内赶去，潘子支吾道：“没吃过猪肉，还没见过猪跑啊，男人都要面子的嘛，我还是个处……哼！”

火小邪捶了潘子一把，二人一狗再未耽搁，溜到院内，找刘大山他们去了。

三姨太带着青苗、青柳赶到前院，院中已经闹哄哄地围了三四十人，却没有人追出院外去，都拿着枪神情紧张地东张西望。

赵镖头、王镖头见三姨太她们来了，赶忙上前来报。

三姨太紧锁眉头，冷言道：“怎么回事？贼呢？”

赵镖头战战兢兢地说道：“贼没抓到，只留了一张纸条。”

“什么纸条？拿来。”三姨太哼道。

赵镖头赶忙把一张纸条递到三姨太手中。

三姨太展开一看，只见这张皱巴巴的纸上歪歪扭扭地写着：“没钱吃饭，借几个钱用用，如果不给，就把你们所有值钱的东西都偷掉。明天中午，把一百块大洋放到路口大石头下面。”

落款上写着“东北乔大、乔二”。

三姨太眉头一皱，把这张纸丢给赵镖头，问道：“怎么回事？这张纸怎么来的？”

赵镖头说道：“弟兄们正打算吃饭，这张纸包着块石头从天而降，砸在王镖头脑门上。我们还没有看，就听到门口有两个北方口音的人说话，说让我们仔细看上面写的东西！”

王镖头心有余悸地说道：“是啊，我们不敢怠慢，就追了出去。这两个贼人本事了得，几个蹦跳，就不见了，我们放了一阵枪，连他们长什么样子都没有看见。”

三姨太骂道：“没有用的东西！我们上百号人，就没有一个人看到他们怎么进来的？”

赵镖头、王镖头对视一眼，都说道：“三姨太息怒，是属下无能……”

三姨太环视一周，叫道：“这个东北乔大、乔二是什么来头，有谁知道？”

众人面面相觑，没有人说得上话，赵镖头、王镖头更是一筹莫展。

三姨太怒道：“亏你们还是在道上混了这么多年的！都是一帮子废物！”

赵镖头愁道：“我们许多年没有东北贼道上的消息，东北的贼人也从来没有在中原一带闹过什么大案。只听说东北有四大盗，打头的是一个绰号烟虫的男人，神出鬼没，排第四的一个叫黑三鞭，还有两个是谁，的确是孤陋寡闻了啊！我看他们两个人身手，莫非就是东北四大盗里面的两个？”

王镖头说道：“哎呀，如果真是东北四大盗里的两个，那可就糟糕了！三太太，您看我们怎么办？是严加防范，还是听他们的，给他们一百大洋，打发了他们？”

三姨太十分不悦，说道：“当我们是软柿子好欺负吗？你们这些人真是不争气！怕贼怕到这个程度？我就不信这个邪，让他们来偷！我看他们能不能躲过我的飞刀！”

赵镖头、王镖头都是有话不敢说：三姨太出来跑镖时间尚短，哪里知道游走江湖的大盗厉害？商队怕贼为最，可不是胡说的。碰到厉害的贼，不仅神不知鬼不觉地丢了东西，有的贼还会使毒下药，毒死牲口不说，无缘无故丢了性命也有可能。所以，如果贼人敢通报姓名，那定然是惹不起的角色，如果贼人的名号又是成名的角色，那还是退避三舍，破财免灾吧。

可现在这支商队是三姨太当家做主，赵镖头、王镖头知道三姨太脾气倔强，她如果这么说了，就已是板上钉钉的事情，解释不得。

正当众人不知下一步该如何是好的时候，人群中有人大喊：“我是东北人，奉天的，知道乔大、乔二是谁！”

众人扭头看去，只见一个年轻人从人群中钻了出来，正是火小邪！

原来火小邪、潘子、黑风赶回院内，没走多远就碰见了刘大山他们向前院赶去，于是他们就一起跟着来了，虽说没赶上开场，但也听人说贼人叫乔大、乔二。

火小邪听到有贼这么嚣张就有气，忍不住站了出来。

赵镖头见是今天刚招来的帮工火小邪，其实心里多少有点怀疑会不会是火小邪、潘子办的好事，但火小邪既然知道乔大、乔二，且听他说说也好。如果乔大、乔二只是东北的小贼，那倒不用这么害怕他们。

三姨太见火小邪出来，心里有了底。她在王家大院见过许多贼人，一个个都是厉害的角色，火小邪既然是其中一个，刚才还能连避四把飞刀，应该说话靠谱，不是故意出风头的。

三姨太微微点头，示意火小邪说话。

火小邪环视众人一圈，那气质还是一个普通的年轻人，最多有些胆大妄为而已。

火小邪略显敬畏地说道：“我是东北人，奉天的，确实听人说起过东北四大盗的名头，打头的叫烟虫，排第二、第三的，一个叫乔大脑袋，一个叫乔二爪子，是两兄弟。如果说乔大乔二，应该就是他们了。”

火小邪在火门三关的时候，就听烟虫李彦卓细细地说过乔大脑袋、乔二爪子的事情，看得出烟虫对这两人还颇有些佩服，反而不把黑三鞭放在眼里。只是烟虫说乔大乔二深居简出，很难一见，怎么千里迢迢跑到南方的广东来了？

三姨太对火小邪所说已经十成十地信了，说了声好，而赵镖头、王镖头还是半信半疑，赵镖头张口问道：“你叫火小邪是吧？”

“是！我叫火小邪。”火小邪答道。

赵镖头说道：“那你见过乔大乔二吗？他们有什么本事，你知道吗？”

火小邪歪了歪嘴，苦道：“就是听说过这两个人的名头，他们有多大本事，一无所知啊。各位大爷赏了我们一碗饭吃，我感激得很，也是刚好记得这件事，就赶快说了。东北就是这么传的，我也不知道是对是错。”

赵镖头说道：“好，谢了，你退下吧。”

火小邪赶忙应了一声，钻回到人群中。

赵镖头转身对三姨太说道：“三太太，看来很可能就是东北四大盗中的两个……您看……”

三姨太说道：“从现在开始，所有人都给我睁大了眼睛盯着！谁都不准睡觉！我回去看一看我们的货物再说。一切行动听我的吩咐！”

三姨太说完，带着青苗、青柳转身就走。

赵镖头、王镖头赶忙张罗起来，严加防范，如临大敌。

赵镖头、王镖头毕竟对火小邪、潘子还信不过，便安排他们两个与刘大山等人守在客栈外，一旦有异常动静，都要大声呼喊为号。

火小邪、潘子守在外面，胡乱吃了两个饼子，就算饱了。刘大山一直对火小邪、潘子两人去见三姨太十分好奇，问个没完，火小邪只好说三姨太对他们的黑风很感兴趣，这才唤他们过去见了见。如此这般一通胡说，刘大山套不出更多的话，也就作罢。

刘大山安排火小邪、潘子、黑风守在客栈外的大路边，众人分散开来，能够互相观望到，其他琐碎的安排，暂且不表。

火小邪、潘子坐定，眺望远方。这一带重峦叠嶂，根本看不到很远。黑风站在一边，倒是兴奋，到处闻嗅，绕着火小邪、潘子打转，也不跑远。

潘子见没人来打扰，便问火小邪：“火小邪，你出这个头干吗？乔大乔二是贼，我们也是贼，他们偷他们的，我们何必掺和？没准还结上了冤家。”

火小邪嘿嘿一笑，说道：“潘子，我也不知道为什么，一听到有人提到贼，心里就不太舒服，特别是乔大乔二这种报名号吓唬人的，更是烦得要命，恨不得与他们打一架才好。”

潘子一听，哈哈笑了起来，说道：“火小邪，你这么一说，我也觉得这个乔大乔二欠收拾。咱们在净火谷中待了三年，不知道自己的本事到底怎么样，技痒难耐，找个对手切磋切磋也好，要不总是你打我我打你的，无聊死了！哈哈，好玩好玩。”

火小邪说道："潘子，你可不要大意。你记不记得我与你说过东北四大盗之首，烟虫李彦卓大哥的事情？他都说乔大乔二很不好对付的，咱们硬碰硬，不见得讨得到好。我们只要能用我们的本事，不让他们偷走这里的东西，那我们就赢了。"

潘子说道："这倒也是……哎呀，其实吧，我特想在青苗、青柳这两个丫头面前出出风头，让她们看看老子的英明神武，她们一定爱死我了！"

火小邪哑然失笑。这个潘子脑子里天天装的不是姑娘，就是吃喝玩乐，真是服了他。

两人嘻嘻哈哈一番，倒也快活。

火小邪、潘子坐在这里看守，而他们对面，远处的山坡密林中，还有两个人静静地坐在阴影中，打量着他们。

十三、东北双盗

这两个男人，一高一矮，一胖一瘦。高的那个，一头钢针似的短发，眼如铜铃，满脸络腮胡子，脑袋恨不得有平常人的两倍大，坐在那里和一座小山似的。瘦的那个，獐头鼠目，一双眼睛滴溜溜乱转，留着半长不短的头发，精瘦如麻秆，如同一根木棍似的杵在大胖子身旁。这两人，就是东北四大盗排行第二、第三的乔大脑袋、乔二爪子，高大健硕的就是乔大，瘦小细弱的就是乔二，真是人如其名，一点不错。

这两人闷声不响地坐着，盯着远处的客栈。客栈里里外外都布满了岗哨，火把如林，把客栈周围照得通明。

乔大脑袋突然咧开大嘴呵呵笑了一声，抓了抓脑袋，瓮声瓮气地说道:“二子，他们不怕我们呢！”

乔二爪子尖声道：“不准叫我二子，你才二！你才二！叫我爪子！说了十多年了，你怎么还记不住？我叫爪子，爪子！不叫二子！”

乔大脑袋哦了一声，又说道:“哦，二爪子，你说他们是怕我们还是不怕？”

乔二爪子翻了个白眼，说道：“当然怕我们啊！你没看这么多人举着火把吗？不怕我们还张灯结彩干吗？”

乔大脑袋点了点硕大的脑袋，说道：“那，那他们会给我们钱吗？万一他们不给，我们怎么办啊，真的去偷啊？人好多，我有点怕，万一抓了我们送官，那可要挨板子的啊。”

乔二爪子骂道：“怕你个大西瓜！你这个西瓜头！我们什么时候被人抓到过？他们不给钱，我们今天晚上就去把他们端了！”

乔大脑袋说道：“二子，如果他们不愿意，咱们还是算了，万一抓到了咱们，咱们怎么跟盗跖大师伯交代啊？”

乔二爪子怒道：“大西瓜头，再说一次，不准叫我二子！一天说八百遍，烦死了，烦死了，烦死了！盗跖大师伯总不能让我们两个饿死吧？我们都三天没有吃什么东西了！再没有钱，我们就饿死了！你要是不敢去，我一个人去！”

乔大脑袋赶忙紧紧抱住乔二爪子，沮丧地说道：“二子，咱哥俩不能分开的啊，你去我也去好了。”

乔二爪子被乔大脑袋抱得直翻白眼，用力挣扎却挣脱不开，叫道：“松开松开松开，你要弄死老子了！”

乔大脑袋抱得更紧，说道：“我去就是了，你不能自己一个人去啊！”

乔二爪子白眼一翻，舌头吐出来，昏死过去。乔大脑袋一见，赶忙松手，乔二爪子跌在地上，四肢抽搐。

乔大脑袋顿时就慌了，伸出蒲扇大的手掌抓着乔二爪子的脑袋摇晃，叫道：“二子，你怎么了？你不能死啊！”

乔二爪子舌头哧溜一下缩回去，挥掌乱打，骂道：“死你娘的死！再摇你就摇死老子了！老子不装死，你刚才就捏死了我！X你的大西瓜！你能不能不要动不动就抱老子！你没轻没重的，愁死了愁死了愁死了，老子怎么摊上你这个兄弟？你长得哪点像老子兄弟？”

乔大脑袋一下子又高兴了，加劲儿摇晃乔二，喜道：“你不要老装死啊，每次都吓死我了！”

乔二使劲掰乔大的手指，骂道：“松开松开松开，你个大西瓜啊，整死老子了！”

两人这样折腾一番，总算又安安静静地坐了下来，继续观望远处的客栈。

乔二爪子捏着自己的脖子，说道："大西瓜，盗跖大师伯让我们千里迢迢来赤霞山找火小邪、潘子这两人，你说怎么回事？咱们在这一带逛了快一个月了！"

乔大脑袋抓了抓头，说道："他们是我们亲爹亲娘吗？"

乔二爪子嗓子里呼噜一声，翻着白眼说道："算了，当老子没说。× 你的大西瓜！你这西瓜头里面能不能想点有用的东西？"

乔大脑袋哦了一声，说道："我觉得还是在东北砍木头过瘾，不用费脑子。偷东西一点都不好玩。"

乔二爪子骂道："闭嘴！你看那边，两个人加一条大狗，大西瓜的，好大的一条狗啊！刚才我们怎么没看到？他们要回院子里了！盯着盯着！"

这两个不知道是蠢还是单纯的怪人，都瞪大了眼睛，看向火小邪、潘子、黑风。只有这个时候，才从他们的眼神中看出，他们两个一定是不简单的人物，那四只眼睛，精光四射，绝非常人。

守在院外的火小邪、潘子、黑风，与乔大乔二相隔甚远，是绝对看不到、听不到他们的动静的。他们两个正觉无趣，赵镖头一脸死灰地从院内走出，张望一番，向他们两个走来。

赵镖头叫道："火小邪、潘子，你们两个进来，三太太有话要对你们说。"

潘子一想要见到青苗、青柳，就来了劲儿，立即答道："好啊好啊！我特别特别地想念三太太她们。"

火小邪把潘子拉到身后，客气地对赵镖头说道："是有什么事吗？"

赵镖头没好气地说道："去了就知道了！跟我走！"

赵镖头带着火小邪、潘子、黑风进了院子，命火小邪把黑风先拴住。尽管火小邪、潘子满肚子不愿意，还是照办，安抚了黑风几句，用铁链拴了，随着赵镖头走进客栈。

众人进了客栈，直奔地下仓库，到了仓库门前的大房间，发现里面已是站满了人，都是王镖头等骨干镖头，他们见火小邪、潘子来了，都投来不屑的目光。

三姨太、青苗、青柳站在门边，对火小邪、潘子点头示意，火小邪慌忙行礼，就听三姨太一声低喝："火小邪，看刀！"

火小邪大吃一惊，抬头一看，和三姨太四目相对，三姨太低低笑了声，一柄飞刀脱手而出，冲着火小邪面门飞来。

火小邪一个激灵。这飞刀来得并不迅猛，以火小邪的本事，头一偏就已躲过，那柄飞刀咚的一声，扎在火小邪身后的木板上，微微晃动。

火小邪心中大怒，心想这三姨太翻脸不认人，叫他们来，原来是群起而攻之的！刚刚怒上眉梢，三姨太又叫道"再看刀！"，一把飞刀对着火小邪胸膛射来！

这都是摆明了要玩命了，火小邪再也不想掩藏自己的本事，见那飞刀慢腾腾地飞来，使出盗跖所传的采珠术，手向前一伸，就用拇指、食指把飞刀的刀柄夹住，手上一转，就把飞刀持在了手中。

火小邪破口大骂："你干什么！想打架吗？"

三姨太呵呵呵地笑了起来，把火小邪笑得莫名其妙，一眼扫过去，周围的赵镖头、王镖头等人下巴都已经惊脱掉了，张着嘴闭不上。

潘子的齐掌炮已经套到手中，已经拉开了弦，瞄着三姨太。潘子叫道："青苗、青柳，我不想和你们打架！你们快跑！"

三姨太哈哈大笑，高声道："赵镖头！王镖头！各位镖头！你们看到了吗？你们谁有火小邪这个本事？我让火小邪、潘子做镖头，还有谁不服？出来接我两把飞刀再说！"

人群轰的一声应了，纷纷叫道："服了服了！没想到火小邪、潘子是两位少年英雄！是我们狗眼看人低，服了服了！我们愿听他们的安排！"

火小邪、潘子这下都明白过来，原来三姨太是故意当众让他们露出身手，才出此下策。

火小邪哈哈一乐，赶忙把飞刀丢在地上，说道："哎呀，这个这个，的确没想到……"

三姨太说道："火小邪、潘子，你们两个不用谦虚，我们能偶遇你们这两个高手，是我们的运气！现在有东北乔大、乔二盯上了我们，我们咽不下这口气，还请你们两位使出本事，帮我们抵挡乔大、乔二。我们这些人，都可以听你们的号令行事！”

火小邪猛吸一口凉气，心想：“这不是给我们出难题了吗？我们是贼没错，学的也是盗术，但怎么防贼，可是一窍不通啊！”

潘子眼看着青苗、青柳向他投来赞赏的眼光，心中一热，爱出风头的劲儿顿时涌出，也不顾火小邪了，张嘴就叫道：“什么乔大、乔二，他们敢来，看我不把他们屁股打烂！让他们断子绝孙，哈哈哈！告诉你们吧，其实我潘子，又称玉面小郎君，江湖人称的八脚张也是小爷！把老子的大号在墙上一贴，我看乔大乔二敢来！青苗妹妹、青柳妹妹，你们就看我大显神通吧！”

赵镖头、王镖头拍马屁、墙头草的本事也利索得很，立即应和道：“原来江湖上大名鼎鼎的玉面郎君八脚张，就是潘子潘大爷您啊！你看我们这眼神，还把两位当帮工使唤，实在是得罪了得罪了，两位万万不要见怪。这个高手就是这样，不显山不露水的，专门在危急时刻助人，两位的境界简直是太高了！”其实这两人心里都想：这两个小畜生，我看你们有什么本事，乔大乔二把你们两个剁了才好！你们使劲儿折腾，我看最后是谁跪地哭爹喊娘！

火小邪见局面已是如此，只好叹了口气，说道：“三太太，我本想暗地里帮忙，既然你要我到台面上来，我只好努力试一试，看能不能把乔大乔二吓退吧。”

三姨太点头笑道：“那就好！既然二位都答应了，那我们就商量一下对付乔大乔二的对策吧。”

众人围拢过来商议，暂且不表。

原来三姨太查看了货物，暂时是一样不缺，一样不少，但她静下心回想三年前王家大院那些大盗的本事，还是有些担心。赵镖头、王镖头等人在一旁煽风点火，把江湖上大盗的厉害之处添油加醋说了一番，三姨太也不敢胡乱逞能，丢了东西是小，被乔大乔二戏弄一番，丢尽了脸面才是大事。三姨太脸皮薄，性子刚烈，又曾经是青帮帮主，当着众人的面夸过海口，若是软弱下来，给乔大乔二一百大洋避盗，简直太过耻辱。不过三姨太想起了火小邪：他能躲过四把飞刀，又是王家大院群贼中的一个，断然是本事不小。贼防贼，盗防盗，火小邪既然是贼，让他们两个来抵挡乔大乔二，岂不是顺理成章？

三姨太这样一想，便打定了主意，直截了当地说火小邪本事很大，让火小邪、潘子当镖头防贼，岂知被赵镖头、王镖头等镖头一致反对。三姨太本想说出自己和火小邪认识，刚刚才与火小邪较量过，但她不善于解释，也不愿解释，便叫赵镖头唤火小邪他们过来，当面让火小邪使出本事，使众人服气。

两个时辰后，客栈院外锣鼓喧天，几个大嗓门的镖师敲着破锣大骂："乔大乔二，你们有本事尽管今晚来偷！狗养的玩意，你们是什么东西！当我们怕你们吗？"

这叫声传得甚远，一直传到乔大脑袋、乔二爪子的耳中。

乔大脑袋翻身而起，拔腿要跑，嚷道："二子，不行不行啊，他们不怕我们啊！咱们还是别招惹他们了！继续找火小邪、潘子吧。"

乔二爪子使劲拽住乔大脑袋的胡子，吊在乔大脑袋的身上跑了一段，不住骂道："大西瓜的！站住！站住！我们是东北四大盗啊，你有点出息好不好！× 你的大西瓜啊！"

乔大不听，还是要跑，乔二只好从乔大身上摔下，躺在地上装死。

乔大赶忙凑过来要救，乔二翻身而起，威胁乔大若是他不去，就自己去，干脆让他们打死算了。这样说来说去，两人才终于谈定，去与这支山下的商队一会，看他们怎么就有这么大的胆子，公开叫阵。

这两人主意既定，又显出自己的本事，再无犹豫，一大一小两条人影，飞也似的向客栈杀来！

乔大脑袋、乔二爪子来到客栈外，找了个高处躲藏起来。乔二悄悄看去，客栈内外依旧是灯火通明，许多人仍然在值守着。

已是子夜时分，这支商队一天舟车劳顿，许多人都困得睁不开眼睛，强打起精神值守着。不少人一边走一边打盹，看架势也支持不了多久。

乔二嘿嘿一笑，拍了拍乔大的脑袋，低声道："大西瓜，我看他们也没有什么本事，我们走。"

两人摸黑又向前行，躲过一批巡视的队伍，就已经神不知鬼不觉地来到客栈后院墙外。乔二做了个手势，乔大会意，身子一蹲，把乔二架了起来。

乔二站在乔大肩头，向院内一看，乃是一个柴房，黑漆漆的，也没见到有谁。乔二用脚尖点了点乔大的肩膀，乔大伸出大手，托牢了乔二的双脚，也没出声，双手一顶，便把乔二托得飞起。

乔二灵动异常，在空中一个翻滚，落入院内，算得上无声无息。

乔二伏在地上，如同一只伺机而动的大耗子，左右看了看，便哧溜一下钻到墙角，贴着墙边疾行，走不了几步，便有声音从屋内传来，有人推门而出。

乔二双眼放光，没等人转过头看向他这边，已经双手双脚齐上，抓着墙壁上的缝隙之处，翻上了屋顶。

乔大脑袋十分放心，送乔二爪子进院以后，他并未离开，只是退到阴暗处，缩成一团，在地上一躺，硕大的身躯如同在地上隆起的土包一般，一动不动，毫无声息。若是不走近打量，还真看不出是个人。

半个时辰过后，乔二从墙头翻出，猫腰走了几步，发出一声虫鸣。黑暗中有虫鸣回应，乔二知道是乔大，赶过去与乔大相会。

乔大脑袋、乔二爪子被称为誉为东北大盗，本事可不是虚的，这两人确实厉害。别看这两人脑筋都有点问题，干起偷盗的事情，犹如心灵相通一般，他们在东北犯下的案子，随便一个都是惊天大案。这两人并不时常出动，大部分时间都躲在山林中以砍柴、挖人参为生，一年出来一次，专门拣最硬的骨头来啃。往往下手之前都如同这次一般，先写张烂纸条丢进去，说要多少多少钱，如果不给，他们才会真正动手。最著名的一次，是偷日本人的"大和钟"。三四百斤的东西，被乔大扛着就跑，日本人快马去追，让乔大挥起钟，天神一般从高处跳下，咣咣砸昏了两匹马，两人没入山林，再无踪迹。日本人不敢去追，只好作罢。所以乔大、乔二的名声，在东北虽说赶不上黑三鞭响亮，但贼道中公认这两人的本事排在黑三鞭之上。

乔二爪子单独进院，乃是"三探"。偷盗商队、大宅、寺庙、大楼里的贵重物品，在盗行里有“三看”“三探”“三清”“三防”之说，说得简单些，就是至少有十二项事情要提前准备：看人看门看路，探岗探货探防，清障清数清时，防高手防毒药防退路。这些手段做得齐了，本事到了，能够不伤人性命，偷了东西安然无恙退出逃走。若是不想花这么多工夫，就如同黑三鞭一样，丢个土地雷进去，先炸死两三人，烧了几间房子再说，实在是匪气太重，有失盗贼的威风。

旧时的大盗大贼，对自己的名声看得很重，若非迫不得已，不愿伤人性命，徒增孽债。讲究的也如孔子学说里的，圣勇义知仁，“夫妄意室中之藏，圣也；入先，勇也；出后，义也；知可否，知也；分均，仁也。”

杀人放火偷盗，欺凌弱小孤寡，偷人救命钱财，言而无信私吞，都是真正的盗贼们瞧不起，甚至禁止的。火小邪所在的奉天，别看齐建二、三指刘也都是一身的坏毛病，吃喝嫖赌抽，但他们仍算是荣行里坚守盗义的。

只是世道变化，坚守盗贼规矩的人也越来越少，像黑三鞭那种明明是杀人抢劫的作恶之徒，也给安上一个“大盗”的名头。

乔大脑袋、乔二爪子，长得怪模怪样，脑子也糊里糊涂的，但是要说守盗贼规矩，这两人还真是值得夸奖。

乔大脑袋、乔二爪子挤在阴暗处，两人叽里咕噜说了一番，乔二在乔大手掌中画来圈去，算是把该注意的事情都说完了。两人又绕着客栈转了好几个圈，不急不忙的，理清各处的人员布置，辨清进去出来的道路，这才又潜伏下来，等待最好的时机。

说来奇怪，乔大乔二平时里都是昏头昏脑的，乔大连二子、爪子都始终记不清楚，两人说起怎么偷东西，几乎是字字句句都不会漏掉。这就像有的傻子，平时看着什么都不行，一旦让他做某些擅长的事情，那就宛如天才一般，才华横溢。

清晨四点多钟的时候，天已经微微有些亮了。客栈里的人守候了一夜，人困马乏，还不见任何动静，实在是支持不住，有的人甚至站在原地睡着。

乔大、乔二等了一夜，就是等这个时候。两人兵分两路，乔二翻墙入内，不见踪影；乔大则从后背抽出一块硕大的铁板，等听到有乔二的虫鸣声传来，铁板向院墙上一按，沿着砖缝就给生生插了进去，乔大手上一用力，砖石略有松动，乔大大手一抓，直接将墙壁抠了一大块下来。像这种黏土做成的墙壁，端的是一点声音都没有。

乔大没花什么工夫，就在墙上挖了一个大洞。别看他身子巨大，却极为灵活，嗖的一下，便从洞口钻了进去。

两个配合默契的大盗，进了内院，那还得了。乔大遇见有锁的门，统统是双手一按，将锁头无声无息地拧成麻花，便即打开。这两人一个在下破门打洞，一个在上寻道警戒，从一侧直捣黄龙。

这二贼算是顺风顺水，有惊无险地钻入地下仓库中。可颇大的一个仓库中，却只在正中摆了一个大黑箱子，其他都是些麻袋装着的皮草等物。

乔大乔二也觉得奇怪，明明见到这支商队有大大小小几十个黑箱子，怎么都不见了？难道这个客栈还有什么更为隐秘的藏宝之处？但这绝无可能。乔二爪子探得清楚，这家驿站四面透风，只有地下仓库还算是保险点的地方。莫非商队里的人有其他安排？

乔大乔二觉得有诈，但他们自视甚高，既然进到这里，总不能空手而出，先看一看再说。

地下仓库中只有微光从门缝下透出，昏暗一片。乔大脑袋、乔二爪子不约而同凑到黑木箱子前，两人点头示意，乔大一把将锁头拧掉，将盖子揭开。

盖子一揭开，乔二爪子抽了抽鼻子，细声道：“什么怪味？”

乔大低声道：“没闻到。”

乔二爪子又吸了一口气，伸手一探，摸到箱子里最上面一层有许多软乎乎的小丸，乔二用手指捏起一个，掰开来再闻了闻，心想：“这是什么药草？好像很稀罕啊！”

乔二爪子把小丸递给乔大脑袋，乔大捏了一小块，放在嘴里尝了尝，把大脑袋摇了摇，说道：“一股子狗屎味。”

乔二不信，也捏起一小块放在口中，细细地嚼了嚼，低声说道：“真的像是狗屎！”

乔大脑袋又吃了一小块，说道：“应该就是狗屎。”

乔二爪子哼道：“狗屎？你这个大西瓜的，狗屎放在这里干吗？我再尝尝！”乔二爪子又吃了一块，挤眉弄眼地品尝了一番，翻了翻白眼，说道：“还有草梗，× 的。”

乔二爪子正嚼着，耳根子一疼，似乎有什么东西狠狠地叮了一下，反手一摸，就摸到有个硬硬的小东西扎在脖子上。

乔二爪子正奇怪，就听到乔大脑袋也低哼一声，一巴掌打在脖子上，低骂道：“好大的蚊子！”

乔大、乔二对视一眼，都觉得这里相当古怪，嗖的一下站起身来，东张西望。乔二爪子已经把脖子上的硬物拔掉，竟是一枚小钉子。乔二一拉乔大，急促地说道：“不好！这里有人埋伏！是高手！”

乔二话音刚落，就听天花板上有人哧哧哧地憋着气轻笑起来，乔二压低着嗓子尖声骂道：“× 的，什么人？”

天花板上安静了片刻，就听到有人说道：“两位贼兄，狗屎好不好吃？这些都送你们吃了，别客气！”

乔大、乔二暴跳如雷，两人一对眼，就已经明白下一步该怎么做。

乔大闷哼一声，猛跑几步，向上方的入口处撞去，哐啷一下，将整面门板都撞得飞起，一下子跳上地面，大骂道：“让我们吃狗屎！你们实在太不地道！”

乔二跟着跳出来，嚷道：“大西瓜！咱们先走！”

地下仓库的入口房间里本聚着七八人，突然见到一尊凶神一样的大汉撞开地栓，跳将出来，吓得动弹不得，手中的枪都不知道怎么使唤，抬都抬不起来。

乔大一边大骂，一边挥舞着两块巨大的铁板，如同一只极大的黑毛野猪，直直又撞开一扇门奔了出去。这等彪悍霸道的蛮力，真是世间少有。

这种小小的客栈，哪经得住乔大怪力的折腾，墙垮梁歪，灰尘激荡，说话间就让乔大冲出一条笔直的道路，直通院墙之外。

枪声大作，许多在外面布防的镖师，都向乔大乔二逃跑之处赶来。谁都没有想到，这两个大盗居然用这种近乎粗蛮的办法逃走。

等众人赶到墙边，乔大乔二早就跑得没有了人影。

赵镖头、王镖头正要带着人追，就听屋顶有人喊道：“别追了！追不上的！”

来人正是火小邪、潘子。

只听山林中远远地传来大骂：“屋顶上的两人，你们是谁？报上名号！”

火小邪站直了身子，怪腔怪调地高声回答道：“我是乔他爸！他是乔他妈！”

乔大、乔二愤愤不已地躲在山林中，乔大脑袋听见火小邪这样说话，一抓脑袋，说道：“什么？他们是我们的爹妈？”

乔二爪子跳起来敲了乔大一闷拳，骂道：“× 你的大西瓜！这两人怎么会是我们爹妈？”

乔大脑袋不解，说道：“那他们怎么说自己是乔他爸、乔他妈？”

乔二爪子恨道：“是骂我们呢！你个大西瓜！”

这边潘子也不乐意，捅了捅火小邪，说道：“喂，我可不当他们的妈！我是男的！我怎么也该叫乔他爷！”

火小邪挤了挤眼睛，说道：“潘子，别当真！我看他们两个脑筋好像有问题！”

一会儿工夫，又听远处山林中传来大骂：“你们两个小王八！敢叫我们吃狗屎！看我们下次让你们吃人屎！你们等着瞧！你们与乔大乔二的梁子结定了！”

火小邪笑骂道：“有本事再来！我们这里一百多号人，保证让你们吃大粪，时时刻刻都有热的！”

山林中再无回答。乔大乔二无力回嘴，又怕被火小邪骗住，堵起后路，只好吃了这个哑巴亏，火速逃走。

天色渐明，火小邪、潘子今晚算是完胜，顺利得连他们都没有想到。

火小邪、潘子临危受命，在三姨太的支持下主持防贼，两人都十分用心。虽说火小邪、潘子并没有防贼的经验，但他们会偷，看清楚这家客栈的布局之后，便琢磨如果换成他们，会偷什么和怎么偷。于是，火小邪命令下去，将仓库里的贵重物品全部搬出，只留了一个黑箱子，装满石头废物，移出的箱子则都放在进入地下仓库的房间里，用布盖好，还在上面铺了几套被卧，弄成供人睡觉的模样。火小邪、潘子玩心甚高，想着如何捉弄乔大乔二，便取了黑风的粪便，加上其他马粪，大大小小弄了几十个粪球，铺在箱子表层，只等乔大乔二进来吃屎。

至于为什么火小邪、潘子觉得乔大乔二会吃，是因为如果换成火小邪自己，黑灯瞎火的情况下，也许都会忍不住尝尝，便按照“自己整自己”的法子，摆上狗屎。乔大乔二这两个笨蛋，本事了得，脑子却不灵光，果然就吃了。

潘子一直趴在仓库的天花板防潮夹层中，见乔大乔二吃狗屎吃个没完，还喃喃自语，细细品尝，强忍数次不笑，见时机已到，从屋顶缝隙中用齐掌炮发射铁钉打乔大乔二，故意惊动他们，让他们明白有高手在此，慌忙逃走。

乔大脑袋、乔二爪子未能偷走一物，还搞得狼狈不堪，抱头鼠窜，商队上下众镖师欢欣鼓舞，兴高采烈，对火小邪、潘子的马屁奉承滚滚而来。火小邪并不得意，深知这次只是赢得侥幸，乔大乔二必然是轻敌了，没想到有同行在此布置，才大败而归，换了下次，则胜负难料。潘子比火小邪轻浮，几句夸奖已经让他飞到了天上，得意忘形，胡吹海吹，简直把自己说成上天入地无所不能。可潘子再怎么吹，也都是一片叫好之声，那青苗、青柳对潘子更是另眼看待，与潘子眉来眼去。

三姨太毕竟身份不同，见过世面，稳下众人，告诫仍要多做提防，乔大乔二虽走，但绝不肯善罢甘休，只怕日后还有麻烦。

众人虽说得了火小邪、潘子这两个强援，但也不敢大意，清点物品，分头休息了一会儿，算是养足了精神。天光大亮之时，草草地用过了早饭，赔偿了店老板的部分损失，将行李货物装车，浩浩荡荡地出了客栈，再向南方行去。

山梁之上，乔大脑袋、乔二爪子啃咬着两个硬邦邦的大饼，愤愤不平地看着驶离客栈的商队。乔二骂道：“奶奶的！现在嘴里还是一股子狗屎味！”

乔大脑袋说道：“二子，我说是狗屎，你还非要吃。”

乔二爪子骂道：“叫我爪子！爪子！我不叫二子！都怪你都怪你！都怪你这个大西瓜！”

乔大脑袋抓了抓头：“我没叫你吃啊，你自己吃了两次。”

乔二爪子继续骂道：“× 你的大西瓜！你还不是吃了两次！”

乔大脑袋说道：“看来他们这队人里面有高手啊，要不咱们还是算了吧。”

乔二爪子哼道：“算了？让我们吃屎还能算了！那个乔他爸、乔他妈，我一定要让他们尝尝我的人屎，要不我咽不下这口气！ × 你的大西瓜，是不是你吃了狗屎还挺高兴？”

乔大脑袋嗯了一声，说道：“味道还行，没那么糟。”

乔二爪子在空中乱打一气，叫道：“我跟他们没完。走！找他们茬去！”

乔大脑袋闷声道：“那咱们怎么办？再等到晚上？”

乔二爪子嘿嘿一笑，说道：“白天，白天我们就动手！”

商队走了半日，已经出了山区，沿途越来越热闹，南来北往的商队都汇集到了大道上，再往前走上半日，就到三宝镇，乃是商家必经之地。

火小邪、潘子升作镖头，一人赏了一匹马骑着，可以前后照应。火小邪有火门三关的一遭，骑马已经不再为难，而潘子早就会骑马，更不在话下。

本来就人手短缺，好不容易有了火小邪、潘子这两人好劳力，现在也用不上了，于是赵镖头、王镖头继续沿路招帮工。由于路上来往的人多，又招到了四五个讨生活的汉子，算是把人手补上了。

火小邪一马当先，黑风紧跟，与赵镖头、王镖头一起走在队伍前面。所有招到的人，火小邪都要过目一番，这也是三姨太给他的一项权力。潘子则待在三姨太的马车边，与青苗、青柳一同前行，打情骂俏，废话说个没完。三姨太对火小邪、潘子客气，也不阻止，随便潘子放肆。青苗、青柳两个丫头如获大赦，她们本来就喜欢说话，只是三姨太一直不准她们与男人搭腔，这下被潘子勾开了话匣，也是说个没完。

商队走过一道石桥，没走出多远，就看到路边跪着两个破衣烂衫的乞丐，满头满脸脏兮兮的，看不出长相。

其中一个小个子乞丐高声叫道："各位大爷，给条生路吧！我们是北方逃难过来的！"

高大健壮的乞丐也叫道："我们有的是力气！干什么都行！"

赵镖头、王镖头打量这两人几眼，心中巨震，大叫道："你们是谁？"

小个子乞丐连忙说道："我们不是谁啊，我们就是看你们排场大，如果能跟着你们干，一定不会亏待了我们。"

大个子乞丐傻哈哈地说道："是啊是啊！"

火小邪骑马上前看了看，突然哈哈一笑，指着两人说道："你们是乔大、乔二吧？"

赵镖头、王镖头本就一眼识破乔大乔二，就是没有想到乔大、乔二会有这么大的胆子，所以一张口没有像火小邪那样直呼两人的名字。

小个子乞丐惊道："不是啊！乔大乔二是谁啊？"

大个子乞丐一抓脑袋，说道："呀，怎么一下子就认出来了？"

这两人正是乔大脑袋、乔二爪子，他们跟了商队一路，自认为通过这种方式能够混到商队里面，那就方便行事了。

小个子乞丐就是乔二爪子，一听乔大脑袋自己招了，啪啪两掌抽在乔大脑袋头上，骂道："× 你的大西瓜啊！你傻啊！"

火小邪哈哈大笑："乖儿子啊，你们真的是蠢吗？"

乔二爪子一下子跳起来，指着火小邪骂道："你这个叫乔他爸的，不要欺人太甚！有本事与我们打一架，分出个胜负！"

火小邪哼道："呸！当老子的才不和儿子打架呢！抓住他们！"

赵镖头、王镖头顿时大喊大叫，商队一乱，十几个镖师提着长枪就冲过来。

乔二爪子闷叫一声："算你狠！"说着拉起乔大脑袋就跑。

乔大脑袋一起身，才发现他原来跪在一个坑里面，显不出身高，这一站起来，众人皆知他是何人。

两贼拔腿就跑，众镖师举着枪便要射击，火小邪念着乔大乔二是同道中人，绝不想要他们性命，赶忙喝止，却已经止不住，啪啪啪乱枪直响。

乔大脑袋把乔二爪子挡在前面，两人狂奔而去。子弹追着他们，有打在乔大脑袋背上的，都是叮当作响，乃是打在了乔大脑袋后背的钢板上。

这两贼骂骂咧咧的，眨眼就钻入路边的林中不见。

火小邪哭笑不得：这两个笨贼脑子竟然单纯到了这个田地，还真是难得。

众人收拢了队伍，提高戒备，又向前行。

乔大脑袋、乔二爪子一路奔到林中，找了个地方藏下。

乔大脑袋还是不解，说道："怎么一眼就认出来了呢？"

"还不是你这个大西瓜承认了！要不怎么认得出来！我这个法子本来天衣无缝，又被你这个大西瓜毁了！"

"他不会真的是咱们的爹吧？要不怎么一眼认出来的？"

"× 你的大西瓜！他要是我们的爹，我就是你亲妈！"

"二子，你肯定不是，你是我兄弟，我又不傻。"

"大西瓜，你不傻吗？我叫爪子，不叫二子！不准叫我二子！和叫儿子一样！"

两个天才笨贼叽里呱啦，吵个没完，难分胜负。他们两个要乔装混进商队里，亏他们能想到这个法子，只要是见过他们两个的人，五岁小孩都一眼认得出来……

暂不说乔大脑袋、乔二爪子这两个蠢蛋的无谓争执，说回到火小邪、潘子这边。火小邪点破乔大乔二的"诡计"，上下通报一番，三姨太、青苗、青柳、潘子等人都是哭笑不得，本以为乔大乔二这两个家伙会使出厉害的手段，谁知竟是这种三岁小孩的把戏。

商队加速继续向前，一路上再无异常，傍晚时分已到三宝镇。三宝镇中设有王家的大货站，同时开设一家客栈，王家商队来了，货站掌柜等人赶忙出来相迎，将三姨太他们请进客栈之中。这客栈平时也接散客，虽说已经住了十多个人，但房间充足，商队一百多号人住进去，仍有空房，并不拥挤。

由于三宝镇中的商号、货站，王家算是最大的几家之一，加上三姨太亲临，三宝镇的镇长、乡绅也都赶来拜会。三姨太带着火小邪、潘子等一众镖头与他们饭间闲叙，说了乔大乔二的事情。三宝镇镇长似乎并不吃惊，相反还叹了口气，说三宝镇最近半年，平白无故来了许多江湖中人，天南海北的都有，个个神神秘秘的，经常一住就是一两个月之久，好像都是要进赤霞山里面找什么东西。从此三宝镇闹贼闹得厉害，前几天就有大窃案发生。可无论怎么查，都查不出结果，让人烦心得很。

店掌柜也说，现在住在店里的十多个人，其中七八个就是镇长所说的来路不明人士，住在这里始终不走，通常三四个人一起出动，剩余人留守。他们都带着登山攀岩的设备，七八天才回来。这些人行为虽然古怪，但在三宝镇中的时候并没有什么反常，吃饭、住店、采买物品，从来不赖账，反而十分大方。尽管许多人怀疑三宝镇闹贼就是这些人所为，可毫无证据，也奈何不了他们，只能多做提防。

火小邪、潘子心知净火谷就在赤霞山中，但净火谷早在三年前被毁，难道这些人都是来找净火谷的？就算找到净火谷，又有什么用呢？

火小邪、潘子深知此事重大，闭口不谈净火谷的任何事情。三宝镇镇长、乡绅散去之后，三姨太也觉得奇怪，将火小邪、潘子叫到房中，又问火小邪、潘子为何恰巧也在这里。

原来三姨太听人这么一说，想起火小邪、潘子出现在赤霞山山区，又碰见东北来的乔大乔二，他们都是贼道中人，这一定不是巧合。难道三宝镇又如同王家大院那样，群贼聚集，要做什么不见光的勾当？

火小邪绝不承认自己和三宝镇江湖人士汇集有关，自己出现在赤霞山下，只能算是巧合！其实火小邪、潘子比三姨太更迷惑：怎么一出净火谷，就碰到这么难解的事情？

三姨太见火小邪皱眉不展，问也问不出什么，只能作罢。

三姨太想到今晚还是要慎防乔大乔二闹事，便嘱咐火小邪、潘子安排下去，务必小心。其实三姨太心中对乔大乔二的事情烦不胜烦：早知道乔大乔二如此纠缠不休，还不如当初答应他们，给他们一百大洋了事，现在还真有点骑虎难下的感觉。

而火小邪、潘子更是心神不宁。他们经历净火谷惨祸，盗跖前来授艺，水妖儿、水王流川恩怨，一想到净火谷就百感交集，本以为出了净火谷，一切都该平静下来，谁知仍在旋涡中纠缠。二人真是想一走了之，避开三宝镇，快意江湖去算了！毕竟防盗之法，他们两个属于赶鸭子上架那种，昨晚能赢乔大乔二实在侥幸。但三姨太既然托付了他们，以火小邪的性格，绝不是轻易放弃的那种，所以火小邪、潘子打起精神，还是细细检查了各处，做下相应的布置。等闲下来以后，火小邪与潘子一番商量，不得其解，只能静观其变。

夜幕低垂，很快就万籁俱静，已近子夜时分。

十四、收徒两乔

客栈内外，严阵以待，不敢松懈。三宝镇其他店铺也都知道了王家商队惹上东北大盗乔大乔二，已经胜了两次，今晚很可能要发生大事，无不关好门窗，加强戒备。最近三宝镇闹贼闹得厉害，已到了谈贼色变的程度，谁也不敢大意。

黑夜中，两道人影在街头巷角的阴暗处如电般穿行，向着商队所在之地扑来。这两人正是乔大脑袋、乔二爪子。这两人行动如此迅捷，却没有发现在他们身后，还有无数双眼睛在暗中盯着他们的一举一动。

客栈里，赵镖头正在当值，带着人前后巡视，满嘴嘀咕着脏话，臭骂乔大、乔二。

赵镖头刚巡视到中院，只听屋顶上传来猛然传来大喝：“王八羔子们！乔大、乔二老爷来了！叫那个乔他爸、乔他妈两个杂毛滚出来一战！”

赵镖头吓得一个哆嗦，猛退几步，向屋顶看去，却见不到人。

赵镖头顿时大叫起来：“抓贼啊！抓贼啊！”

屋顶上继续有人扯着嗓门大骂：“叫乔他爸、乔他妈滚出来！要不然跟你们没完！”

这吼声如雷，不用赵镖头再吆喝，前后左右的镖师已经全部被惊动，都向中院赶来。

屋顶上乔大、乔二骂个没完，丝毫不惧这里已被包围。而镖师们害怕乔大、乔二厉害，只敢围着，没有人敢上屋顶抓贼，苦等三姨太、火小邪、潘子前来做主。

僵持了不大一会儿，三姨太、火小邪、潘子等人已经赶来，屋顶上狂骂的乔大、乔二见火小邪来了，叫道："乔他爸、乔他妈，你们两个小王八羔子！敢和我们公平较量一番吗？你们要是不敢较量，我们就天天纠缠你们！"

火小邪压了压手掌，稳下剑拔弩张的众人，让他们不要妄动。火小邪与三姨太低声说道："三太太，你看怎么安排？"

三姨太沉吟一阵，说道："火小邪，可以与他们较量，输赢都好，让他们拿钱走人！我实在不想和这些混贼纠缠。"三姨太定下这个主意，乃是她想明白了，破财免灾，如果火小邪愿意较量，无论输赢，都能让乔大乔二滚蛋，自己也保留了颜面。

火小邪点了点头，仰头笑骂道："两个乖儿子！较量可以，输赢怎么计算？"

乔二尖叫道："要是我们输了，我们拍拍屁股就走，永不来滋扰。要是你们输了，你们就当着我们的面吃口屎，再给我们一百大洋！"

火小邪大声道："那不行！太不公平！你们偷我们的东西，本来就是作恶，岂有这种拍拍屁股就走的好事？"

乔二尖叫道："那你说怎么办？"

火小邪嚷道："你们输了，就拜我们为师，三年内听我们的使唤！我们输了，给你们一百大洋！"

乔大乔二略为沉默，低声商量了几句，乔二又叫道："不行！你们输了，钱可以不要，但一定要吃屎！不然不干！"

潘子在火小邪耳边低声道："这两个蠢货看来和狗屎干上了！"

火小邪点了点头，高声道："先说比什么！"

乔二尖叫道："你们既然是防盗的，想必知道盗贼的规矩，那么我们就比上铃三高！"

这“上铃三高”普通人可能不清楚，像火小邪这种从小混在荣行里的人，再清楚不过。上铃三高是北方贼道中盗术晋级的一种方式。荣行帮会中的级别，分下五铃、上五铃、地五铃、天五铃，天五铃里又有大在行（又称大管事）、大拿手、大前普、大天吉、大乾坤。像奉天三指刘，就是天五铃中的大在行，虽是天五铃中的最差一级，却已是荣行中一呼百应、地位极高的人物了。不在荣行帮会中的独行大盗，比如东北四大盗，就不受此等级别约束，但荣行里非常尊敬这些成名大盗，还是会给他们排上辈分。烟虫李彦卓就被荣行尊称为天五铃里的大天吉，乔二爪子为大前普，乔大脑袋为大拿手，黑三鞭与三指刘同级，为大在行。

（下五铃从低到高排列，是下一、下二、下三、下四、下平五；上五铃从低到高排列，是上一、上二、上三、上四、上平五；地五铃排列反过来，最高是地一，最差是地平五；天五铃只用大在行、大拿手、大前普、大天吉、大乾坤区分，不念数。）

盗贼是外八行里的一行，行有行规，总要有个判断高低的标准。五行贼王不在行内，可以忽略不计。荣行中为求公平，便创立了“上铃三高”的晋级标准，属于两个人较量的一种方法，比的是眼、手、身三技，胜两局者，则升一铃。火门三关中，郑州亮八、鬼龙用绳子绑住各自的脚踝，互摸对方背后的号牌，称之为“摸背”，就是“上铃三高”身技较量中的一种。

各地荣行虽说都有这样的级别划分，水平却是高低不一。有的地方，上五铃里的好手，可能比另一个地方的地五铃还厉害。这全看荣行里掌舵的天五铃辈分人物的水平而定。“上铃三高”的比试方法，毕竟是二人争高下，胜者晋级，难有数字化的计量。“上铃三高”在下五铃中并不适用，属于上五铃以上的辈分盗贼的较量方式。下五铃晋级，全靠“上面领导”关照，说你行你就行。火小邪在荣行混了十来年，不过是个下四铃，还没有参与“上铃三高”的资格。尽管如此，“摸背”这种身技的较量，还是火小邪这些“小毛贼”平时玩耍的一种方式。

荣行里除了这种辈分级别的排列方式，还有“单手技”，偏重个人能力。火小邪会的“拿盘儿”就是单手技的一种。单手技中还有跟背、捉刀、捏旺、大小跌、高下悬、登高、大摆、破门、蹲地、吃药等等。“单手技”会的多了，才有资格与同级的盗贼比试“上铃三高”，不然是排不上你的。像火小邪年纪轻轻就会“拿盘儿”，若是升到上五铃，立即就可以与“上一”级别的较量。

乔二爪子一说用“上铃三高”较量，火小邪顿时眼睛就红了：他这么多年憋着攒着，一直期望有机会进到上五铃，能够堂堂正正地用上铃三高与人较量一番。所以火小邪几乎心里连个磕巴都没有打，张口叫道：“好！就听你的！你们下来，我们比试比试！”

乔二爪子叫道：“你别耍阴谋，我们下来，你们反而抓了我们！你发誓！”

火小邪高声道：“天清地明，乾坤做证，五雷聚顶，万劫万生，以此立誓！若是你们下来，我对你们耍手段，就如此誓！”

这乃是贼道里极重的一个誓言，能发此誓者，可以信任。旧时迷信，极为重誓，轻易不敢违抗，光凭这点，古人的诚信之心，就值得现代人好好学学。

说到这里，乔大乔二才从屋顶现身，一大一小两个人影，几个大步，从屋顶跳下，落在火小邪面前。

火小邪正想说话，突然心中一动，眼睛余光看到远处的客栈二楼窗口站着两人，其中一个男子，一身富贵公子的打扮，手握折扇，十分儒雅地看着场地中。这男子身旁，则站着一个俏丽冷艳的女子，穿着一身富贵小姐的衣服，毫无表情地看着火小邪。

火小邪心中狂呼：“水妖儿！郑则道！”

火小邪所看到的窗口并无灯光，只是窗户大开，那两人就站在屋内，向外面看来。一般人看不清他们的长相，但火小邪目力极好，借着中院中无数火把的亮光，看得一点没错。这两人绝对就是郑则道和水妖儿，他们两人的长相和气质，烧成灰火小邪也认得出！

火小邪心中又麻又酸又恨又妒，一股子无明业火腾地升起，都不清楚自己在想些什么，只是盯着窗口，大叫一声：“别走！”说话间已经跳将出去，向窗下跑来。

就在火小邪做出这等惊人的举动之时，窗口的郑则道、水妖儿身子一闪，便都不见了踪影。火小邪哇哇大叫，疯了似的狂奔，恨不得踩在人的头顶，两个抓握攀起，就登上了窗户。火小邪翻身入内，房中漆黑一片，大门紧闭，哪有郑则道和水妖儿的影子！

火小邪失声高呼：“水妖儿！郑则道！你们出来！我看到你们了，不要躲着我！”可是火小邪再怎么喊叫，都是无人回答。

中院里的人这时才回过神来，都向着窗下聚拢过去，一下子冷落了乔大、乔二。乔大、乔二更是诧异，愣在当场：这个“乔他爸”刚才还好好的，怎么突然疯了似的，翻上窗户，大叫两个人的姓名？不过刚才火小邪露出的一手攀登功夫，还是让乔大、乔二心惊不已。这身手绝对不在他们之下，甚至更高一筹。

虽说中院里近百号人乱成一团，但对乔大乔二还是呈合围之势。三姨太尽管惊讶，但还没有丢了分寸，紧盯着乔大、乔二不说，跑出几步，冲着火小邪所在的房间大喊：“火小邪，你怎么了？”

潘子虽说没有看到郑则道、水妖儿出现，但听火小邪这样喊，心里早就明白，一马当先地来到窗下，同样大叫道：“火小邪，你没事吧？”

乔大、乔二听三姨太和潘子呼唤火小邪的名字，两人顿时一愣，张着大嘴对视一眼，齐声道：“火小邪？乖乖隆地咚的！”

火小邪在屋里狂呼乱叫，无人答复，他哪里肯甘休，拉开房门就往外追，一直追到屋顶，还是不见郑则道、水妖儿的身影。他们两个似乎眨眼之间消失了。

火小邪站在屋顶，四处观望。三宝镇漆黑一片。以水妖儿、郑则道的本事，如果刻意要躲着他，他必然是找不到了。

火小邪撕心裂肺地长啸：“水妖儿！妖儿！你为什么躲着我？”

火小邪一口闷气喊出，算是好受了些，站在屋顶动也不动，牙关紧咬，闭目不语。

潘子已经爬上屋顶，赶到火小邪身边，关切地问道：“火小邪，你没事吧？刚才你真的见到了水妖儿？”

火小邪点了点头，睁开双眼，叹了一口气，说道：“我没事……刚才，我的确见到水妖儿了……他们应该走了……”

此时，站在院中的乔大脑袋、乔二爪子喊了起来：“火小邪，你叫火小邪？”

火小邪冷哼一声，一纵身，从屋顶跳下，对乔大、乔二说道：“没错，老子就叫火小邪！”

乔二爪子使劲眨巴着眼睛，说道：“另一位可叫潘子？”

潘子也从屋顶跳了下来，骂道：“呦！我正是潘大爷！”

火小邪狠狠道：“乔大、乔二，刚才不好意思，现在我们就比试吧！”

乔大、乔二对视一眼，异口同声地说道：“不敢！不敢！火师父，潘师父，请受徒儿一拜！刀山火海，敬请两位师父吩咐！”

说着，这两个大盗就扑通一下跪在火小邪、潘子面前，咚咚咚三个响头，伏地不起。

乔大、乔二这种举动，比刚才火小邪猛然发作找人更让人大惑不解：这两个大盗是怎么回事？还没有比试，就认输了？一时间，中院中人人皱眉，个个挠头，鸦雀无声。

火小邪也被乔大、乔二弄蒙了，“你你你，你们你们你们”哼了半天，说不出完整的话来。

还是潘子灵活些，叫道：“喂喂，你们两个，起来起来！架还没打呢，你们磕什么头啊？你们磕头我们也没钱给你们。”

乔二爪子老老实实跪着，头也不敢抬，只是叫道：“两位师父若是不认我们为徒，我们就跪死在这里。”

火小邪从小到大，还是第一次有人对自己行如此大礼，有些慌了神，连连说道：“你们起来！到底怎么回事，你们先说说。”

乔大、乔二就是不起，两人叫道：“师父不认我们，我们就不起来。”

火小邪急得叹了口气。打架他不怕，输了他也不怕，可就是怕乔大、乔二这样，只好说道：“好了好了，我认了，你们起来说话！”

乔大、乔二又叫：“还有潘师父没认！”

潘子哈哈大笑，说道：“我当然认了！起来起来！”

乔大、乔二这才呵呵傻笑，抬起头来，但仍然跪在地上，不愿起身。

火小邪问道："你们两个，到底犯了什么毛病？"

乔大脑袋抓了抓大脑袋，说道："两位师父，我们找你们找得好苦啊，都找了一个多月了，差点就要饿死了哇！"

乔二爪子拍了乔大脑袋一记，骂道："× 你的大西瓜，就想着吃！火师父、潘师父，你们不知，我们是听盗跖大师伯的嘱咐，才来广东这边找你们的。如果找不到你们，我们这辈子就算废了。"

火小邪、潘子对视一眼，都暗叫一声："盗跖！"

净火谷中的三年岁月，盗跖对他们有知遇之恩，管教极为严苛，虽说三个月才来一次，但在火小邪、潘子心中，盗跖乃是天下一等一的好人、恩师。可是三年之中，无论火小邪、潘子如何央求，盗跖绝不肯认火小邪、潘子为徒，只是平辈相称，并再三叮嘱过，以后若到了江湖之中，不可提他的名字，不可找他，不可说自己传授的盗术。

如果乔大、乔二是盗跖叫来找他们的，必然另有深意！盗跖说的话，火小邪、潘子都当作金科玉律，丝毫不敢有违，哪怕是乔大乔二乱了长幼之分，拜他们两个刚刚二十出头的毛头小子为师，火小邪、潘子又岂敢说个不字？

三姨太见了这种情形，默默走到火小邪身边，说道："火小邪，盗跖是谁？"

火小邪答道："是一个老朋友。"

三姨太哦了一声，又说道："那乔大、乔二……"

火小邪说道："三太太，既然现在他们两个认我和潘子为师了，想必是不会再为难我们了。"

乔二爪子叫道："火师父，都是我们两个有眼不识泰山，给师父们添了不少麻烦，还请师父原谅我们啊！我们真不知道这支商队是由两位师父看护着的，要不打死我们，我们都不敢来偷。"

火小邪说道："好了好了！乔大、乔二，我现在脑子里乱糟糟的，你们两个起来，随我进屋说话。"

"是、是、是！"乔大、乔二齐声答应，站了起来。

虽说三姨太和一众镖师还想不明白，为何乔大、乔二这两个死敌一下子就俯首帖耳了，但危机已解，火小邪收服了这两个大盗，总算可以睡个安稳觉了。乔大、乔二虽是厉害的盗贼，却自始至终未伤一人，也没有偷走货物，并无仇恨，冤家宜解不宜结，现在皆大欢喜，何乐而不为？于是众镖师欢声雷动，彼此击掌相庆，热热闹闹地恭送火小邪、潘子、乔大、乔二离去。

乔大脑袋一直嚷嚷肚子饿，火小邪命店掌柜拿来十多个馒头、几只烧鸡。乔大、乔二看来真是饿得太久，狼吞虎咽地吃了个干净，还不满足，又吃了数斤牛肉，才拍拍肚皮，说吃饱了。这两个著名大盗，一身本事，却身无分文，如同饿死鬼投胎一般。他们千里迢迢从东北来到人生地不熟的南方，苦苦寻找火小邪、潘子两人，也真是难为了他们。火小邪、潘子看着他们两个的吃相，感慨万千，亦对他们两人备感亲切。

乔大、乔二吃完，你一言我一语地把事情说了。原来他们两个一年前与盗跖相遇，盗跖使出手段，制服这两人，又搬出他们早已去世的师父遗训，做了他们的大师伯。前两个月的时候，盗跖命他们出山，远去南方赤霞山寻找火小邪、潘子两人，拜他们为师，从此一切事宜，听火小邪、潘子的吩咐。盗跖命乔大、乔二立誓，在找到火小邪、潘子之前，只可偷盗两次，仅为求生之用，除此以外，终生不得偷盗，否则断手断脚，万劫不复。乔大、乔二脑筋直，既守誓言又尊师训，一点不敢造次，所以才落魄到如此地步，几乎是食不果腹。

现代人可能觉得奇怪，一句誓言，一声师训，就能让两人如此坚定不移，身心不二，难道脑子有问题啊？其实中国历朝历代，无论文武、僧俗、三教九流、各行各家、黑白两道，都是尊师重道，一诺千金。外八行的帮派人物，特别是贼盗之流，把誓言师训看得比自己性命还重。

火小邪、潘子虽说听明白了乔大乔二为何这样做，但仍然不解盗跖为何要做此安排。火小邪、潘子百思不得其解，干脆作罢，有乔大乔二两人跟随身旁，未尝不是好事。

乔大脑袋、乔二爪子认定了师父，心里踏实下来，睡意袭来，没过多久就沉沉睡去，鼾声如雷。潘子这两天也没睡好，哈欠连天，也睡了过去。

可火小邪根本无心睡眠，他去找了店掌柜，问他看到郑则道、水妖儿出现的那个房间里住的是何人，店掌柜只是说那间房还没有住人，哪有什么衣着富贵的一男一女？整个客栈中，也没有这样的两个人。

火小邪甚至有些怀疑，难道是自己眼花了，看错了？

火小邪绝不甘心，偷偷出了客栈，在三宝镇中胡乱寻找起来。

三宝镇这个市镇，地处赤霞山脚下开阔地带，清朝末年才慢慢发展成为一个重要的商邑，地方说大不大，说小不小，主要街道三纵三横，又以宝林大街为主干道，大大小小的店铺、货站、客店都云集在宝林大街两旁。白天的时候，南来北往的商队使得这里分外热闹，但一到晚上，各路人马都守在房内，轻易不会外出，所以整个市镇显得异常冷清，举目望去，黑漆漆的一片。

火小邪出了自己所住的客栈，漫无目的地乱走。去往哪里找寻，他根本就不清楚，但要是不出来找找，心中的一口郁闷之气，根本就难以散去。

子夜过后，三宝镇街头空无一人，一个人乱走也是不妥，所以火小邪并没有沿着宝林大街寻去，而是钻到旁边的漆黑巷子里，快步而行，不断观望四周有何异常的动静。

火小邪绕过两条巷子，逐渐觉得后背发凉，似乎在黑暗之中有无数双眼睛盯着自己。可无论火小邪怎么留意，始终见不到人。以火小邪现在的本事，耳聪目明，感觉比常人敏锐数倍，仍然发现不了任何踪迹，连火小邪自己都推断，若不是自己神经紧张疑神疑鬼，就是有人藏身藏得极为稳妥，并不想出来跟踪打扰。

总而言之，这个三宝镇中，透着一丝隐隐约约、不宜察觉且挥之不去的怪异之气。

火小邪屏息静气快步而行，又走了一段路，已经到了三宝镇的边缘，荒地杂木，并无道路。火小邪正想转头绕行回去，却听得耳边突然有人说话。

“火贤弟！”这声音隐隐传来，虽说隔得甚远，仍能听得十分清楚。

火小邪猛一回头，正看到一个人站在一条巷子的路口，微微笑着向他点头。

此人烧成灰火小邪也不会认错，正是郑则道。

火小邪心中五味杂陈，低喝一声："郑则道，你果然在这里！"

郑则道淡淡一笑，并不答话，转身就走，瞬时消失在巷子中。

火小邪哪里肯放，拔腿就追，身法尽展，快如闪电。

而火小邪追入巷中，道路笔直，却不见了郑则道的身影。

火小邪心中一惊：这个郑则道好快的速度！难道他真的是鬼魂不成？

郑则道的本事，火小邪三年前就亲眼见过，他制服甲丁乙的手段，绝不是常人所能想象。郑则道入了火家，得到火王严烈亲传，三年之间，是否又已经功力大增？

火小邪不敢大意。郑则道此人，虽说与火小邪没有深仇大恨，但总觉得他乃是一等一的强敌，如同一块大石，压得火小邪喘不过气，更何况，郑则道与水妖儿在一起。

追！火小邪紧追几步，还是寻不见郑则道，不禁压低了嗓子喊道："郑则道，你有话出来说！"

"火贤弟，随我来！"隐隐约约的声音再度从一侧传来。

火小邪立即转头一看，郑则道正站在一段墙头，冲火小邪微微而笑。他刚刚说完，就一跃而下，再次不见。

火小邪恶气满胸。好你个郑则道，装神弄鬼，故意卖弄，今天不追到你誓不为人！

火小邪腾腾几个箭步，冲到墙边，单手一吊，就已经翻上墙头，脚下一点，停也不停，跳了下去，落地几无声息。

"好身手！"郑则道的声音又飘过来。

火小邪狂追不止。郑则道的身影和声音总是在前面不急不忙地吊着他，无论火小邪怎么努力，都无法逼近，只好咬牙紧根，不愿让郑则道看轻。

两人一前一后，疾速奔了许久，已经离开了三宝镇主要街道，来到一片破败的废弃民房之中。

郑则道身子一晃，钻入一间屋内，再无声息。

火小邪紧追不舍，身子一钻，就从窗口跳入，还没有等起身，只觉得脚下一股拉力，似乎踩到了什么东西，嗖的一下收紧。火小邪暗叫一声不好，想跳开去，却已经来不及了，一张黑色大网嘭的一声卷起，将火小邪裹了个结实，拽倒在地。

火小邪心中狂骂："郑则道！你好阴险！居然设计抓我！"火小邪死命挣扎，丝毫挣脱不了。这黑色大网又细又韧，越挣越紧，像极了净火谷谷主逮住黑风的那种网子。

越是这种危急时刻，火小邪反而越镇静，反手一摸，就将腰间的猎炎刀抽出，抓住黑网就要割开。

刀子还没有使劲，猛然一只脚踢来，将火小邪的手腕踢开，差点就把猎炎刀丢掉。火小邪还没有来得及察看来者何人，胳膊已被人一拧，按在背后。手肘上的麻筋剧痛，猎炎刀再也抓不住，被此人取下。这一招火小邪也会，乃是盗跖所授盗术中的并心术，亦即扰筋乱脉术，若是在这种情况下被人捏住，就算你是大罗神仙、石人铁打，也要松手。

火小邪顿时破口大骂："玩阴谋诡计算什么好汉！"嘴里虽骂，心中却难受得无以复加：自己居然这么大意，自投罗网，简直毫无回旋余地，火小邪啊火小邪，你怎么这么鲁莽啊！

来人沉声骂道："再叫一声就割掉你的舌头！"

火小邪被黑网缠得死紧，知道这个时候逞能讨不到任何好处，干脆嘴巴一闭，一骨碌翻身坐起，狠狠地看着对他动手之人。

眼前这人并不是郑则道，而是一个依稀有些眼熟的年轻男人，穿着非常寻常的伙计衣服，正拿着猎炎刀，指着自己。

火小邪瞪着此人，低骂道："你是什么人？我要找郑则道！放我出去！"

这人骂道："火传使者的大名，岂是你这种小毛贼能直呼的？给我老实点！"

火小邪恨不得跳出去咬死这人，气得眼睛都红了，但他明白自己身处险境，还是暂时委曲求全，才是上策。

火小邪将头一低，干脆不发一言。

"呵呵，火贤弟，不要生气，我这也是不得已而为之。请息怒，我有几句话想问问你罢了。”郑则道斯斯文文的声音从一侧传来，稳步走出。

站在火小邪面前的那人赶忙一个鞠躬，念道：“火传使者，这小贼已经老实了。”

郑则道笑道：“好，尊守亮，你辛苦了，退下吧。”

这个叫尊守亮的人，一听名字就知道，乃是现在火家九堂一法的首堂——尊火堂的弟子。看来，郑则道就是此人口中的火传使者。三年时间，郑则道居然已有如此高的地位，真不愧是火王严烈的亲传弟子。

尊守亮把从火小邪手中缴获的猎炎刀双手递上，说道：“此刀从这小贼手中缴获，请火传使者发落。”

郑则道将刀接过，说道：“好！”

尊守亮面对着郑则道，恭恭敬敬地退到一边，轻轻一跳，从破墙处跃出，不见人影。

郑则道将猎炎刀拿在眼前一看，突然呵呵一笑，说道：“这把刀好眼熟，是甲丁乙的刀吧。火贤弟，我说得对不对？”

火小邪头也不抬，半闭着双眼，哼道：“郑则道，你是什么意思？你是要杀还是要剐，痛快点说话。”

郑则道连连摆手，说道：“火贤弟，你真的误会了！我和你能有什么怨仇？我请你来这里，就是想和你说几句话。”

火小邪抬起头，看着郑则道，抖了抖身子，骂道：“说话？你骗我进屋，暗算了我，我能有什么好说的？”

郑则道说道：“火贤弟，三年多不见，你的功夫真是大大增进，我都自愧不如啊。但是火贤弟，你似乎心中有浓浓的怨气不散，我这样做，都是想让你平静下来，我们好好地叙叙旧。得罪之处，我必当好好地致歉。”

火小邪冷笑道：“什么话！你就是想抓住我拷问吧？不要假惺惺的了，你要说就说，要问就问！”

郑则道说道：“火贤弟，你真的误会了，随便你怎么想吧。呵呵，火贤弟，你是不是和甲丁乙去了净火谷？”

火小邪哼道：“你有本事的话，就先松开我！”

郑则道笑道：“松开你不难，只要火贤弟答应我，咱们好好地聊聊，你千万不要意气用事。你看如何？”

火小邪骂道：“你爱松就松，不松拉倒，既然我栽在你手上，我也没有什么好说的了！”

郑则道说道：“火贤弟啊火贤弟，你不觉得你比三年前性格变了很多吗？怎么说话做事，都换了一个人似的。”

火小邪说道：“嘿嘿，我变了？是啊，我是变了。谁不会变，你当我还是小孩子吗？”

郑则道说道：“火贤弟，如果你继续这样固执，那我只好先走了，等你冷静冷静再说。”郑则道微微一笑，又说道：“你是不是也有很多事情想问我？咱们可以击掌为誓，你问我一个，我问你一个，都必须说真话。你要是不答应，我就走了啊。”

火小邪一听，心想这个郑则道真会打算盘，又玩青云客栈那一套，看着公平，实际上占尽了便宜。可现在自己落在郑则道手中，前途未卜，还真是别无更好的周旋方法。

火小邪点头道：“好！不用击掌，该说的就说，不该说的就不说！我先问你！”

郑则道说道：“好啊，火贤弟痛快！那请问吧。”

火小邪本想问水妖儿在哪里，但一时间问不出口，便换了一个他最感兴趣的。

火小邪问道：“郑则道，我问你，你为什么在这里？”

郑则道说道：“哦？那你又为什么在这里？”

“少耍赖！”火小邪怒道。

“呵呵，告诉你无妨。我为什么在这里，以火贤弟的聪明，绝对已经猜到了几成。你猜呢？”

火小邪正张口要说是不是净火谷，但话未出口，生生咽了回去。郑则道，你真会套话，如果我说出了净火谷，你就省了不少心。

火小邪哼道：“我不猜！你要说就说，少玩花招。”

郑则道哈哈一乐，说道："好，好，我就不兜圈子了，我之所以在这里，当然是因为你火小邪，因为净火谷啊。"

火小邪说道："因为我？因为净火谷？那你来这里要干什么？"

郑则道呵呵再笑，眯着眼睛说道："火贤弟，这是下一个问题，现在该我问你了。"

火小邪心中一惊，转念一想，马上暗骂自己："糟糕，刚才我这个样子，一定已经被他看出我和甲丁乙去过净火谷！这个天杀的小人！我怎么总是被他牵着鼻子跑？"

郑则道如同没有看见火小邪的表情似的，轻描淡写地问道："火贤弟，你知道五行圣王鼎的下落了吗？"

火小邪听到"五行圣王鼎"这五个字，不禁愣了一下。这五行圣王鼎甲丁乙似乎说起过，但都是一句带过，并不多说，火小邪也从来没有太过在意，毕竟火家的秘密太多，随便一个都是震惊世人的。但现在换了从郑则道口中说出，却显得不同寻常。

火小邪皱了皱眉，说道："五行圣王鼎？下落？这是个什么东西？我怎么知道？不知道，不知道！"

郑则道看着火小邪的双眼眉间，已经明白这个傻小子的确不知。

郑则道呵呵笑道："哦，不知道就好！"

火小邪心中更是生疑，说道："那我问你，你到这里来是要干什么？"

郑则道笑道："刚才你问了我一个，我也问了你一个，现在我没有要问你的了，所以我就不回答了。"

火小邪气得五脏六腑简直都要燃烧起来，大叫："郑则道，你耍赖！"

郑则道哈哈一笑，说道："火贤弟，你看着已经是个大人了，为什么说话还是一股子小毛孩的味道？看来你这两三年里，并不是在江湖上行走，而是躲到哪里练功去了。你这身手，我早已看出，你学的是火家盗术，教你的人不是甲丁乙就是净火谷里的败火徒。呵呵！"

火小邪算是明白，如果耍嘴皮子，自己同样不是郑则道的对手。

火小邪只好狠狠地干笑两声，不再说话。

郑则道见火小邪用沉默来对抗自己，微微一笑，又说道："火贤弟，你火性精纯，但心智还差了很多。来日方长，你日后在江湖上行走得多了，慢慢长进，定有大成！我郑则道尽管才疏学浅，但看人一般不会看错的。好了，火贤弟，我还有要务在身，不便与你久聊，这就告辞了！"

火小邪一听郑则道要走，忍不住叫道："放开我！"

郑则道踱开几步，说道："一会儿自然有人来放开你，不用担心，咱们后会有期！"

"放开他！"有一女子的声音从暗处传来，颇为冰冷。

郑则道一听，顿时站定了身子，不敢再走。

火小邪抬头看去，只见穿着一身富贵小姐衣裳的水妖儿，无声无息地从暗处走了出来。

火小邪失声叫道："水妖儿！"

水妖儿只是扫了火小邪一眼，并不多看，毫无表情，走上几步，对郑则道又说："火传使者，放开他，让他走。"

郑则道堆上笑脸，对水妖儿柔声道："水妖儿，现在放了他，只怕他生事啊。"

水妖儿冷冷说道："我说了，放开他。"

郑则道见水妖儿态度坚决，根本不愿听他的辩解，轻叹一声，走上前用猎炎刀一挥，刀尖贴着火小邪的皮肤而过，将黑网、衣服一起划破，却不伤皮肉，若没有极好的眼力和手劲，是断然做不到的。

火小邪如获大赦，顾不了什么面子，扯开黑网，钻了出来。刚一钻出，便立即摆好身形，准备和郑则道大打一架。

郑则道歪着嘴笑了声，一把将猎炎刀丢过来，说道："刀子还你！"

火小邪伸手接过，持在手上，刀尖指着郑则道，向水妖儿走了几步，急道："水妖儿！谢谢你救了我！你怎么在这里？"

水妖儿看也不看火小邪，只对郑则道说道："火传使者，咱们走吧！"

郑则道对水妖儿言听计从，相当温顺，眉目之间流露出隐隐爱意，轻声道："妖儿……"

"住嘴！"没等郑则道说下去，水妖儿已经厉声打断郑则道，"谁是妖儿！叫我水妖儿！再警告你一次，我和你都是听命做事，才不得不在一起！你少动什么心思！"

郑则道和颜悦色地点头道："好！好的！小生再也不敢放肆了。水妖儿姑娘息怒。"

虽说水妖儿和郑则道并不对付，但火小邪心中还是醋意腾腾。郑则道身手、学识、长相、口才，处处都在自己之上，水妖儿和郑则道在一起，郑则道这副巴结的模样，断然会千方百计地讨好，水妖儿是否会和郑则道日久生情，实在让火小邪放心不下。

火小邪心中狂跳，酸溜溜地说道："水妖儿，你现在要走吗？我，我……"火小邪千言万语，不知从何说起。

水妖儿点了点头，冷冷说道："火小邪，此地不宜久留，你和潘子，带着乔大、乔二两人，尽快离开三宝镇！今生今世，就当我们从来不认识！"

说着，水妖儿一转身，唰唰几步，已经跑开，从残墙处跃出，不见踪迹。

火小邪好不容易再见水妖儿，哪里肯依，拔腿要追。郑则道横向飘过来，先一步堵在火小邪面前，笑道："火贤弟，你还是留步吧！"

火小邪全身邪火攻心，哪里还管什么是非黑白，手腕一翻，嚓的一刀就向郑则道胸口刺来。郑则道轻轻咦了一声，手中扇子一别，就将火小邪的刀劲引开。

黑夜之中，郑则道的脸色唰的一下发白，眼中杀气闪现，低哼道："火贤弟，你是不服气吗？"

"闪开！"火小邪低骂一声，抽刀再刺，已是使出了自己的全部本事，又稳又快又准，对着郑则道的腹部要害处刺来，要是郑则道不让开，很难躲过这雷霆万钧的一刺。

郑则道根本没有躲开的意思，手中扇子一递，戳在火小邪肩头。那把扇子乃是精钢打造，比猎炎刀长了一指，这一猛戳过去，就止住了火小邪的身势，但猎炎刀的刀尖，还是没入了郑则道的衣服内，火小邪能够感到，刀尖有一小指已经刺入了肌肉之中，却绝对只是皮肉之伤，毫不致命。

两人僵持不动。郑则道受了一刀，却轻轻一笑，说道："火贤弟，你还是伤了我，谢谢你这一刀，求之不得。告辞了！"

郑则道话音既落，铁扇发力，将火小邪推开半分，随即铁扇一展，啪的一下打开，正好遮住了火小邪的面部，只挡住火小邪的视线，并不攻击。火小邪大惊，正想侧身让开，腹部已重重地吃了一脚，踢得不高不低，正是肋骨最下方。这个位置，若是被人踢中，疼痛无以复加，一般人当场就要丧失反抗能力。

火小邪闷哼一声，噔噔噔被郑则道踢得后退几步，疼得全身冷汗直冒，几乎就要跪倒在地。火小邪略一迟缓，抬头再看，郑则道已经从窗口跳出，消失不见。

火小邪猛追几步，腰腹吃疼，哎哟一声，半跪在地上，最下面的一根肋骨可能已经断了。

火小邪心里明白得很，他绝对追不上郑则道和水妖儿了。而且刚才郑则道完全可以要他的性命，却手下留情了。郑则道这种身手，却要硬接他的一刀，受了点轻伤，这是为何？难道……郑则道是故意的？故意受伤让水妖儿看到？难道……郑则道又利用了他？

火小邪越想心中越难受，他叫不出声，也不愿叫出声，只是情不自禁地，两行眼泪奔涌而出，滑过脸颊……

十五、土家田问

距离火小邪所在荒屋半里开外的密林中，黑暗中十几个影子飞速穿行，都向着同一个地方而去。无人说话，脚步快速细密，奔跑的身法一种是迅猛快捷，一种是飘逸灵动。这些人里面，有老有少，有男有女，有打扮富贵洋气的，也有路人伙计打扮的，更有乞丐花子一般打扮的。若不是这时候他们显出身手，谁也无法判断出他们的身份，只会以为是普通人罢了。

这些人聚在一块空地上，安安静静地略等了片刻，就见一棵树上跃下一个年轻女子，穿着打扮如同一个富家小姐，正是水妖儿。

水妖儿并不说话，走上几步，站在一块大石之上。已经来到此地的一半人跪拜下来，神情恭敬，仍是无人说话。水妖儿一摆手，这些人便站起，静立一旁。

水妖儿和一众人又静悄悄地等了片刻，林中簌簌作响，两个男人一前一后地赶至，正是郑则道和擒住火小邪的尊守亮。

郑则道同样一言不发，快步走到水妖儿身边肃立，另一半的人众也向郑则道跪拜行礼。

这十几个人已经分清，一半是水家盗人，另一半则是火家盗众。

郑则道站到水妖儿身旁，微微向水妖儿笑了笑，但水妖儿马上察觉到了不对之处，低声道："火传使者，你受了伤？"

郑则道微笑着低声道："没事！谢水姑娘关心。"

水妖儿说道："是火小邪伤的你？"

郑则道说道："无妨，小伤而已，他有怨气罢了，我不会与他计较这些。"

水妖儿皱了皱眉，低声道："得罪了……"

郑则道隐隐一笑，再不与水妖儿说话，转头对下面众人说道："什么情况，火家弟子速速报来！"

有人站出一步，抱拳说道："西四客栈住的七人，已经查清，他们是桂系军阀聘请的攀山好手，打头的一个叫张建业，是桂军的情报营副营长。"

郑则道说道："好！"

另一个也站出来，抱拳说道："灵骆茶庄的那批陌生人，是上海黑帮老大杜月笙的手下。上海小五贼也来了三个，分别是剪子手余清舟、叼小细刁梁和笑不穿周贾，剪子手余清舟应该是带队的，待查。"

再一个出来说道："庆云行商铺一直不走的那些人，就是阎锡山的食客，全部是劫匪出身，行五省杀八十人的黄大牙就在里面。其他人也应都有案底，具体待查。"

郑则道笑道："好嘛！阎锡山真会打自己的算盘，打算杀人抢劫了。"

再有人上来报，却是还没有查清，郑则道也不见怪，和颜悦色，不责不骂，只是让他们加紧继续。

火家人报完消息，水妖儿便让水家人来报。

一对夫妻模样的人出来说道："踏云货站的那十几个人，已经完全查清，他们就是蒋介石派来的，是委员长亲卫队的情报人员，都是广东、湖南、广西、福建、江西五省的上三铃级别。他们做的事情和我们有些像，也是打探各路人马的来头，每天由两组情报快马送出。我们复制了其中一份，请水姑娘过目。"说着，丈夫打扮的男人上前，把一张纸递给水妖儿。

水妖儿迅速看完，还给那男人，说道："蒋家还是对我们不太信任。天下已经快是他们的了，不拿到五行圣王鼎，看来蒋介石是不会安心的。"

水家人纷纷来报。他们搜集的情报极为细致，远胜于火家，不得不让郑则道点头赞叹。

这些情报汇拢起来，已经明了。最近几个月不知道是谁透露出来，净火谷藏于赤霞山中，引得各路枭雄派出的人马齐聚在此。因为江湖传言，净火谷乃是火家的一批败火徒聚集之地，这批败火徒与火家有深仇大恨，而且都是以前火家位高权重之人，掌握了五行圣王鼎的下落。五行世家是绝对不会轻易说出五行圣王鼎埋藏之处的，溥仪又在日本人的控制下，更是不会透露。所以，要想得到五行圣王鼎，找到净火谷，和火家败火徒联合，也许是最好的方式。

“得五行圣王鼎者，得天下。”自从二十多年前这句俗话从晚清朝廷里传出，已在各路窥视江山的野心家、乱世枭雄心中扎根，五行世家各自选择未来的帝王，也会透露些五行圣王鼎的重要性。只是圣王鼎上的土行灯一直不灭，土家一直跟随着溥仪，金木水火四行世家谁也不愿妄动，于是五行圣王鼎藏在哪里，至今无人知晓。

五行世家不说下落，各路军阀们可急了：蒋家王朝已有雏形，逐渐坐稳了江山，可是五行圣王鼎始终不在自己的控制下，简直是寝食难安。各路军阀也认为机会还在掌握中，一有点消息就要倾巢出动，谁抢占先机得到五行圣王鼎，任意一盏灯在自己手中亮起，都能引来五行世家倾力相助，无数钱财唾手可得，夺取天下指日可待。

还有些做皇帝梦的家伙，比如上海的杜月笙，虽说手中无雄兵百万，但深知要是他能掺和一把，做不了皇帝，没准也能得到大片江山，世代侯爵。

来到三宝镇的各路人马，神神秘秘，互相观望，又互相制约，谁也不透露自己的底细。火、水两行世家在此，并非要阻止他们，而是想看看夺取天下的人都有谁，他们又能使出什么手段，各自打着什么算盘。

五行圣王鼎所在何处，其实除了几位贼王以外，郑则道、水妖儿这种贼王身边的人，都不清楚。

郑则道受火王严烈之命，带领火家贼人，联合水家执行这次监视众人动静的任务，其实还有一个谁也不知道的原因，就是他对五行圣王鼎的痴迷程度，不亚于任何一人。

郑则道、水妖儿略略商议一番，各自安排下去，继续观察，不得惊动各方。

众世家贼人迅速散了，夜阑人静，好像这里从来没有这么多人出现过。

郑则道问道："水妖儿姑娘，山西王家的王兴也有商队到了三宝镇，莫非木家人也要来凑凑热闹？"

水妖儿轻轻哼了声，说道："不只是木家人来了，土家人也来了，而且这个土家的人，你三年前在火门三关收徒的时候见过，就是土王田广的大儿子——田问。此人得了土家真传，有搬山覆地之能，是未来土王的不二人选，只怕他来到这里，谁也讨不到好处。"

郑则道略有吃惊地说道："田问？这个田问要做什么？"

水妖儿说道："土家现在还在看守着五行圣王鼎，哪容他人如此嚣张地窥探圣王鼎的下落？田问既然来了，他定会不择手段地阻止这里所有的人，包括我和你……"

郑则道沉吟一阵，不敢大意，说道："请问水妖儿姑娘，田问真有这么大的本事，让你都心生畏惧？"

水妖儿淡淡说道："并非畏惧，而是五行中土克水，土家是水家的天敌，轻易不愿与土家直接冲突。而且土家传承颇深，在五行世家还未成形之前，土家就已经存世千年，专门为帝王将相效力。现在民间所有盗墓摸金、风水定穴、钻山寻路之人，可谓都是土家的徒子徒孙，实力极强……火传使者，这些火王严烈都没有和你说过吗？"

郑则道说道："确实没有仔细说过。火家不经常谈论这些情报，所以火王大人与我说五行世家的历史传承并不是很多，所以对土家所知甚少，还请水妖儿姑娘赐教。"

水妖儿看向远方的夜空，说道："几年前，火家严火堂堂主严景天一行人，在东北受困于巨坑杀象的深坑之中，无计可施。那巨坑杀象，本是土家用于战场攻防的一种陷地术，后来作用不大，这本事就流落于民间。火家严景天严堂主，本事了得，但毫无办法逃出深坑，只能困守待擒。土家所用之招，无不大开大合，大巧若直，雄厚沉稳，如果正面冲突起来，除了木家以外，火行、水行、金行世家，都是难有胜算。”

郑则道其实非常清楚严景天当时的遭遇，甚至知道严景天脱困，一大半的功劳要归在火小邪的名下，火小邪和水妖儿在当时就已经彼此熟识。郑则道尽管知道，却绝不会这个时候点破，勾起水妖儿的回忆，所以郑则道避开这个话题，说道：“严景天曾经受困于巨坑杀象，略有耳闻。巨大铁笼嵌在房屋之中，整栋房屋坠入深坑，坑内四壁火油涂抹，坑顶被人持火把守住，稍有妄动，便丢下火把将人烧死。如若是我受困在内，也是没有办法。这样想来，土家确实厉害！不过土家的阵法工程浩大，土家的田问能带来多少人？若是他一个人的话，是否我们联手，还有较大的胜算？”

水妖儿说道：“火传使者，尽管你进了火家已有三年，而且身居高位，火王亲传，但很多事情，你还是不清楚。我们要是碰见了田问，一切好好说话，没必要争出个高低长短。这是我的建议，具体如何应对，火传使者可以不用按我的来。”

郑则道轻笑道：“惭愧！水妖儿姑娘言重了。我能与水妖儿姑娘共事，实在是我的福气，还望水妖儿姑娘多多指点。”

水妖儿略略点头，说道：“走吧，我们也不要在此久留了。”

郑则道点头要走，但眉头微微一皱，轻轻地用手按了按腰间刀伤。

尽管郑则道举止细微，但还是让水妖儿看在了眼里，水妖儿停下脚步，说道：“伤得很重吗？”

郑则道微笑道：“真的不要紧，我已经止血，就是刚才一动，伤口略有崩裂。”

水妖儿打量了几眼郑则道，说道：“火传使者，以你的本事，不该躲不过火小邪的一刀。”

郑则道笑道："得饶人处且饶人，我用网子绑了火小邪，他刺我一刀，消消他的怒火也好。唉，其实我也大意了，没想到火小邪动作这么快，直接想取我的性命，险些没躲过去。惭愧！"

水妖儿眼神中闪出一丝对火小邪的失望，将头扭过去，说道："火传使者，这事也怪我，对不住你了……"

郑则道柔声道："水妖儿姑娘，似乎你对火小邪十分熟悉啊。火小邪是个难得的人才，火性精纯，就是现在有些狂躁之气，行为举止幼稚了些，日后他多加历练，必有……"

水妖儿说道："不要说他了！走吧！"

水妖儿再未说话，一转身快步离去。

郑则道看着水妖儿娇媚婀娜的背影，脸上浮现出满足的笑容，紧紧跟上。

此时，火小邪正一个人坐在角落中，靠在一块大石上，低头不语，任凭黑暗包围了他。

火小邪心中又恨又悔，这时候冷静下来，思考自己的所作所为，觉得实在太过莽撞愚蠢，犯了无数盗贼大忌，有此下场，也是难怪。

不明郑则道的目的，就盲目直追，不计后果，这是第一；第二，视线所不及之处，不明利害，就踏足入内；第三是见了水妖儿，痴念太甚，胡乱对远远强于自己的人下杀手；第四是心中藏不住事，所想所感轻易摆在脸上，一眼就被人看透。

盗跖传授的盗术，对心智有极高的要求，忌讳慌乱忘性、心思浮躁，火小邪在净火谷中还没有觉得自己不行，出了江湖才觉得，一遇到事情，自己早就把盗跖的教诲丢到一边去了，脑子里全被痴、嗔、妒、恨等等杂念占据。更何况碰到的是郑则道这样的高手！

火小邪轻叹一声。看来自己虽然在盗跖的教导下学到了一些本事，可真要融会贯通，还差得太远！有此教训，未尝不是好事。

火小邪静坐了近一个时辰，自嘲、自责加自省，细细推敲咀嚼失败之处，方明白为何盗跖在最后一年，要求他们习练的"融"字诀中的体感术、融耳术、听风术、五感术，过程都是残忍至极，让人求生不得，求死不能，不仅是为了让人五感合一，更重要的是教人学会在困难的情况下“悟”！在失败的教训后“悟”！不在生死之间进退过，就总以为自己做得没错，很难“悟”到存于天地间的要义。

火小邪经过郑则道的一番“折磨”，的确“悟”到了一些人生哲理，所以这一番静坐下来，反而心情渐渐好转，将胜败耻辱、儿女情长暂时丢到一边。

火小邪站起身来，打算先回客栈，可刚走了两步，又是头皮一麻：分明有个人正盯着他！

火小邪没有慌乱，站住身子，不加妄动，把五感全开，耳听眼看鼻闻肤触心念，谨守法度。

黑暗中有男人的说话声传来：“好本事！”

火小邪沉声道：“你是谁？”

这人答道：“田问。”

火小邪飞快地一想，这个“田问”的名字好生熟悉，肯定是在哪里听到过。

火小邪见这人对自己的名字好像不太关心，但对方通报了姓名，自己不报上大名，就太不地道了，会被别人瞧不起。

火小邪沉声道：“我叫火小邪！你在哪里？出来吧！”

这个叫田问的人“嗯”了一声，说道：“幸会！”

火小邪答道：“既然幸会，这位田兄弟，你大可不必装神弄鬼，出来见一面吧！”

“好！”这个田问倒也爽快。

火小邪听到声音传来，略略侧头一看，心中又是狂跳一番：只见刚才他坐过的地方，脚边上不到一丈处，地面隆起半人高矮，随即整个地面“揭开”，居然是一块布幔。布幔里面钻出一个穿着怪异的年轻男子，他穿着一身贴身的土黄色衣服，衣服的肩头、胸前、手肘等处，覆盖着一层细细的亮片，也看不出是什么材质。他站直了身子，手舞了两下，那块布幔就消失在他身后，随即不知怎么，一件轻薄的浅黄色长袍就唰的一声从上至下地套在了他身上，竟眨眼间就穿戴整齐。

这个年轻男子身材挺拔，站立如松，相貌英俊，却没有丝毫表情，显得有些木讷，可他全身上下透出一股子沉稳严肃之气，一看就给人一种值得信任之感。

火小邪见到此人的相貌，顿时想起来，火门三关收徒的时候，站在土王座位后的就是此人，火炽道人称呼他的名字，就是田问。

火小邪惊道："是你！土家的田问。"

田问走上两步，说道："好记性。"

火小邪心中想：这真是见了鬼哦！火家郑则道、水家水妖儿、土家田问，今天晚上都让我碰到了，王兴的商队本来就是木家的，水火土木，就差金家人没看到了。这个三宝镇到底是怎么回事？是哪个贼王又要招徒弟了？可郑则道说的五行圣王鼎又是怎么回事？

火小邪见田问毫无攻击的意思，略略放松了一些，说道："你认得我？"

田问走了两步，坐在刚才火小邪坐过的地方旁的大石上，说道："火家弃徒。"

火小邪又问："你怎么在这里？"

田问说道："来看看。"

"来看看？你看了多久了？"

"近两个时辰。"

"你看到什么了？"

"全部。"

"全部？什么全部？"

"你的全部。"

"你看到郑则道、水妖儿他们和我在一起了？"

"是。"

火小邪又是一惊：这个田问莫非一直隐藏在这里，目睹了所有事情？竟然连郑则道、水妖儿这样厉害的人物，都没有发现一点破绽。看来田问是故意让自己发现的，绝不是自己本事大，察觉到了什么。

火小邪暗吸一口凉气，问道："那你来三宝镇干什么？"

“办事。”

火小邪轻轻吹了一口气，撇了撇嘴，哭笑不得。这个田问还真是有问必答，但仅仅是只言片语，和挤牙膏似的。

“那你为什么跟着我？还要出来和我相认？”

“好奇。”

“你就不怕被火家人、水家人发现？”

“没发现。”

“那……那那……那你就不想问我什么？”火小邪还真不知道怎么问下去了。

“不想。”

“你说话总是这个样子吗？能不能多说几个字？”

“是的。不能。”

“我问你什么，你就回答什么？你不觉得吃亏？”

“请问。”

“火家、水家、土家都来到三宝镇，你们到底要干什么？你能不能告诉我？”

“再会！”田问答道，站起身来，扭头就走。

火小邪心中一团乱麻：这个田问和郑则道差别也太大了吧，简直无法适应，居然一问关键的事，立即就要走？火小邪追上一步，说道：“你不愿意说就算了，没必要走吧。”

田问头也不回，再走两步，已经走到一棵大树背后，竟然再也没有出现，好像钻到树里面去了。

火小邪暗骂一声：“×！真的不见了！”

火小邪怕田问有诈，绕了半圈，赶到大树侧面——这个田问真的不见了！火小邪四处打量一番，可是四野八郊，一点田问的踪迹都没有。

火小邪暗暗嘀咕了一声：“奶奶的，这都是些什么事啊！”

火小邪身上发凉。田问突然出现，虽说没有显示出太大的本事，举手投足都是平常得很，但火小邪觉得，田问的本领不在郑则道、水妖儿之下，而且田问有一种莫名的震慑力，狠狠地压在心头。天外有天，人上有人，火小邪算是明白，虽然净火谷中学艺三年，有名师指点，但与真正的高手相比，几乎是难及项背，要想赶上，绝非数月之功。

火小邪不敢再在此处停留，小心翼翼地退出这片荒地，火速向客栈赶去。

火小邪赶回客栈，翻墙而入，并不忌讳。虽说有值夜的镖师看到，但见到是火小邪，也不敢多问，火小邪道了声好，便返回所住的房内。

火小邪进了房间，乔大脑袋、乔二爪子两人还鼾是鼾、屁是屁地睡得死沉。这两个家伙吃饱喝足，没了心事，那副天塌下来也不愿醒的睡态，看着哪里像是名震东北的东北四大盗，就和街头摆地摊卖大力丸的差不多。

火小邪轻叹一声，再一看，却不见潘子在屋内。

火小邪不由得心中一紧：怎么潘子不见了？莫非也到外面去了？火小邪晚上经历许多，不免杯弓蛇影，惴惴难安，脑海里瞬间把这三年来和潘子日夜相处的情形闪过一遍。

火小邪正在想着，房门推开，潘子睡眼惺忪地走了进来，一见火小邪坐在屋内，盯着自己上下打量，嘀咕道：“你去哪里了？怎么才回来？”

潘子打了个哈欠，就要走到床边再睡，火小邪沉声问道：“潘子！你去哪里了？”

潘子支棱着眼皮，往床上一躺，有气无力地说道：“去茅房了，闹肚子拉稀，你怎么样，拉不拉？”

火小邪说道：“你闹肚子？我怎么没有？”

潘子闭着眼睛哼哼道：“你不拉稀还不好，你还想拉啊。别折腾了，睡了睡了……”

火小邪还要问，刚说了个“你”字，潘子已经嘴巴一张，鼾声大作，眨眼睡着了。

火小邪暗骂了声“× 的”，只好不再说话，低头按了按被郑则道猛踢一脚的伤处，虽说疼得厉害，肋骨还没有折断，算是没有大碍。

火小邪躺倒在床，又回想了一遍今晚发生的所有事情，一头雾水，理不出个头绪。火小邪又困又累，想着想着，睡意袭来，不知什么时候就睡了过去。

几年没有推进的梦境，又发生了变化……

梦境中，火小邪躲避“影”刀追杀，坠入深水，就要没气的时候，被一人从水中架住，迅速地向水面游去。火小邪被这人从水中拉出，已经远离坠落之处，抬眼望去，远处一片火海，几栋木屋已经烈火熊熊。火小邪咳出几口呛进腹内的水，挣扎起来，要喊爹娘。一只大手将火小邪的嘴巴捂住，不让火小邪说话。火小邪被这人搂住，根本无力反抗，只看到这人身穿紧身的黑衣，脑袋上也罩着黑色面罩，只露出两只眼睛。这黑衣人看了几眼着火的地方，将身子一沉，又带着火小邪钻入水中，随着水下的激流，快速向前游去。起起伏伏，一直游到一处瀑布前，才停了下来，抱着火小邪要登上岸边。

这人抱着火小邪刚走出几步，忽然闷哼一声，一个闪身，一只手飞快地挥起格挡，血光四溅，他的一条手臂便在火小邪眼前被凭空斩落。这人“啊”的一声，奋力一甩手，将火小邪又丢回水里。火小邪露出头一看，只见两个穿着同样衣服的黑衣人，闪亮的长刀在空中画出一条条耀眼的光线，唰唰几刀，居然把救火小邪的那人砍成了几截。血雾未散，两个持长刀的黑衣人便闪电一般，向水中跳来，作势欲追。水流湍急，火小邪再也看不到什么，被一个浪头盖住，从瀑布上坠落下去……

“啊！啊啊啊啊——”火小邪大叫着从床上坐起，满头大汗，双手握拳，直喘粗气。阳光从窗口透进来，天已经亮了。

潘子赶忙跑过来，按住火小邪肩膀，叫道：“火小邪，你怎么了？又做噩梦了吗？”

火小邪说不出话，闭着眼睛不住点头，心跳极为剧烈。

乔大、乔二也赶过来，关切地问道：“火师父，你没事吧？”

火小邪大口喘了数次，才平缓下来，慢慢说道：“没事，没事，老毛病，做噩梦了。”

乔大抓了抓头，说道："火师父，噩梦是啥？"

乔二一巴掌打过去，骂道："噩梦就是你梦到到嘴的烧鸡还没尝到滋味，就被人抢走了！"

乔大大叫："啊！这果然是噩梦！但我从来没有梦到过！阿弥陀佛，佛祖保佑，千万不要让我梦到。"

潘子骂道："你们两个棒槌！噩梦就是梦见自己找不到茅房撒尿，后面还有人追你要杀你，你用尽了吃奶的劲儿跑不动，好不容易能撒尿了，还有个女鬼出现咬你小鸡鸡，让你尿不出来！"

乔大、乔二异口同声赞道："潘师父厉害！"

潘子哼道："你们两个棒槌！火师父醒了，还不快去打洗脸水来！动作快点，不然不让你们吃饭！快去！谁慢了就打断谁的狗腿！"

"是！是是是！"乔大、乔二这两人天生就该是被师父管教的命，哪敢有一丝违抗，跳起来争先恐后地挤出房门，撞得屋顶灰尘扑扑直落。

火小邪已经完全平静下来，低声道："潘子，乔大、乔二年纪比我们大，虽然他们拜我们为师了，我们还是对他们客气一点。"

潘子笑道："火小邪，你是不知道，他们两个就这个德行。你要是对他们客气，他们就哭爹喊娘地说师父不要他们了，你骂得越狠，他们越开心。放心吧，听话得很，特别好使唤。盗大爷这次真给我们办了件好事。天下哪有这种乖徒弟？儿子都没有这么听话的。火小邪，你说盗大爷安排乔大、乔二给我们，是什么意思？"

火小邪说道："也许是怕我们没有江湖经验，多两个人出出主意。"

潘子说道："就他们两个？不只是傻头傻脑的，脑筋还有点问题，不给我们添麻烦就算老天开眼了！我猜啊，没准是盗大爷让我们拉起一支队伍，成立个什么帮派啥的，哈哈。"

火小邪说道："也许吧，反正有两个听话的徒弟，也是好事。"

说话间，就听见乔大、乔二两人骂声连连，各自提着一桶水从房外赶过来，两人咚的一下挤在门口，龇牙咧嘴，谁都不肯让对方先进来。两人大叫："是我先回来的！是我！是我！"

潘子骂道："好了好了，不用争了！都干得不错！乔二先进，乔大后进，洗脸水、洗脚水都倒好。"

乔大、乔二两人应了，听吩咐进入房间，又抢着要服侍火小邪火师父洗漱。

火小邪哪受得了这样，学着潘子的模样，冷下脸来，对乔大、乔二约法三章：当徒弟要有当徒弟的样子，不要弄得像奴才似的。师父们自己能做的事，不用你们服侍。

这样吩咐完，才总算安安静静地洗漱停当。

火小邪腹部有伤，但他不愿让潘子看出来，一直忍住，不露破绽。

四个人收拾停当，都走出房间，来到院落中，去看望暂时充当"看门狗"的黑风。

黑风乃是张四爷从小就调教出来的豹子犬，充当看门狗真是屈才，可黑风任劳任怨，让它看门，它也是尽心尽力，就是拖着个大铁链，有点委屈。

黑风见火小邪他们来了，乐得上蹿下跳。黑风的力气可不是盖的，差点就将铁链给拉断。

火小邪、潘子将乔大、乔二介绍给黑风，黑风瞟了瞟这两个笨蛋，心情不错，很快就熟络了。

火小邪、潘子又带着乔大、乔二去院内各处转了转，认识了众人。本来商队里的人都害怕乔大、乔二，这回认真地见了见，倒都觉得两人"可爱"得很。既然他们是火小邪、潘子的徒弟，又无怨仇，便放下了心，再无惧意。

商队的人起得都早，今天并不出行，而是清点货物、分类转运，再添补其他货物。火小邪想着水妖儿所说，让他尽快离开此地，可火小邪还是难以心甘，便下定决心再观望一日。

早餐时分，三姨太、青苗、青柳派人叫来火小邪等人，一起吃饭商议下一步的安排。

乔大、乔二本站在火小邪、潘子身后，不敢上桌，但三姨太、赵镖头、王镖头等人觉得不妥——这两人无论如何，都是东北黑道赫赫有名的人物，便请他们一起坐下吃饭。

火小邪、潘子内心里也没有真当乔大乔二是徒弟，便也叫乔大乔二上桌来吃。乔大乔二这两个吃货，本就馋得口水直流，一听可以一起吃饭了，便再不客气，坐过来猛吃，真如饿死鬼投胎一般。乔二别看比乔大个头小了足足半个，食量恨不得比乔大大一倍。他们一人吃了五六个大汉的分量，这才拍了拍肚子说饱了，真不知昨晚的东西吃到哪里去了。

三姨太、青苗、青柳等人没见过这种吃相，看得都呆了，弄得火小邪、潘子都不好意思起来，喝令乔大乔二两个人斯文点，这才让他们两个收敛了一些。不过这番吃喝下来，三姨太等人算是彻底对乔大乔二放了心，甚至颇多欣慰。

当年广东道上大贼、恶贼层出不穷，防贼是各个商队的头等大事。这下有火小邪、潘子、乔大、乔二四人，加上大狗黑风相助，这支商队的实力大增，南下路途上，可以再也不惧广东道上任何盗贼。

乔大乔二两人吃饱了以后精力无处发泄，便请命帮着运货。乔大力大无穷，四五个人才能扛起的东西，他水桶粗的胳膊一夹，还能奔跑如飞。乔二瘦小，但力气也有普通人的两倍大，他手脚麻利，奔来跑去，不亦乐乎。这两个家伙长年在东北的深山老林里伐木，天天干的就是粗重的力气活，根本不觉得搬东西有损东北大盗的名号，反而十分顺心顺手，忙个没完。

这些杂事略过不表，转眼就到了下午，各人都在忙碌着，只听不远处轰隆一声巨响，烟尘腾起数层楼高，震得地面直抖。

众人正奇怪着，有人高喊着来报："三姨太！各位镖头！踏云货栈不知怎么回事，突然塌了！埋了十多个外地人，货栈老板他们正喊人帮忙呢！"

火小邪一听，脑海中顿时腾起一个人的名字——田问。

三姨太觉得此事古怪：踏云货栈怎么也算三宝镇的大户商家，怎么突遭此等惨祸？于是三姨太召集了火小邪等人，便赶去看看这种平地塌楼的怪事。

众人刚刚走出自己的客栈，忽然听到巨大的咔咔咔断裂之声，扭头一看，只见不远处的三层楼高的西四客栈发出巨响，竟如同醉汉一般，摇了两下，轰隆隆地塌倒在宝林大街上，砖瓦横飞，灰尘漫天，惊叫惨号之声不绝于耳。

火小邪等人亲眼见到西四客栈就这样塌掉，一群人惊得挪不开步子。等烟尘稍退之后，三姨太才叫起来："过去看看！"众人顾不上再去踏云货站，先向西四客栈跑去。

这西四客栈塌得还真是有水平，似乎是连根断掉，吃力不稳，这才躺倒在地。整个客栈并未跌得四分五裂，相对保持完好，仍能看出形状，就是表面一层砸得稀烂。所有门窗屋檐都被震脱了墙壁，碎末遍地。

众人赶到跟前，正看到有人灰头土脸、惊魂未定地从瓦砾中爬出。有两三人刚一爬出，就破口大骂，污言秽语，那恶狠狠的模样不像是普通民众。西四客栈塌楼之处，正好把宝林大街堵了个结实，人马都无法通过，于是人也越聚越多。有热心人爬上废墟，帮着救人。虽说被救出的人许多都满脸血污，骨断筋折，倒没有看到有谁死了。

正在乱成一团的时候，又听到轰隆一声巨响，西四客栈对面不远处有坍塌之声传来，又有一栋房子塌落，腾起大团灰尘，看势头似乎是整个房子的屋顶坠落。

这不到一盏茶的工夫，连塌三栋房子，此地又无地震，谁敢相信?

三宝镇乱成一团，户户自危，都从房间里逃到屋外躲避，生怕自家房子也塌了。

宝林大街上聚满了人，很多神态古怪的人三五成群地聚在一起，议论纷纷，又彼此观望，显得十分警惕，那模样和举止绝不是三宝镇的居民。

好在三栋房子崩塌之后，直到傍晚，再没有其他房子塌倒，一切似乎平静下来。

三姨太、火小邪他们三处地方都看了，每一处都塌得十分古怪，踏云货站是整栋房子坠入地下的货仓，西四客栈是连根折断，庆云行商铺是整个屋顶坍塌。火小邪虽说没有盖房子的经验，也都明白这并非天灾，而是人为。更加奇怪的是，这踏云货站、西四客栈、庆云行商铺里面，都住了不少外地来的神秘人，塌倒的房屋，正是他们所住。

房屋虽塌，但无人丧命。伤者不少，也最多是断手断脚，没有性命之忧。

各路遭殃的掌柜、老板聚在一起，愁眉苦脸地长吁短叹，都说自己是倒了八辈子血霉，自从接纳了外地来的陌生人长住，倒霉事就接连不断，这下连房子都塌了，损失惨重，看来那些陌生人都是些灾星，再也不愿贪他们几个小钱，让他们久留。

十六、邪火所求

入夜之后，三宝镇一处僻静的小院中，一对中年夫妻打扮的人悄无声息地来到一扇房门前，男人轻轻敲了三下门，低声说道：“是我们。”这两人乃是踏云货站的店老板和老板娘。

“进来。”屋里传来女子的声音。

“是！”店老板答应道，手中晃出一根长针，在门缝里一插，挑了一挑，听到咔一声轻响，门便打开了。

这对夫妻快步闪入房间，将门关好，再往里走，进入内室书房。

书房里已经围坐了七八个人，都是昨晚出现的水火两家贼众，正对门的桌案旁，则一边一个，坐着水妖儿、郑则道，仍然是一副富贵公子哥和小姐的打扮。

踏云货站店老板赶忙向水妖儿行礼，说道：“水妖儿，实在抱歉，踏云货站乱成一锅粥，蒋介石的人闹个没完，非要我们安排其他的地方给他们住。我们俩一会儿还要赶回去。”

水妖儿说道：“好，你来的路上，可有异样？”

店老板和老板娘对视一眼，小心地说道：“应该没有……我们加倍地小心了……”

水妖儿说道："算了！如果田问要跟着你们，料你们也发现不了。"

老板娘说道："水妖儿，真的是土家田问亲自来了吗？那可真是麻烦了！"

水妖儿说道："田问到这里最多四天，却能连毁三栋房子，的确了得！好了，不说他了，你们把情报说完，早点回去处理蒋家卫队的人，不要让他们怀疑到你们头上。"

店老板、老板娘都赶忙应了声"是"。店老板说道："踏云货站塌房，确实是人为的，我们查到了多处人为的断裂之处，破坏得十分精巧，若不是仔细观察，根本看不出来。蒋介石的人里面，有三个断脚，四个断手，两个受了内伤吐血不止，此外人人都有轻伤，算是折损了大半。我听他们密议，说是明天要撤走一部分，最近都不能行动了。这次塌房，对他们而言，颇具威慑力，他们好像已经心生惧意，打算完整汇报上去，尽快整体撤离此地，再做打算。"

老板娘接着说道："踏云货站一向看守严格，许多地方都设置了隐蔽的水家防盗机关，居然有人能够全部躲过，在各个地方进行破坏，还不露丝毫马脚，这种本事简直让人想不透。我们水家本来就是藏匿的高手，怎么土家比我们还会藏身吗？"

水妖儿点了点头，并不做评价，说道："还有其他的吗？"

店老板、老板娘想了想，说道："山西土家客栈，王兴的三姨人带着火小邪、潘子、乔大、乔二、赵镖头、王镖头和三个不认识的镖师等人来过一趟，并没有多说什么，见帮不上手，就回去了。踏云货站这边的情况，就只有这些，没有更多的了。"

水妖儿说道："好！你们回去吧！"

"是！"店老板、老板娘应了，转身快步出了房间，静悄悄地打开房门走掉。

其余的水火两家贼众大概地汇报了些情况，多与踏云货站类似，没有用多长时间。郑则道、水妖儿分头让各人离去。

众人退出之后，只留了郑则道、水妖儿独处。

郑则道看了一眼静静坐着的水妖儿，柔声说道："水妖儿姑娘，这个田问说动手就动手了。如果不是你提前掌握到他的动向，知道他来了，这些平地塌楼的怪事，还真是难明其因。”

水妖儿说道：“这个田问，竟首先对踏云货站动手，专门拣最难啃的骨头。”

郑则道说道：“看来他是要一出手就给我们一个下马威。”

水妖儿说道：“我有种不好的预感，田问来这里，还有其他的目的。土家这两年，内部屡有纷争，虽说护着溥仪，但对同样护着溥仪的日本人并不喜欢。我总觉得，东北那边可能要出大事了。”

郑则道略略一惊，说道：“张作霖被日本人炸死以后，火家对张学良一直提不起兴趣，火王大人公开地说过，张学良这小子不足与谋，难成大器。但张学良和日本人已经接近开战的边缘，一触即发，水妖儿姑娘是否说的是东北最近要有大战？”

水妖儿说道：“打仗并不是什么大事，蒋介石巴不得东北打个热闹，他好隔岸观火。我的意思是说，东北的大事是跟五行圣王鼎有关。”

郑则道一听到五行圣王鼎，眼中微微一亮，但他马上忍住，无所谓地说道：“五行圣王鼎，是要被溥仪取出来了吗？”

水妖儿冷冷地看了眼郑则道，说道：“也许吧。不过按照土王田广的性格，除非土行灯熄灭，否则是绝对不会在现在这个时候取出的。”

郑则道轻轻笑道：“那就好。”

水妖儿站起身来，低声道：“田问的事情，我要立即通知我爹爹水王，听听他的意见。”

水妖儿走到屋外，提出一个鸟笼，里面有一只安静的雪白鸽子。水妖儿提笔在一张纸上写下话语，卷成一个小卷，绑在鸽子的腿上，推开窗户，将鸽子放飞。

这只雪白的鸽子一振翅，一个白点飞上高空，眨眼就不见了。

郑则道稳步走到水妖儿身边，柔声道：“水妖儿姑娘，你已经两天没有睡觉了，要不你休息一会儿吧，我在这里值守着。”

水妖儿轻轻一笑，说道：“火传使者，你有心了，谢谢你。”

火小邪他们所在的王家客栈中，还是灯火通明，王家店掌柜带着伙计，一间房一间房地检查土木结构，生怕遭遇塌房的惨祸。他们一番检查，各处都完好无损，十分结实，王家掌柜松了口气，还是速速向三姨太他们通报。

三姨太、青苗、青柳、火小邪、潘子、乔大、乔二和一众镖头，仍聚在后院中商议明天的行程，他们对于今天三宝镇连塌三栋房子的事情，也都是心有余悸，都怕三宝镇这两天还有大事发生。城门失火，殃及池鱼，自己这家客栈中也住了一些外地来的神秘人，会不会惹祸上身？要不要推迟两天出发，帮着王家客栈渡过难关再说？可是留在这里，会不会更加麻烦，损失惨重？

三姨太这时候也没有了主意，犹豫不决。

火小邪虽然认为极可能是田问所为，但他绝不敢乱说，一直隐忍着，多听少说，不发表任何意见。

三姨太明白，现在整支商队中，火小邪、潘子、乔大、乔二四人实力最强，近乎定海神针，如果火小邪这个时候能够决定要走或者要留，那最好不过，大家都会听他的。

三姨太、赵镖头、王镖头等人屡屡向火小邪投来征询意见的目光，火小邪心中更是别扭，他实在比三姨太更加举棋不定。

一众人冷场在此，气氛尴尬。

就在这时，有一个客栈伙计跑来，气喘吁吁地说道："三太太，各位镖头，各位大爷，外面有一个人要找火小邪火镖头，我见他眼生，问他姓甚名谁，他就是不说，不见火镖头就不走。"

众人都觉得奇怪。三宝镇的镇长、乡绅们都知道王家商队有个火小邪火镖头，但他们要来，肯定是直接找三姨太才对。

火小邪更觉得奇怪：谁会这个时候找他？难道是水妖儿、郑则道派来的人？

火小邪站起身，说道："好，那我就去看看，各位稍坐。"

三姨太叮嘱道："小心。"

火小邪点头道："潘子、乔大、乔二，跟我来。"

这三人正闲得无聊，一听能活动活动了，都兴高采烈地站起，跟着火小邪向外走去。

伙计带着火小邪四人走到前院大厅，指着一个背对着他们、坐在茶座上慢慢喝茶的男人说道："火镖头，就是这位客人找你。"

这人坐着不动，头也不回，只是慢慢品茶。

火小邪从背影认不出他是谁，小心翼翼地走上两步，抱拳道："请问您是哪位？"

这人慢慢放下茶杯，略一转头，说道："田问。"

火小邪眼睛瞪圆：这人就是田问！简直不可思议，他这人真是难以猜测，居然大晚上的，大摇大摆地前来找自己，他就不怕被郑则道、水妖儿他们认出来吗？而且还老老实实地等候在前厅。以他的本事，去哪里见人，还用这么规规矩矩的吗？

火小邪不敢怠慢，顾不上潘子的吃惊，三步并作两步跑到田问身边坐下，急问道："田问？你怎么来了？我……我真是没想到是你，没想到你能来找我。"

田问抱了抱拳，说道："我说过再会。"

火小邪暗叹一声。田问昨晚说"再会"，原来就是下次再见的意思，根本不算是客气话。

火小邪问道："田问兄弟，你来找我有什么事情？"

田问转头看了眼莫名其妙站在一旁没有过来的潘子、乔大、乔二，说道："换个地方。"

火小邪顿时醒悟，赶忙说道："对对对，我们换个地方，请跟我来。"

田问拉起长袍，站起身来，说道："安静的地方。"

火小邪连忙带路，又问："我们两个人说话，还是他们可以一起来？"火小邪知道田问是个三竿子打不出一个屁的人，早问早清楚，多费点口舌还是好的，不然他一个“再会”，扭头就走，又不知何时再见。

田问答道：“一起来。”

火小邪招呼潘子、乔大、乔二一起，快步向中院里自己的房间走去。

潘子见火小邪对田问这样客气，凑到田问身边自我介绍：“这位大兄弟，您叫田问？好名字啊！我叫张潘，是火小邪的拜把子兄弟，你叫我潘子就可以了。我以前见过你吗？你做什么的？我一看你气宇轩昂，就知道你不简单啊。”

田问说道：“幸会！”

潘子等了片刻，却见田问再没有说话的意思，潘子这才纳闷了：自己没说错什么话啊，怎么田问一个“幸会”就把自己打发了？

潘子不依不饶，继续说道：“幸会幸会！对了田问兄弟，我身后的两个棒槌，是我和火小邪的徒弟，那个大棒槌叫乔大脑袋，那个小棒槌叫乔二爪子，东北四大盗里面排第二位和第三位。你认识吧？”

田问说道：“幸会！”

乔大、乔二听潘子介绍自己，在潘子身后嘎嘎嘎地傻笑。潘子讨了个没趣，回头一瞪，骂道：“笑个屁笑，再笑一声试试！”

乔大、乔二赶忙闭紧了嘴巴。

田问略一回头，说道：“很好。”

潘子一惊：这田问主动和自己说话了？“很好”是个啥意思？潘子追在田问身边，笑哈哈地说道：“田问兄弟，你说的‘很好’是什么意思呢？是说我管教得很好？还是说我这个人很好啊？”

田问说道：“都很好。”

潘子心满意足，屁颠屁颠地跟着田问、火小邪前行，已经走到了房间门前。

火小邪请田问来到房间内，关上房门。

田问站在原地，四下看了看，鼻子呼呼呼呼连吸了四口气，闻了闻房间里的气味，这才走到桌子边坐下，将头上的礼帽放在桌上。

火小邪、潘子、乔大、乔二围坐过来，火小邪张口就问：“田问，这里还可以吗？”

田问说道："可以。"

火小邪说道："刚才我兄弟潘子一路上介绍了他们几个，你还有什么要知道的吗？"

田问说道："没有。"

火小邪又问："那田问兄弟，你来找我到底有什么事情呢？"

田问依次看了看火小邪、潘子、乔大、乔二四人，慢慢地说道："帮我。"

田问说出"帮我"两字，火小邪是断然没有想到的。田问这种本事，还有什么是需要别人帮忙的呢？

火小邪还没有会过意来，潘子已经说道："田兄弟，你说的是'帮我'？帮助的帮，我自己的我？"

田问点头道："是。"

潘子又问："田兄弟，可是我们都不知道你是谁啊。帮忙好说，总要知道你是谁，能不能帮吧？"

火小邪赶忙搭话："潘子，这位田问兄弟是五行世家里的土家弟子，我以前和你说过土家的事。"

潘子一听，心中算盘珠子立即一扒拉：五行世家的土家？五行世家都是有钱人啊，这次算是攀上高枝了！

潘子眉开眼笑，大大地"哦"了一声，说道："原来是土家的高人！我就说一看你就不简单，气宇轩昂，全身上下都透出一股子富贵气。哎呀，田兄弟，你怎么不早说嘛！真是得罪了！你千万不要见怪！我们能帮到你什么，尽管说，我潘子一定赴汤蹈火，在所不辞！"

乔大、乔二见潘子点头，跟着连连称是。

火小邪知道潘子又见钱眼开了，赶忙丢过去一个眼神，止住潘子的废话，向田问凑过身子，低声问道："田问兄弟，你看我们几个能帮到你什么呢？"

田问沉声道："偷鼎。"

火小邪、潘子同时倒吸一口凉气，同时问道："偷鼎？什么鼎？"

田问答道："五行圣王鼎。"

甲丁乙生前对火小邪简单说起过五行圣王鼎的事情，说这鼎乃是皇家重宝，由五行世家看守，除此以外，再无更多的描述。来到三宝镇以后，郑则道问过火小邪五行圣王鼎的下落，就已经引起了火小邪的重视，没想到土家的田问来了，居然还是和五行圣王鼎有关，而且直接要求火小邪来帮忙偷鼎。看来这个五行圣王鼎，真是非同小可！

潘子抓耳挠腮。他也依稀记得甲丁乙说过五行圣王鼎，但他想不起说过什么，眨巴着眼睛说道："五行圣王鼎？有点耳熟，是个什么宝贝？能干什么？值多少金子？"

田问说道："无价之宝。"

潘子眼睛放光，正想问偷到了能分多少钱给他，乔二爪子向前一伸头，嚷嚷道："我听说过，我听说过！好像是说得此鼎者得天下，失此鼎者失天下。"

潘子骂道："乔二爪子，你听哪个野人瞎说的？还得鼎者得天下，见你的鬼哦，哪个想当皇帝老子的人想疯了瞎编的吧？"

田问插嘴道："乔二说得对。"

潘子滔滔不绝的酸话顿时咽回肚子里，噎得一翻白眼，脑海里顿时浮现出三宫六院七十二妃的盛况，耳根子都烫了，叫道："真的假的？"

田问说道："真的。"

潘子兴奋得连连搓手，如果真有这种好事，他赌上一条命都要去偷偷看。潘子内心澎湃，浮想联翩，捏住乔二爪子的脖子乱哼道："皇帝，皇帝，有机会当皇帝。不当皇帝，当个封疆大吏也行啊。"

乔二爪子吱呀道："潘师父，轻点掐。脖子细，要掐断了。"

一旁的火小邪听了他们的几句对话，心里有了点分寸，说道："田问兄弟，我和潘子都是初出江湖的毛头小子，而你是大名鼎鼎的土家弟子，怎么会让我们几个帮忙呢？不会猴子帮忙，越帮越忙了吗？田问兄弟，我相信你所说，但你为何要找我们呢？请教。"

潘子、乔大、乔二听火小邪这么一说，都伸出脑袋，傻乎乎地看着田问，异口同声道："是啊，你为什么要我们帮忙呢？"

田问沉声道："因为……"

火小邪追问道："因为什么？"

田问说道："因为……"他不善于长篇大论的言辞，竟慢慢把耳根子都憋红了，还是说不出下面的话。

众人看着田问，房间里一片沉默，都急切地等着田问说出"因为"后面的字来。

火小邪比田问还急，他见田问这个样子，不是不说，而是根本说不出话，便脑子一转，说道："田问兄弟，要不要给你拿纸笔写下来？"

田问轻喘一声，面红速退，说道："好！"

火小邪心里叹道：这个田问，说一两个字还算麻利，哪天碰上火灾，要你去通风报信，若是地点不好描述，等你一个字一个字地念完，早就烧成灰了。唉！真不知土家人是不是都这番德行。

火小邪对潘子说道："潘子，取纸笔来！"

潘子翻身而起，没花任何工夫，就已经从房内找出一叠白纸，可笔还没有寻到。

潘子愁道："看来笔找不到，我要出去才行。"

火小邪点头道："好！你小心！"

潘子正要走，田问说道："不用！"

田问将纸摊平，手中不知道捏了个什么细小的东西，便在纸上疾书，看着好像用指尖写字一般。纸上的字迹墨黑清晰，字体工整，竖着写下一排，文字大小整齐划一，而且排列得笔直，没有一点倾斜。

田问无笔写字，疾而不乱，四平八稳的功夫，真让火小邪等人大开眼界。这等沉稳的修养，岂是一日之功？

众人一言不发地盯着田问写完整张纸，田问才算写完，他将纸拿起，递给火小邪，说道："请看。"

火小邪接过纸张，低头一看，上面的文字简直如同铅印的书本一样，没有一点潦草之处。

火小邪扫了一眼，没有不认识的字，就要念出声。

田问又说道："默看！毋念！"

火小邪赶忙闭嘴，默默看纸上所写。

田问写道：“五行圣王鼎乃天下至尊之宝，始于汉室，蜀国孔明久伐，求鼎不得，而魏国得鼎，方灭三国。唐宋江山，皆因此鼎得失。蒙古人不信，元仅存于中土数十载。明失此鼎，落至满人，满人以万余兵卒，建大清，竟能稳坐江山三百年，乃稳守此鼎之功。有史为证，得鼎者得天下，失鼎者失天下，绝非戏言。现五行圣王鼎灯灭其四，仅土家守护，亦岌岌可危。清末代皇帝溥仪，受倭寇所惑，欲认日本天皇为父，献出此鼎。我父土王虽有异议，仍默许之。我田问，甘做不孝子徒，叛出土家，欲于倭寇之前，盗出此鼎。泱泱中华，虽处乱世，又岂容岛国倭寇霸鼎称帝？然以我一人之力，无法盗破存鼎之五行地宫，且我未尊取鼎之法典，绝无胜算。唯有邪火之人相助，方可成就。火小邪，你乃不世出之邪火，唯有你助我，方能聚灭五行，破地宫盗鼎！言语虽简，真心不二，田问不才，愿跪求于你，请你助我一臂之力。”

火小邪看完此信，全身每寸肌肤都发麻了，拿着纸的手都激烈地颤抖起来。火小邪看向田问，恍然不知所措！田问知道火小邪已经看完，目光中流露出一丝感伤神色，站起身来，走开两步，一拉长袍下摆，就要跪在火小邪面前。

火小邪大惊，抢上一步，赶忙把田问扶住，恳切道：“田问兄弟，万万不可！我真没有想到，居然是这么大的一件事情！我一时不知道该怎么办才好！”

田问沉声道：“请帮我！”说着又要跪下。

火小邪使劲拉住，叫道：“别别！我答应了！我答应了！我可受不了你一跪。”

田问面露喜色，站稳了身子，抱住火小邪的肩头，说道：“当真？”

火小邪做梦都没有想到，自己一身邪火，竟有这么大的作用，傲气升腾，激动得面红耳赤，严肃地应道：“当真！当真！我就算不要这条命，也会帮你这个忙！”

田问点头道：“好！”

潘子、乔大、乔二摸不着头脑，愣愣地看着火小邪、田问两人。这纸上到底写的什么，让这两人又是跪，又是求，又是许诺。

潘子说道："喂，两位，能不这么肉麻了吗？到底怎么回事啊？"

火小邪请田问坐下，将田问的信递给潘子看，潘子速速看过，长吸了一口气，说道："乖乖的啊，这下真要发达了。"

乔二爪子说道："潘师父，火师父，到底写的啥？"

潘子把信塞给乔二爪子，说道："自己看。"

乔二爪子接过信，乔大脑袋凑过来，两个人翻来覆去地看，苦不堪言地说道："两位师父，我们不认字啊！"

潘子一把抢过来，骂道："你们两个棒槌！早说你们不认字啊！"

乔大愁道："潘师父，您没问过我们是不是认字啊。"

乔二媚笑道："潘师父，你要不说一说吧。"

潘子将纸递还田问，扭头骂道："你们两个，还是不要知道的好！"

田问把信一收，在手中一捏，往自己胸前一按，再伸出手，那张纸已经无影无踪。

乔大脑袋叫道："戏法戏法！好有趣好有趣！"

乔二爪子也叫："哇，怎么一下子变没了？能不能再变一次啊？"

潘子两巴掌拍过去，骂道："闭嘴闭嘴！你们两个棒槌！谁让你们说话了？"

乔大、乔二赶忙闭嘴，但还是好奇不已地盯着田问的手看。

火小邪既然决定了此事，便问道："田问兄弟，那么下一步怎么办？"

田问说道："明日勿走。"

火小邪问道："整支商队都不走吗？"

田问说道："你们留。"

火小邪说道："你是要我们帮你拆镇里其他人的房子吗？"

田问总算露出了一丝笑容，说道："差不多。"

火小邪问道："那镇里的那些神秘人，都是什么人？是都在动五行圣王鼎的心思？"

田问说道："是。"

火小邪说道："那我们现在做什么？"

田问站起身来，说道："保密。再会！"

火小邪知道田问要走，十头牛都拉不回来，赶忙开门相送，田问大步走出房门，转身一拜，说道："不送。"

火小邪正想回礼，只见田问唰地闪开数步，转弯走开，连离去的脚步声都听不到，已经没有声息。

潘子还想追上，火小邪拉住潘子，说道："别跟着他了，跟不上的。"

乔大、乔二探出脑袋，意犹未尽地说道："他是变戏法的吗？"

众人退回屋内，火小邪猛地一拍潘子，说道："潘子，田问怎么知道我是邪火的？这太奇怪了吧。"

潘子还是有点发愣，喃喃说道："你看到没，田问说土王是他父亲，我父土王。哎呀我的妈，这可真正是大人物呢，发达了发达了。嗯？火小邪，你刚才说什么来着？"

火小邪只好重复了一遍："田问怎么知道我是邪火的？"

潘子眼珠子转了一圈，便有答复："火小邪，你想啊，你是邪火的事情，只有净火谷的人和盗跖盗大爷知道，净火谷中所有人死光光了，还能有谁，肯定是盗大爷告诉田问的啊。你是不是糊涂了？"

火小邪心想也是，点头道："确实有点糊涂了……"火小邪脑海中一闪，扭头对潘子说道："还有水妖儿知道……还有，潘子，你也知道。"

潘子倒是一惊，说道："我当然知道啊，你不会认为是我告诉田问的吧？今天我才第一次见到他啊，水妖儿倒有可能……火小邪，你怎么怪怪的？"

火小邪自觉不到，外人看来，他的表情神态的确有些怪。他从一个不受重视的小毛贼，到今天竟能协助土家田问偷鼎，而且是非他不可，这落差实在太大，简直从地下到天上一样。火小邪脑子里乱哄哄的，既兴奋又迷茫，既欢喜又疑惑。

火小邪听潘子一说，狠狠咽了几口，努力让自己镇定下来，说道："不好意思，我脑子里是有点乱。田问知道我是邪火，应该就是盗跖告诉他的……"

火小邪扭身叫乔大、乔二："乔大、乔二，你们过来，我问你们个事。"

乔大乔二两人正学着田问藏去纸团的样子摆弄着手指，听火小邪叫他们，赶忙跑过来，说道："火师父，啥事啊？"

火小邪说道："盗跖大师伯有没有和你们说起五行圣王鼎的事情？"

乔大脑袋迟钝些，还有点反应不过来，抓着大脑袋回想，乔二爪子先行答道："盗跖大师伯提起过五行圣王鼎，就是问我们知不知道，我们就说知道，得鼎者得天下，失鼎者失天下，大师伯就没说什么了。"

火小邪又问："那盗跖大师伯有没有说让你们帮我做什么？"

乔大脑袋说道："这个没有，就说让我们认师父，从此听你们的话。"

乔二爪子也连连点头："是啊是啊。"

火小邪没有再问什么，说道："走，我们去三太太那里，告诉他们，明天我们留，他们走。"

火小邪一行四人回到后院，三姨太他们还没有散，见火小邪回来了，都问是什么人来找他，怎么去了那么久。

火小邪便说是一个老朋友，不知怎么刚巧也在这里，把田问的事情搪塞了过去。

火小邪心里有数，正告三姨太他们，明天商队出发，他和潘子、乔大、乔二留在此地，还有要事待办。

无论三姨太怎么问，火小邪都闭口不谈，只是强调他们主意已定。

三姨太奈何不了火小邪，只好点头默认，让大家各自散去，早点休息，明天一早商队出发，南下广州。

众人各自回房休息，很快整个客栈也都安静了下来。但是在客栈前厅，店掌柜和两个伙计却一直在角落中低头密议。

"真的是土家的田问？"

"应该没错，我亲耳听见他自称田问。"

"田问，这可是土家数一数二的高手。这回塌房的事情算是明白了，定是田问所为。"

"他打算把这一带的闲人都赶走？"

"应该是和净火谷有关。土家护鼎，容不得其他人窥探圣王鼎的下落。"

"那田问找火小邪谈什么？他找谁也没必要找火小邪这种不入流的小贼吧？"

"没敢去听他们谈了什么，怕露了马脚。"

"无所谓，我们多留心自己就是了。"

"田问知道我们是木家弟子吗？"

"我们扎在三宝镇不是一两年了，没那么容易暴露。"

"我就是担心田问会对我们这里动手，到时候我们是防还是不防？"

"虽说木克土，但我们与田问差别太大，防是防不住的！也罢，几栋破房子而已，让他折腾去。"

"总觉得不甘心啊，土家人大摇大摆地在木家的林子里撒野。"

"不用想这么多了，我们盯紧店内的情况。三宝镇这场戏，我们当个看客就好！切勿参与。"

"是。"

"店内各处的收味药都下好了吗？"

"下好了，无论谁进来，都会留下痕迹。"

"好！打起精神来，估计再过几天，三宝镇就没事了。"

店掌柜、两个伙计分头散去，恍若无事。

火小邪、潘子四人的房内，潘子、乔大、乔二已经睡得鼾声如雷，而火小邪心事重重，怎么都无法睡去。田问什么时候再来，又会安排什么事情？自己一介无名小贼，真的能帮到田问盗取五行圣王鼎？我有这个能耐吗？

火小邪口干舌燥，按捺不住，从床上爬起，想去倒一点水喝。

房间里黑沉沉的，这也无碍，火小邪护着腰伤，走到桌边，拿起茶壶倒水。茶壶里水并不多，只有一个浅底，火小邪有心事，没太注意，倒到最后，茶壶盖一下子脱开茶壶，掉在了桌上，啷啷作响。

火小邪赶忙按住茶壶盖，暗骂一声，举杯喝水。

桌边床上的潘子支吾一声，被惊醒过来，含糊不清地说道："火小邪，你要出去？"

火小邪低声道："渴了，喝口水。不出去，你睡吧。"

潘子"哦"了一声，迷糊地说道："你腰伤好点了吗？不方便，就叫我起来。"

火小邪想也没想，答道："好多了，没事的。"

潘子嗯嗯两声，又睡了过去。

火小邪喝完水，退回到床边要躺下，可身子一扭动，腰伤还是疼得厉害。

火小邪暗叹一声："郑则道这脚真够重的，恼火！"

火小邪正要躺下，突然睁大了眼睛，看向床上的潘子，心中巨震："潘子怎么知道我腰上有伤？我从来没有和他说过！"火小邪今天一天都掩饰得极好，自认为绝不会让人看出自己受了伤，怎么潘子就看出来了？是潘子真的看出来了，还是有人告诉他的？

火小邪静静坐在黑暗中，看着鼾声如雷的潘子，他突然觉得，自己一点都不了解这个人。

潘子的出现，的确有太多的巧合，但回想和潘子相处的日日夜夜，净火谷中三年的煎熬，两人是出生入死，亲如兄弟，若是潘子不在自己身边，也许自己早就因为孤寂发疯了。要说潘子是敌非友，火小邪宁肯去死也不愿相信，但潘子自从出了净火谷，的确隐隐约约地有些奇怪。他时不时地会发呆愣神，好像颇有心事，不再像以前事不关己高高挂起，无忧无虑的样子。

火小邪一直以为潘子是想女人想的，可刚才潘子突然在睡梦中说自己腰上有伤，让火小邪紧张起来，忧心忡忡。火小邪给自己想了一千个理由说服自己，潘子没有事情瞒着他，说出腰伤不过是他察觉到了。可事到如今，火小邪越想越烦，甚至咒骂自己，为什么要怀疑生死与共的朋友？

火小邪心中暗念："潘子就算被人胁迫，要杀我火小邪，我也会把脑袋伸出来，把脖子擦干净，这条命送给他，以解他的难处。那我为什么还害怕？我在怕什么？怕潘子离开我？我又变成孤身一人？"

潘子的事情，让火小邪大伤脑筋，简直比偷五行圣王鼎还头疼。

火小邪辗转难眠，整晚都暗暗打量着潘子，但潘子睡得比死猪还沉，毫无察觉。潘子、乔大、乔二这三个人的鼾声连绵不绝，一个赛一个地响亮。

一直到天光泛亮，火小邪才迷迷糊糊睡着了一会儿。

潘子虽说贪财好色，但喜欢早起，绝不赖床。火小邪睡着了没多久，潘子伸了伸懒腰，就一翻身醒来，迷迷糊糊地唱道："起床了起床了，要撒尿尿了，啦啦啦……"这是潘子起床的口头禅，几乎天天都是如此，只有念完，才算完全清醒。

潘子唱完，攥拳撑手，眼睛猛睁，再无睡意，咕噜下了床，跑到乔大、乔二身旁，一手一个揪住他们耳朵，骂道："你们两个棒槌！太阳晒屁股了，起床起床。"

别看乔大、乔二睡得雷打不动，潘子一揪，这两人一吃疼，顿时翻身而起，再无睡意。

这三人折腾了一会儿，洗漱完毕，潘子便蹬腿跺脚，舒展筋骨，等着火小邪醒来。

按火小邪、潘子这几年养成的习惯，潘子一醒，火小邪不管睡得再沉，都是半个小时内必然起床。

可这次潘子觉得有些奇怪，火小邪躺在床上，动也不动，一点没有转醒的意思。其实火小邪已经醒了，一直闭着眼睛听潘子他们的动静。

潘子凑到床边，看了看火小邪的脸，低哼一声："今天睡得很踏实嘛！算了，不叫你起来了，让你多睡一会儿。"

潘子刚一转身，就听身后火小邪低声道："潘子。"

潘子一回头，正看到火小邪笔直地坐在床上，牢牢地盯着自己打量，眼神中颇有深意。

潘子吓了一跳，骂道："火小邪，你玩什么新花样呢，玩诈尸啊？你这样挺吓人的知不知道？"

火小邪没有答话，默默地翻身下床，穿上鞋子，站直了身子，说道："潘子，你跟我出来一下，我有话对你说。"

潘子疑道："干吗？喂，你看着好严肃，田问传给你什么病了吗？哈哈。"

火小邪淡淡一笑，径直走出了房间。

乔大、乔二正想上前对火小邪问好，见火小邪这般样貌，便没有上前，十分疑惑地看了看潘子。

潘子看了乔大、乔二一眼，耸了耸肩，说道："你们火师父偶尔会发神经。你们两个棒槌在屋内等着，别乱跑。"潘子说完，就紧追了出去。

火小邪一直走到中院僻静处，才停下脚步，静候潘子过来。

潘子跑到火小邪身边，叫道："火小邪，你玩什么呢？从昨晚开始你就奇奇怪怪的。"

火小邪拍了拍潘子的胳膊，说道："潘子，你觉得我们两个的关系怎么样？"

潘子哼道："这还要说，过命的交情啊。"

火小邪说道："潘子，你是我的好兄弟，我这条命都可以送给你，你能不能答应我一件事？"

潘子有些紧张，说道："火小邪，你是不是真的病了？说这个干什么？什么把命送给我，我要你的命干吗？"

火小邪说道："我没病。潘子，答应我一件事。"

潘子眼神有些慌张起来，说道："你、你说吧，什么事？"

"潘子，你老老实实地告诉我，你是不是有什么事情瞒着我。"

"没有啊！我怎么会有事瞒着你……"

"说实话潘子，你是不是忘了你昨晚说了什么？"

“我说什么了？”

“你怎么知道我腰上有伤？”

“这……我说过吗？”

“呵呵，潘子，无论你有什么事，我都会站在你这边的，你告诉我，要不然我会难受死的。”

“我……我……”潘子一反常态，突然低下了头。

“能说吗？不能说就算了。”火小邪追问道。

“我发过誓，不能说……”潘子的语气低沉起来，“如果我说了，我以后生儿子没屁眼的。”

火小邪实在忍不住，扑哧的一声笑出来：“你怎么发这种誓？”

“没办法，认识你之前以为这就是最毒的誓了。”潘子苦笑起来。

火小邪心里一合计，果然潘子是在认识他之前隐瞒了一些事情。火小邪暗暗盘算了一下，逼着潘子破誓，肯定是不行的，不如这样……

火小邪问道：“那我问你，你这个誓是怎么发的？”

潘子说道：“这个我可以告诉你，我当时是说，如果我以后对任何人提起你的名字、相貌，说我见过你，透露你对我说过的话，我就生儿子没屁眼。”

“好！我问你一个问题，你说是和不是就行，保证不会破誓。”

“嗯……这样也行。”

“潘子，你发誓的这个人，是不是姓金？”

潘子眼睛一下子瞪圆，连连点头，叫道：“是！是！你怎么知道？”

火小邪轻轻一笑，说道：“我猜的。放心，你没有破誓。”

潘子难解，又问：“那你猜得也太准了吧！你怎么猜的？”

火小邪笑了笑，说道：“三宝镇中，五行世家水火木土四行都在，唯独缺金。我算明白了，为什么盗跖说我这个邪火遇金则复了，就是因为你啊！”

潘子疑道：“遇金则富？是说遇见我，你就会发财了？”

火小邪摆手道：“不是，是遇金则复，胜负的负，哎呀，不对，是重复的复。”

潘子说道：“到底啥意思？”

火小邪呼哧一喘，说道："意思大概就是说，你属金，我遇见了你，就会变得更强。所以叫遇金则复。"

潘子说道："哦，五行相生相克，相乘相侮，制化复胜。"

"你知道啊！"

"只是记得口诀，不知道是啥意思。以前甲丁乙和盗大爷说得都太绕口，实在懒得记。不过火小邪，听你这么一说，敢情我是你的福星啊，哈哈。"

"潘子，你少贫嘴。我叫你出来，没想到你会说以前瞒了我的事情，纯属瞎猫子碰到了死老鼠。我本意是想问你，你到底是怎么知道我有腰伤的。"

"还是这事啊，我真的忘了昨晚和你说过什么了，我睡得迷迷糊糊的，说了啥都不记得啊。"

"放屁！你少绕圈子，再问你一遍，你怎么知道我有腰伤的？"

"真的要说？"

"真的要说。"

"好吧好吧，我说了你可别说我肉麻。"

"肉麻什么，你说吧。"

潘子尴尬地笑了笑，说道："其实吧，我现在也无法确定你到底有没有腰伤，我也是猜的。"

"猜的，啥意思？"

"哎呀，净火谷中三年，你受了好几次腰伤，疼起来是什么德行，你不记得，我可记得。昨天早上你做噩梦起来的时候，明摆着按住最下面的肋骨，疼得龇牙。我一看就知道你受伤了，但你后来又像没事人一样，我就没问，但多少是个心事。可能睡得稀里糊涂的时候，就问了你一句。就是这么回事。你可别以为，我像娘们儿那样还记鸡毛蒜皮的事。"

火小邪一歪嘴，说不出话，直勾勾地看着潘子。

潘子退了一步，说道："你又干吗？我骗你我就是你孙子，生儿子没屁眼的。"

火小邪呿的一把抓住潘子的肩头，低声说道：“潘子，谢谢！”

潘子哼道：“喂，你眼睛红了。”

“没有。”

“怎么没有？”

“没睡好。”

“那你别这么含情脉脉地看着我行不？全身都起鸡皮疙瘩了！”

“见你的鬼哦。”

“不行，你这鬼模样我恶心得要吐，让我吐一下，哇——”

“你 × 的！闭嘴！”

这两个小子，嘻嘻哈哈地打闹起来，彼此追打而去。

众人用过早饭，有几支商队的掌柜来找三姨太，说想和三姨太组建一支大商队，一同出发去广州，人多力量大，彼此都有个照应。

这正合三姨太的心意，没怎么犹豫就答应了下来。各商队的掌柜千恩万谢，与三姨太约定了今天出发的时间，便各自回去准备。

三姨太这边也没有闲着，吩咐下去，张罗着王家商队盘点装货，备齐人马。收拾停当之后，已近中午，马上就到约定的出发时间。

三姨太、青苗、青柳再与火小邪、潘子、乔大、乔二等人一起吃了顿简单的午饭。尽管相处时间不长，现在要离别，三姨太多少有些感伤。她说不出什么客气话，只是让火小邪他们多加小心，若是办完了事，可以赶来广州一会。

青苗、青柳这几日与潘子相处，时时开心得很，她俩好不容易碰到个能相处甚欢的男人，眼下就要分开，少女情怀表露无遗，对潘子很是不舍。

潘子这时候倒有大将风度，将贴身挎包中的两件“宝贝”分赠青苗、青柳，笑哈哈地说道：“来日方长，一定后会有期，没准两三天后就赶上你们。”

其实火小邪心里明白，三姨太他们这一走，只怕没有一两年，再难遇见。

火小邪活了这么大，无数人在火小邪身边聚散离合，他最怕的，就是与人分别之时那种说不出的酸痛滋味。

三姨太给了火小邪一笔钱，出手非常大方，三百块大洋。火小邪说不要，三姨太执意要给，潘子就半推半就地替火小邪收下，心中暗暗高兴。

火小邪等四人送了三姨太他们一段，来到三宝镇南下的大路口，数支商队汇集，浩浩荡荡四五百人之多，人喊马嘶，催动队伍，渐渐就走得远了。

潘子站在路口，挥手喊道："青苗、青柳，不要被别的男人勾搭走了，你们可要记得我啊！"这话喊出来，青苗、青柳也是听不见的。

火小邪招呼潘子、乔大、乔二不要在此久留，先回到王家客栈再做打算。

众人刚走出几步，一个土黄长袍的男人从路旁稳步走出，向火小邪他们点头示意。

此人再熟悉不过，正是田问。

十七、水家三蛇

火小邪见是田问，又惊又喜，赶上一步，就要与田问说话。

田问没等火小邪上前，低声道：“跟我来。”说着就快步走下大路，向路边密林中行去。

火小邪不敢怠慢，带着潘子、乔大、乔二紧跟。

田问快步不停，既不说话，也不回头，带着火小邪他们渐行渐远。火小邪知田问此人性格沉闷，既然不想说话，问也问不出什么，只好闷头跟着。

一行人走到一片乱草坡下，才停下脚步。

田问略一转身，沉声道：“准备好了吗？”

火小邪啊了一声，略略琢磨了一番田问的意思，问道：“准备好了什么？”

田问说道：“我为何来此？”

火小邪说道：“你来找我啊。”

田问说道：“找你为何事？”

火小邪心想，这个田问是考我呢，怕我忘了不成？

火小邪正想张口回答“偷鼎啊”，可心中猛然一个激灵，改口道：“田问大哥，你是怕我反悔？我要是反悔，我不会跟你来此。”

田问说道：“潘子，你反悔了！”

潘子冤枉道："没有啊，我从来没说我反悔啊！"

田问说道："潘子，我找你们有何事？"

潘子张口要答，火小邪唰的一把拉住潘子，止住潘子的话语，笑道："田问大哥，你什么时候说话能说五个字以上了？七个字，加潘子两字，九个字了。"

田问说道："此话何意？"

火小邪冷冷说道："你还不明白吗？你……"

"无聊！"一声低喝，似乎是从地下冒出的一样，打断了火小邪的话。唰的一声，一个人凭空从草丛中站起，是一个穿着一身土黄长袍的男子，这人的模样，活脱脱又是一个田问。

火小邪一见新来的这个田问，大叫一声："田问大哥！"

这个新来的田问答道："好。"

潘子也明白过来，指着前一个田问大骂道："你丫是个冒牌货啊，差点让你把我的话蒙出来！你是谁？"

上一个"田问"一看这种形势，眉头狠狠一皱，扫了站在一旁的田问一眼，声音也变了，说道："田问，你来得好快！"

田问说道："请滚。"

假田问脸色变了变，尖声叫道："土家高徒，得罪了！毋怪！"说着身子一闪，没入草丛中，沙沙沙草丛轻响，眼看着就要逃走。

潘子气得直哼，叫道："龟儿子的，骗了我们就想跑！"手中的齐掌炮已经翻出，向假田问逃匿的方向直追，啪啪啪打出三颗铁珠。潘子自从跟着三姨太的商队，不断收集各类可以用齐掌炮打出的物品，铁珠收集得最多，其次是铁钉，甚至有捏得极硬的狗屎。潘子常备一小把铁珠在外衣兜中，以备不测。

潘子三枚铁珠打入草丛，并无任何反应。潘子奋起直追，引得乔大、乔二也快步跟上。

田问身子一横，快了一步，伸手拦住潘子他们，说道："勿追。"

潘子气道："田问兄弟，别人装成你的模样骗人，你还不生气的啊？"

田问说道："无妨。"

火小邪赶上几步，凑在一起，对田问说道："这肯定是水家的易容术！真是太像你了，要不是他说话没你这么利索，真会被他猛不丁地骗出话来。"

田问看了看远处，慢慢地说道："水王来了。"

田问一说到水王，火小邪、潘子都是心生惧意。水王流川此人实在太过神秘，让人捉摸不透，而且实力之强，简直到了匪夷所思的地步。净火谷中，水王流川出面阻止火小邪与水妖儿的婚事，火小邪、潘子就如同案板上的羔羊，丝毫没有反抗之力。

火小邪对水王流川，更是心中忐忑，感受怪异：奉天城内水王流川赠黑石火令，言语恳切地请火小邪救水妖儿一命；火家在火门三关纳徒之时，水王流川眼看着火小邪被逐出火家，却没有一点难舍之情；水王流川在净火谷中撕破脸，毫厘之差就会结果了火小邪的性命。每次和火小邪相见，水王流川的态度都和以往有天壤之别，没有一点情感传承，简直是每次见到的水王流川，都不是同一个似的。

火小邪、潘子如临大敌，立即稳下身子，严阵以待。乔大、乔二脑子再迷糊，对这种情形仍然心知肚明，立即守在火小邪、潘子两侧，做好大打一架的准备。

潘子低声道："水王流川居然来了？！"

田问没有回答，昂首叫道："出来吧！"

"嘿嘿""哈哈""呵呵"男女各异的尖笑声从不同方位传来。

"田问！嘿嘿！好本事！"

"土家高徒，未来的土王，哈哈！"

"呵呵，田问，你还真是很难模仿！"

火小邪、潘子、乔大乔二四人到处寻找，却一点也看不到人在哪里，声音好像是随风飘动过来似的。那说话的声音听起来是二男一女，但听最初的笑声，好像还有更多人在。

田问哼道："水王呢？"

一个高调门的女子声音道："呵呵呵呵！水王为什么要来这里？水王岂

是你想见就能见到的？”

一个尖锐的男子声音道：“嘿嘿嘿嘿，水王对你来三宝镇，并没有兴趣！”

另一个语调温和的男人声音道：“哈哈哈哈，田问，你想做什么就去做吧，我们就是想找火小邪证实一下，好玩罢了！”

田问高喝道：“无聊之极！”

“呵呵，水家三蛇若是不无聊了，天下还有无聊的人吗？”

“水家三蛇就喜欢干无聊的事情，嘿嘿。”

“哈哈，田问，水家三蛇不是第一次和你碰面了，但这次，水王没有来，让你失望了。不打扰你了，我们这就走。哈哈哈哈……”

这温柔声音的男人笑起来，笑声已经渐传渐远，很快就渺无声息。

火小邪听到四下再没有人说话，谨慎地问道：“田大哥，人走了吗？”

田问答道：“走了。”

潘子长长出了一口气，说道：“他们叫什么？水家三蛇？来去无踪啊，和闹鬼似的，现在我心里还一阵阵发毛。”

乔大脑袋也咂嘴道：“确实像山鬼。我和二子砍木头、挖草药的时候，就听到过山鬼说话，就和这感觉差不多。”

乔二爪子哼道：“我叫爪子！你个大西瓜的。火师父、潘师父，大西瓜说得没错，那次我们找了大半夜，也找不到说话的人在哪里，可把我们吓得够呛。”

乔大、乔二对视点头，似乎对以前的事情仍有惧意。

火小邪对田问说道：“田大哥，水家三蛇是什么人？说话做事这么奇怪。”

田问默默说道：“暗匿之人。”

火小邪说道：“暗匿之人？这是什么样的人？”

田问说道：“无人见过。”

火小邪倒吸一口凉气，说道：“是没有人见过他们长什么样子吗？”

田问说道：“是。”

火小邪又问：“那水家三蛇是做什么的呢？”

田问说道：“无聊之事。”

田问说完，大踏步向外走去，手一挥，示意火小邪他们跟上。

火小邪、潘子一头雾水。水家三蛇的忽隐忽现，田问的只言片语，更让这些人平添了无数神秘。而五行水家中，到底有多少不为人知的秘密？

田问前行速度颇快，火小邪、潘子等人紧跟，一行人再无话语，向着三宝镇方向走去。

傍晚时分，天色已暗，水妖儿、郑则道所在的密宅中，一个寻常的商队趟子手打扮的人闪入房内，快步向内屋走去。

水妖儿、郑则道和四五个人正安静地坐在屋内，一部分人略显焦躁。

这个趟子手进了内屋，火家弟子沉不住气，站起来关切地看过去。

这个趟子手向水妖儿一拜，又向郑则道点头问好，然后略有惭愧地说道："水妖儿，火传使者，除了那只豹子犬还在王家客栈，火小邪他们不见了，一直没有找到。所以……"这伪装成趟子手的水家弟子抬头看了看水妖儿，不敢再说。

水妖儿说道："继续讲。"

趟子手说道："今日午时，王家商队和几支商队联合起运，向南方去了。火小邪、潘子、乔大、乔二四人没有跟随王家商队出发，几人向三宝镇走回的时候，路边有一穿土黄长袍的男子将他们叫住，钻入路旁的林中，我立即去追，可是，没有追上……我在失去他们踪迹的地方打量许久，一点线索都找不到。一直到现在，能派出去的人都派出去了，还是下落不明。"

水妖儿说道："知道了。能在你眼皮底下失踪的人，算是罕见了。"

趟子手更是垂头，说道："水妖儿请责罚。"

水妖儿说道："不必了，你下去吧。继续加紧寻找，地下是重点，他们一定是躲到地下去了。"

趟子手点头称是，飞也似的退下。

屋内水家人都愁眉不展。对他们而言，大白天跟丢了人，确实罕见，而且还是水家的好手。

有人站起，对水妖儿低语道："田问一个人的话，是能躲开我们，但火小邪他们四人，目标巨大，怎么也会这么快不见了？水妖儿，这事不对劲儿。”

另一个水家人也站起来对水妖儿说道：“水妖儿，田问就算能搬山覆地，也不应该能做到这样。”

水妖儿略略沉思，踱开几步，看了一眼郑则道，问道：“火传使者，你怎么看？”

郑则道微微一笑，站起身向水妖儿、水家弟子行礼，显得颇为谦逊。

郑则道说道：“火家的追踪之术，实在无法和水家相比；土家的开山寻道隐天遁地，火家更是难明其妙。我确实没有什么见解，真是惭愧！”

水妖儿、水家弟子听郑则道这么说，心里都十分舒畅。这个郑则道还真是继承了火家人的“其性谦”三字。

水妖儿点了点头，说道：“火传使者，不必谦虚，有什么想法直说就是。”

郑则道笑道：“我就是突发奇想，有些大不敬的念头，自己都觉得可笑，说了还请水家师兄们勿怪。”

水妖儿说道：“但说无妨。”

郑则道说道：“好。我就是猜想，此次水火两家合作，乃是水王、火王商议决定，水王会不会还安排了其他人协助我们？这些协助我们的水家高人，发现田问、火小邪等人的阴谋，先入为主了？”

水妖儿和水家众人一对视，都是轻轻“哦”了一声，若有所思。

水妖儿又看了郑则道一眼，轻声说道：“火传使者，你说得很有道理，反而我这个局内人疏忽了。”

郑则道轻笑道：“水妖儿勿怪，只是我胡言乱语。”

水妖儿正想再说，就听到屋角缝隙中突然有温柔男子的声音传来：“哈哈，火传使者不简单啊！果然是水王大人看上的人哦！”

屋内众人听到猛然传来的声音，都是一愣，火家弟子已经跳将起来，盯着发出声音的墙角，作势欲攻。相反，水妖儿、水家人并不妄动，颇为吃惊。

郑则道低喝道：“不要动。”止住了火家人向墙角攻去。

屋内另一侧传出高调门的女子声音：“呵呵，不要急不要急，我们也是水家人呢。”

屋顶也传出尖锐的男子声音："嘿嘿，水妖儿，各位水家师弟，好久不见了啊。"

水妖儿答道："我父亲来了？"

温柔男声道："没有。水王大人看到你的飞鸽传书，叫我们过来看看。"

尖锐男声道："嘿嘿，水王大人有密信传给水妖儿，水妖儿，你跟我们来，其他人退下。"

高调门女声道："呵呵，各位火家的高徒，很抱歉哦，水家的一点私事。"

温柔男声道："哈哈，火传使者，你和水妖儿一起来吧。"

说话间，声音戛然而止，再无一点声息，真如同鬼魂一样。

水妖儿低喝一声 "好"，转头对郑则道说道："火传使者，跟我来。"

郑则道点头称是，水妖儿已经疾步出屋，向外掠去。郑则道不敢怠慢，施展身法，也是疾如闪电，不落下风。

水妖儿、郑则道两人疾行不怠，也没有见到水妖儿一路上和谁有接触，没有左右观望，没有异常声响引路，水妖儿轻车熟路一般，向着三宝镇边缘一带赶去。

郑则道十分奇怪，水家人到底是用什么沟通方式，才能够做到这样？郑则道好奇心更浓，速速跟随，却不在此时多问一句。

水妖儿一直赶到一栋孤零零的废宅外，才慢了下来，从墙头跃入荒院中。

郑则道尾随入内，站在水妖儿身侧。

水妖儿目光平视，说道："水家三蛇，我来了。"

"哈哈，水妖儿你的功力真是越来越深了。"温柔男子的声音随风飘来。

"嘿嘿，这个郑则道的火家身法也不错！"尖锐男声紧随而至。

"呵呵，火传使者，真是年轻有为哦，入火家三年，就有如此成就，不简单啊！"

郑则道回答道："三位水家前辈，在下有礼了。"

"哈哈""嘿嘿""呵呵"水家三蛇的笑声又起，这笑声倒让郑则道全身都不自在。

“哈哈，水妖儿，水王大人有令，命我传于你和郑则道。”

水妖儿跪拜在地，低声道：“水妖儿听令。”

郑则道垂首抱拳，念道：“火家弟子郑则道听水王大人令。”

这时再没有水家三蛇的声音，只听另一个腔调响起，赫然就是水王流川的声音。这声音平淡无奇，一点都没有威压感，更像是一个教书先生在苦口婆心地谆谆教诲。

“水妖儿，火传使者，你们辛苦了。你们在三宝镇合作得很好，我非常高兴。田问来三宝镇一事，我已经知道。此人不必搭理，不要与他冲突，一切都顺着他。如果田问的目的是把三宝镇里的各路人马赶走，你们也该帮着他去做。这是我们五行世家的交情，理应如此。三宝镇中闲人散去，你们也立即返程，不可久留。另外，火传使者，我听说火家弃徒火小邪也在三宝镇，他若是和田问纠缠在一起，还请你多给他一点教训，却不要取他性命，以正五行世家的名头。水家三蛇传话给你们，如我亲临，水妖儿遵照而为，火传使者可自行决定。流川。”

这番水王流川的话语说完，水妖儿一拜到地，说道：“水妖儿遵爹爹法旨。”

郑则道亦沉声恭敬道：“在下一切按水王大人的吩咐做事。”

温柔男声再起：“水妖儿、郑则道，你们都听好了？我们这就走了，下次再会。”

尖锐男声道：“嘿嘿，不得向任何人透露此事。”

高调门女声道：“呵呵，那就后会有期喽。”

话音刚落，已如青烟散尽，四下寂静无声，落针可闻，哪似有人刚刚说完话？

水妖儿慢慢站起，静立片刻，这才转身离开。

郑则道见此时才是问话的好时候，谨慎地问道：“水妖儿，水家三蛇三位前辈真是不简单，他们是什么人？”

水妖儿答道：“他们不是三个人。”

“哦？不是三个人？那又会是几个？”

“我也不知道。”

“哦……那水家三蛇前辈们是做什么的呢？”

“无聊的事。”水妖儿的回答居然和田问同出一辙。

“无聊的事？这……”郑则道这么聪明的人，也弄不明白。他本以为水家三蛇应该是水王流川身边的左膀右臂一样的人物，专门为水王流川传话，岂知水妖儿给他的是这么古怪的一个答案。

郑则道说道：“可水家三蛇不像在做无聊的事啊……不好意思水妖儿，我太好奇了，不该问这么多水家的事情。”

水妖儿答道：“没事。因为听到水家三蛇说话，根本就不是什么好事。”

水妖儿再不多说，翻墙而出。

火小邪、田问等人正静坐在一个窄小的地洞中，一丁点的豆芽灯闪烁着，只能照亮巴掌大小的一块地方。

田问倒是安稳，眼睛半睁半闭地盘膝而坐，静如石佛。火小邪尚能承受，但潘子、乔大、乔二有点受不了了，抓耳挠腮个不停。

潘子打量了田问、火小邪几眼，忍不住说道：“田问大哥，我们坐在这个小洞里面都好几个时辰了，这样什么时候是个尽头啊？我真的要憋死了。”

乔大、乔二也哼哼道：“是啊，是啊，啥时候能吃饭啊？”

田问动也不动，微微抬了一下眼皮，说道：“很快。”

火小邪低声道：“田问大哥，我们是在躲什么人吗？”

田问答道：“是。”

潘子叹道：“我们这里有五个人，若是要打架，还要怕谁不成？躲在这里实在太憋屈了。”

田问说道：“再等等。”

火小邪说道：“田问大哥，莫非你在躲水家三蛇？”

田问慢慢转过头看着火小邪，说道：“是。”

火小邪疑道：“难道水家三蛇会对我们不利？”

田问答道：“不会。”

火小邪更是不解，又问：“那我们何必躲着他们？”

田问沉声答道：“附骨之疽。”

火小邪暗叹一口气。按田问这种说话方式，不知道什么时候才能问出真正的原因，但田问既然决定如此，肯定有自己的苦衷。

田问看出火小邪的心事，又多说了一句：“不得不躲。”

田问连续说两次话，还是第一次，虽说中间有间隔，但总算让火小邪他们明白，田问之所以这样躲避着，乃是田问认为水家三蛇乃是“附骨之疽，不得不躲”。水家三蛇能够被如此形容，想必他们所作所为的确让人难以忍受。而水家三蛇到底有什么本事，竟能把一个大智若愚的田问逼到地洞中苦等，这无疑让火小邪、潘子想破脑袋都想不出来个大概。

众人再次沉默。又这样静悄悄地坐了半个多时辰，田问才睁大了眼睛，蹲起身子，说道：“可以走了。”

火小邪、田问等人从一块青石地面钻出，田问回身在地上一抹，等他站起身来，地面已无任何异样。

田问他们藏身之地，原来是一处大户人家的后花园中，他们从地下爬出来，前面的屋子里还亮着灯，里面住着人。田问、火小邪他们都是盗术高明，哪会惊动人家，唰唰唰几声，五个大男人就已经翻出了院墙，走上大街。这家人要是知道自己的后院地下竟有一个“贼窝”，不吓死才怪。

田问上了大街，再不遮遮掩掩，腰杆挺直，稳步而行，目不斜视。看他的模样，十成十的气宇轩昂、正气凛然之人，若拉个路人说田问是贼，谁肯相信？这种模样、气质的人都是贼的话，谁不是贼？而若是人人扪心自问，谁又不是“贼”，谁又敢说从未做过“贼”事呢？

火小邪本以为田问要带他们去别处，谁知田问向着王家客栈而来，走到门口才示意让火小邪带路。

火小邪进了客栈，店掌柜赶紧上前迎接，问道：“火镖头，怎么一下午没有回来？我还以为你们跟着三太太走了呢！”

火小邪摆手道：“没事，下午到处转了转。”

店掌柜又问：“火镖头吃过没有？没吃过我赶快给您准备着！”

火小邪还没说话，潘子、乔大、乔二已经叫喊起来：“还没吃，还没吃，快去快去！饿死了！”

店掌柜是是连声，飞快地打量一圈众人，目光在田问身上略有停留，明知故问道：“这位大爷是火镖头的朋友吧，应该怎么称呼大爷您？”

田问毫无表情，沉声道：“田问。”

店掌柜哦了一声，忙道：“是田大爷！荣幸之至！火镖头、潘镖头、两位乔爷，请五位稍坐，马上给你们准备好。”

火小邪说道：“送到我房间来。”

五人正要走，火小邪又喊住店掌柜，说道：“我的狗儿黑风喂过没？”

店掌柜答道：“喂过了喂过了，上好的肉骨头。”

店掌柜一溜烟离开，火小邪在前，带着众人进了中院。拴在中院的黑风早就听出火小邪、潘子的脚步声，哐啷啷拽得铁链直响，见火小邪他们过来，摇头摆尾，高兴得上下乱蹦。

火小邪、潘子见了黑风，分外亲切，跑过去将黑风搂住，揉搓个不停。黑风十分受用，与火小邪、潘子亲热个没完。

田问在一旁说道：“好狗。”

火小邪转头道：“田问大哥，黑风跟我们三年多了，亲如兄弟，你若是不怕它，我们就把它解下来，跟我们进屋待着。”

田问说道：“甚好。”

火小邪拉住黑风的耳朵，说道：“黑风，你可要听话，不能对田问大哥吼叫，不然你爹我揍你。”

黑风点头，冲着田问轻叫两声，直摇尾巴。

火小邪知道黑风这是示好，放开黑风，黑风凑到田问脚边闻了闻，分外温顺。田问也不是摆架子的人，俯下身来摸了摸黑风的大脑袋，黑风也毫不回避。这举动惹得乔大、乔二好不妒忌，乔大说道：“黑风到现在都不让我们摸脑袋咧！”

乔二骂道：“你这大西瓜，长得和林子里的大狗熊差不多，黑风哪会让你摸？”

乔大回嘴道:“二子,你还不是一样,长得像只耗子,黑风不抓你这个耗子,算对你客气了。”

乔二骂道:“× 你的大西瓜!谁是二子?叫我爪子!”

眼看这乔大乔二两人又要互相嚼舌头,火小邪赶忙止住。

一行人先回了客房,在桌边围坐一圈,黑风趴在门边守着,各自喝了几碗茶水,一解干渴。

田问环视房间几眼,放下茶碗,说道:“青云客栈。”

火小邪差点一口水喷出来。“青云客栈”这四个字,他一辈子都不会忘掉,田问突然这么一说,惊得他实在忍不住。

火小邪强行咕咚一口将水咽下,说道:“青云客栈?田问大哥,这里是青云客栈?”

田问答道:“没错。”

“可这里明明是王家客栈啊。”

“没错。”

“田问大哥你的意思是说,青云客栈有很多很多家,名字不同罢了,不止王家大院地下那一家?”

“没错。”

“可是这里和青云客栈差别太大了,你怎么看出来的?”

“靠闻。”

潘子插嘴道:“什么青云客栈?你们在说什么。”

火小邪挥手示意潘子不要说话,低声问道:“田问大哥,这里的店掌柜、店小二、伙计,都是木家人喽?”

田问说道:“是。”田问说完,用手指蘸水,在桌上一字一字书写,示意火小邪他们来看。

田问每写两字,便会抹去前两字,使桌上始终只有两个字的水印,绝不让三个字同留。虽说火小邪不解其意,却也感到土家人的举止言语看似憨迂,其实都有很深的道理、规矩。

田问写道:“土家千年,唯惧木家。木家用药,亦神亦魔,不可小视。

青云客栈，木家所建，全国各地，有近千间。多数寻常，正如此店，并无异处。土家畏木，久辨其力，凡属青云，必有异药，无形无色，略可闻之，名曰收味，有此味者，青云无疑。五行世家，唯有土家，可辨青云。水家擅查，可判三成，火家虽广，仅知一成，金家隐世，有五十年，不明现状。我来此地，绝非挑衅，安全而已。”

田问写完，用手一抹，桌上再无一字。

乔大、乔二抓着脑袋。他们俩不识几个大字，嘀咕着啥都没看懂，闷闷不乐。

火小邪、潘子看田问写完，好奇心倒一下子不在青云客栈身上，而是田问提到的金家。

火小邪小声问道：“田问大哥，金家人我见过，有个叫金大九的，但金家到底是怎么样的，你能够告诉我吗？”

潘子听火小邪这么一说，也一个劲儿地点头。

田问看了火小邪、潘子一眼，略有笑意，点了点头，在桌上继续写道：“金家弟子，年幼均苦。金家寻徒，年少六岁，多是孤儿，十年一日，暗中相助，观其言行，辨其喜好，年满十六，始见一面，言语励之，任其独行。再过六年，确成气候，方纳为徒。金家之富，五行为首，累积千年，举世无双，富贵如此，却不挥霍。金家若动，一掷兆亿。若助霸主，登基为帝，可平天下，饥荒灾伐，振国兴邦，太平盛世。”故而金家择徒，历时十六年头，唯恐择徒不慎。若论武艺盗术，金家为末，五行盗术杂学兼用，身手虽弱，却善机关、道具、器械，奇巧无双，使用起来威力惊人，以补其弱。亦因如此，金家从不择主，无论何人持鼎，灯灭即走，灯亮人来。得鼎者得天下，并非神鬼怪力，确因五行齐聚之后，实力使然。

潘子看完，轻轻念了一声：“我 × 的咧……金家原来是天下第一的大财主啊，一掷兆亿，哎呀我的妈……哎呀我的妈……哎呀哎呀呀呀呀……”

田问看了一眼潘子，轻笑一声，说道：“不错。”

众人略有沉默，房门推开，两三个王家客栈的伙计端着菜盘上来，恭恭敬敬摆满了一桌，堆着笑脸出去，看不出他们与普通店小二有什么不同。但回想王家大院地下的青云客栈，何尝不是如此呢？

火小邪的确饿了，暂时把思绪抛开一边，招呼大家吃饭。

乔大、乔二闷了半天，啥都没有看懂，见能吃饭了，还计较个屁，死命大吃。

火小邪、田问也专心吃饭，只有潘子举着筷子发愣，食之无味，嘴里不停地啰唆：“哎呀我的妈，一掷兆亿，那是多少钱啊，哎呀娘啊，哎呀……”

三宝镇一侧僻静的林中，水妖儿、郑则道站在空地之中，十多个两家盗众守在一旁，并不言语。

一个趟子手打扮的人飞速赶来，正是傍晚时分来报的那个水家贼人。他抱拳鞠躬道：“水妖儿，田问、火小邪他们出现了！”

水妖儿毫不惊讶地说道：“在哪里？”

此人答道：“田问和火小邪他们一行五人，返回王家客栈，闭门不出。我没有上去监听，但已经在店外安排人手，布下彩桩，他们若有动静，即刻可知。”

水妖儿说道：“很好，退下。”

这伪装成趟子手的水家贼人一喏，转身快步离开，转眼便没入林中不见了。

水妖儿吩咐道：“其他水家弟子，也都散了！”

郑则道亦说道：“火家弟子各自归位。”

在场人都低声应了，眨眼走了个干净。

郑则道见人都走了，才转头对水妖儿低声道：“水妖儿姑娘，真没有想到，土家的田问一来三宝镇，我们都要围着他打转了。”

水妖儿如同没有听见，独自说道：“田问不惜暴露行踪，带着火小邪他们，必有深意。”

郑则道说道：“水王大人吩咐我多给火小邪一点苦头尝尝，水妖儿，你觉得我应该怎么做？”

水妖儿轻哼一声，说道：“这是你火家的事情。水王没有吩咐你，只是建议，你要怎么做，你自己看着办。”

郑则道听水妖儿语气并不客气，反而淡淡一笑，说道："水妖儿姑娘，火小邪与你素有交情，你和我共事，我怎能不看你的面子呢？"

水妖儿冷言道："火小邪和我没有任何关系！火传使者，你多虑了！"

郑则道笑道："甚好。水妖儿，我今天晚上打算登门拜会一下田问，顺便警告一下火小邪这个火家弃徒。你要不要和我一起去呢？"

水妖儿转头看着郑则道，眉目间突然一闪，换上一副娇媚温柔的神态，端的是美艳如仙女下凡。郑则道见水妖儿突然改了表情，看得心中一痴，但他沉得住气，并不放肆，只是再问一声："如何？"

水妖儿媚笑一声，盈盈走上两步，娇滴滴地说道："好呀。我和你一起去吧。"

水妖儿说完，快步便走，那背影不似以前那般冷漠僵硬，反而婀娜起来。

郑则道看在眼里，眉头飞快地一皱。他虽与水妖儿相处多日，多是相敬如宾，在三宝镇的外人眼里，最多像一对初识不久的小夫妻，谈不上有丝毫亲密。郑则道第一次见到水妖儿对他露出这种表情，深感有什么不对劲儿的地方，惴惴难安。

郑则道虽说颇具心机，城府深藏，可水妖儿这般性格猛然变化，如同换了一个人似的，还是让他难以理解。

郑则道略有迟疑，紧随着水妖儿而去。

十八、青云有木

火小邪、田问他们五人吃完饭，唤店掌柜来收拾了餐桌，静坐在屋里休息。

田问不喜欢说话，端坐在椅上闭目养神，一点都没有年轻人的活络。火小邪也有点累了，半靠在窗边自己想自己的心事。

本来每次吃完饭，潘子都是废话连篇，这回却傻傻儿在一旁呆坐着，盯着天花板发愣，摇头晃脑，嘴里始终不停地低念：“一掷兆亿……一亿……金家弟子，妈啊……”

乔大乔二这两个蠢货不喜欢坐着，只喜欢蹲着，他们两个加黑风，蹲在潘子脚边不远处，随着潘子的脑袋摇晃。

乔大脑袋说道：“二子，潘师父在想什么呢？”

乔二爪子说道：“二子是你爹！二你祖宗的二！我是爪子！潘师父肯定在想大事呢！”

“什么大事啊？难得吃完饭，潘师父都不和我们说话。”

“我哪知道，你自己问潘师父、火师父去！”

“二子，要不你问一下吧，你一直比我聪明一点点。大家都不说话，这样好闷啊！”

“× 你的大西瓜的！我爪子什么时候只比你聪明一点点？我不问，你要问自己问去。”

这两人还要胡扯下去，黑风猛地将身子一挺，抬头看着门口，汪地低吼一声。

火小邪、田问都向门口看去，门已经敲响，有人叫道：“火镖头在吗？”

火小邪应了声，房门推开，一个前厅的伙计推门进来，点头哈腰道：“各位大爷好，各位大爷好，前厅来了几个客人，点名要找火镖头和田问大爷。”

“嗯？”火小邪心想，“找我也就罢了，怎么还找田问？田问是大摇大摆地来找我的，怎么这些人也是一样？”

火小邪问道：“什么样的客人？叫什么名字？”

伙计说道：“是一对年轻的男女，看着像是富贵人家新婚不久的小夫妻。他们没说自己叫什么名字，只说一见便知，是你的老熟人。”

火小邪一听，顿时头皮发麻：若不是郑则道、水妖儿，还能是谁？

火小邪心中恶气翻滚，就想发作，但他意识到这样只会坏事，狠狠把牙齿咬紧，努力按住邪气，不发一言。

伙计见火小邪脸上一阵红一阵白的，不解地问道：“火镖头，您是见还是不见？要是不见，我去把他们劝走。”

火小邪摆了摆手，沉哼一声：“见！一会儿就去。”

这边一直坐着不动的田问听到火小邪说话，洒然站起，朗声道：“来得好！”

郑则道手持折扇，站在水妖儿身旁，面带笑意地看着通向中院的大门，手中轻轻敲打扇子，一点都不着急。水妖儿则坐在桌边，略显娇羞，也不抬头，确实像极了刚出嫁不久的小媳妇。

店掌柜站在柜台后看着这两个不速之客，早已明白这两人乃是同道中人，倒是颇显紧张。前去通报的伙计已经赶回来，在店掌柜耳边低语两句，速速退开。

郑则道、水妖儿再等片刻，只听一行人的脚步声传来，从中院走出数人，正是火小邪、田问等人。

火小邪一见正是郑则道和水妖儿，打起了十二万个小心，低声道：“郑则道，果然是你。”

郑则道笑道：“火贤弟，别来无恙？”一偏头，看到田问默默地站在火小邪的身旁，郑则道赶忙抱拳又说道：“田问兄弟！幸会幸会！今日才来拜会，真是失礼了！”

田问与郑则道对视，毫不回避，沉声道：“坐。”

田问看了火小邪一眼，示意火小邪跟他一起坐下。田问走上几步，和火小邪坐在水妖儿对面的一桌。

潘子还有点迷迷糊糊的，他和乔大、乔二这三人没有见过郑则道，见是这样一个风度翩翩的公子哥，都有点纳闷。不过潘子见火小邪、田问神态都不似平常，不敢大意，带着乔大、乔二围坐在田问身旁。

水妖儿呵呵一声娇笑，抬起头来，一双俏目一一打量了一番火小邪、田问等人。

潘子算是认出来，这坐在对面的女人竟是水妖儿，啊呀一声站起，叫道：“水妖儿！水妖儿！怎么是你？”

水妖儿理了理鬓发，还是一副小媳妇的表情，不胜娇羞地说道：“怎么就不是我？”

潘子依旧嚷道：“你，你，你怎么……又成亲了？”潘子扭头对火小邪叫道：“火小邪，是水妖儿来了，你怎么不早说！”

火小邪一把将潘子拽到座位坐下，沉声道：“别说话！”

水妖儿盈盈站起，扭头对店掌柜说道：“王家客栈的店掌柜，请你关店吧。”

店掌柜忙道：“唉，这位太太，这还没有到打烊的时候呢！”

水妖儿说道：“五行世家这里已有四家了，店掌柜你何必再装下去呢？”

店掌柜一听，了然明白，再不多言，一挥手招呼伙计过来，递了个眼色。伙计立即明白，赶到店门口关店门去了。

店掌柜从柜台后走出，深深一抱拳，说道：“水家、火家、土家三家贼王之高徒在此，小店不敢再有隐瞒，小店确是木家青云客栈三宝镇分号。这里人多眼杂，还请各位移步，到小店木家法堂歇息。”

众人都不奇怪这店掌柜居然是木家人，纷纷起身，跟着店掌柜向一侧偏房走去。等进了房间，才看到整个房间的地面已经倾斜下去，露出一扇嵌在地下的暗青木门。

店掌柜一马当先，走到木门前，伸出一个手指，插入木门上的一个小洞中，略略一绞，啪的一声，这扇门便开了。

店掌柜做了个请的手势，推门入内，众人尾随而行，潘子、乔大、乔二再话多，也都憋着不敢乱说。

进了这扇暗青木门，里面的暗黄灯光就一盏盏自动地亮了起来，似乎是感应到了有人进来，这才亮起。这些灯光并非烛火，而是一个一个透明瓷瓶中发出的冷光，看上去十分柔和，却能将一条地道照得透亮。这条地道能容二人并行，地面以青石板铺成台阶，蜿蜒而下，一眼看不到尽头。

店掌柜在前面引路，众人跟随走了约有二百多级台阶，转了三个弯，过了四道同样的暗青木门，眼前豁然开朗，一间嵌在地下的二层客栈显现出来，店头牌匾上书“青云客栈”！

火小邪看得心惊：这地方和王家大院地下的青云客栈几乎一模一样，就是尺寸小了不少。

潘子再也忍不住，叹道：“我的妈啊，这地底下还有一家客栈啊！”

郑则道摇扇笑道：“三年前我在王家大院初见青云客栈，今日再见，十分亲切。木家青云客栈真是不简单。”

店掌柜说道：“惭愧惭愧，小店是青云客栈分号中最小的一家，各位请随我来。”

店掌柜再向前走，店内已有一个店小二迎出来，居然是向火小邪他们通报、留在后面关店门的那个伙计。他怎么跑到众人前面的，很是难解。恐怕这三宝镇青云客栈，不止一个入口。

众人进了客栈大门，抬头一看，这里的布置和王家大院青云客栈无异，只是小了一半，而且没有二楼的客房，说白了就是一间客栈大堂而已。

麻雀虽小，五脏俱全，客栈大堂所需用度，这里一应俱全。

店小二已经摆上香茶，请众人落座。

火小邪自从见到这个缩小版的“青云客栈”，心里一直不是滋味，以前火门三关的种种遭遇，一幕幕闪现在眼前。

众人围坐在一张大桌旁，火小邪还是有些魂不守舍，田问看在眼中，轻轻一拉火小邪，问道：“你可好？”

火小邪被田问这一问，方觉刚才自己有些失态，立即抖擞了精神，再也不敢乱想。

潘子、乔大、乔二不管这么多，还是东张西望，啧啧称奇。

郑则道呵呵一笑，拿出一把刀子持在手中把玩，说道：“三年前，甲丁乙在青云客栈中，可是威风！现在只能看到他这把刀子了。”

火小邪心中一紧，一摸腰间，自己的猎炎刀已经不见了，而郑则道手中的，正是猎炎刀。

火小邪脸上一烫，强自镇定下来，盯着郑则道说道：“郑则道，把刀还给我！”

郑则道笑道：“火家规矩，所盗之物，可送不可还。火小邪，你实在太大意了，以你现在的本事，早就死了不知多少次了。”

火小邪低喝道：“那你要如何？”

郑则道说道：“好说好说，只要你从我手中偷回去，便是还你。”

潘子见水妖儿和郑则道小夫妻的打扮，早就看郑则道不顺眼了，他受不住这口气，啪地一拍桌，指着郑则道骂道：“你是个什么东西！你偷东西在先，你还有理了不成？妈的，老子管你是谁，把老子惹毛了，看老子不拆了你！乔大、乔二！”

乔大、乔二一听潘子叫唤，唰的跳起，瞪着大眼小眼，撸起袖子，就等潘子一声令下好动手。

郑则道脸上唰地一丝白气闪过，神态如常，并不生气，笑道：“这位小兄弟果然和火小邪是同路人，脾气火暴得很哪，一点玩笑都开不起吗？”

火小邪吃了这个哑巴亏，反而冷静了下来，伸手一拦潘子他们，说道：“潘子、乔大、乔二，是我盗术不精，你们不要放肆。”

潘子根本不听，手一翻，就要把齐掌炮取出戴在手中，可他刚一摸，整个人顿时就傻在原地，动弹不得。

郑则道哈哈笑道："这位潘子兄弟，你的东西也丢了？"

潘子瞪着郑则道，哑口无言，心中惊讶程度不亚于火小邪。想那齐掌炮，用皮绳系于自己的手腕之上，平时用衣袖盖住，从未离身，宝贝得不得了，怎么神不知鬼不觉地不见了？居然一点都没有察觉到？

潘子一歪嘴，急喊道："姓郑的！你是不是偷了我袖子里的东西？"

火小邪一见潘子这副模样，就知道他一定是丢了齐掌炮。火小邪脑海中电闪雷鸣，把刚才一起下来的情况回想了一遍。火小邪和潘子一路上都对郑则道十分小心，走在郑则道身后，相隔颇远，只在各道暗青木门之前停留的片刻时间，众人站得较近。这一路上郑则道肯定是没有下手的机会，那么问题极可能出在从看到三宝镇青云客栈到进店坐下这一段时间中。因为当时火小邪、潘子都被震撼，放松了警惕，四下观察，注意力有所分散。

郑则道笑道："潘子兄弟，你不要血口喷人！你哪只眼睛看到我偷了你的东西？"

郑则道说着，眼睛向自己胸前一扫，突然他一个激灵，眼中杀气乱闪，随即恢复了常态，慢慢将手退下桌面，坐直了身子，冷冷地看向火小邪、潘子、田问三人，哼道："好手段！好手段啊！"

潘子仍然骂道："姓郑的，你装什么蒜！"

虽说郑则道刚才的举止轻微，火小邪亦看得清楚，莫非郑则道也丢了东西？火小邪第一个想到的，就是郑则道经常拿在手中的那把折扇。

火小邪此时颇为冷静，转念一想，计上心来。

火小邪呵呵笑了两声，学着郑则道的口吻说道："这位郑则道兄弟，你是不是也丢了东西？"

郑则道心想："好你个火小邪，还真不能小看了你。不过就凭你，断然是偷不到我的扇子，必然是田问干的！这个田问，深藏不露，难测高低，是个劲敌，我先要稳住他，再做打算。"

郑则道飞快地瞟了田问一眼，田问此时正举杯饮茶，稳若泰山，对刚才火小邪、潘子与郑则道的争论视若不见。

郑则道用余光看了一眼水妖儿，水妖儿好像颇为开心，笑靥如花，看着众人不语。

郑则道又想：“水妖儿应该也有偷走我扇子的本事，我对她防备甚低，她最容易得手。可是她偷我扇子有何用？这女子性格多变，心思怪异，却是水王千金，在水家的地位极高，兴许水家高手都是这般模样！我可不能得罪了她，若能获得她的芳心，成全水王之美，娶她为妻，我便可合纵水火两家，此乃大事！”

郑则道这番默念下来，眉头一展，冲火小邪笑道：“哦？我有丢东西吗？我怎么不知道？火贤弟提醒我一下，我丢了什么？也好让我去寻找。”

火小邪暗骂：“你 × 的，死猪不怕开水烫，就是不承认啊！真他 × 的狡猾。”

火小邪说道：“郑则道、水妖儿，你们两个大晚上的来找我和田问，就是想偷我的刀子戏弄我？”

潘子愤愤不平，跟着嚷道：“姓郑的，把我们的东西还过来，否则老子要动粗了！”

火小邪深知郑则道的厉害，就算他们四个人一起上，都讨不到好。火小邪一把拽住潘子，喝道：“潘子，你不要吵了，有话好好说！要怪就怪我们盗术不精，怨不得别人！”火小邪看向郑则道，一字一字地哼道：“何况我们四人一起上，也不是火王亲传弟子郑则道的对手。”

田问沉哼一声：“很对。”

潘子听火小邪和田问都发话了，狠狠叹了一声，一屁股坐下，气呼呼地低头不语。乔大、乔二见打不成架了，惋惜不止，陪潘子坐下。

店掌柜和店小二其实一直守候在一旁，见场面平息下来，才端着几碟点心摆到桌上。

水妖儿盈盈笑道：“木家青云客栈店掌柜，何不一起坐下叙叙？”

店掌柜忙道：“不敢不敢，我在木家辈分低微，在一旁伺候着就是。”说着已经退下一边。

田问放下茶杯，沉声道："何事？请讲。"

郑则道将猎炎刀摆在桌上，并不怕火小邪上前来抢，抱拳笑道："田问兄弟，无事不登三宝殿。我和水家水妖儿前来，是想帮田问兄弟的。"

田问答道："客气。"

郑则道说道："田问兄弟来三宝镇，我们也是前两天才得知。说来话长，水火两家合作在三宝镇做事，其实也是为了防止有人打探五行圣王鼎的消息，应该和田问兄弟此行目的一致。只是我们有所顾忌，所以才隐秘行事，今日才来与田问兄弟相见。"

田问说道："如何帮？"

郑则道说道："三宝镇塌楼，我们猜测是田问兄弟的高招，意在将三宝镇各路闲杂不良人等赶走，我们也有此意，愿与田问兄联合，尽快将窥探宝鼎的闲人驱走。"

田问说道："好。"

郑则道说道："我们五行世家渊源颇深，彼此都是求同存异。土家守鼎，乃是天经地义，杂人窥探宝鼎，水、火两行怎能坐视不理？田问兄，请不用客气，有什么需要直言便是。"

田问说道："没有。"

郑则道讨了个没趣。田问三竿子打不出十个字，简直到了惜字如金的地步，面对这种人，郑则道再精于辞令，也是无话可说。

郑则道不免看了一眼身旁的水妖儿，无奈地轻笑一声。

水妖儿柔柔地笑了笑，对田问说道："田问，你身为土王大弟子，应该明白五行世家的规矩，你怎么能与火小邪、潘子、乔大、乔二这四个寻常人为伍？这样很是不妥，我们与你交谈，都非常别扭呢。"

田问说道："我乐意。"

水妖儿说道："田问，那你如何保证火小邪他们四人，不会在江湖上四处乱说呢？他们要是到处乱说，连你都要遭受牵连。五行诛杀，土王大人也保不住你的啊。"

田问总算微微动容，说道："你是何意？"

水妖儿厉声说道："我是劝你不要再与火小邪他们在一起，没准害了你，也害了他们。他们四个再参与到五行世家的事情里面，性命难保！田问，你是土家大弟子，土家又是五行中最重典法之人，你应该比我更清楚吧！你就愿意看着他们四个陷入万劫不复之中？"

田问眉头一紧，表情严肃，不愿说话。

潘子见水妖儿一点都没有净火谷中的样子，说起话来锐利尖刻，忍不住说道："水妖儿，你怎么一点都不像以前的样子？说话好吓人啊。"

水妖儿一扭头，猛然变出一张杀气十足的脸庞，尖声道："住嘴！这里没有你说话的份！你再敢多说一句，我就把你切成六段！"

火小邪离开奉天的时候，领教过水妖儿动杀念的样子，知道水妖儿这样说话，绝对不是开玩笑。

火小邪赶忙抓住潘子的手腕，低声道："潘子，不要再说话了。"

潘子的脸有红似白。他哪里见识过水妖儿这般凶狠，满嘴的话生生咽回肚子，仍然困惑地看着水妖儿。

水妖儿脸色再变，变得温柔体贴，软绵绵地说道："潘子，火小邪，我是为你们好。你们可不要觉得和田问在一起是攀上了高枝，我劝你们今天过后，忘掉这两天的一切，离田问越远越好。你们觉得好吗？"

水妖儿看着火小邪、潘子，那模样真的是情真意切，一片诚恳，但水妖儿的眼神中，仍不断地闪过不容火小邪拒绝的神色。

火小邪先是沉默不语，慢慢地嘴巴一咧，笑了起来，简直无法控制，笑个不停。

水妖儿说道："火小邪，你笑什么？"

火小邪哈哈大笑，说道："我凭什么要听你的安排？水妖儿，你知不知道你这个样子很让人讨厌？你从第一次见到我就一直瞧不起我，你直到现在都认为我是个小毛贼，微不足道，似乎五行世家的人一指头就能捏死我。自从在三宝镇见到你，你对我如何你心里清楚，一副高高在上的样子。你既然不愿意见我，我也不愿在你面前低声下气的。我就愿意和田问在一起，你能奈我何？"

水妖儿听完火小邪所说，眼睛一闭，表情平静如水地慢慢说道：“罢了罢了，人各有志，强求不得。”

郑则道接过话去，说道：“火小邪，你乃火家弃徒，能坐在此处，已是给了你天大的面子。你还口出狂言，真不知道自己有几斤几两了？哼哼，火家弃徒的所言所行，本人皆可代表火家严惩。”

潘子刚受了水妖儿一通骂，心气难平，又听到这个看不顺眼的郑则道指责，哪里还肯受这等憋屈，啪地站起身，指着郑则道大骂道：“姓郑的！什么火家？什么火家弃徒？你们不收别人为徒，还要管着别人一言一行，天下哪有这个道理？你当是皇帝老子啊？×你祖宗十八代的乌龟王八蛋，老子今天不抽死你，老子今天就不姓张！”

潘子骂着，猛地一踹桌子，将桌子踹翻在地，那桌上的猎炎刀飞起，火小邪趁势欲抓，却被郑则道快了一步，没有拿到。

众人四下跳开，潘子大叫道：“乔大、乔二，操家伙！”

乔大、乔二一听这回来真的了，浑劲儿亦起。乔大脑袋双手往背后一插，抽出两块铁板，一手一个，持在手上，哐哐连击两下，声势极大。乔二爪子也是从怀中一摸，取出一副精钢打造的尖爪，套在手指上，指尖一搓，噌噌锐响。

潘子见火小邪还站在一旁不动，叫道：“火小邪，别人都欺负到我们头上了，你还要等着这个姓郑的拉屎拉到我们脑门顶上，你才动手啊？这个吃骚屁长大的无毛太监，老子就不信他能打得赢我们四个！”

火小邪本不愿与郑则道动手，可是事到临头，他也顾不了这么多，豪气一升，拿稳了身形，盯着郑则道低喝道：“郑则道，你实在欺人太甚！今天就和你好好打上一架，看是谁惩治了谁！”

郑则道冷哼一声，将手中的猎炎刀放入怀中，说道：“这位潘子兄弟，言谈举止倒有点金家人的模样，敢问你是金家弟子吗？”

潘子骂道：“谁是你兄弟！少攀老子的亲戚！金家弟子老子暂时不是，以后老子就是！”

郑则道说道：“那好，既然你现在不是金家弟子，那我将你和乔大、乔二视为火家弃徒火小邪的同党，一并处置！”

郑则道说完，向水妖儿、田问略略抱拳，说道：“水妖儿、田问兄，这是火家的一些琐事，还望两位不要插手，我不会伤了他们性命。”

田问、水妖儿既不点头，也不答话，分立两旁，注视着火小邪、郑则道等人的一举一动。

郑则道又转头对店掌柜、店小二说道：“借用木家青云客栈地盘，多有得罪，万望见谅！”

店掌柜一副见怪不怪的模样，说道：“各位随意，各位随意。”

潘子骂道：“你真他 ×× 的啰唆！死太监，看招！”

潘子虽说丢了常用的武器齐掌炮，但手劲和准头还在，已从口袋中摸出一把钢珠，三颗齐掷，向着郑则道脑门、眼睛甩了过去。

郑则道“哦”了一声，身子一个横移，伸出右手在钢珠射来的方向上连挥三下，手掌一顿，那三颗钢珠已经分别用拇指、食指、中指、无名指这四个指头夹住。

郑则道手一抖，钢珠掉落在地。郑则道轻笑道：“潘子，你用火家投掷的技法来对付我，毫无用处。”

火小邪叫道：“潘子，乔大、乔二，围住他！”

郑则道笑道：“我当你们四人早有演练，谁知是临阵磨枪，可笑！”

火小邪叫道：“临阵磨枪，不快也光！”

说话间，火小邪、潘子、乔大乔二已将郑则道围住。乔大乔二高喝道：“师父，看我们的！”说着，乔大双手一托，乔二跳到乔大手臂上，乔大一声大喝“去”，把乔二向着郑则道直丢过去，好似一个巨大的沙包，速度极快。

乔二身子挺直，双手尖爪在身前舞得密不透风，谁要是沾上乔二，必被尖爪所伤。

郑则道丢了折扇，不愿硬接，身子向一侧滑去，想避开乔二的凌空一击。

火小邪见郑则道身形移动——在盗跖所授的盗术中，人移动之时，必有力所难及之处——火小邪和潘子一对眼神，两人已经明白，潘子一把钢珠掷出，再袭郑则道的面部，火小邪则猛然前冲，如同猎豹一般，直击郑则道下身。

上有潘子掷钢珠，中有乔二飞来，下有火小邪攻击下盘，乔大脑袋还紧随乔二身后，如同山神一样飞扑上来，一跳老高，两块硕大的铁板，对着郑则道的肩头便砸。

这四人虽说从未演练过，但都是盗术精明，擅寻破绽，所以不必太多言语，便都明白郑则道所能躲避之处，齐齐攻来，眼看着郑则道避无可避，怎么都要吃上一记。

郑则道低哼一声，身子一顺，先是避过了乔二的尖爪，随着身子一侧，向乔二的手肘内侧一靠，脑袋后如同长了眼睛，头一偏避开潘子的钢珠，顺势膝盖一顶，正中乔二胸口，把乔二顶得翻起。郑则道一掌劈下，乔二直坠，恰好挡住火小邪下扑而来的路线。火小邪无奈，只得跃起，挥拳欲打郑则道的腰眼，郑则道根本不避，一反手猛戳火小邪的咽喉，火小邪只能缩脖避开，那一拳就挥得偏了一分，贴着郑则道的衣衫而过。

乔大的两块铁板此时也已砸来，这个郑则道真是胆大，头一缩，身子一钻，径直钻到乔大面前。乔大身材魁梧，两臂间足够容纳郑则道栖身。乔大哪见过这种事情，惊得也是一身冷汗，环臂要将郑则道抱住，郑则道怎会吃这个亏，双手一扣，捏住乔大两臂上的经脉，用力一拧，乔大根本难以控制，一只手生生被郑则道引着，砸向火小邪的头顶。

火小邪暗叫不好，从乔二身上滚过，避开这一铁板。可火小邪说是避开，却迎面见到郑则道的脚底踹来，一脚踹在火小邪的下巴上，顿时眼冒金星，滚倒在地。

潘子见势不妙，又掷出钢珠，可钢珠刚刚掷出，却见到乔大这个庞然大物让郑则道生生扯了过来，钢珠一颗不落地打在乔大的胸前。

郑则道脚下一绊，乔大被扯住麻筋，使不上力，扑通一下让郑则道绊倒，重重砸在乔二的身上，砸得乔二闷叫一声。

潘子还要掷出钢珠，只觉眼前一亮，两枚钢珠已经向着自己面颊飞来，潘子哇的一声惊叫，缩头猛躲，可是其中一颗钢珠仍然打在眼角，顿时疼得睁不开眼。这两枚钢珠乃是郑则道从乔大胸前取来，眨眼便向潘子丢出。

郑则道低喝一声："小毛贼还敢猖狂！"说着猱身转出，一脚踢在乔大的鼻头，又一腿猛扫乔二耳后，这两人几乎丧失反抗之力。郑则道不依不饶，跳出一步，追上滚向一边的火小邪，对着火小邪腰眼就是一脚。火小邪翻身架住，郑则道顺势一弯身，四指直戳火小邪的咽喉，火小邪若中此招，再也无力反抗。

就在郑则道即将击中火小邪的时候，突然整个人愣在原地，一动不动。

火小邪半边脸红肿着，鼻血长流，侧躺在地，身下的右手却拿着猎炎刀，刀尖从郑则道的腿侧顶住他的腰间。火小邪艰难地笑道："郑则道！你小看我了！你输了！"

郑则道的脸色唰的一下惨白一片。

火小邪联合潘子、乔大乔二攻击郑则道，表面上攻击郑则道的下盘，实际目的却是郑则道怀中的那把猎炎刀。他心里明白，硬来一定不是郑则道的对手，为求郑则道露出破绽，火小邪借着乔大庞大的身躯掩护，趁郑则道拉扯乔大胳膊的时候胸前破绽已露，甘愿挨上郑则道一脚，以迅雷不及掩耳之势，强忍脸上剧痛，从郑则道怀中偷到猎炎刀，赶忙滚向一旁。

郑则道并未得知，对火小邪穷追不舍，下手极狠。火小邪故意再挨他一脚，引得他弯腰低身，右手的猎炎刀出鞘，顶住郑则道的腰间要害，不差分毫。

郑则道已经感到猎炎刀刀尖刺入皮肉，正是要害之处，若火小邪心狠手辣，手腕一甩，自己性命难保。郑则道心惊不已，暗道："大意了！这小子长进之快，实在惊人！"

两人略一僵持，郑则道哼道："火小邪，既然被你拿住，为何不动手杀了我？"

火小邪肿着脸骂道："你不用激我，我也不想杀人！我就是要告诉你，不要以为我是好欺负的！"

水妖儿在一旁说道："火传使者，火小邪从你身上盗回刀子，还能制住你的要害，你已经输了。"

潘子不敢贸然上前，捂着眼睛大叫："火小邪，杀了这个太监！"

郑则道的脸越发惨白，哼道："你们真的以为我输了吗？"

郑则道一说完，眼中杀气升腾，如同万把钢针，直刺火小邪的双眼，犀利之极。火小邪没见过郑则道有这般模样，心中一凛，暗道不好，手上一紧，意欲再把猎炎刀刺入郑则道的皮肉几分，制住他的杀气。

郑则道本来垂着的左手袖中突然一道白光掠出，直击火小邪的虎口，快如闪电。火小邪根本无法避过，只是下意识地想避开，那道白光贴着火小邪的手掌而过，挖出一道血槽，其势不减，当的一声打在猎炎刀的刀柄上，把猎炎刀震得一退！白光荡开，嗖的一下缩回郑则道的袖中。

火小邪顿知不妙，还没有继续发力，郑则道右腿一摆，将火小邪小臂支开，右手下行，两指发力，狠狠点中火小邪的肘部筋脉。这一招乃是火家扰筋乱脉术中的绝学，火小邪哪里能抗，小臂触电一般被震开，刀尖已经离开郑则道的身体。

郑则道厉哼一声，身子一颤，已经避开了要害，双手一错，已把火小邪右手绞住。火小邪关节剧痛，哎呀一声，猎炎刀掉落在地。

郑则道单手施力，生生把火小邪拧得扑倒在地，一把抓起猎炎刀，刀尖直刺火小邪的咽喉。这一套动作做下来，行云流水一般，让人没有任何反应的机会。

水妖儿尖叫道："别杀他！"

田问更是飞身上前，要抓郑则道的肩头，大喝道："住手！"

潘子已经吓呆，张着嘴喊不出话。

郑则道从说完"我真的输了吗"，到摆脱险境，再行反制置火小邪于死地，也就两三秒钟的时间，动作快得匪夷所思，以至于田问、水妖儿看出郑则道要取火小邪的性命，为时已晚。

火小邪眼看着刀尖刺来，再也没有办法躲开，心中一凉，便要闭目等死。

郑则道的刀尖刺入火小邪肌肤半指，突然一顿，拔了出来。

田问也已赶到郑则道面前，按住郑则道的肩头，说道："罢手！"

郑则道面白如纸地说道："田问兄，请放心，我不会杀他的。"郑则道突然刀背一转，猛砸火小邪的后脑，生生将火小邪击昏过去，瘫软在地。

田问这等身手，也来不及阻止郑则道毫无征兆的猛击，低喝道："你！"

郑则道脸上的惨白渐渐退去，恢复红润，站起身来，抱拳道：“刚才火小邪没有伤我，我自然不会伤他。田问兄多虑了！但他这个火家弃徒，也不能任他胡来。呵呵！我现在要行火家家法，对火小邪并无伤害，还请田问兄退后。”

潘子破口大骂：“姓郑的，你这个无耻小人！刚才火小邪手下留情，没杀了你，你要干什么？老子和你拼了！”潘子骂着，已经不要性命地咆哮着扑来。

潘子刚跑两步，脚下一个趔趄，上身被人一推，摔了个狗吃屎。潘子刚要爬起怒骂，一个黑色软袋已经套在脑袋上，潘子乱挣两下，只闻到这软袋中异香扑鼻，骂也没骂出声，身子一软，扑通跌倒在地，不省人事。

水妖儿手中一拽，把潘子脑袋上的黑色软袋收起，放入袖中，说道：“潘子，你还是不要捣乱了。”

田问眼见火小邪、潘子、乔大、乔二再也无力抵抗，眉头紧皱，沉声道：“可耻。”

郑则道说道：“田问兄，请问何耻之有？我哪里做错了？不听劝告、挑衅本人的是他们，嚣张狂妄、以多欺少的是他们，满口污言秽语的也是他们，持械伤人、意欲取我性命的还是他们，我仅仅是自卫而已。如果不是我有火家本事，一介普通人的话，早就死在他们手中。我为火传使者，得火王大人钦点办事，火家弃徒有违火家规矩，本就该由我处置，我未伤他们性命，仅是打昏在地，再做发落而已。田问兄，我可有一点无德无义之举？哪里可耻，还请田问兄明示！”

水妖儿走上几步，看了看昏倒在地的火小邪，说道：“田问，确实是火小邪他们动手在先，火传使者留他们一命，不断他们手脚，已是客气了。”

田问沉声道：“让他们走！”

郑则道笑道：“田问兄，当然会让他们走，但他们必须接受火家家法惩处。”

田问看着郑则道，说道：“什么？”

郑则道微微一笑，从腰间解下一个布包，摊在手中展开，里面有一个薄薄的鲜红丝囊。郑则道用手指一抽，低低嗡响，只见三根细长闪亮的红针亮在手中。

田问心中一紧，喝道：“火曜针！”

郑则道说道：“田问兄好眼力，正是火曜针。我这里有一十五枚，足够给眼下火小邪这四人一人三枚，我施针下去，火小邪他们无痛无痒，无病无灾，就是以后不能再行盗术，与常人无异。这算是他们天大的造化，可从此断绝偷盗之行，平安度过一生。”

田问上前一步，高声道：“不可！”

郑则道嘿地一笑，说道：“田问兄，你为何对火小邪这几个小贼如此关心？我一直觉得奇怪，以田问兄的本事，天下之物，有几件能够难得住你？何必要找这几个不入流的小贼陪着？莫非田问兄是有什么难言之隐？要不然田问兄和我说一说，我来帮你，会比他们强得多。”

田问说道：“不行！”

郑则道正色道：“田问兄，那你是执意要阻止我行火家家法了？你干预火家的家事，又不给我一个理由，是要与火家为敌了吗？如果你不能给我一个理由，这火曜针，我是一定要施行的！”

田问啪地伸手一抓，攥住郑则道的手腕，喝道：“你敢！”

郑则道神色不变，平心静气地说道：“我是不敢，我怎么会是土家大弟子田问的对手？不过，田问兄，就算我今天放了他们走，也只是饶了他们一时。田问兄，你自保绝对可以，但你总无法时时刻刻保护着火小邪这几个毛贼，何况对手是整个火家！”

田问哼了一声，松开郑则道的手腕，说道：“你要怎样？”

郑则道笑道：“田问兄，只要你告诉我，你到底找火小邪他们做什么，火小邪为何值得你如此保护，我就当今天的事从来没有发生过。而且，我可以保证，你告诉我，天知地知，你知我知，绝不会向其他人透露，包括火王大人。”

田问退开两步，低头沉思。

水妖儿说道：“火传使者，你还真是好奇啊！你真的连火王大人都不告诉吗？”

郑则道说道："啊，除非水妖儿、木家店掌柜、田问亲口告诉火王大人，否则我一定不会说的。呵呵，火王大人是不会怪罪我的。"

店掌柜赶忙在一旁叫道："木家人绝对不会在火王大人面前谈论火家的事。"

水妖儿轻笑一声，说道："火传使者，你果然是水火双生的命格，对什么事情都要追根问底。我想田问会告诉你的。"

田问在一旁抬起头来，对郑则道说道："你来。"

郑则道微微一笑，说道："好！"说着将三枚火曜针小心翼翼地插入丝囊中，向田问走去。

田问头也不回，将郑则道带至大堂一角，两人坐下之后，田问便在桌上蘸水写字，给郑则道观看。

郑则道面色凝重，不住点头。

水妖儿远远看着，并不过去，而是走到火小邪面前，看了一眼趴在地上一动不动的火小邪，低声道："郑则道给你点教训，你应该又长进了吧？火小邪，我不知道我这样做，是在帮你，害你，还是害了我自己……"

半晌过后，郑则道与田问双双走回，郑则道似笑非笑，看起来思量颇多。两人走到水妖儿面前，郑则道躬身向田问一拜，说道："田问兄，多有得罪，我这就告辞了。这几日驱逐三宝镇闲杂人等的事情，火家会全力协助。田问兄有任何需要，随时可以来找我。"

水妖儿也说道："田问，水家也会全力助你，告辞了。"

田问沉声道："慢走。"

店掌柜见郑则道、水妖儿要走，知趣地立即上前，说道："我送你们，我送你们。"

众人再拜，就要分开。

"呀，难得聚一聚，怎么这就要走啊？我刚来呢！"清澈温柔的声音从大堂一侧传来，一个穿着翠绿衣衫的柔美女子快步走出。

店掌柜、店小二一听这个声音，看也不看，立即面向女子的方位扑通跪倒，高声念道："青云客栈三宝镇分号店掌柜，木家第七十二代徒恭迎少主人。"

“哎呀，不要这样，快起来快起来。”这翠绿衣衫的女子赶忙跑上前来，要将店掌柜扶起。

水妖儿、郑则道看向这个女子，都低声道：“林婉！”

这女子正是林婉，比起三年前在王家大院，林婉更是出落得柔美无限，落落大方，举手投足之间都透出一股子让人怜爱的气质，温婉娇羞，秋水伊人。

林婉扶了店掌柜起来，这才向众人行礼，说道：“小女木家林婉，火家、土家两位兄长，水家姐姐，小女有礼了。”

林婉的眼神在田问身上停留不去，脸颊上浮起两朵红晕，说道：“田问哥，你是一见我就想走吗？”

田问正向后退，林婉问起话来，这木头一样的汉子顿时耳朵通红，如同做错了事的小孩一样，只能站住，将头一垂，也不敢看林婉，抱拳低声道：“不，不是。”

十九、回梦深省

林婉并未追问田问，而是环视一圈，柔声道：“哎呀，这里好多人受伤。怎么弄成这样？”

郑则道上前说道：“木家妹妹，这几人是火家弃徒以及同党，刚刚借用了青云客栈，给了他们一些教训，让他们不要再参与五行世家之事。污损了贵地，实在抱歉。”

林婉见是郑则道，盈盈一拜，说道：“郑则道大哥，你也受伤了吗？伤得重不重？我这里有药，能够消炎止痛。”

郑则道笑道：“谢木家妹妹的美意，我只是一点点皮外伤罢了，出血不多，现在已经无碍了。”

林婉微笑道：“那好吧。三位兄长、姐姐，我刚刚才到这里，你们这是急着走吗？如果不着急的话，我亲自下厨，做几个小菜款待各位。”

郑则道说道：“林婉妹妹千万不要客气，我们的确有急事，先行告退了，改日再来拜访。”

林婉看着水妖儿说道：“水妖儿姐姐，我们快三年没有见面了，你也要走吗？”

水妖儿飞快地瞟了一眼地上昏迷不醒的火小邪，慢慢说道：“林婉，我也要走。改天再与小妹叙旧。”

林婉颇有遗憾地说道：“那好吧，真是遗憾呢。”

林婉扭头又问田问：“田问大哥，你呢？”

田问摇了摇头，说道：“不走。”

林婉甜甜地笑了一声，说道：“我知道你一定是因为地上躺着的这几个人，现在才不走的。”

田问挤出一字：“是……”

林婉快步从火小邪、潘子、乔大、乔二面前走过，说道：“这四个人还好，都没有大碍，我只要给一点药，都能很快清醒。”

郑则道绝不愿意在此久留，朗声道：“林婉妹妹，在下先行一步，告辞了。”

水妖儿亦道：“水妖儿告辞了。”

林婉说道：“呀，那我送你们。”

郑则道、水妖儿推辞再三，这才止住林婉，由店掌柜送了他们出去。

林婉返身回来，首先走到潘子面前，轻轻一闻，笑道：“水家的迷药做得越来越好了呢！”说着，林婉用指尖在潘子鼻头一点，潘子周身一震，猛抽鼻子，一下子睁开眼睛，滚了起来，同时大叫：“× 你娘的姓郑的！敢暗算你爹！”

潘子一甩头，看到林婉正笑眯眯地看着自己，顿时被林婉的美色惊住，眼睛左右乱晃一番，已经不见郑则道和水妖儿，口气一改，咽下骂人的脏话，说道：“人、人呢？他们走了，你、你是谁啊？我没做梦呢吧？”

林婉掩嘴笑道：“这位小哥还真有趣。火家、水家的人已经走了，我叫林婉，刚刚才来的。”

潘子腿软筋酥地站起来，倒有点不好意思起来，结结巴巴地说道：“哦，哦，他们走了啊，万幸万幸……我我我，我叫潘子，人称八脚张……林婉姑娘，幸会幸会。”

潘子激灵一下，想起火小邪他们，赶忙扭头一看，见火小邪、乔大乔二还死沉沉地趴在地上不动，再也顾不上林婉的美色当前，“哎呀”一声大叫，向火小邪冲过去，高喊："火小邪！你没事吧？"

林婉低低地哦了一声，轻念："火小邪？是他？"

林婉随着潘子走到火小邪跟前，说道："他们没事，暂时昏厥而已，我现在救醒他们。"

潘子哭喊道："林婉奶奶，你一定要帮忙啊，我们好惨的啊！"

林婉笑道："我可不是奶奶，我有这么老吗？你让开一下，我让他醒来。"

潘子诺诺连声，退开几步。田问也已走来，站在潘子身旁，轻拍潘子肩膀一下，说道："没事。"

潘子见是田问，心里完全踏实下来，说道："田问大哥，一定是你把那个姓郑的赶走的吧？大恩不敢言谢。"

田问说道："惭愧。"

这时，林婉抬起头来，颇有不解地说道："田问哥，这个火小邪有点奇怪啊。"

潘子、田问都是一惊，田问抢上一步，蹲下身来，说道："怎么？"

林婉说道："他体内有股力道抗药，好像是自己不愿意醒过来。"

潘子惊道："什么？这个死人头不愿意醒？他是想装死吗？"

田问看了一眼林婉，问道："何解？"

林婉说道："他的身体已经醒了，可是你们看他眼睛，不停地在转动，他现在可能在做梦，一个不让自己醒来的梦。"

潘子对着火小邪破口大骂："火小邪啊，你是不是疯了啊！这时候做哪门子的梦啊！"

……

火小邪慢慢睁开眼睛，眨了几眨，不喊不叫地慢慢坐起。

潘子、乔大、乔二三人一拥而上，将火小邪抱住，齐声大叫："火小邪、火师父，你终于醒过来了啊！你差点把我们的魂都吓掉了啊，还以为你这辈子不愿醒了呢！"

火小邪表情平静，只是环视了一眼，说道："这是哪里？"

潘子叫道："还是在青云客栈啊，你昏了快三个时辰了。"

田问也已向火小邪走来，关切地问道："可好？"

火小邪说道："我很好，没事的。田问大哥，谢谢你了。"

众人都觉得火小邪平静得有些异样，潘子顿时一把鼻涕一把泪地叫道："火小邪，你是不是被打傻了啊？你忘了你被郑则道那个太监打昏了吗？"

火小邪咧嘴一笑，说道："没有啊。"

潘子叫道："那你怎么这个表情？"

火小邪说道："我什么表情？"

潘子叫道："你既不生气，也不高兴，哎呀，什么高兴，反正你就是怪怪的！"

火小邪又是一乐，说道："我觉得我现在挺高兴的啊。"

潘子嚷道："完了完了，火小邪你真的被郑则道打傻了，你是不是都不知道我们是谁了？"

火小邪哈哈笑道："我当然记得啊。潘子、乔大脑袋、乔二爪子、田问大哥……"火小邪从人缝中看出去，正看到林婉亭亭玉立于一旁，一双大眼忽闪忽闪地打量着自己，火小邪低声自语道："林婉？"

潘子说道："你都记得啊，我的老天，林婉说你在做梦，不愿意醒过来，是不是的啊？你梦到什么了啊？"

火小邪从桌上下来，站稳了身子，向林婉一抱拳，诚恳地说道："谢林婉姑娘相救。"

林婉面带笑容走上来，向火小邪还礼，说道："火小邪，你醒了就好，你要是再不醒，我都不知道该怎么办才好了。"

林婉说道："火小邪，你记得你这几个时辰里，发生了什么事情吗？"

火小邪轻轻"啊"了一声，仰头看着天花板，说道："我记得，我被郑则道打昏过去，闻到一股子浓烈的药味，已经醒过来，我本想睁开眼睛，这时候我却突然梦到了一些事，就一直迷迷糊糊的，怎么都无法清醒。"

潘子嘴快，问道："你梦到什么了？"

火小邪轻声说道："从我被黑三鞭利用，偷张四爷宝贝开始，直到现在，足足四五年的事情，所有的事情，每一句话，每一个动作，全部梦了一遍，好似我又亲身经历了一遍。”

潘子骂道：“我 X，还有这样的？那你刚才三个时辰，不是多活了好几年？”

火小邪说道：“有点像。”

林婉反而笑了起来，说道：“哦，原来是回梦深省！怪不得你这个样子。”

众人都看向林婉，田问问道：“此为何事？”

林婉说道：“看来火小邪是受到极大的刺激之后，想明白了一些道理，于是不自觉地在脑海中思索，往往会从几年前开始回忆，好像重新经历过一遍似的，亦梦亦醒，魂魄游离于七窍之外，便是回梦深省了。这种事情可不会轻易发生在普通人身上的呢。不过火小邪，你到底想明白了什么呢？”

火小邪说道：“其实我也不知道我到底明白了什么。非要说的话，就是我现在突然知道了，郑则道再厉害，也是可以战胜的，因为我的确从他身上偷回了我的刀子，还有机会一刀取胜。呵呵，我觉得我特别高兴，心里特别特别地宽敞，只是略有遗憾罢了。”

田问默默点头，说道：“难得。”

潘子拽着火小邪的衣服，盯着火小邪的眼睛，喃喃道：“你不会是大彻大悟，得道成仙了吧？”

火小邪耸了耸肩，将手一摊，说道：“我真不知道。”

潘子总算笑了起来，从怀中摸出猎炎刀，塞在火小邪的手中，喝道：“拿好了，别再被人偷走了。”

火小邪见是猎炎刀，喜上眉梢，说道：“怎么在你这里？”

潘子说道：“是田问大哥从郑则道这个无毛太监那里要回来的。喏，我的齐掌炮也要回来了。”潘子把手腕亮出，将齐掌炮展示给火小邪看。

火小邪感激地看向田问，说道：“田问大哥，是我们连累你了，给你添了不少麻烦。你能拿回我们的东西，一定让郑则道占了不少便宜。”

田问手一摆，坚决地说道：“罪孽在我！”

火小邪还要说，田问挥手止住，颇为沉重地转身便走，静立在一角，背对着火小邪他们，沉思不语。

林婉这时凑到火小邪这边，毫无木家少主的架子，只如同一个邻家少女，清脆地说道："大家是不是饿了啊？我给大家做饭去！尝尝我的手艺吧，一般人可是吃不到的哦。"

"好，好好好好好好——"潘子、乔大、乔二这三个宁肯撑死不愿饿死的家伙顿时齐声高呼起来。

三宝镇的密林中，郑则道、水妖儿静立在一片空地前，地上已经摆满了各种工具、银钱、包裹、衣裳。有两个火家弟子飞奔而至，又丢下一大包东西，向郑则道拜道："火传使大人，凤来茶庄那批人的东西已经都盗来了，大件物品也都丢到深沟中去了，保管他们找不到。"

郑则道说道："好！继续去办！今天晚上，能盗多少就盗多少，撒开了去做！不受限制！"

这火家弟子摩拳擦掌，极为兴奋，点头应了，掉头便走。他们这些人，对偷东西的爱好赛过锦衣玉食，能在三宝镇大显身手，简直快活极了。

水妖儿哼道："火传使者，你这么着急把三宝镇的闲人赶走啊？刚刚才说了帮田问赶人，你也太上心了吧！"

郑则道笑道："不是着急，只是技痒。水妖儿姑娘，要不我们也走一趟，把住在王家客栈的窥鼎杂人偷个精光，当作娱乐？"

水妖儿说道："火传使者，要去你去吧，我暂不参与。"

"也好。"郑则道勉强走出几步，还是退了回来，说道，"唉，可惜我的扇子还是下落不明。我归还了火小邪、潘子的猎炎刀、齐掌炮，田问却说扇子不是他拿的。难道木家的林婉早就来了，暗中将我的扇子偷走了？水妖儿姑娘，你觉得呢？"

水妖儿淡淡说道："火传使者，我知道你的意思。你的扇子是我拿了……"

郑则道连忙笑道："啊，水妖儿姑娘要是喜欢我的扇子，就不用给我了，我还有许多。”

水妖儿并不答话，一把扇子从袖中滑落，水妖儿一握，丢给郑则道。

郑则道接过扇子，悻悻然说道：“水妖儿姑娘，你不要误会，我不是在乎这把扇子，我是有些……唉……”

“吃醋？”水妖儿说道。

“是……你对火小邪真是太好了，我难免有些妒意……”郑则道抓准时机，算是对水妖儿表明心意。

“火小邪？他只是个小毛贼，难成大器，怎么比得上你？”水妖儿轻哼一声，对郑则道投去一丝笑意，“火传使者，你不是要去活动活动筋骨吗？还不快去？”

“我一个人去，怎么比得上你我两人去快活？”郑则道仍不愿罢手。

水妖儿略一思索，换上一副妩媚的笑脸，说道：“那好吧，我和你一起。”

郑则道大喜过望，带着水妖儿速速离去。

三宝镇青云客栈中，火小邪、田问、林婉、潘子、乔大乔二围坐一桌，桌上摆了十余样菜肴，色香味俱全。

潘子、乔大、乔二瞪着眼睛，疯了一样猛吃，真不知他们晚上吃的东西都到哪里去了。

潘子边吃边号：“好吃好吃，这辈子没吃过这么好吃的东西。林婉你做饭的水平实在太高了。”

乔大、乔二这两个粗人吃饭狂野惯了，根本不知道什么叫斯文，端着盘子喝菜汤，顾不上说话，只能随着潘子哼哼几声。

火小邪并不客气，该吃就吃，胃口相当不错，也是下筷如飞。

林婉见火小邪、潘子等人这般吃相，掩嘴偷笑，说道：“不够了还有，想吃多少便有多少。”

林婉看向田问，说道：“田问哥，你不喜欢我的菜吗？”

田问一直有些心事，略略品尝了一番，早早就已落筷不吃，他听到林婉问话，答道：“我不饿。”

林婉羞涩一笑，说道："我知道田问哥不愿意和我待在一起，若不是火小邪他们在，你肯定早就走了。你就这么怕我吗？一见我就要躲着？"

田问尴尬道："你……""你"字说出，田问将嘴一闭，再无下句。

林婉笑道："每次见我，你都说不了十几个字。我知道你是想问我，怎么会来三宝镇，又怎么知道你在这里的吧？"

田问轻点一下头，算是回答。

林婉说道："说了你肯定不高兴，但我还是告诉你吧，这次你的行踪，还是水家三蛇告诉我的。"

田问一愣，皱眉道："无聊三蛇！"

林婉说道："我知道你会不高兴的。水家三蛇和我说你在三宝镇，我本不愿意听他们的，可就是忍不住，所以还是来了。"

火小邪对水家三蛇的名字印象颇深，心想中午的时候水家三蛇出现，晚上林婉就来了，那水家三蛇至少比林婉早到了半天，他们的脚程可真够快的。

火小邪问道："这水家三蛇到底是水家的什么人？怎么会如此神秘？"

林婉说道："水家三蛇是水家的秘密，恐怕除了水王，五行世家都不知道他们是干什么的。他们无孔不入，却不见踪影，是暗匿之人。好在水家三蛇尽管讨厌，做事却无伤大雅，主要替水王流川通风报信。对水家三蛇，不能惦记他们，否则会觉得他们处处都在一样，我一般都是当他们不存在。"

田问怒哼道："就是无聊！"

林婉柔声说道："我倒觉得他们挺有趣的。他们告诉我你的行踪，也算是帮我呢……"

田问摇头道："你是不知！"

林婉追问道："我不知道什么？你来三宝镇，我知道你是想把窥探五行圣王鼎下落的闲人赶走。你是还有其他的目的？"

田问说道："今非昔比。"

林婉看向火小邪他们，问道："火小邪、潘子、乔大、乔二，你们是要和田问大哥一起做什么别的事情吗？"

田问目光如炬，看向火小邪等人。

火小邪连忙说道："我们不知。"

潘子也嚷道："我们能和田问大哥干什么啊？"

乔大、乔二放下饭盆，说道："我们也啥都不知道，火师父、潘师父让我们干啥，我们就干啥。"

林婉还想再问，只听从四周传来二男一女的笑声，如同从泥土里面冒出来似的。

"哈哈……"

"嘿嘿……"

"呵呵……"

田问顿时站起，高声道："水家三蛇！"

"哈哈，田问不说，那就由我们告诉林婉吧。"温柔男声说道。

"嘿嘿，木家的青云客栈，果然很难进来，来得晚了点。"尖锐的男声亦道。

"呵呵，林婉，见到田问是不是很高兴啊？"高调门的女声说道。

林婉站起来盈盈一拜，说道："水家三蛇三位前辈，田问如果不想说，你们就不要告诉我了。"

"哈哈，木家的少主人，善良温柔，爱心博大，处处为人着想，一点不假。"

"嘿嘿，木家就是收罗情报方面的本事，差了太多。"

"呵呵，林婉，你这次可不要让田问再跑掉哦，我们找到他的行踪也不容易。"

田问怒道："出来！"

"哈哈，水家三蛇怎么会出来呢？"

"嘿嘿，田问，你的脑子太迂腐了！"

"呵呵，林婉，你喜欢田问的话，就跟着他去做事吧。"

田问喊道："可恶！"田问跳起，向着声音传来的地方赶去，双手齐伸，喀嚓一响，竟把硕大的一块木板揭了开，露出后面的泥土。

水家三蛇的笑声飘飘荡荡移到对面墙上，如同鬼魅一般。

“哈哈，田问，你沉不住气了？”

“嘿嘿，田问，你拆了房子也找不到我们的。”

“呵呵，田问生气了，要赶我们走呢！”

田问喊道：“水家乱来！”

“哈哈，水家三蛇就喜欢天下大乱，越乱越好，这样才更无聊。”

“嘿嘿，水家可以不乱，水家三蛇却可以乱来！”

“呵呵，田问，水家三蛇在帮你呢，你可要加油哦！”

“哈哈，田问，那我们走了，你可要照顾好林婉。”

“嘿嘿，林婉这小姑娘连我都喜欢。”

“呵呵，可惜田问是个泥巴脑袋。”

“哈哈……”

“嘿嘿……”

“呵呵……”

水家三蛇的声音悄然散去，四下里安静如常，根本不像有人来过。

田问“呔”了一声，站立不动，垂头长叹一声。

林婉走上前去，关切地说道：“田问哥，你要是不嫌弃，就让我暂时陪着你们吧。”

田问并未答话，而是从林婉身边走过，来到火小邪等人面前，说道：“明早就走。”

火小邪他们返回地面，回到房中休息。

田问不肯躺着睡觉，只是坐在椅子上坐了一晚，也不知道是睡了还是没睡。

不知为何，火小邪再没有前段日子那种寝食难安、怨气难平的心态，既不多问，也不回想今天发生的一切，倒头就睡，一夜无梦，一直睡到天亮。

火小邪他们刚刚起床洗漱完，就听到院中有人大吵大闹，说他们的东西被偷了。

这些丢东西的人，正是一直住在王家客栈，打探五行圣王鼎下落的人。他们连衣服都被偷得精光，只穿着短裤内衣，在院子里不停大呼小叫，气得七窍生烟。

店掌柜苦苦相劝，说是要赔偿他们，他们也不要，只是问店掌柜他们是谁干的。

王家客栈闹着，很快，三宝镇只要是住着外地神秘人士的宅子都闹了起来，全部都是行李、衣裳、工具等物品被偷。一夜之间，三宝镇窃案近二十起，都是针对这些外地人的。

渐渐这些外地人也明白过来，凡属来打探五行圣王鼎下落的，全部被盗，这等身手，只怕不是民间普通的盗贼团伙所为。

三宝镇各地闹得热闹，最后却不了了之，这些被盗之人连衙门都不愿意去，狼狈不堪地用身上最后一点钱买了鞋袜衣裳穿上，溜回房内，闭门不出。

未到午时，已有几批人徒步离开三宝镇，因为他们连马匹都丢了。

还有一些人如同惊弓之鸟，走路都不敢挺直腰杆，疑神疑鬼，不敢和任何人接触，唯恐着了盗术。

午饭之后，这些人中的大部分又吐又拉，几乎腹泻到虚脱，无论谁都明白，是有极厉害的人物来到三宝镇，志在把他们赶走。更有一些人，走着走着，脑门一凉，头顶上的头发已经被快刀削掉，剃成个癞痢头。也有一些不服气的，光着膀子手提菜刀，露出满身的文身，站在大街上吼叫，说有本事上来一战，话音刚落，便被钢针打得满脸都是，眼睛都差点瞎掉。

凡是敢放肆的，都被严惩，虽说不至于丢了性命，也都莫名其妙地腿断筋折，连是谁下的手都看不到模样。

火家刚猛，水家狠辣，一晚上加一上午，所使出的手段足够把人吓住，驱逐三宝镇窥鼎之人，简直不费吹灰之力。

田问见局势已定，带上火小邪、潘子、乔大、乔二四人，找店掌柜要了五匹良马，每人一匹，黑风撒腿跟着奔跑，一行人便向三宝镇外赶去。

还未出镇，就见林婉骑着一匹枣红马从斜刺里奔来。林婉对田问微笑，看样子是要跟着一起。

田问别无他法，默不作声，让林婉加入了队伍中，众人向北方疾行而去。

殊不知，在他们身后一里外，一只娇小的黄雀也在半空中，振翅而飞，紧紧跟随着。